慌张

余一鸣中短篇小说选

余一鸣 著

中国友谊出版公司

图书在版编目（CIP）数据

慌张 / 余一鸣著. -- 北京 ：中国友谊出版公司，2019.9（2021.3重印）

ISBN 978-7-5057-4746-3

Ⅰ. ①慌… Ⅱ. ①余… Ⅲ. ①中篇小说－小说集－中国－当代②短篇小说－小说集－中国－当代 Ⅳ. ①I247.7

中国版本图书馆CIP数据核字（2019）第102676号

书名　慌张
作者　余一鸣
出版　中国友谊出版公司
发行　中国友谊出版公司
经销　新华书店
印刷　北京中科印刷有限公司
规格　880×1230毫米　32开
　　　11印张　247千字
版次　2019年12月第1版
印次　2021年3月第2次印刷
书号　ISBN 978-7-5057-4746-3
定价　42.00元
地址　北京市朝阳区西坝河南里17号楼
邮编　100028
电话　（010）64678009

目录

漂洋过海来看你

一、王秋月

夏天的黄昏再不愿走，夜色还是把它赶走了。鼓楼中学的校园这个夜晚有几分诡异，以前有灯光的地方瞎了，以前没有灯光的地方今晚灯火通明，让一帮女教师对熟悉的校园有了陌生感，路灯亮了，灯光喷泉喷了，鼓楼中学有一种节日的气氛，一些女教师的心中夜色一般升起了隐秘的莫名的兴奋和期待。要是在往常，星期五的夜晚，初三的教学楼都还在上夜课，教室明亮如白昼，老师上课的声音在校园的夜空中此起彼伏，比白天传得久远。灯灭了，声音也像是被这黑暗掠走了。也没有，灯火此刻在另一个地方闪耀，喧闹在不远处一个隐秘的空间放大。学校食堂的三楼，据说有一个没有窗户的房间，水泥地白粉墙，木头椅子木头桌子，朴素得像一间教室，现在成了学校接待贵客的地方。讲实话，女教师们心里也替校长殷必应不平，这样简陋的地方待客太丢鼓楼中学的面子。谁都没办法，现在讲八项规定，上下领导目前都得受这委屈。

女教师们待的房间是个小会议室，小会议室主要被校长们用来开校务会，中间是一张腰子型长桌，四周是一圈软沙发椅，王秋月点了一遍共十二张，每张椅子上坐着一位女老师，显得有点挤，但若是六位校长坐下来，还是富余。除了王秋月，那十一位都是工作不久的姑娘，她们被要求下班后到小会议室开会，天黑了也没人来给她们开会，似乎领导把这一拨子人忘了。这领导可以说失职吧，就像牧羊人把一群羊扔在山坡上，天黑了忘记用羊鞭撵它们回羊圈，几位女教师的眼中此刻就是羔羊迷途时的无邪和迷惘。她们中有的人父母已把饭菜端上了餐桌，等女儿回家；有的人男朋友的车泊在校门外，电话已催了N遍。王秋月家中有一个油瓶倒了不扶的老公，还有一个正在初三迎考的儿子，王秋月能不急？但王秋月知道自己今晚肯定要“加班”到很晚，就让父子俩人叫外卖了。还有一个淡定的人是音乐老师小丁，她一会儿将座位上的话筒打开，“喂”了几声，哼了几支曲子，一会儿又打开冰箱，夸张地“哇”一声，这么多的茶叶！小丁说不喝白不喝，自作主张地从消毒柜里取出一溜茶杯，给每个人泡了一杯。王秋月说，丁老师，看样子你当了殷老大一半的家了。90后的小丁并不惧她，黑着脸将王秋月面前的杯子一声不吭地拿走了。

有人推开了门，是快递小哥，条纹短袖工作服，方块箱子状的背包，让年轻女教师们都眼睛一亮，小帅哥。煞风景的总务主任从他腋下挤过来，踮起脚把凸出的肚腩架上会议桌，说，委屈老师们了，殷校长说，不能让你们的嘴巴受委屈，命我给你们叫洋外卖，顺便送一个小鲜肉。没人给笑脸，没人给胖总务面子，把大伙晾在这里傻等，用一份洋外卖打发了。领导自己山珍海味，莫非还想让人感恩戴德？没有人知道殷老大留下大家加班做什么。上上下下忙了整整一个学期，为的是迎接区重点中学验收，学校按照验收条例三百多条做材料，每个材料袋都装着老师们的加班成果。做到或者没做到都不要紧，落实到材料上领导通过就是做到了。老师们有情绪，殷老大教师会上给大伙作揖乞怜，说咱区重点过了，你们的家教课时费不也水涨船高？想想也是，老师们就不吭声了。王秋月的老公白洋是贸易公司行政主管，喜欢躺在沙发上攻击老婆从事的教育事业。白洋说，你也替人家想想，光你们区教育局就有多少人吃闲饭，机关不说，光教研所教科所评估办培训中心之类就有上百号人，加上市里省里部里的垂直部门，得以千万计，你以为吃饭不干活好受？错，这些人都是有头脑有作为的人，要不他也只能在教室里吃粉笔粉。他们不想做僵尸，哪怕做行尸走肉也能吓唬人，顺带着健身。所以他们就变着法子折腾教师。白洋做过十年教师，对教育事业有偏见，王秋月懒得跟他理论。可今天白天看验收大员提问时，大员问的是大话，教师答的是假话，双方都一本正经配合默契，王秋月觉得老公说的也没错到哪里。培养孩子说假话容易，训练大人说假话看来更不难，老话说，假作真时真也假，王秋月面对提问时对答如流，自己也没觉出脸红。

今天留她们下来，绝对不是让她们加班补材料。王秋月听殷必应说过，材料要做，更要紧的是做人，做人比做材料重要。王秋月听不懂他的话，是说校长教师上下都要会做人，还是说，要将验收大员那帮人搞定呢。殷老大说话带江湖气，“做”这个词在影视剧里黑老大的口中是要杀人。殷老大改变了口吻，说小王你傻呀，两种理解实际上一种意思嘛，就是把他们哄好。殷老大哄领导的招数之一就是陪吃陪喝陪跳舞。王秋月曾经参加过这类活动，殷校长说是学校的重要任务，但每次都是小范围，喊上几位音乐体育组的姑娘，陪领导吃饭 K 歌跳舞。殷校长说，跳舞是一种健康活动，当年毛主席周总理在中南海还经常组织舞会呢。八项规定出台，殷老大眼珠子一转，把体操房配齐了屏幕音响，招待领导就有了现成的舞池，校内本来不缺现成的舞女。今天验收组来了十二位大员，全是中老年男人，留了十二位女教师，加班的内容不言而喻。王秋月相信，小丁老师也心中有数得很，她生气的只是连晚宴都不让上了，怪谁呢？只能怪上面的纪律越来越紧。

据说老师这种职业与医生一样，越老越值钱。但是王秋月既是女教师也是女人，在那些老男人眼里，女人四十豆腐渣，他们在饭局上眼光会绕过她直袭那些年轻姑娘，在舞会上她也是难得被邀请的舞伴。王秋月跟殷老大申请过，饶了我老太婆吧，省得碍手碍脚。殷老大说，不行，你不想当特级可鼓楼中学需要特级，没有特级我们鼓中就没门面。这些人中有区评委市评委省评委，不跟他们混个脸熟就出不了头。殷老大说的是实话，鼓楼中学这样的二流中学留不住高人，外地的特级教师来了也是当个跳板，待个一二年就攀高枝走了。王秋月是老鼓中人，大学毕业进来教语文，从来就没想挪过，五六年前就评上了市学科带头人，殷校长就把评特的宝押在她身上。行内有规定，评上市青年优秀教师而后评市学科带头人，第三阶才是评特级教师。王秋月申报过一次评特，中途落马。要怪也不能怪学校，主要是王秋月心思不在这件事上，王秋月的重点是管儿子的学习，当老师的心里都明白，学生能不能出息关键看初中三年。儿子白象就在初三，再过一个月就是中考，当妈的心里真顾不上别的事，王秋月此刻想的是儿子的晚饭吃过没有，吃了晚饭坐下来没有，最后一次模考分数排名，白象是不是比二模靠前。

王秋月吃不惯洋快餐，传说那些做食材的鸡都浑身上下长满鸡翅和鸡腿，可儿子不信，偏偏喜欢这些油炸类肉食。王秋月打算带回去给儿子做夜宵，包装盒拆都懒得拆，几个年轻姑娘嘴上埋怨学校毒害人，存心破坏她们减肥大计，手却早已把纸盒撕开了。一阵马达的轰鸣来自食堂方向，几道耀眼的灯光直射会议室的窗口，王秋月掀开窗帘一角，食堂与行政楼隔着操场，学校不允许车辆进入跑道，连食堂的购物车也只准从后门进出，领导贵宾当然例外。这是要走了？一辆小车后面跟着一辆丰田面包，小车上应该是带队的局长。领导撤了，我们可以马上回家了。王秋月忍不住嚷出了声，小丁停止撕扯手上的鸡腿，不甘心地说，怎么说走就走了？脸上竟然是失望。

王秋月归心似箭，肚子没有填饱，两条腿骑自行车却分外有力。西京路上正在挖地铁，本来不宽的马路上被围了好几个圈子，连路灯也被圈在里面。车水马龙，小车挤成乌龟爬，喇叭声此起彼伏，贼亮的车灯忽闪个不停，照得自行车道也有明有暗。王秋月骑车时基本目不斜视，脑子里要么是烦儿子的事，要么是想课堂上的课务，到了教育厅门口，忽然大车小车全没了，马路上是黑压压的人群，连自行车道人行道上也是人。王秋月只能下车推行。这条路上机关单位多，拉横幅的人群和持盾牌的警察王秋月不是第一回见，这么晚，人群还没散，有点意外。王秋月顾不上看热闹，吆喝着挤出一条缝，到家时低头一看，短袖衫被汗水粘在身上了。

客厅里没人更没有声音，灯开着，电视画面也开着，白洋没有瘫躺在沙发上看“哑巴电视”，自从儿子白象进入初三，王秋月就规定家中必须保持安静，包括电视机和手机。好在白洋有了微信，电视机排到了第二位，但白洋也时常打开电视只放图像，做出喜新不厌旧的姿态。王秋月估计这人是蹲在马桶上玩手机忘了起身，据说最近流行一种毛病，上厕所不玩微信拉不出便便，白洋绝对是这类病人之一。王秋月懒得管他，敲敲儿子房间的门，没人应，推开门，书桌上的台灯亮着，书本也一本正经地摊开了。王秋月走进厨房，垃圾桶里扔了塑料饭盒和一次性筷子。没出去吃晚餐，人呢？王秋月不必在乎安静不安静，白洋白洋，白象白象，她一把推开卫生间，没人。确定是父子俩趁她不在家，放风去了。

王秋月在沙发上生闷气，电视上的人兴高采烈地朝她划拉着手，也莫名地让人生气。王秋月按了一下遥控器，将人影儿掐了。门锁响了，父子俩一前一后进了门，见了沙发上一张寒脸，俩人立即将脸上的兴奋劲儿掐了。白洋说，咦，劳动模范今天提前回来了？王秋月不接话，将学校带回的鸡翅鸡腿递给儿子，儿子漠然地摇摇头，直接进房间做题了。王秋月说，乖，那等会儿当夜宵吧。王秋月满脸慈爱地给儿子送进去饮料，又端进去一盘西瓜，悄悄地轻声合上门。离考试就这么多天了，儿子就是她大爷，她时刻都赔着小心。

但是，总得有人承担这罪过。白洋已经知道逃不过这一劫。他朝老婆又是敬礼又是作揖，老婆还是朝他晃了晃手机。老规矩，儿子在家俩人不斗嘴，要吵要闹发短信，短信收发也是静音，也是要文斗不要武斗的意思。

王老师息怒，我们是去京西路上看热闹去了。白象一天到晚趴着，也应该活动活动。再说，也不能让他死读书读死书，两耳不闻窗外事。

有什么事比儿子的中考重要？

有，莫非你回家路上没遇到？据说是省厅把高考招生指标支援边远地区，高三应届生家长集会抗议。

是高考又不是中考，高考距我们家还有三年，今年与咱家有关系吗？

白洋气哼哼地将手机扔到了茶几上，不屑与她争辩。王秋月弄明白刚才路遇的人群是什么事了，也明白验收组那帮领导和专家为什么突然撤，八成是听到风声了。王老师也是行内人，中小学长期这样办教育，迟早要捅娄子，只是她不希望正巧让儿子关键时刻撞上，儿子耽误不起。

老婆面前白洋总是先认输，他又发了一条短信：马不停说，李小华月底要回国，到时候聚一聚。

王秋月点了点头。儿子择校的事就托在马不停身上，这也是一次套近乎的机会，还可以利用李小华这个外援。

白洋先去睡了，王秋月也有些累，在沙发上打瞌睡。真正上床去，王秋月又睡不着。这些年来养成的习惯，一直要听到儿子洗漱完毕，上床后关灯的开关最后一响，做母亲的才能睡得踏实。王秋月没有看哑巴电视的习惯，她忽然羡慕白洋的本事，总能自得其乐地打发自己。玩微信居然可以几个小时不抬头，据说发微信比发短信收费还便宜，她是不是也应该弄个微信？

对了，这回请李小华吃饭，一定不能让马不停买单。

二、蔡遇春

蔡遇春本来是要去大明湖走路，三高，医生建议她每天走一万步，走湖一圈差不多就达到这个数字。马不停说，头晕不晕，要不要有个人跟在身边？蔡遇春说，要，就你，每天陪我走一圈湖。马不停皱了皱眉头，不理她了。马不停当然没时间陪老婆走湖，几家公司开着，忙得经常几宿不落家。就算有时间健身，那也是去高档健身馆，有秘书陪着，有美女教练形影不离。蔡遇春冷笑，我寻思要不要找个私家侦探跟着你，你倒先想弄个人跟着我，好给你及时通风报信？

蔡遇春与女儿马及及通电话时，愤怒地向女儿控诉了马不停的阴谋，女儿在电话里大笑，说，你那能计步的手机是爸给你的吧，说不定他早做了手脚，你走到哪里定位器就将你暴露在他眼皮底下。女儿跟她开玩笑的，蔡遇春还是匆匆去了手机专卖店，央求修手机的小伙子帮她卸了那零件，小伙子说，不是零件，是功能，您这手机没开通这功能，阿姨您放心。她走后小伙子和同事讨论了半天，阿姨这把年纪了还有什么行踪不可告人？

蔡遇春还是拐上了湖东大街，朝前走六个公交站，就是邦德大厦，蔡遇春总是会不由自主走到这幢大厦的广场。下午的太阳热辣辣，街上的行人并不减少，男人戴着遮阳帽，女人撑着小花伞，步履匆匆，看样子都忙得像大国总理一样，其实是被空气中的热浪追赶着。在多伦多的夏天，马及及指着街上的花伞说，每朵伞下都藏着一个中国大陆女人。蔡遇春注意了几次，还真是。洋女人夏天不撑伞，似乎雨天雪天也不撑伞，顶着雨点雪花在大街上疾疾快走。后来蔡遇春夏天也不撑遮阳伞了，只是没人注意到她这个改变。

广场的中间是一个喷水池，阳光下水如花瓣一样开放，亮得刺人眼，广场的四周是一圈圆圆的石球，石球之间还串着铁链，阻止车辆开进来，这些石球冬天可以当凳子坐着晒太阳，蔡遇春曾经坐在上面打发过许多时光，那些日子马及及为考雅思在这里上课。夏天当然不行，会把屁股烤熟的，天热，今天连发广告的小姑娘都躲了。其实没走，只是站在楼的僻阴处，见人来，一前一后迎上来。蔡遇春隔三岔五过来，都已成了老熟人。蔡遇春接了高个子姑娘一张，又接了胖姑娘一张，一样的广告，从学前班到研究生课程，应有尽有，最贵的收费是雅思和 SAT 培训。要不新东方的俞敏洪怎么能发大财？这话是马不停说的。这两年贴小广告的人少了，发小广告的人多了，年轻人怀揣花花绿绿的纸片，直往你手上塞，地铁口有，中小学门口更多。发广告的姑娘都是兼职的大学生，不认识老板娘。蔡遇春来者不拒，她心疼这些年轻人，早些发完可以早些下班回家。

多年前，马及及上小学五年级，学校要求小学生为穷困儿童献爱心，也算是社会实践活动，小朋友们选择了卖报纸，灵感来自传唱的一首关于小报童的革命歌曲。冬天一大早，蔡遇春把女儿送到报纸批发点，马及及和同学们聚了头，每人领一百份晚报，第一件事是把家长赶走，然后奔赴分工的各自地点。家长们都被赶出了孩子的视线，他们只能像一群密探似的跟踪各自的目标。那时马及及还是听话的小学生，早晨天寒，她不肯戴口罩也被逼戴着，个子开始抽条了，羽绒衫一裹，看上去像个小大人。先是在公交车站，眼巴巴地看着等车的人们，那时还没有微信，人们还习惯等车时东张西望。有人随手递给她一枚硬币，及及就弯腰鞠躬，感恩戴德。上班高峰时间过了，及及转移到了路口斑马线，等红灯时行人和自行车都阻在那里，及及趁机向他们吆喝。蔡遇春躲在街边的梧桐树后面，看得到冬阳下女儿仰起的光洁的额头，看不见女儿口罩遮住的大半个脸，隔那么远，居然能听得清女儿的每一句话。大概卖掉一半报纸的时候，马及及便急于清点收获了。她退回到街边大楼的台阶，放下胳臂弯里的那摞报纸，一屁股坐在冰冷的石阶上。她将羽绒衫口袋和裤子口袋都掏遍，石阶上堆了一小摊毛票和硬币，她撅着屁股开始清点，鼻尖快凑到石阶。上上下下的大人从她身边走过，一不小心皮鞋尖就会踢了及及的脑袋，蔡遇春鼻子一酸，马家的小公主此刻与那些街头点零钱的小乞丐有什么两样？

蔡遇春拦住了一位行人，女性，跟自己年龄差不多。蔡遇春递上一张百元票，说，求您一件事，把前面那孩子的报纸都买下。

女人看了一眼远处的及及，说，我懂，是您女儿吧。得找个理由让她不起疑。

蔡遇春点头，说，在风口站了几个钟点了。

女人想了想，说，这样，我就说我儿子在今天报纸上发表了文章，我要买五十份，给他班上的同学每人送一份。这个理由可以吗？

这女人脑子好使，或者她真的有个儿子在报上登过文章，真的这样买过报纸。蔡遇春觉得可行，叮嘱说，您买下后就直接走路，找零就算谢您的，别客气，您要回头找我，说不定就把我暴露了。

小学生毕竟是小学生，她一点都没起疑心，回来后兴高采烈地向妈妈汇报，她的运气特别好，正巧碰上了一位需要买好多报纸的阿姨。这事放到现在，马及及一眼就能把她戳穿了。

蔡遇春进了邦德大厅，大厅宽敞明亮，中间是一块太湖石景观，除了门口一张大堂经理的办公桌，沿墙摆了一圈沙发，有免费茶水饮料供应，当然还有免费的广告宣传册任取，供来访的家长们小坐，这是马不停的大手笔。原来大厅是一家百货店面，只留了一条通道到电梯口，马不停盘下大厦后，一挥手把人家赶走了，上百万的租金不要了，马不停说，门脸宽阔才能招大财纳大福，这话现在来看没错，马不停现在将培训、留学、移民这三块做得风生水起，利润远超他原来的两家工厂。

几年前蔡遇春是坚持不坐电梯的，上下楼靠两条腿，都说这是一种有效的健身运动，后来说法变了，说爬楼损伤膝盖，中老年不适合爬楼，蔡遇春也顺水推舟改了，年近半百的女人，膝盖没出问题，腿毕竟沉了。这是一幢十层楼，当初里面有十几家公司驻扎，马及及上雅思课的教室在六楼，六楼租给了新南方教育中心，马及及每周过来上两节课，每次两百块，那时觉得贼贵，与现在的学费比只能算毛毛雨。当时想出国留学的人不多，教室里只坐着十几个学生，除掉教师薪酬和房租，教育中心的老板说所得寥寥。有一回马不停父爱泛滥，亲自来接女儿，来早了，与那位老板闲聊几句，老板抱怨赚得少，马不停说，要不，你把这个中心卖给我算了。马不停不是开玩笑，他把新南方教育中心买下了，心一横把这幢楼也买下了。新南方改名邦德，大楼改名邦德大厦，筹款贷款，马不停把身家性命押上了。马不停去北京了解过行情，中关村卖电脑的网点，正纷纷改造成培训班的教室。做实体的蝇头小利怎么能跟培训现交的纯利润比？马不停赌中了，转行捡到了金元宝，他跟女儿通话时常说，女儿就是我的福星，没有女儿就没有邦德。不管他说的是不是真心话，这话蔡遇春爱听。

六楼现在是留学中心。

这楼面蔡遇春熟悉，不仅因为当年常来这里给女儿送餐和接送女儿，还因为留学部经理陈倩倩那个狐狸精。公司刚转型，蔡遇春不敢大意，坚守在财务部管账。马不停有个毛病，喜欢拈花惹草，当年每新办一个企业，或者每新上一个项目，他都有本事勾搭一个骚货，私下里跟狐朋狗友说为了解压。蔡遇春没办法，这世道好多事你都没办法，市民抱怨食品不安全，病人抱怨医院的刀宰人太黑，家长抱怨现在的学校“毁”人不倦，都只能一边受着一边期望。天要下雨娘要嫁人，现在要添上一句，男人要找外遇。蔡遇春躁的时候恨不得要去跟踪，要去找私家侦探，要现场捉奸撕了那婊子。安静下来，她就在心里冷笑，你撕了这个，他又会找来那个，不如等着，等马不停自己厌倦。现在都时兴以年代分段，当官的演戏的当作家的都这样称呼，60后70后80后，马不停现在身边的小婊子是90后，比马及及还小两岁。蔡遇春可以装瞎，但心里存着一本账。蔡遇春是个耐心的会计，她把那些婊子一一做成了死账，损失点数字不要紧，数字只要成了僵尸，花掉的钱就有数，蔡会计怕的是那数字眨着眼睛跳转，那就是填不满的窟窿，一不小心会毁了马家的大坝，现在这是马不停的大坝，最终它是马及及的大坝。

蔡遇春通常就在会客厅坐一会儿。这个会客厅装修得温馨可人，角落里是比人还高的绿色盆景，隔断是几个养着金鱼的玻璃水箱，每个小间是一张圆桌，围着几张沙发椅子。桌子上摆着水果、糖果和点心食品，恍惚间你以为是坐在自家餐桌上。来这里坐的通常是家长，学生是邦德的顾客，家长才是邦德的上帝，钱包在家长的手上。留学部的工作人员称为留学顾问，听起来像退居二线的老家伙，其实都是被称为“海龟”的年轻人。他们很多人留学时申报材料都靠自己做，那时留学中介公司还没产生，他们亲历升学实践，回国后以此为业，一不小心成了行业中的“老人”。不能小看他们，他们不只做尾端，帮客户在高三和本科毕业申报时完成临门一脚，那是短线。现在都把重点放在做长线上，从高一开始为考生做计划做包装，单人项目就收费二三十万。陈倩倩当时说，现在家长舍得在儿女身上花钱，关键是你要让他们肯在你这里花，让他花得踏实可心，所以要把留学部重新装修，让家长坐在邦德就像坐在家里一样放松，他的钱包才不会抠紧。应该说，这婊子的眼光还真没错。

蔡遇春喜欢看来来往往的留学顾问，他们只是在西方大学校园里镀了几年金，但站在蔡遇春面前，蔡遇春一眼就能把他们从人群中筛出来。马及及在多伦多大学读书，蔡遇春每年至少要去陪读几个月，蔡遇春在那里不能待久，现在好在网络联系极其方便，她一边监管着公司的账本，一边也得查问马不停花在女人身上的账目，人可以糊涂账不能糊涂，这个得她回国亲力亲为。蔡遇春有时对女儿直白，我得回国，我得帮你把你的钱看牢呀。蔡遇春在校园里在街头上经常遇见中国留学生，见多了就看出道道。男生，刚出来时都还窝着胸，着装整齐，大三大四变了，一个个昂首挺胸，气宇轩昂，着装喜欢显露肩臂上的肌肉。入乡随俗了，男生们把健身运动做了必修课。女生呢，到高年级时除了染发和小文身之类，走路不再是碎步，脚下生风，把胸和臀展示得一览无余。蔡遇春看到这些姑娘，就不由自主想到异国的宝贝女儿马及及。

蔡遇春有时会到陈倩倩办公室聊天。陈倩倩是留学部唯一没有留学经历的人，曾经读过本市一所师专的英语专业，但这丝毫没有影响她把五十多位“海龟”领导得风生水起。马不停力排众议聘任她为留学部经理时，曾经这样说，毛泽东当年也就长沙师范毕业的中师生，不也把东洋西洋的留学生指挥得服服帖帖，打下新中国了吗？把一个女人抬到天上，蔡遇春的那根神经就被拨动了。男人把一个女人抬到天上，下一步就是把女人压倒身下。蔡遇春突然出现在这对男女开的宾馆房时，陈倩倩刚冲澡出来，惊讶得浴巾滚落到了脚踝。马不停靠在床头，不客气地对蔡遇春说，你怎么来了？蔡遇春说，我在多伦多跟邻居姐妹聊天时，她提醒我别忘了给女儿书包里塞避孕套，我在当汤的店里买到了好几种没见过的新鲜玩意儿，你不想着我，我可想着你。特意飞回来让你体验一下新鲜劲。蔡遇春真的掏出一把色彩缤纷的东西放到床头柜。蔡遇春回头对陈倩倩说，陈总，姐也不怕你笑话，别人最多操心女儿，我还得操心老公，说白了是担心马总哪天给我领回个野种。陈倩倩很奇怪，两只手不是按在脸上，也不是遮在裆下，而是双手都紧紧地抱在胸前，没有分工。蔡遇春不是第一次现场捉奸，这不合常规。蔡遇春说，你把手放下。陈倩倩不动，蔡遇春作势拾了茶几上的烟灰缸。陈倩倩的脸由红转白，双臂垂下了。陈倩倩的乳房说大不大，说小不小，像两只水蜜桃，可是在桃尖红晕处，却不见乳头。蔡遇春明白，这女子乳头内陷，她夸张地笑了，说，马总，你总说工作抓重点，提纲挈领，纲举目张，现在重点没了，纲也没得抓，你这是说一套做另一套。蔡遇春替他俩关上门，撤了。

蔡遇春每次都是一个人亲临现场，不吵不闹，悄悄离开正如悄悄地来，严格来说称不上是捉奸。女人之间的战争输赢，有时只需要一个眼神。这以后蔡遇春常常来留学部小坐，像一个学生家长安静地坐在角落。风华正茂的陈倩倩一旦遇见她的目光，立即低头缩胸，不自觉地抱起双臂。终于有一天她抵挡不住，交上了辞呈。这怎么行？邦德需要她，马总需要她，蔡遇春也需要她，她是公司的摇钱树。蔡遇春亲自上门挽留她，承诺给她大幅加薪，既往不咎。陈倩倩感动不已，坦言说她已和马总断了，密报马总现在是迷上谁谁谁了，姐妹心心相印同仇敌忾。

这会儿找陈倩倩办事的人多，蔡遇春看见她办公室不停有人进出。蔡遇春退出留学部，她没乘电梯下去，而是在步行通道的台阶上坐下了，这里安静。

从前女儿在这上外语课时，蔡遇春和几位家长经常来送餐。那时候的马及及是个乖宝宝，喜欢吃她老妈做的饭菜，孩子们在教室上课，家长们就在这台阶上等候。台阶高高低低分隔成了几个小饭桌，哪里有桌子？就是随身带来的报纸和塑料布铺在台阶上。正因为蔡遇春知道家长送餐诸多不便，后来她建议留学部拿出一间教室做用餐室，不是所有孩子都愿意吃外卖。用餐室里配了微波炉和电热壶，还配了洗碗筷的水池。马及及那时候已长得人高马大，只是还没有别的心事，专注于学习。当老妈的警惕性高，发现了一位男生在向女儿献殷勤。

当妈的与当妈的也有不同，蔡遇春一眼就喜欢上了那男生，阳光，虎气。政策只准生一个，生了女儿的母亲喜欢男生也正常，算是心理弥补。但蔡遇春这个当妈的过分，女儿是高中生，她对女儿推荐说，那谁谁谁喜欢你知道吗？我觉得这小伙子挺好，要不咱就跟他好了？马及及只顾夹菜，头也不抬地说，就他？考试就考我一半分，做梦。听上去可笑，中学生谈恋爱考试成绩是一个重要参数，其实也不可笑，老师和家长评价学生，唯一的标准不也是看他的考试分数。

据说那男生后来去了美国，现在已经在波士顿成家了。从马及及的微信上看，读研二的马及及还飞去做了伴娘，照片上这傻丫头没心没肺地笑张着大口，根本不在乎自己还能不能找到成家的男朋友。

手机响了一声，是马及及。本地和多伦多时差十二个小时，白天黑夜正好颠倒，蔡遇春规定女儿必须每天与老妈联系一次，心情好，马及及能缠着老妈通几个小时电话，不耐烦时就只发一条微信。现在快十二点，这是临睡前敷衍一下老妈，点开，果然只有两个字：活着。

这个长不大的小屁孩！

三、王秋月

鼓楼中学这样的初中在明城排在二流，一流的初中是那几家完中名校分离出来的初中，有一年上面要求初中高中分离，名校就把初中办成民办学校，称为“民办公助”，换汤不换药，就是可以名正言顺地提高收费了。老百姓不是傻瓜，不就是每年多交几万块钱吗？家长在孩子身上都花钱大方，但计划外名额有限，竞争异常激烈。忽然又说搞义务教育，小升初不准书面考试了，面试凭小学生的素质录取。狭隘的家长就在背后议论，这实际上是为权贵子弟打开了方便之门。腿粗的人直接迈进门，腿细的人拎着钱跑断腿也没用，得找对人批条子，弄到择校指标，俗称“条子生”。白象当年能进明城初中，就是殷必应帮忙弄到了条子，为此，王秋月在他手下再苦再累也从没怨言。殷必应当这个校长，老师们内心里还是服他的，教师有难事找他，他是真的有求必应，尽力而为。殷必应最硬气的一条，是多次把申报特级教师的机会让给教师，这在中小学校长中算是高风亮节。有文章做过调查，中小学特级教师大部分都是所在校的校长主任，其实也属正常，一种是“教”而优则仕，评特后当了官；还有一种是当官后评特，近水楼台先得月，后一种居多。老师们心如明镜，现在考试制度背景下，特级教师的水平是怎么一回事没人清楚，但是津贴奖金是真金白银。用殷老大的话说，就是退休了，去家教公司挂个名，也比别人多赚一份钱。有人劝殷校长自己申报，这大明城的中学有几个校长不是特级头衔？殷必应说，我当校长，已经占了不少好处，总不能妄想把什么好处都占了。他教政治学科，貌似很哲学的口气。

说起来王秋月也是官，初三年级组长，相当于村民小组长。初三年级的组长，面对的是中考升学率排名，肩上扛的是学校的脸面，压力不小。全年级八百多号人，她不能全记得名字，但前五十名和后五十名她总是能将人名和脸对上号。有人说当老师的，永远只记得班上的好学生和差学生，这话不假，前五十名要警惕他们掉队，考高中名校靠的是这支先锋队。后五十名要保证平安过渡，在走上社会前不给学校惹麻烦。在中考前这个月，王秋月有个家访计划，把前五十名学生家跑一遍，摸个底，也提醒家长一些注意事项。这次要跑的这家是熟人，学生李一兵一模二十一名，二模十二名，英语和语文进步了，数学掉下来 7 分，李一兵获得过市数学竞赛一等奖，数学掉分不应该。这孩子只要考场上发挥正常，他有希望进入明城最好的高中。和李一兵的父亲认识很偶然，读小学六年级时李一兵和白象在同一个老师家补课，接送的家长都是妈妈，只有老李是个大男人。老李骑一辆平板车，平板车上放着猪肉排骨，来得早就在小区里吆喝一圈，接儿子从来不耽误。王秋月试着买过一次他的猪肉，说是土猪肉，烧出来真的就很香，说是黑猪，就真的能在猪皮上找到黑毛，货真价实，王秋月图省事，每个周末与老李碰头，把一个星期的肉买了，有时老李干脆把蔬菜也从菜市场捎过来，比王秋月买的菜新鲜干净，主要是省下了她上菜市场的时间。一来二去，俩人也聊上了。老李也实话实说，早就知道她是鼓楼中学的老师，还是个干部，想请她帮忙把李一兵弄进鼓中。别看鼓中只是一所二流学校，但总比农民工子弟学校强。老李两口子都是农村人，户口在老家，能进鼓中算是烧了高香。李一兵是个爱学习的孩子，鼓中也需要好的生源，王秋月就求殷校长收下了，于公于私这都是件好事。

李师傅家就住在鼓中隔壁，与校园隔一条巷子就是菜场，儿子来鼓中上学，老李把家就搬过来了，摊位也转移到了这边的菜市场。现在想来，当初把儿子办进鼓中，老李就勘察好了地形。这边既方便儿子读书，又不耽误自己做生意。不是贪图路近，是贪图孩子省下在路上的时间。孩子从早到晚的日程排得满满的，早晨从床上拉起来都像是捆成猪上屠宰场，老李嘴上厉害其实心疼。加上这城市动不动就是堵车，很多家长心一横就在学校周边租房住，哪怕是简陋的旧房平房，租金也抬得吓死人，但钱能买来孩子的时间，家长在所不惜。别看老李长得五大三粗，小算盘打得贼精。王秋月偶尔会抽空过来买菜，她总是躲开老李家摊位，怕老李往她购物袋里塞块肉，或者扔块排骨不收钱，王秋月自认为是知识分子，不愿占这种便宜。天热，下午的肉摊一字儿排着，各种刀具和铁钩子悬挂在空气中油光铮亮，摊位上看不见肉，都用布罩着，怕肉变味，也怕苍蝇纠缠。脚下总免不了有污水，可疑地泛着血红色。王秋月跳跃着找到老李家摊位，摊位后面是简易平房，够摆一张床和一张饭桌。李一兵回家就是在这污糟的空气中，在这张油乎乎的饭桌上做作业，王秋月不禁心疼这孩子，他成绩还总那么优秀，这次全市模考总分，他比白象多出一百多分。老李坐在躺椅上睡着了，这个男人每天夜里二三点钟就要去屠宰场批发猪肉，下午难免瞌睡。她老婆是个小个子女人，一眼就认出了王老师。这是个细致的女人，她喊醒老李，顺便把风扇掉头朝了王老师，手脚麻利地递给她一瓶冰镇矿泉水，还有一包未拆封的小纸巾。

老李的女人找儿子谈过了，他丢分的理由跟他的数学老师分析一致，有一道题老师没讲过，习题本上没遇到过。

王秋月是教语文的，她私下里跟白洋嘀咕，她看不懂现在的语文教学。老师不看课外书，学生顾不上读课外书，师生专跟习题本较劲，但看不懂她也得随大流，考分高才叫识大体。数学教学她更加看不懂，白象数学考得差，也是埋怨老师课堂没讲过。王秋月读中学时数学一般化，但至少那时数学题讲举一反三，灵活运用。现在数学老师搞题海战术，有些试题学生做过十几遍，看到试题答案就随口报出，倘若考到老师没布置学生做过的题目，学生不会做，老师还引咎自责。真让人看不懂。白洋说，除了你看不懂，还有一个人看不懂，让她看微信上一段文字。有一个叫莫言的作家，自以为得了诺贝尔文学奖，竟然置喙当下中学教学，他认为初三高三学生都是复习做题目，应该将这两年学制删除。教育专家们开他的批判会，认为他不懂装懂，一打听，这老小子小学都没毕业，群起羞辱了他一通。作为语文老师，王秋月觉得莫言讲的是事实，没胡扯。白洋说，莫言傻，你也傻啊，那两年没了，专家们编的习题卖给谁做？这不是断专家的财路？白洋这人心理阴暗，总把别人往坏处想，王秋月只当耳边风。但是李一兵这样的数学尖子，离了老师的搀扶就无法走路，这种教学常态只能让她生疑。

王秋月问，李一兵打算填报哪所高中？

女人说，有人说附中好，有人说新区中学好，我们分不清，听王老师的。

这两所高中是明城名校的塔尖，附中在南城，历史悠久，老牌名校。新区中学顾名思义在新区，后起之秀却声名鹊起，每年高考宣传，两家都晒升学率，号称全市第一。王秋月说，应该听李一兵的，他自己能拿主意了。

王秋月说，据说去年是新区中学厉害，理科状元落在他家。

李一兵是学理科的苗子，但是附中离这里近，新区中学比较偏僻，菜市场还没成气候，明显不利于老李家的生计。女人笑笑，说，等报志愿时再麻烦老师操心。

王秋月离开时显得慌张，她觉得老李家的女人看穿了她的心思，王秋月心虚了。其实怎么可能？王秋月家访是存了私心，现在的学校都在抢生源，连北京那两所著名大学招生都斗得你死我活，省内的高校招生也使出了百般解数。靠山吃山，靠水吃水，高校子弟上本校都有照顾分。这福利渐渐延伸了，高中名校的校长只要保证本校报考某校的优生达到一定数字，校长的子女可享受某校子弟的降分福利，这已经成为名校校长间公开的秘密。高校如此，高中也如此，一到招生季，中层以上的领导就划片分工，跟初中部毕业班的班主任年级组长套近乎，目的是拉生源。比如附中和新中这两家，录取线都像割韭菜最上面的那一刀，不相上下，但尖子生落哪家很重要，要么是你的心肝尖，要么就是你的冤家对头，三年后高考对家的光荣就是你家的耻辱，所以校长在招生季谁都不敢马虎。用哲学理论来解释，内因起决定作用，学生是内因，教师再牛也只是外因，“没有教不好的学生，只有不会教的老师”，这种大话也就可以在会议上糊弄一下老师，只有吃屎的校长才心里当真，生源是决定升学率的根本。王秋月所在的鼓中虽属二流，但新中的招生副校长也盯上她了，并且情报工作很到位，知道她有个儿子在初三，一模二模成绩预估达不到新中录取线。副校长说，我也不绕圈子，如果贵校优生中能有百分之八十填报志愿是新中，你儿子不达线我们也照顾录取。

王秋月觉得这简直是老天专门为她打开的一扇窗，千恩万谢地应下了，过后又骂自己无耻。王秋月为自己辩解，我首先是母亲，然后才是老师，再说动员学生填报新中未必是坏事。只是每次家访，她还是觉得自己心怀鬼胎。

四、蔡遇春

蔡遇春接到了李小华的电话，说马总和司机都不在明城，麻烦及及妈妈到机场接一下他，他刚下飞机，出关和取行李还得个把小时。以前李小华到明城，都是马不停的司机或者办公室安排接送，这次把这差使安排到她头上，应该是马不停发的话。马不停说过，这次李小华回来，是邦德的重要客人。蔡遇春倒不是拿大，更不是端着董事长夫人的架子，说起来李小华真不是外人，她不待见李小华自己也找不出理由。

蔡遇春当年送女儿来多伦多大学开学，是李小华开车接机，把她母女从皮尔逊机场送到当汤，“当汤”是 Downtown Toronto 的音译，多伦多市中心，并非地名，蔡遇春后来才弄清楚。新生一般安排住学生宿舍，大二后才考虑租房搬出校园。李小华带着蔡遇春母女办理了报到住宿手续，又帮蔡遇春在学校附近一家宾馆办好了入住手续，在家靠父母，出门靠朋友，李小华顺溜的一口英语，麻利的办事速度，确实帮了蔡遇春的忙，让她感动。放下行李，已是晚餐时间，李小华带她俩直奔唐人街中餐馆。这是蔡遇春的长项，是她表达感谢的机会，蔡遇春挥手点了一桌子硬菜，结账时三人吃了上千加元，小费也付了一张百元大钞。蔡遇春不在乎别人说她土豪，钱不能让马不停一个人撒，为女儿花多少钱都不算多。李小华住在士嘉堡，离当汤有近一个小时的车程。临走时他跟蔡遇春说，这车是租的，一天四十加元。蔡遇春愣了一下，听懂了，从皮夹里掏出一张五十加元的纸币给他，说那十块是油费，够不够？李小华认真地心算了一下，说够了。李小华走后，蔡遇春心里硌得慌，马及及说，亲兄弟明算账，何况现在李叔叔是老外。蔡遇春说，也不对，他哪次回国你爸爸招待他不是成千上万的花费，他也没提 AA 制，刚才付账也没提呀。马及及胳膊肘子往外拐，说，妈，你以为李叔乐意？刚才您点菜时他就脸上苦大仇深，不跟你们 AA 制是他不赞成这种浪费式消费，不抗议就是给你们面子。

蔡遇春后来去过他士嘉宝的家，一家五口住的是小镇上的排屋，在当地也就普通之列。李小华在国内时脑子不是一般的灵活，出国了反倒没发财，蔡遇春真没想到。

马不停和李小华、王秋月都来自平原地区的同一个村庄，马不停大他俩近十岁，在乡办厂做销售员，能说会道，蔡遇春与他同在乡办厂做会计，一不小心被他弄到手做了老婆。而李小华王秋月是村里李王两姓的骄傲，那年代考上大学的人稀罕，读完师范大学俩人都留在了明城更骄傲。本来马不停与俩当教师的也搭不上边，可马不停心大，他跳出厂自己做了老板，办了一个印刷厂。印刷厂不印刷书，专门印刷试卷。试卷号称来自湖北黄冈或者江苏南通，其实是雇一批人剪刀加糨糊剪贴拼凑。找谁呢？马不停就联系上了李小华和王秋月，李小华教数学，一口接下活儿，王秋月胆小，犹豫着不答应。李小华替马总着急，主动把各个学科的活都接下了，组成了一个团队。那是马不停挖到的第一桶金，试卷直接往中小学销售，成本低，回扣高，往往毕业生一门学科有三四套资料，校长订，主任订，任课老师亲自订，反正毕业班的家长肯掏钱。这乱象把上级领导和专家惹急了，下文规定每个学科只准给学生订一套教辅资料，并且是上级部门指定专家编的资料。专家们垄断了发财路，马不停的生意黄了，李小华的财路断了。马不停的印刷厂停了，李小华的脑筋在转个不停。他很快就替马总想出了新点子，关了老家的印刷厂，利用招商引资政策到明城开发区圈地，办一个电子仪器厂。说是电子仪器，实际上是组装复录机，那机器可以一复一，也可以一复九，买一盒歌星原声带放进去，再分别在九个空舱放进去九盒空白带，几分钟就复录出九盒有声带，贴上招牌画片，就可以批发给音像店面。卖这种复录机可以赚钱，但是卖复录带可以赚更多的钱。当然，卖歌星带的量有限，得把眼光放开，外语热那时已开始升温，李小华说，咱卖各种英语磁带，中小学课本英语，新概念，雅思托福，什么好卖咱做什么，首选选中小学课本英语，原先的销售网咱还可以继续运转。马不停曾对蔡遇春说，要说人才，我们村只有李小华这家伙能称人才。可惜的是这个人才赚了点小钱，就立即投奔腐朽的资本主义世界了。

李小华去了加拿大，当时这是令人羡慕的事。马不停说，李小华那脑壳里，永远存着烘干机，不可能进水。烘干机是什么机，蔡遇春当时没见过，后来她到多伦多后，马及及教会她使用了烘干机。响声挺大，李小华说不定就是被这台烘干机吵昏了头，他后来坦言出国的选择其实是不明智。李小华在国内教数学，但加拿大不承认他的教师资格。他再读了两年书，教师学院毕业，总算可以重新上讲台了。加拿大中学老师工资高职位少，李小华等了好几年才找到工作，好比中国古代文人考取了进士，想当官还得耐心候补。这一番折腾李小华不容易，但李小华头几次归国风光无限，给你送个微型录音机，给他送双名牌球鞋，当时在国内都是奢侈品，连马不停也觉得李小华简直生活在人间天堂了。蔡遇春在多伦多陪读，马及及忙着上学早出晚归，她每天买菜做饭，语言不通，买菜也只能走固定路线去唐人街，怕迷路，人寂寞成猪了。她多么盼望李小华休息天能来当汤聊个天，蔡遇春在加拿大就李小华一个熟人。他在电话里总是向她道歉，忙这忙那没空，后来才知道，他是给留学生教英文，给老外教中文，一个小时也就挣几十加元。蔡遇春差点有句话滑出口，你如果乐意来陪我聊天，我给你开双倍工资。一个在国内让马不停称天才大脑的人到了这自由世界，不但没有如鱼得水，倒成了一个规规矩矩的计时工，他脑袋里的那台烘干机罢工了？

有一年李小华回国，马不停开着新买的大奔亲自接机，夜晚车少，机场高速已拓宽成四车道，李小华手痒痒，说，我来开车。这家伙猛轰油门，把车速提到一百六，马总吓得心也吊到喉咙口。李小华总算把车速降下来，说，还是祖国好，天高任鸟飞，路宽任我开。马总说，这会儿警察下班了，要是撞见了也逃不脱。李小华说，别真以为我是老外，警察来了又能把马总咋样？这明城有你搞不定的事？马不停“呵呵”笑了。酒桌上李小华喝了几杯后，搂着马总的肩膀说，哥，什么自由世界，狗屁。我刚去那年考驾照，白人老小子为难我，我塞了张一百块票子给他，他竟然告发我，罚了我四千刀，加元哪。我那个冤，你吃个饭要付小费，打个车要付小费，算我付个小费就不行？拿了驾照，我买不起车，那边流行自驾游。我租个车，兴致勃勃地开到了野外，加拿大其实就是个大乡村，地多人少，空旷无垠，我忍不住撒个野，把那两年出国后的憋屈当尾气撒了，油门踩上去一会儿，警车就鬼叫着前后拦下了。关了我整整三个月。从里面出来，我人就蔫了，就成了加拿大良民。马不停说，莫非这老外的世界，说白了是有一个玻璃罩，你这只鸟待在里面看不到有铁丝网，但你只要想闯一闯就撞得头破血流。真这样，这地儿看着好，我们还是不去为好。这话马不停说过就忘了，生意人只要有钱赚就忘了自己是谁，马不停想把邦德办成国际集团，一个孩子从学前班开始，邦德就能在他身上赚钱，但现在留学风潮大行，很多家庭从中学开始就往国外送孩子，马总鞭长莫及心犹不甘，肥水不流外人田是国人祖训，马总想到了李小华，打算在多伦多筹建分公司，摸着石头趟趟多伦多水深水浅。

蔡遇春在多伦多陪读时，除了买菜做饭做家务就是逛街，她家楼下就是柏朗大街，被称为奢侈品一条街，中国游客多，几乎每家店里都有一名讲中文的导购，蔡遇春有事没事总喜欢与他们说说话，次数多了她也不好意思，耽误人家生意了，出手买个一两件商品。这天刚坐下没几分钟，店堂里顾客都奔门外了，导购小姐说，大游行过来了，一年一度的同性恋游行马上在柏朗大街经过。蔡遇春且惊且喜，她也是喜欢热闹的人，在国内时就喜欢回老家赶个庙会，看个社火。在这个国家太寂寞了，这种西洋景当然不能放过。只一会儿，街两边就围了人，老外人高马大，蔡遇春钻个空子就挤到前沿，人人都伸着脖子向街角张望，与明城看热闹不同，这里没有见到警察维持秩序，大家都自觉站在马路人行道上。游行跟明城元宵节花车巡展相似，又好像是运动会开幕入场式，一个方队接着一个方队，方队前有领队有彩旗，方队中有彩绘车辆和各种装扮的人群。有不少男女一丝不挂，只是身体都布满了彩绘，不细看你以为穿着衣服。蔡遇春前几年随马总游玩过几大洲，裸体浴场也见识过，并不少见多怪。方队有多种，公务员方队，警察方队，还有教师方队。蔡遇春看见警察方队几个健壮的小伙子化着女妆，戴着胸罩招摇而过，还是看不惯，摇摇头。教师方队尤其引人注目，彩车前面的队伍且行且舞，舞姿妖娆，美艳绝伦，细打量都是画了脸的男教师。这样的教师，家长怎么放心让他们教育自己的孩子？看来加拿大人烦不了，真没想过这样严肃的问题。加拿大法律允许同性结婚，同性恋者有法无天，教师居然也不例外，这要在明城，就算校长不管，家长也会把他们赶出教室。蔡遇春思想开小差时，有人在她面前蹲下了，系鞋带。从身形看是个亚裔，黄皮肤上涂着彩粉，站直身子脸一扬，蔡遇春觉得眼熟。在这异国他乡眼熟的人能是谁？李小华。李小华有老婆，白人，而且有三个混血儿子，一个赛一个可爱的儿子，蔡遇春都见过。蔡遇春喊了一声，小华，李小华回头朝她挥挥手，追赶队伍去了。李小华自然大方，倒是蔡遇春心里嘀咕，这家伙这回脑子真进水了，不是同性恋也是双性恋，病得不轻。事后李小华主动在电话中解释，嫂子，我不是那个什么，但是我道义上支持他们。蔡遇春嘴上应着，心里还是隔了，与他联系也渐渐少了。

马总说她，你在国外住这么些日子也是白待了，李小华就算是一同志，人家也是加拿大人，合加拿大的法。你凭什么嫌弃人家？蔡遇春说，我就封建落后，就看不上不男不女的人，怎么的？夫妻斗嘴可以这样说，但场面上该怎样做怎样说蔡遇春当然不会错，这么多年老板娘她也是做毕业了。

李小华这几年回国，变化最大的是酒桌上话少了，酒桌下话多了。也难怪，朋友圈的人几乎没有人没出国转悠过，连做中学老师的王秋月也带学生团去过美国，说起来这也是邦德拓展的业务，别家暑假组学生团去北大清华游学，陈倩倩组学生团去欧美大学，陈倩倩说，哈耶普多大气，世界名校，甩北大清华多少个名次，硬是进校门一分钱不收。这婊子确实能干，马总不留她蔡遇春留她，人不好钱好呀。蔡遇春去过那些外国牛校，人家压根儿连围墙都没有，怎么卖门票？从前李小华吹嘘加拿大资本主义世界怎么好，大家真以为是加拿大大家拿，牛奶金养老金不拿白不拿，过来一看，不是那么回事，都有附加条件，至少你得有枫叶卡，还得证明你收入在那什么线以下，再说，就那点钱，现在有条件出国的人也没几个人能瞧得上。就说当汤吧，多伦多是加拿大最大的城市，当汤是多伦多的中心，李小华说得多么繁华，蔡遇春来了一看，就那么回事，安大略湖滨金融街有不少摩天大楼，可以与明城市区一比高下，出了这条街，那几乎就是明城郊区了，房子新旧混搭，高低不一，店面稀稀拉拉，橱柜老旧。这多伦多不止没有城管大队拆迁办，怕是连规划局都没有。倒是明城日新月异，李小华回国一次沮丧一次，中国人说有钱就有钱了，不说马不停这样的大户，一般市民也手头宽裕了。街头遇见老熟人，开口就嚷着呼朋喊友吃个饭，吃个饭就能花几个千元，显得空手的李小华寒酸了。

李小华坐在副驾位置上，老老实实系上了安全带。蔡遇春告诉他，现在副驾不系安全带，主驾扣分还带罚款，更别说那超速闯红灯了，全程雷达监控，联网上线，谁都逃不掉。李小华点着头说，社会进步，这是迟早的事。李小华说，时差一时倒不过来，反正不能睡，把他送到邦德，他想去培训部听课。这一点倒像个老外，务实，蔡遇春的车直奔邦德广场。

如果把留学人员托福、雅思和SAT这类迎考分成三个阶段，最初阶段是自学时期，这一时期考生苦背单词，以在港台购买的相关书籍为蓝本，苦读挣分，所有申报手续也只能下载表格，自力更生。第二阶段是大班化教学时期，收费教学，由归国留学生主讲，大教室里挤着几百号人，收费不高，薄利多销，留学中介也陆续兴起，一部分人将申报国外高校的一摊事都交给了留学顾问。大概从2010年代开始，这一领域群雄争霸，业务趋向精致。小班化教学，几对一甚至一对一，长线包干，当然，教师都是留学精英，收费不低。李小华当年出国，也参加过雅思考试，尽管他是科班英语出身，考试也磕磕巴巴。但是这几年李小华不断耳闻，明城某某家的孩子雅思考了满分，某某孩子托福考满分，甚至有中学生将SAT1考出满分，尽管国外的高校录取，考分不是唯一依据，但在安大略省的顶尖中学，也难听到有SAT1考满分的考生。据说培养这些高分考生的地方，不是学校，而是邦德这种春笋般涌现的考试培训公司。

李小华坐在小教室后面，认认真真听了一节托福辅导课，教师是哥伦比亚大学毕业的教育硕士，看上去还是小姑娘，但是她对题目的分析确实梳理得非常顺溜，甚至连命题者的特性和规律也摸得透彻。讲实话，国外那些母语是英语的教师也难以有她的分析角度，方向不同，术有专攻，中国留学生的英语考试成绩远超老外，正是因为有一批从小考到大、从中考到外的高手在指导。当然，能聘请到这些世界名校的毕业生任教，薪水肯定不低，马总是肯定下了不小的本钱，反正，羊毛出在羊身上。

李小华退出教室，老板娘还在。蔡遇春说，马不停明天回明城，约了王秋月一家，明天晚上为你接风洗尘。这一回奇怪了，王老师说一定得她请客，从没有过，李老师这面子大得可以呀。

李小华说，嫂子，我只能解释成，中国的老师现在也不差钱，中国人民牛气冲天了。

五、王秋月

白洋给王秋月打电话时，王秋月正和年级家长委员会两位主任面谈，她看也没看一眼手机就按了静音键。白洋连发几条短信，王秋月根本就没听见。

家长委员会是个新鲜事物，这个组织以班级为单元，以年级为单位，各有独立的微信群，民主推选的主任有公信力，往往一呼百应。上面三番五次不准学校收费补课，教师们其实内心特别支持，学校不补课，家教公司乐意补呀，这样的文件保全了校外家教市场，实际上把一块大蛋糕完整推给了家教公司，家教公司请谁去上课？还是去挖中小学的老师，干私活都是心照不宣，偷偷摸摸，但家教公司给的钱多，在外面上一节课的收入抵得上校内上十节，校内补课不准收费，那点补课费都是从领导酒钱饭钱上抠出来的，能有多少？想补课的是校长，学生考不好连累乌纱帽不保。最想让学校补课的是家长，想补课不是没地方去，家教公司天天在校门口拉人，但是那地方黑呀，收费高得吓人，关键是学生考得好坏与老师无关联，这样一想，还是校内老师好啊，毕竟是亲老师，学生成绩好坏与老师的名誉和奖金血肉相关。想通了，就以家委会名义向校长提要求，申请校内补课，校长都是讲原则的人，怎么能与白纸黑字的上级文件相对抗？这么傻还能当上校长？校长说，这事我知道了是坚决不同意的。家委会主任也不是傻瓜，再怎么说也是代表几百位家长的发言人，校长不知道这事不就可以了？各年级家委会直接与年级组长接洽，收费与学校无关，他们收支，查账学校也没有这笔账，账在家委会。这是大好事，校长踏实，家长放心，教师收入比外面少了但比从前多了，现在都说幸福要纵比不能横比。再说，倘若在校外上课真的被教育局抓了典型，那也是麻烦。

上有政策下有对策，说白了大伙也是为了你教育局添光彩，倘若升学率上不去，哪一级主管领导都脸上无光。“县中模式”就是这样产生并攻城略地扩张的，传说有的县中一个月就休息半天，城里孩子娇贵，补课少一些。鼓楼中学初三也只是每周补周六，很人性化。学期就要结束，王秋月要跟家委会结算老师的辛苦费。这事不适合在学校谈，王秋月从保护学校出发，与俩主任约在了校门外的咖啡馆，要了独立包间，避人耳目。两位主任都是女性，一位是官太太，一位是阔太太。鼓中的学生家长，当官的顶多是个处长，经商的也到不了上市公司那档次。不过，这俩女主任敢说肯干，官太太不怕揽事；阔太太出手阔绰，年级里免不了有学生家庭困难，几百几千的补课费她默默替家长交了，让王秋月敬重。当然，家长也有厉害角色，微信群里对老师褒贬是非也是常态，王秋月聪明，没加入，眼不见耳不闻心不烦，真要有大事，俩主任肯定会与她沟通。王秋月的理由是她没微信，也确实是没有。

王秋月回到办公室，同事冲她嚷开了，快给你老公回电话，他连着给你打几回了。王秋月掏出手机，未接电话有五个，都是白洋。王秋月说，从没有过的事，原来这懒人也有着急的时候。同事开玩笑说，能不急吗？手机手机不接，座机座机没人，明摆着是去宾馆与情人开房了，比着火还急。王秋月看了短信，脸色变了，白洋说他在往鼓中赶，让她去咖啡馆等。

白洋短信里说，出大事了。

白洋给王秋月看了一段手机上的视频，几个穿着校服的少年在疯狂殴打另一个穿校服的同学，那些校服王秋月都熟悉，打人的都是穿明中校服，蓝底白线条，看不见人脸，被打者是穿鼓中校服的男生，双手捂着脸。镜头一闪，王秋月还是认出了这位男生。王秋月说，这是我的学生李一兵。白洋点点头，说再看一遍。看第二遍的时候，王秋月认出了一个打人者，熟悉的扁铲脑勺，熟悉的咕嚼的腮帮子，是白象。白象在兴奋或者紧张的时候都喜欢往嘴里丢口香糖。这才是白洋上火的原因。

白洋恶狠狠地骂了一句什么。王秋月脑子空白，什么都听不见。她觉得大厅里的人和墙壁都旋转起来，走过来的服务生身影虚幻。王秋月明白，白洋大声叫嚷惊动了别人，这个吊儿郎当的男人终于着急了，这里的服务员都认识王老师，不能失态。王秋月强迫自己保持清醒，对服务生说，抱歉，请给我们换进包间。大多数的家庭都把教育孩子的事交给母亲，一旦孩子的教育出现失误，母亲就当然得承担罪责，承担男人的怨愤。

白洋说，你看看你教育出的儿子，还考什么中考，可以直接进牢房了。

白洋的话不算夸张，王秋月虽然不玩微信，但备课也离不开网络。最近网上热传一些青少年毒打和侮辱同龄人的视频，有大学生，有留学生，最多的是初中学生，而且不乏女生。大学生被判刑，留学生也被判刑，但初中生往往不够服刑年龄，只有批评教育一番了事。此事在网上引发争论，许多人认为必须严惩打人者，白洋也是支持者。想不到事情现在出在儿子身上，白洋平时懒散，但在微信群里偶然看到这个视频，一眼认出了儿子。王秋月心存侥幸，说不定没人能认出白象，白洋说，你太小瞧网络了，只要有人“人肉搜索”，不要说白象，连我俩都会在大众面前被扒得一丝不挂。白洋说，先把你那宝贝儿子领回家，弄清情况再说。王秋月断然拒绝，不行，现在扯这事肯定会让儿子慌神，只能搁置到中考后。俩人争执不下，按惯例最后还是白洋败下阵来，王秋月说，我先找李一兵了解当时情况，于公于私都是我的职责。

王秋月真的不敢相信，儿子能出手打人，而且那么凶神恶煞，简直是歹毒。从小到大，白象都是乖宝宝样子，在幼儿园和小学都只有受欺负的份儿，到了初中也是家、校、补课三点一线，体育加试过后，所有的初三体育课名存实亡，学生打球都没时间，他倒学会打人了，真长了本事。王秋月回到办公室，煎熬到下课铃响了，才去了李一兵的教室。

李一兵习惯了老师单独谈话，学习尖子是班主任的宝贝，也是年级组长的宝贝。王老师把他领到了操场角落的僻静处，表情古怪，李一兵有点摸不着头脑。王秋月怕伤学生的自尊心，转弯抹角绕到视频的事，李一兵坦然说，王老师，您也看到我在同学群里发的帖了？那视频都是我自愿的。王老师说，有这事？李一兵说，老师，您也知道，我爸妈挣钱不容易，我一般都不肯上外面家教，费用高，但有的课程我又确实想提高，想去家教公司上课试试。我就想出了这办法筹钱，“减压”招商，打一巴掌二十元，打一拳三十元，踢一脚也是三十元。这法子来钱很快。老师您放心，要害部位我都护住了，他们伤不着。再说，没日没夜的学习也让大家心里窝着火，都发泄出来了，大家中考也有轻松劲儿。王秋月的眼泪止不住地淌，把李一兵吓着了，李一兵说，老师，我不敢有下一次了，补课费早筹齐交上了。

王秋月去校门口自助银行取了两千块现金，转身去了菜市场。王老师这个时段过来，李师傅两口子以为她是上班时间抽空来买肉。不是，家访。王老师表情凝重地把事情说了，避开了她儿子白象。李一兵母亲听着听着哭了，李师傅反而安慰王老师，这小孩瞎操心，他要上课的钱我从没短过。不过，这也不是坏事，让他时时刻刻记得自己是什么人。对农村人来说，挨揍是锻炼人，禁得住打的人才能打败别人。

王秋月临走时丢下两千元，李师傅撵着她退回去，她又回头扔在了案板上。

王秋月回学校的路上，打通了白洋的电话，一一地向白洋汇报，这时候她才发现，出大事时男人才是主心骨。白洋的悬着的心也放下了一半。不过，他说，这事没能算完，网络上的事未必是当事人闹的，怕就怕看热闹的人翻出来，煽风点火。最好还是能找到人删掉视频。王秋月说我哪有那本事，当老师的遇到难事，会去翻学生家长的花名册，或者直接向家委会求助，可这事不是鼓中家长够得着办的，本年级家长有在公安局的，最大的官才是派出所副所长。

白洋说，走一步看一步，急也没用。晚上请李小华吃饭别忘了，马总和嫂子我也招呼了，咱做东，早点到那里迎。

白洋不提醒，王秋月还真忘记了。

王秋月和李小华之间本来应该发生点什么。试想，一个村里走出来的大学生，小学中学是同学，大学不同系但同校，开学和放假都约好了同去同归。更何况王秋月论长相也属俊姑娘，连李小华他爸都浮想联翩，农忙时悄悄去王家帮忙，又割麦又栽秧，王家也不反对，对李爸的示好心知肚明，就这一个女儿，结个本村亲家也有个照应。王秋月读大学时还是没开窍的姑娘，有一回在长途汽车上睡着了，倒在李小华怀里，李小华一路抱着她既没亲也没摸，让她醒来后好失望。李小华不是不想做点什么，只是李小华眼光放得远。1996 年后，国家有了大学生不包分配的政策，李小华担心俩人是否在城里找得到工作。就是有了工作，俩农村人在城市扎根开花结果也挺难。秋月是女孩子，有学历又长相好，找个条件好的城里人完全可能。而他李小华，雄心勃勃，得先打天下再考虑别的。这番话是到了大四他才跟王秋月挑明，王秋月觉得他有他的道理，她也是农村人，能想通。不高兴的是李爸，几年农忙出的工白忙活了。

李小华回国，大多是马不停请客。一个村子里出来的，马总家大业大，又不是那种铁公鸡老板，前几年轮不到王秋月做东也正常。现在不同以前，请顿饭的钱对王秋月一家也不算大的开销。就是没儿子的事，王秋月也有心请来自大洋彼岸的老同学叙个旧。王秋月后来也嫁了个中学教师，就是白洋，父母是机关一般干部，条件当然比一般农村家庭好。白洋后来厌倦了做教师，去他父亲朋友的公司做了中层，工资不算高，比做教师还是翻了番。王秋月让白洋订的餐馆系中等档次，口味属老家菜系。有人说，人有两个地方打上了老家烙印，一是方言二是口味，走到天涯海角也难以改变。还有呢，王秋月存了另一份心，马总请客都是大饭店，她请客得与马总拉开档次，不能多花了钱，还让马总两口子心里说不分山高水低。马总两口子先到，幸亏白洋到得早，陪着在聊天。王秋月安排好白象的晚饭出门时，路灯已经亮了。蔡遇春说，秋月，嫂子得感谢你。秋月说，感谢什么呀，小饭馆里吃顿便饭。蔡遇春说，感谢你让我与马总终于有机会一桌吃顿饭了，不瞒妹子说，马总怕有一个月没回家吃饭了。王秋月嘴上说马总忙人，转眼去看马不停，马不停装作没听见，低头吹茶杯水面上的浮叶。王秋月换了话题，小华呢，李小华怎么还没到？马总抬起头说，小华还在邦德听雅思课，这洋面包一旦吃了，人就马上变了。我让他坐我的车，他又不考雅思，那笔记记得密密麻麻，还非得下课了才肯走。

李小华匆匆赶来，看了在座只有四个人，说，还好还好，领导还没到。白洋说，领导早就到了，马总这级别算不算够陪你的领导？大家都不由得笑了。马总请客有个习惯，每次酒桌上都请领导作陪，既是敬重来客，也是表示马总在官场广有人脉。这本来是官场惯例，开个会举行个仪式，县领导来了就是县级，省领导来了就是省级。饭局上倘若客方是某个级别，主方至少要同级别的官员作陪，否则就是失礼。马总不当官，却比官员还讲究这一套，做生意不向官场靠拢，注定没有大出息。久而久之，马总养成了习惯，李小华吃请次数多了也当成了习惯。白洋开玩笑说，李老师不远万里来到中国，发扬国际主义精神，应该有代表中方的领导出席，只是我们请不到，今天马总就做代表了。李小华时差还没倒顺，酒下去三杯晕了，话匣子就打开了。李小华说，还是祖国好，广阔天地大有作为，你们日子都过得好滋润。马总说，不对吧，加拿大比中国地盘还大，要夸就夸党的政策好。李小华说，这些年，我也走过一些国家，我做教师，至少中国的基础教育应试这一块是其他国家不能比。我看了邦德的英文考试成绩，也连续听了不少老师的辅导课，指哪打哪，得分点都准确到位，与国外老师的马虎粗疏相比，高下立见。秋月，我还想去贵校听听课，不知能不能得到批准。王秋月心不在焉，说行，当然行。想了一下又说，我得向校长汇报。王秋月身为教师，深受应试教育之苦，从来不放过机会控诉当下教育伤害师生身心的罪孽，今天却没有与李小华争执。马总说，秋月，今天你看上去有心事啊，都是家里人，说出来好。王秋月的泪水就应声出来了，当务之急是删视频，上新区高中的事顾不上提了。

马总说，孩子的事是大事，我来处理，你放心。他让白洋把视频发给他，按了一个号码，通了，他竖起手指示意安静，跟对方聊了几句，说了一套稳定压倒一切、保护青少年身心健康的大道理，例举有一个视频如何不适合网络传播，对方立即让他发过去，表示马上让网警删除，并向有责任心的马不停网民致敬。

搞定。马总掐了手机，说，小华见过这人，陪过你接风宴的。

王秋月这才真正踏实了，真不能笑话马不停的做派，在她看来难如登天的事，马总几句俏皮话就解决了。

李小华不能理解这事：一个愿打一个愿挨，彼此是契约关系。

他们都是未成年人，身心受法律保护。白洋说，中国的网民太厉害，他们要炒作，白的能说成黑的，删了才算是尘埃落定。

气氛陡然轻松了，李小华变得絮絮叨叨，我那五个儿子，蔡遇春说，不是只有三个吗？怎么一下子多出来俩？李小华说，忘了讲清楚，这俩儿子是中国留学生，读中学，寄住在我家，我是他们在加拿大的监护人，未成年留学生必须有监护人，收监护费。我老婆没有工作，这也是我的一笔稳定的家庭收入。李小华三个混血儿子都是小帅哥，蔡遇春见了恨不得拽一个回家做儿子。李小华却总是埋怨他三个儿子随了妈妈，说话做事都不会转弯。李小华说，读初中的留学生刚到我家时，我老婆问他喜欢吃些什么，他客气地说，不要大鱼大肉，有蔬菜就行，我老婆就信以为真，每次煎牛排时都少煎一份，他没份。直到有一天，他一边啃面包一边抹眼泪，我才发现问题。我老婆振振有词，仨儿子还跳出来为妈妈作证。我说这是含蓄，他们说是虚伪。跟他们就是没办法讲道理，时间长了，每次回国，我发现自己也被他们洗脑了，在国内应酬待人总是慢一拍。人不能在怕烦神的环境中待久，待久了就会懒散麻木，提不起精神去打拼，有点压力才有动力。

王秋月不同意，说，能活得简单明朗才是美好人生。

蔡遇春说，李小华，你别身在福中不知福，能有仨儿子就是天大的福气。

李小华也关注国内政策，说，嫂子，国内不是允许生二胎了吗?马总和嫂子加把油还来得及。

蔡遇春叹口气说，加油加水都赶不上趟，过了那个村就没有那个店了。要抓紧的是秋月，来得及搭上这趟末班车。

王秋月说，嫂子，这一个白象就要了我半条性命，饶了我吧，再不敢要了。倒是您和马总，现代科技可厉害了，前几天电视上播放，儿子殁了，五十大几的母亲试管婴儿又生了一个儿子，您不妨去试试。

这一顿晚宴，几个人后来都吃得精神焕发。

六、蔡遇春

蔡遇春觉得网搜真是个好东西，包打听，还不漏风声，不能向别人打探的事输个词儿一敲，你要的全有。那个老龄产妇的事是真的，就住在明城妇幼中心。这个母亲大儿子是个消防队员，在救火现场牺牲，母亲是英雄的母亲，媒体才宣传她这事儿。来探望英雄母亲的人不少，蔡遇春轻易就找到了她。蔡遇春买了鲜花，包了五千元红包，和英雄母亲唠叨了半天，还看到了浑身上下红扑扑胖乎乎的婴儿，这小子长得一点也不比别的婴儿寒碜。尽管医生说老龄产儿风险高概率低，但这胖小子让她觉得所有风险都值得冒一冒。

蔡遇春心潮澎湃，她在妇幼中心的花坛找个椅子坐下，她得静下心，筹划下一盘大棋。晌午的阳光厉害，透过树叶在她的脸上身上闪烁，让她思绪有些恍惚。大多数人都躲在长廊的紫藤下，那些或坐在轮椅上或坐在木椅上的孕妇被家人簇拥着，有丈夫或者母亲在一边摇扇送风，温馨而快乐。

手机响了一声，是多伦多小丁的微信，小丁是多伦多房地产的销售顾问，也算是她在多伦多的好朋友。小丁发的第一条微信是：蔡姐，多伦多这个月的房价又涨了，你家的好司和康柏又涨大把钱了。

“好司”是别墅，“康柏”是公寓，两处房都是通过小丁买下的。这四五年，多伦多的房子涨了一半，据说温哥华房价快翻了一倍。其实，与国内房价涨速比，那真是小巫见大巫。马不停四五年前在明城的房产，现在都涨了十倍以上。加拿大人没见过世面，房价这点涨速就慌张了，温省出台了加收外国人百分之十五房产税的新规，据说女省长面临换届，得拉选票。李小华说过，第二家拿外国人开刀的肯定是安省，嫂子在多伦多不能再买房了。蔡遇春当然不会，如果不是那次被马及及气疯掉，任凭小丁怎么忽悠，蔡遇春也不会再买下那幢好司。有些方面，马不停是天才，蔡遇春内心信服自家男人。当年马不停说要置房产最好是河西，河西房价很快就涨疯了。马不停说炒股只能见好就收，跟中国股市玩就像老鼠逗猫，玩命，只能等到猫打盹时弄一下就逃，但中国股市好多年才打个盹。大多数股民看卡通多了，以为自己是那只神勇的老鼠，结果在股市中就被猫追得抱头鼠窜，一败涂地。话是粗了点，但没错呀。蔡遇春不炒股，也不想在多伦多炒房，外国人太小气，眼皮子太浅，看不得人发大财。要不，李小华这样的人在加拿大怎么会混不出头？

小丁第二条微信是向她推荐一幢安大略湖湖滨好司，蔡遇春随手掐了。

马及及是蔡遇春的命根子，早些年马不停和蔡遇春忙着事业，顾不上带孩子，孩子跟着外婆。后来他们到了县城，马及及跟着进了县初中。他们到了明城，马及及跟着进了新区中学。马及及是个让人省心的姑娘，从镇小到新区中学，她的成绩永远是中上，马不停开玩笑说，看样子把她弄进北大清华，她也能考个中上。这话不假，马及及在多伦多大学的考试，4 分是满分，她各科成绩基本上是 3.5 分到 4 分之间。马及及要读大学时，邦德的留学中介业务已开张，马不停问她愿不愿意出国留学，她漫不经心地回答，也行。反正她已经习惯换学校换环境。蔡遇春被马总在外面的风流账弄得焦头烂额，有一天看着个头老高的女儿突然醒悟，在邦德做牛做马都没有意义，守住女儿才是根本。她辞了财务总监，决定跟女儿陪读。蔡遇春出国前备过课，陈倩倩手下的留学顾问纷纷前来拍老板娘马屁，提醒这提醒那，蔡遇春最担心的是语言关，去了才发现，多虑。多伦多少说也有四十万华人，她站在任何一条街边，视线内都有华人。在报到的当天她就被小丁热情地认识了，反正得有住处，住在自家的房子里总比租房子心安。蔡遇春买房提了两个条件，一是离多伦多大学近，马及及上学方便；二是离唐人街近，她买菜方便。小丁手上有符合条件的房源，并且说可以提供低息贷款，百分之二左右的利息，比国内房贷利息低多了。蔡遇春怕麻烦，还是一次付清算了。小丁说，还是咱中国人牛气，我碰上的大陆客户都不屑贷款。多伦多的康柏是精装修房，蔡遇春和马及及很快就搬了进去，蔡遇春每天上午去唐人街买菜，然后在家准备一日三餐，闲了转转街店，店店都有中国人导购，有时候她觉得自己似乎并不是生活在国外。

据说，出国上大学的留学生分为两类，一类是富家子弟，在国内凭分数考不上大学，国外高校宽进严出，门槛低，先进来再说，进来后发现日子不好过，人家那论文和考试都不是闹着玩的，干脆破罐破摔，泡酒吧开怕踢，反正爹妈不知情。第二类是白领子弟，那是来学真本事的，没日没夜泡图书馆实验室，知道费用是爹妈勒紧裤腰带省下的钱，总想着提前修完学分毕业。按出身论，马及及当属于前者，这也是蔡遇春所担心的。其实人群分类并不是泾渭分明，马及及既没有与第一类混到一起，也没有成为第二类那样的学霸，这丫头独立生活惯了，她有她的判断和主见。她还是挺在乎分数，沿袭了国内乖孩子思维，这就好，她要保持中上等成绩根本没时间玩，有空只够补个懒觉。马及及向老妈抱怨，甘蔗总有一头甜，她倒霉透了，国内最苦是中学，国外最苦是大学，她都逃不掉。蔡遇春想想也是，心疼，给她变着法子弄好吃的。但日子很快就不再风平浪静，有一个周末，及及说要和同学去尼亚加拉露营，蔡遇春以为是学校组织的集体活动，忙着给她准备饺子和水果。尼亚加拉瀑布是加美边界的著名景观，蔡遇春也跟着华人旅行社去过，还在尼亚加拉小镇吃过一顿饭。小镇边上有树林有草坪，适合年轻人组织活动。第二天回来晚餐后，蔡遇春洗好碗筷，拿起了茶几上及及的相机，蔡遇春往前翻照片，越看脸拉得越长。

从照片上看，根本就是两男两女的小团体活动，和及及拍照最多的是一个棕色皮肤的小伙子，那亲热劲一看就是对小情侣，别看草坪上有四顶帐篷，真到了晚上另两顶还不是空着？这办法她爸用过，出差时与秘书开两间房睡一间房，被蔡遇春略施小计就戳穿了。蔡遇春继续翻照片，很多都是那个眼白很多的小子。蔡遇春在沙发上强忍内心的怒火，等洗完澡的马及及坦白从宽。上大学了，蔡遇春不反对女儿交男朋友，也不阻拦年轻人弄那点男女之事，现在讲开放自由，何况身处国外，只要安全行事不伤身体就算了。但蔡遇春与马及及出国前有约法三章，找男朋友只准找中国人，不是人种歧视，你妈后半生注定跟着你过，那人说的话你妈听不懂怎么办？马及及笑着应下了。蔡遇春到了多伦多也看明白了，中国人在商品街牛气，出手大方，人家围着你哄着你，出了店面，老外眼里未必看得上你，要说受歧视，黄种人也少不了受歧视。蔡遇春不是真的只想着自己，找老公当然是女儿做主，但当妈的不能眼睁睁看女儿往火坑里跳。到多伦多不久，小丁觉得蔡遇春孤单，介绍她去教堂做礼拜。蔡遇春觉得不妥，她是佛教徒，在国内初一十五都敬香拜佛，这要再信耶稣不是成了叛徒？小丁说，信不信教随您，你去了可以有一大批国内信众和你说话，总比一人在家找不到人说话好。蔡遇春去了唐人街的教堂，真的遇见了一批中国大妈。沈阳的，福州的，当然还有明城的，蔡遇春那半天讲的话比来多伦多半年讲的话多，想不到在多伦多那些高高低低的楼房里潜伏着这么多的中国大妈。据说中国大妈的广场舞已经蔓延到了美国的曼哈顿、法国的埃菲尔铁塔广场，也许用不了多久，多伦多市政广场也会被中国大妈占领。蔡遇春就是在这里听人说到了各色人种的习俗，据说长着那小伙子肤色的人，很多是来自地球上某个荒凉的山区，他们擦屁股不用纸，用手；吃饭不用筷，用另一只手。要是用错了手那饭怎么吃得下去？而且传说，那里一个男人可以娶几个甚至几十个老婆。这是所有的中国母亲不能答应的，太落后太封建，是可忍孰不可忍。

马及及从浴室出来，顾不上擦干头发上的水，先夺过了老妈手中的相机。妈，这是个人隐私，没经过我同意，不能看。你看了就是侵犯我隐私权。蔡遇春恼了，手机是隐私，电脑是隐私，考试分数对父母都是隐私，蔡遇春认了，现在连照相机也隐私了。蔡遇春说，我就侵犯了，你去法院告我，你打 110，不对，你去打 911！

马及及的翅膀还没长硬，除了冷战没别的招数。冷战也冷不了几天，母女毕竟母女，初来乍到，在异国多少还有那么一点相依为命的意思。马及及说，老妈你傻啊，恋爱是恋爱，嫁人是嫁人，差十万八千里。再说，你听说的那些根本是胡编乱造，抹黑，我问过人家，没有的事，人家爷爷辈就入籍了，绝对讲文明讲卫生。蔡遇春说，我反正看不上他。

问题是马及及看得上。母女俩都不想在这事上战火纷飞，只能把它暂且搁置，马及及偶尔也会提到那小子，怎么怎么独立，从大学到研究生学费都是自己赚，怎么怎么能干，从打家具到修电脑，动手能力特强。蔡遇春心里冷笑，有什么稀罕，老外的孩子上大学不都这样？直到有一天，大冷的冬天晚上，蔡遇春在小丁家聊天归来，打开家门，客厅的灯关着，及及房间的门也关着，但房间里传来可疑的声音，里面的人忘乎所以，都没有听见有人开门进了客厅。蔡遇春在沙发上坐立不安，终于，大声说，马及及，我下去买明天的早餐。蔡遇春打开门又关上了，她没出门，而是闪到了阳台上。多伦多冬天的温度零下二三十度，所有康柏的阳台都是露天，阳台水泥地上盖了厚厚的雪，雪面上是冰，稍不小心就会滑倒。最要命的是风，这阳台位于五十六层，那风从她耳边穿过比汽车马达声还响，蔡遇春站在阳台上惊心动魄，心中尤其委屈。躲在阳台上应该是那些怕被捉奸的淫妇奸夫，怎么会轮到她蔡遇春？这分明是自家的阳台。她瞅见马及及开门望了一下风，然后是一个穿着枫叶牌连帽大衣、脸遮得严严实实的家伙窜了出去，但是掩门的那几个棕色手指还是暴露了身份，就是那小子。

战争还是在母女之间引发了，蔡遇春从阳台上出来，马及及吃了一惊；蔡遇春给了马及及一个大耳光，马及及惊呆了，从小到大，没人动过她一指头。马及及哭了一会儿，昂起头说，有本事你再打我一耳光。蔡遇春一点不马虎，又给了女儿一个结结实实的耳光。马及及抓起电话，哭着说，你等着，我报警。蔡遇春说，相信你敢报警，老娘走了。

在洋人地盘上，什么事都可能发生。蔡遇春听说过，陪读的母亲打了女儿，女儿真的报警叫来了警察，警察真的把母亲关进了警局，这事就发生在多伦多，让中国大妈们议论了好一阵子，蔡遇春可不想成为同胞姐妹的又一件谈资。

蔡遇春无处可投，想来想去只有先去小丁家借宿一夜。蔡遇春又回到地铁站，多伦多的地铁站本来人就不多，此刻更是见不到人影。蔡遇春蜷缩在宽大的座位上，空旷的车厢就她一位乘客，蔡遇春的眼泪肆意地流淌了下来。她来这异国他乡干什么，她来这里不就是因为马及及？马及及是她的血她的肉，马及及不要她，这个世界就抛弃了她，她没有选择。她擦干泪水，编了一个合适的理由，然后敲开了小丁的门。母女的战争一旦开始，便无休无止，正如母女的牵挂，无穷无尽。小丁及时抓住了商机，蔡遇春第二天就买下了她推荐的好司。蔡遇春夸赞这幢好司，除了西式厨房还有一个中式厨房，用天然气炒菜比电磁炉好多了。这是事实，其实她心里想的是，终于可以给女儿炒出地道的炒菜了。

学校放寒假，不回国的留学生都喜欢去古巴玩，那是另一个社会主义国家，有蔗糖，有加勒比海的阳光沙滩，那里的人民视中国人为兄弟，旅游免签，当然，亲兄弟明算账，该怎么付账还怎么付账，何况世界人民都说这当哥的不差钱。马及及也去了，古巴回来，马及及向老妈汇报，别叽咕叽咕，我跟那人拜拜了。原因是什么？嫌人家差钱。马家小姐出门飞机坐头等舱，住宿当然五星宾馆，从来没问过贵贱。可人家靠自己挣钱度假，差钱，差钱马及及可以刷卡，也不行，不能坏了AA制的规矩。闹翻了，蔡遇春幸灾乐祸，打电话表扬马总说，这件事你做对了，富养女儿。女儿眼界高了，穷小子就追不上。仔细想想，这帮小家伙一个个嘴里喊着自由独立，手里刷的还不都是父母给的银行卡？

马及及说，老妈，我已经是成年人了，老外成年就可以搬出去住了。你反而漂洋过海来看着我，你能不能有点追求，做自己的事去？蔡遇春老老实实说，不能，没有什么事比跟你在一起重要。蔡遇春没有移民，也没有枫叶卡，再说还有一个马总在国内不让人省心，每年她都得回国几次，回国她也不想让风筝断了线，QQ，微信，电话，她甚至可以根据马及及的电子信号判断女儿是在家还是在教室。降温，枪击案，多伦多任何一点动静都能让她心神不宁。

还有一个关心多伦多新闻的是生活在平原乡村的老太太，带大马及及的外婆。老人不识几个字，但关心加拿大的任何消息，她每天都准时在电视上搜看多伦多的天气预报，有时候会打电话给蔡遇春，说，又下雪了，让及及少出门，出门把鼻子和耳朵捂牢了，冻丢了就没办法嫁人。

如果，如果真要走这一步，老马肯定欣喜若狂。如果不是她严防死守刚柔相济，也许他在外面不知道有多少小杂种了。家大业大，明里暗里眼红心黑的人不少。马不停的弟弟生的是儿子，就曾在除夕之夜借酒醉说过，哥，你赚多少钱那钱也不姓马，马家的血脉传承是靠你侄子。这话听了马不停心里肯定难受，蔡遇春更像是被打了脸，只怪当年忙着做大公司，政策紧，马不停头上又顶着这优秀那先进的荣誉，当着这委员那代表，没来得及，耽误下了。好在老天有眼，政策宽了，医学科学发达了，补课的机会还有。就冲与他兄弟赌这一口气，蔡遇春也在所不惜。

蔡遇春也有一点不安，真要有这一出，受损伤的是女儿。现在的独生子女霸道，很多小屁孩都闹着不准父母生二胎。弟弟也好妹妹也罢，将来都是要和马及及分家产。马及及呵马及及，这也是被你逼出来的。真要有了老二，你老妈还真没精力唠叨你了，你就用不着嫌弃老妈了。

蔡遇春开着车从妇幼中心出来，太阳狠毒，车内开着空调，蔡遇春觉得阳光灿烂，看街边梧桐树宽大的树叶，绿意盎然；看隔离带上的花草，也是生机勃勃。

七、王秋月

马总确实手眼通天，说到做到，视频的事这一页就悄悄翻过去了。

白象在家里就像什么事没有发生过，王秋月也硬装着像不知道白象做的丑事。但是，在目送儿子离家上学的背影，或者儿子在房间看书她独自发愣时，王秋月怀疑这个比她高出一头的男孩子，还是不是她一手带大的儿子。白象最早欺负同学，是在幼儿园大班，他与同座女生打架，指甲划破了女生的脸蛋，女生的母亲找到教室里警告他，下次再抓破女生的脸，女生长大了嫁不掉就嫁给你，他认账，说好吧。女生母亲见他没当回事，恶狠狠地说，以后你用哪根手指划我女儿的脸，我就用刀砍断哪根手指。那天王秋月去接他回家时，他坐在自行车后座上一声不吭，将右手的食指窝在手心里，眼泪汪汪地说，有个阿姨要砍我的这根指头。王秋月问清原委，按当老师的惯例，批评了他与同座打架的行为，教育一通后才安慰他，只要他不欺负那位女生，女生的妈妈就不会真的砍他手指。事情过去很久后，幼儿园放暑假，王秋月接他回家，小小的白象长叹一口气，说，放假了，那个阿姨想砍我的手指也找不到我了。小学六年，白象乖得像个女生，从没听说有打架斗殴的事发生。到了初一，有一回老师召了家长，白象在校门口挨了揍，打他的是高年级男生，敲诈零用钱，白洋看着鼻青脸肿的儿子，像鼻涕虫一样靠在墙边，心疼得不行。白洋不在乎学校给不给学生处分，他要以牙还牙，白洋是土生土长的明城人，早二十年前，白洋也是敢抡起红砖劈人的，现在却轮到别人欺负他儿子，他忍不下这口气，黑道白道，他自己出不了场，但找人教训那几个小混混还是没问题，王老师当然反对，夫妻俩在客厅争执时，儿子从房间出来，脸上粘着纱布，说，爸，您不能那么做，你的人明天揍了他们，后天我肯定被打得更惨。白洋一听，泄了气。

白洋说，这哪里还像是我的儿子？男人的血性和野性都荡然无存了。这就是你们的文明素养精英教育？王秋月坚持儿子说的没错，总不能让儿子和小流氓一般见识，冤冤相报。白洋私下对老婆说，当时看到儿子打人的视频，我暗中还有一点欣慰，白象终于有点野性了。弄明白是花钱买来的打人，心里稍微减少了压力，打人的性质稍微减轻了，但不知道怎么的，心里又有沮丧，熊孩子真是熊孩子，窝囊。王老师是资深教育工作者，看问题比白洋理性，莫非你还真希望儿子成为一个一言不合拔拳相向的莽汉，还嫌这打人的罪过不够重？王秋月顾不上对当爹的失望，最痛心的是儿子怎么走到了这一步。

都说兔子逼急了也会咬人，是谁把白象逼急了？

王秋月表面上在儿子面前一如既往，但外松内紧。她给白洋安排了任务，早送晚接，不让白象在时间上有监控不到的漏洞。

作为母亲，王秋月自认为做失败了，还有一点，从另一个角度讲，在学校做教师尤其还做年级组长的母亲，这样的失败让王秋月产生了职业怀疑。记得有一次开表彰会，在座的都是分管德育的副校长、学生处主任、年级组长等骨干，听一位闻名教育界的模范教师介绍事迹，她全身心放在学生身上，顾不上得了忧郁症的女儿，某一个夜晚，她在晚自习教室为学生辅导时，她十八岁的女儿在家中跳了楼。女模范讲到动情处，声情并茂，感动得座位上的同行泪水涟涟。回家后她讲给白洋听，白洋一声冷笑，说，这个母亲就是杀害女儿的刽子手。白洋趁机发表了一番谬论，说，我最烦的就是你回家后把家里当成了教室，把儿子当成你的学生，你们这帮所谓人类灵魂的工程师，从来就不把孩子当正常的人类对待。你去做个调查看看，你们这帮做学生思想工作的人，在家里有几个人受孩子待见？有几个孩子在你们这样夜以继日的灌输下能正常成长？现在想来，后面这两句话戳中了王秋月的心患，确实，似乎是老天故意挖苦，有不少同行自己的孩子成了问题学生，相聚时这似乎成了另一个共同话题。以前王秋月认为丈夫是长不大的愤青，现在反思，倒也让她警醒。或许，她真应该找殷校长，辞去年级组长，做一个纯粹的语文老师。

想是这样想，做还是有顾虑。王秋月去找殷校长，是为了李小华想进校听课的事。殷必应开始应下了，说既然是来自教育发达国家的同行，又是王老师的青梅竹马，来听课是国际交流，也是促进鼓中教育嘛。但他在办公室踱了几步，想改变主意，这李老师来听课，应该是教育局安排，他怎么是个人行为？你知道吗，有一个叫安东尼奥尼的导演，“文革”中说好了来拍赞美中国的电影，结果他拍的片子给中国抹黑。还有，网上说有几个外国人进入朝鲜违约拍纪录片，专门曝光社会主义国家不足的一面。这位李先生，要是写一篇以鼓中为例子批判中国教育的文章，那我不是露脸露大了？王秋月笑了，说殷校真是知识渊博，您放心，咱鼓中既不会穿越回“文革”，又不会漂移进了高丽岛，鼓中的门口挂着省市先进的金色招牌，人家要写文章也只会替咱正面宣传。其实，用不着扯那么远，这小子考察国内基础教学，是为了研究我们应试教育的成功秘诀。殷校说，既然他研究应试，就让他听初三年级的课，有什么事你自己担着。

复习课是老师听课中最乏味的课，老师专注于考点得分实效，连形式主义的课堂表演也懒得去卖弄。李小华来了鼓中，他大喜过望，说，我就想听毕业年级的课，也只有在中国，初三和高三的学生专门用一个学年巩固复习，这正是我想了解的。王秋月指给他看了初三各班教室的位置，说你任意“推门听课”。“推门听课”是中小学推行的听课方式，领导突击检查教师上课情况，可以随时推门进教室听课。李小华说，这不行，这侵犯教师的职业主权，我要一一先向老师请求同意。王秋月心里说，李小华你还真能装，你难道不是应试教育这只母鸡下的蛋？但王秋月拗不过他，说，行行行，你爱咋咋。

这天晚餐后白洋既没看哑巴电视，也没弄手机微信，而是招呼她坐过去，看一张纸。纸印得花花绿绿，是他在明中校门口接儿子时收到的小广告。白洋说，你耐心，你耐心看完我画线的几段。

……

想上加拿大中学，首先我们要知道加拿大中学分几类，也就是说，你要去拜师学艺，总得知道师傅是谁吧。加拿大的中学大致分为四大类，即公立中学，教会中学，普通私立中学和贵族私立中学，我们尊称他们为公立师傅、教会师傅、私立师傅、贵族师傅。

一、公立师傅职业很好——国家公务员，自然按照国家统一标准朝九晚五作息，秉着德智体美劳全面发展的教育方针，能让你跑出去玩的绝对不让你趴教室学习，所以学员基本是功课少，活动多，多方面全方位培养你的兴趣爱好。

二、教会师傅比较喜欢加拿大当地教友的孩子，对于外来的学员，招生不是一般的严格。要想得到师傅的指点，还得看个人造化。

三、私立师傅隶属于民营企业，随着改革开放市场发展，伟大的民营企业弄潮儿们凭着自己的努力，成了这个时代第一个敢吃螃蟹的人，他们兢兢业业为广大国际学生服务，无论你是学痞，还是学渣，私立师傅都欢迎，私立师傅的宗旨就是每个孩子都是能成才的，交给我是有保证的，成不了才还能成材嘛！

四、贵族师傅的门槛是最难进的，不是有句话叫不想当将军的厨子不是好裁缝嘛，贵族师傅十八般武艺样样精通，只要师傅领进门，出师后你就是个人，绝对社会精英人士，世界栋梁人才。所以贵族师傅门前每天都车水马龙，拜帖求艺的人络绎不绝。

……

这样的小广告鼓楼中学门口也天天有人发放，王秋月进出校门正眼都不看一眼。王秋月说，白洋，有人包养你了？还是你中了五百万元大奖？白洋说，我是让你长见识，你看看人家中学那教育，关键是人家大学录取不唯分数，读完高中不必千军万马挤独木桥，哪个师傅都能领你轻松跨进大学门。直说了吧，这几天我在网上搜了，也打电话去留学中介咨询了，到那边上高中白象的文化成绩没问题，只是英语需加把劲就行。学费的问题我也打听了，最贵的贵族学校连生活费也不到五十万人民币。王秋月说，三年高中一百五十万，还有四年大学就是两百万，我们去偷还是抢？家里的财政掌握在王秋月手上，也就百多万的家底，白洋吃馍头不问小麦价，不管钱的事，以为家里堆着金山银山呢。

在王秋月的眼睛里，白洋做事不靠谱是常态，想到一出是一出。有一回媒体上报道有对高学历年轻夫妻，拒绝送子女去学校，而是自己在家亲自教，许多人闻讯也把孩子送过去，据说那里的孩子享受的才是快乐教育。白洋脑袋发热，就想鼓动王秋月把白象也送过去。王秋月实在没办法，搬出公公婆婆做救兵，才粉碎了他的痴心妄想。这一回，他倒是把工作做在了前面，白象爷爷奶奶有套房在河西，当初开玩笑说是留给孙子娶老婆的，现在白洋将老两口说服了，愿意卖了给孙子供留学费用。白洋一贯仇视王老师的教育事业，少不了在老两口面前对祖国的教育大业栽赃嫁祸，但老两口也心疼孙子，再说如今出国留学风气盛行，白洋得到了强有力的支持，那套不到一百平方米的房子，现在市价在四百万以上。

能卖那么多？王秋月不相信，但白洋手机上的数据很快就让她信了。

事实上除了富贵子弟，明城普通百姓送子女留学，很多家庭都是卖掉一套房。这一茬都是独生子女，结婚后才搬出来住，现在没有房子住，老人也都欢迎搬回去。这样来看，独生子女政策好，火箭般上升的房价也有它的好。白洋油腔滑调地说，老婆大人，这一回天时地利人和咱都占了。这天时吧，白象时逢升学关头，人家都说早出去有利于融入当地社会。地利呢，我为什么选择加拿大？因为据说加拿大社会福利好，入籍门槛低，算那扯的远，眼下的便利是留学高中，美国要雅思和托福成绩，加拿大不需要，只要提供初中三年成绩。最重要的是人和，国内咱有人，马总的邦德能糊弄我们？国外咱也有人，李小华家夫人在家做专职监护人，咱该交的钱一分不少，白象在那里至少我们心安些。

王秋月觉得这次白洋像个当爹的人了，成熟了，这一堂课备课认真细致，王秋月没话说，于儿子而言，这未必不是一种好的选择。王秋月坚持，等中考结束后再作选择。

校门口中考倒计时的电子钟说清零就清零了，王秋月像一个等候判决的囚犯等待着公布考分。现在查分都是打电话，那天规定的查分时间是下午三点，一家三口都守在客厅里，白象把准考证放到茶几上，准考证上有考号，查分必须报出考号。白洋说，儿子，勇敢一点，自己的事自己担当。白象按下去一个号码，又按下去第二个号码，键音在空气里被放大N倍，每一声都让王秋月心惊肉跳。白象突然撒手，说，妈妈，我怕。眼神如溺水者无助。王秋月坐到一侧的沙发上，用手理了理挂在前额的一绺垂发，手悬空在电话机上。白洋说，我来，他以神速按下了一串数字，三人都紧张地屏住呼吸，话筒里传出的是持续的“嘟嘟”声。

白洋说，忙音。

此刻，应该有千千万万个家庭在拨打这个号码。几分钟后电话还是打通了，报出的分数是566分，这分数距去年新区的分数线差了16分，王秋月安慰自己说，今年有几门学科试卷偏难，说不定这新区中学的录取线会降分。

几个小时后，各校预估线出来，白象的分数比预估线还低了10分。王秋月打新区中学招生校长的电话，关机。打殷必应的电话，也是关机。一到招生季，校长们都关机，他们每隔一段时间打开手机，只回那些重要的电话。

白洋说，从来就没有什么救世主。咱家就定下了，白象出国读高中。

真的？这是真的？白象眼里还噙着泪，立即笑着欢呼起来。这真是个没出息的孩子。王秋月的手机响了，当然不是校长回的电话，是教务主任向她通报鼓中中考成绩状况，还好，校际排名比前两届好，她这一轮三年也算是个完美交差了。

现在，别的都放下，儿子的事要落到实处。王秋月习惯了家中大事亲力亲为，便去邦德公司留学部咨询，她刚报了白象的名字，前台小姐立即通知了经理，经理递上名片，陈倩倩，王秋月似乎听到过这个名字，但又想不起来见过这个洋气的女子。陈经理说，蔡姐打过招呼，您是王老师吧？白象的材料由我们留学部最好的顾问来做，您放心。

这么说，白洋也跟蔡遇春打过招呼了，王秋月心里一热，第一回有了被男人心疼的温暖。

陈经理说，时间迟了一点，加方贵族学校国际生有名额限制，安省士嘉保的几所学校我们都挂了号，有机会就候补，您放心，实在来不及还可以冬季入学。当务之急，是先去教培中心上英文课。

一节课一千块人民币，一个上午四节课，每个学生就是交费四千，小班化教学，一个教室不超过三十个人。王秋月节假日也经常给学生连上半天课，她忍不住打听老师的报酬，天，人家半天挣她一个月的工资。

八、王秋月

若是往届，这招生季也应该是毕业班年级组长最忙的时候。很多高中校为了争夺生源，大面积撒网，与学生家长签下协议，第一志愿报考它，可以降一些分录取，先把考生网住再说，考分公布，往往因为网里鱼太多，船拖不动，校方毁约，这些考生也没别家可去，成了死鱼。家长当然不会放过这样的校长，围追阻截，校长成了过街老鼠。这时候，教育局就出来做工作，调剂指标，让孩子有个下家，安顿家长情绪。各所学校的年级组长和班主任就有任务了，为了安抚本校上当的学生和家长，忙得焦头烂额口干舌燥。今年改了办法，公布分数后再填志愿，你掂量了自身的斤两再掂量招生校，被校方忽悠的事基本没有发生。倒是有了喜剧性，吓死胆小的，乐坏了胆大的。按照第一志愿顺录的规则，依分数从高到低录取，今年很多人怕附中和新中分数线高，没敢报，结果便宜了一批勇敢者。这是好事情，学生、家长和老师都乐哈哈，名校校长打掉牙齿往肚里咽，该表示欢迎还得欢迎。

王秋月闲下来，儿子的事定下了，一步一步按程序走。中考的事无关她的痛痒，她觉得自己就像旅游广告上宣传的那样，她与这喧哗的世界隔开了，身心都轻松了。

殷必应的电话打过来，王秋月心里还紧张了一下，领导眼睛里从来看不得下属清闲，别是殷老大又给她压什么任务。殷校长说，你那个什么青梅竹马的李先生，他有没有回加拿大？我想请他一起坐坐，向国际友人讨教一下鼓楼中学怎样走向美好的明天。王秋月想起来，李小华在鼓中听了两个星期的课，不止听数学课英语课，什么课都好奇，连班会课都没拉下。学生散了，李小华也没了影子。殷老大这样的人物，既要在教学上有两把刷子，镇得住教师。又得有官员的谨慎和机敏，不留一点疏忽大意。他是放心不下李小华，毕竟是外人，倘若想做“网红”，说不定就能闹个国际事件。不过，这李小华也失礼，学不会送个锦旗，至少得跟殷校长告辞一声。王秋月于情于礼都应该答应下来，而且觉得这请客应该是李小华掏钱。

李小华也说应该是他请客，请客的地点是在茶馆大厅，包厢都不是，王秋月想换进包厢，没了。李小华说国外饭店咖啡馆都不设包厢，他忘了预订。正说着，殷校长来了。李小华把鼓中的老师们夸上了天，对鼓中的应试课堂赞不绝口，差点让王秋月觉得他是讽刺。这李小华也是应试教育的产物，出国前与白洋是一路货色，把中国的教育制度批得一无是处，怎么吃了十几年洋面包，脑子转了一百八十度的弯。李小华说，整个北美都应该向中国学习，以老美为例，历届美国政府都十分重视教育改革，但是从 20 世纪 80 年代起，美国学生负担一直在上涨，但学习成效却不明显，甚至让人产生了美国教改越改越乱的感觉。加拿大教育界也在反思，为什么考试和竞赛都比不过华人学生？填鸭式也好，题海战术也好，其实都是优秀的教学法。有当教授的老外说，中国学生习惯于复述别人的观点，偏见，能复述也是学习能力。我以一个过来人看，中国这几十年的教育是成功的，这几十年正是中国追赶世界发展的时期，追赶需要的是模仿和接受西方成果，创新人才不是当务之急，灌输式教育才是直接享用经验和成果的捷径。这根本就是歪理，王秋月批驳他，十年树木，百年树人，中国赶上发达国家，创新人才是立于潮头的根本保证。李小华退一步说，至少，应试教育是对青少年成长的一种锻炼，焦虑和压力并非没有好处，从长远看，心理学家罗洛梅说，“那是一种与创造性同在的情绪，在这样一个时代，焦虑的人才是真正健康，恰当地感觉到时代脉搏的人。”李小华居然能脱口运用名人名言，说明这家伙真的在研究教育，不是恶意讽刺祖国的教育事业。王秋月心里说，你是嘴上说说而已，有种你把三个小杂毛送中国来上学试试。

领导一般不加入争论，也不会轻易表态，但这一番理论让殷老大至少心中踏实了。这人不像是国外敌对势力派来的，大可以放心。殷校长说，顺便告诉你一个好消息，为了表彰你在我校中考中取得的优秀成果，学校决定给你一个机会，放暑假后立即去参加“语文特级教师后备班”培训。殷老大接着说，这可是我专门为你从教育局争的名额。

据说这个后备班是特级教师孵化器，教师从开学进去到结业出来，不出意外都是下一届特级教师。殷老大这人，也算是够义气。

培训班在亚东大学新校区，地处近郊的大学城，距市区四十分钟车程，学员来自全省中小学，班主住要求所有学员住校，这一条实际上是专门针对明城学员。王秋月自从有了儿子后，很少出差，家里有一大一小两个男人要侍候，学校总有一大摊子杂事粘在手上。这一回，白洋说，你安心学习，我们会管好自己。白象也正需要练习一下独立生活的能力。王秋月就真的撒手了，说到底，以前放不下的并不是吃喝拉撒，而是白象的学习。全班学员二十个人，大都是四五十岁的一线教师，四十岁上下的就王秋月一位，被戏称为“小学妹”。班主任是留校的青年人，报到当天第一节课就建一个微信群，他当群主。王秋月这才发现，自己落伍了，总共就三个人没微信，小学妹她居然是其中一位，好在班主任手快，指尖纷飞就替三人弄好了，王秋月第一个就加了白洋，白洋说，想当特级教师，马上就与时俱进了，拍马屁，喜滋滋献上了三朵玫瑰花。

所谓培训就是听讲座。这么多年教学改革，专家教授们没有闲着，各种教学法层出不穷，城头变幻大王旗，但教师只是城内过日子的小百姓，埋头教书，中考高考分数才是硬道理，便都懒得抬头看热闹。王秋月以前也听过不少这类讲座，为了写教学论文评职称，她也曾在阅览室翻阅教学杂志，了解一点皮毛。明知和课堂扯不上半毛钱关系，但是哪怕是股市炒概念股，你也得了解这概念才下手。看来领导把这个班还挺当回事，不但讲课的专家都是大牌，还给每个专家分配了学员做徒弟，规定师傅有任务指导徒弟完成一篇论文。王秋月运气不错，师傅张泰来是教授级特级教师，是语文教学研究会会长，还是一家核心期刊的执行主编。王秋月存了小念头，评特级有硬杠杠，近五年内要在核心期刊上发表三篇论文，王秋月上次评时凑齐了三篇，光版面费花了两万，下一次申报，有两篇已过了期限。若是这回与张主编处好了关系，再凑两篇就有可能。王秋月是个刻苦的人，才进班三天，就交出了一篇三千字的论文。这论文字数有讲究，低于两千字说不算，超出三千字又要增加版面费，老师们都学精明了，三千字最经济实用。

张主编当天就发来短信，约定晚上八时在校门口茶楼指导她交的论文。

王秋月没有觉得有什么不妥，专家们和学员一样都住在学校宾馆，只是住的条件略好，单人间，在茶楼总比去他的宾馆房间适宜。再说，张主编至少也六十开外，满头银发，看上去是德高望重的样子。王秋月下午把电子稿打印了一份，方便即时修改。张主编比王秋月到得早，电话告诉她在6号包厢。王秋月有准备，大厅里吵闹，不适合指导论文，订包厢也就多花二三百元，这也是徒弟对师傅的必要尊重。茶座的包厢一般都有麻将桌，盖上面板就可以用来做书桌，但6号包厢小，放不下，只放了对面沙发，中间隔着茶几。这老头是担心让他自掏腰包，够小气。王秋月进去，他已点了茶和果盘，老年人都算得精，这些都算在包厢费，不点白不点。张主编说，文章我看了，写得非常棒，比某些特级教师强多了。王秋月听了表扬脸上很高兴，不是说来指导修改的吗？她等着他说“但是”，一般老教师对年轻教师都是先表扬后批评，但张主编偏偏没有说那两个字，一挥手说，这论文比我刊大部分发表的论文水平都高。王秋月激动地说，太谢谢张老师了，得交多少版面费？张主编说，版面费？你是谁呀，你是我的徒弟，谁敢收主编徒弟的版面费？

王秋月一迭声道谢，这回来培训班算是遇到贵人了。

张主编说，每次出来讲学，我都喜欢和年轻美丽的女教师多交流，激发我远逝的青春朝气。你们这个班，就数你还是年轻美丽，我们有缘，正好把你分给了我。

王秋月听了这话觉得有暗示，她急忙用牙签叉了水果递上，希望他不再说下去。

张主编说，我想吃的不是这。说时迟那时快，他没有接水果，却用手直扑王秋月前胸。天热衣薄，老家伙已经在心中排练了一遍又一遍，既准又狠地攥住了她的右乳，王秋月犹豫了一下，但当他那长着老人斑的脸凑过来时，王秋月惊醒了。她扔了水果，奋力推开了那个白发头颅，说，你再过来我喊了。

有什么好喊的。老家伙理了理乱发，整理了一下衬衣，又像正人君子一样坐到了对面，竟然还说，从没碰到你这种不识好歹的女人。

王秋月忍无可忍，将玻璃杯中热茶泼向他的头脸，夺门而走。

王秋月在校园里走了好长一段路，她的眼泪才流下来。她这泪水是为自己那瞬间的犹豫而流，哪怕是一秒钟的犹豫不决，她现在都羞愧难当。她不知道该把这次受的屈辱向谁诉说，倘若告诉白洋，毫无疑问，他会立即开车过来将老家伙废了，王秋月不敢把事弄大。手机响了一声，是微信，是蔡遇春请求王秋月加她，王秋月没有点“接受”，而是拨通了蔡遇春的电话，刚喊了一声“嫂子”，就哽咽了。

半个小时后，蔡遇春就把王秋月接到了家中。蔡遇春说，男人没有一个好东西，你别觉得受了委屈，是你自己把男人想得太好了。

蔡遇春说，大不了咱不做那个特级教师，我看这特级教师也滥了，邦德以前就有不少特级教师来上课，课上得人快要跑净，要钱却敢狮子大开口。你告诉我，要是评上了能多拿多少钱？

王秋月想了想说，各种补贴外快加起来，大概三四万。

蔡遇春说，呸，就这点好处，那老头还以为掌握了生杀大权，睡这个睡那个的，那些让他睡的女教师真正太不值了。

蔡遇春说，你回去跟白洋商量一下，老马在筹备一个邦德初中，民办性质。你去那里，五险一金都是邦德交，与公办学校进人一样。教师工资至少翻一倍，有的岗位还翻了几倍。邦德需要你这样的人才，白象留学需要钱，双赢。也省得回去受那些伪君子的气。

这几年，明城有几位校长受高薪诱惑，投奔了民办学校或者私营培训公司。普通教师做出这种选择，王秋月也算是第一个吃螃蟹的人。当然，马不停没有亏待王秋月，量才录用，封了她一个邦德中学副校长的官帽。

九、蔡遇春

邦德中学的校舍还没有竣工，负责教学的王副校长暂时可以闲着，以儿子出国前要办的事为大事，但是王秋月不好意思领了工资不干活，每天坚持来公司上班。这天，马总交给了王副校长一个任务，说事关邦德明天的事业和命运，而且这事别人完成不了，整个集团上下只有王副校长堪当此重任。王秋月领了任务，确实，马总没有夸张，她还是忍不住笑了。

老板娘有时会来食堂吃午饭，按她的说法，食堂大厅人多，热闹，一人在家吃饭越吃越孤单。王秋月把刚从电梯门出来的蔡遇春拉住，说，嫂子，我有话跟你说，马总布置给我的任务。蔡遇春说，还任务？有天大的任务也不能不吃饭，咱边吃边聊。老板娘在食堂当然是众星捧月，她落座，女性员工都围着她百鸟朝凤，不成文的规矩，靠里边的大多是各公司的女经理和女中层，外围的是想巴结老板娘的普通女员工。王秋月是新人，一般都找个角落安安静静用餐。这回与蔡遇春坐在一起，进了核心区。蔡遇春说，秋月，你有什么任务，现在可以说了。王秋月支支吾吾，说，这事，一会儿咱姐妹私下说。蔡遇春说，在座的都是集团的人，没有外人，马总跟你布置了那什么任务，你尽管说出来。王秋月拗不过老板娘，说，那事儿马总让我劝劝你，他也打听了情况，说，对你的身体有风险。他不愿你去冒那个险。老板娘说，什么事儿？别藏着掖着。王秋月明白这是逼她说白了，大声说，马总说了，可以不要儿子，但一定要和你白头偕老。蔡遇春抬头看了大伙一眼，说，老马这甜言蜜语，骗小姑娘行，骗我老太婆是做梦。在家里我已经明确告诉他了，那英雄母亲比我年长，她能做到的事我也一定能做到，这是咱邦德百年大计千年大业，这事我做主，你告诉他，别啰唆了。

众人都放下筷子，口里纷纷叫好，就差给老板娘鼓掌了。王秋月弄清楚了，蔡遇春要的就是这效果，这是宣言，向那些马总睡过的女人宣告，谁都别白日做梦痴心妄想，马不停最在乎的还是她蔡遇春，任凭风吹浪打，她蔡遇春的地位岿然不动。

王副校长向马总汇报，任务没能完成。马总说，既然她执意要冒这个险，我只有确保她的安全。从明天开始，邦德组织一个专家团队，不惜代价，实现她的心愿。

让蔡遇春最高兴的事，是马及及要回国来陪她。蔡遇春告诉马及及这个打算时，最怕的是女儿不同意，觉得这事唯一有否决权的人只有女儿。女儿在电话里听说了，说反对，反对的理由是怕妈妈身体吃不消，但不反对给她添个弟弟和妹妹。马及及说，集团的资产是爸爸妈妈挣下的，我没有付出劳动，现在或者将来，我都不应该坐享其成，一个人活着，只有享受自己的劳动报酬才可以心安理得。换个角度，你们给了我生命权，当然也可以给弟弟妹妹生命权，生殖权是人最基本的权利。我的义务，就是爱你们，爱每一个家人。

蔡遇春想不到，万恶的资本主义世界居然替她把女儿教育得如此胸怀宽广心地善良，马及及说，我宣布，暑假姐不去北欧度假了，回来照顾妈妈。

蔡遇春亲自去机场接女儿，每次从这里出发或者在这里到达，蔡遇春都会想起当年第一次和女儿送别的情景，马不停在女儿背影离去的瞬间，突然泪如泉流哭得稀里哗啦，蔡遇春就是在那瞬间原谅了这个男人对自己的所有不忠。这几天，蔡遇春发现老马每天都回家睡，一大早起床，首先是打开女儿房间的门窗，走时还叮嘱阿姨晾晒被单，都说他只管大事不问小事，但他对女儿的事从来都无微不至。倘若有了老二，是不是会把他变回一个那什么暖男。

儿女心重的人，想坏也坏不彻底。这样想的时候，蔡遇春仿佛已经怀上了儿子。蔡遇春莫名其妙地认为，她历经艰难，生下的一定会是个儿子。

马及及从通道出来的时候，边上还有一个凹眼高鼻梁的小伙子。那是李小华的大儿子，别看他高出马及及半个脑袋，他才读七年级，相当于国内的初一。李小华回多伦多筹备邦德分公司去了，却把儿子送到明城，据说要让他儿子先在假期中接受邦德式的培训，学习祖国博大精深的考试文化。这世界上，总有一些人，脑子里的零件装反了，李小华的脑子肯定就是这一款。司机接过马及及的行李箱，蔡遇春一把抱住女儿，每次见面或分手，蔡遇春都忍不住泪水。这一次，她控制住了自己，李小华说过，儿女长大后，父母觉得他们是挣断了线的风筝，最好的办法是装着没发现，撒手，转过脸。蔡遇春得坚强起来，她的明天重任在肩。

上了车，蔡遇春打开邦德微信群，把她和混血小伙子的照片传给李小华，好让大洋彼岸的李小华放心。微信群里出现了王秋月的头像，上传了一首诗：

夏尽秋风起，日暮微凉意。
有子待远行，娘心已戚戚。
东市买秋装，西市买冬衣，
南市备药品，北市添书籍。
箱中不是物，是娘满满心。
离别心情怯，不忍放悲声；
又恐儿牵念，笑说风与云。
……

李小华跟帖：语文老师会写诗了，可见邦德中学的造化非同一般。

蔡遇春心情好，也跟了帖：笑话，语文老师不会写诗，那会写什么呢？

《北京文学》2017 年第 3 期

愤怒的小鸟

一

金圣木从三楼的初三（1）教室走过的时候目不斜视，初三（1）的讲台上，那个矮胖的女班主任还在播洒她的唾沫星子，金圣木看一眼走廊外的银杏树，那叶子已黄得像死人的脸了，据说这棵银杏树是公的，母的那一棵远在操场的那一端厕所边上，那么远，却能怀上这棵公银杏的孩子，枝头挂满白果。这世上总有那么一股风，在看不见的地方传递隐秘的信息。比如现在，他在窗外一闪而过，长老 6 号一定知道他在召唤她了，即使她没有看见他的身影。他走到墙角下楼梯，依然昂着脑袋，脚步在水泥台阶上踩出风和尘土，他听见了初三（1）教室门开的声音，接着是那位女班主任愤怒地叫喊长老 6 号名字的声音，这声音的后面部分被门关在了教室里。金圣木在心里偷偷乐了一下，脚步并没放慢，他知道长老 6 号跟上来了。

现在，金圣木穿过操场，操场上是塑胶跑道和塑料草坪，跑道红草坪绿，尽管铺的时间不短了，走在上面还有刺鼻的味道。操场上在上体育课，是精英 11 所在的初二（2）班，初中部都是女生高男生矮，列队的时候女生在后排，金圣木的目光盯住自己的鼻尖，脚踩着女生的影子疾步而行。他即使想看一眼精英 11，也是看不到，尽管精英 11 有一米七〇，可后排的女生比他更高，他要看的话，只能看到女生凹凹凸凸的屁股，长发短发的后脑勺。他不必看，让背后的风告诉精英 11 吧。果然，走到操场的尽头，他用余光看了一眼草坪上的投影，已经是三个人的影子，彼此隔着一段距离。

他这才回头仰起脸看他们一眼，太阳西斜，正迎着他的目光，逆光，他的眼中金光四射。仿佛那几幢教学楼都成了金色的沙丘，连操场上的草坪也染成了金黄，他们三人的影子看上去像是沙漠上的三匹骆驼，不，应该是一个牵驼人牵着他的两匹骆驼，谁让他俩长得那么高大。他喜欢把这校园想像成一个沙漠，强盗头目一声呼哨，强盗的队伍就从沙丘中冒出来。而现在，他不须呼哨，他身后的那一阵风就是召唤。

金圣木说，换装。

精英 11 说，就在这里吗？

金圣木不理他，扯下校服，麻利地从背包里掏出一件西装，两肩耸了耸，精英 11 才明白过来，赶紧接过西装，替他一左一右套上胳膊。这才叫懂规矩。金圣木将下摆扯了几下，抬起头催他快点换上，这小子的目光此刻扯直成了一把尺，尺的那端是花坛后的长老 6 号，她只穿着胸罩和短裤在往头上套一件连衣裙。没出息，金圣木低声骂道，学校健美队的女生每天在操场上训练不都穿成这样，用得着在这里偷窥？精英 11 厚颜无耻地回答，帮主，您不懂，网上的女人光着屁股我也懒得看。行家说，女人要偷看才能看出味道，脱衣服的女人比脱光了的女人还生动。这方面精英 11 是专家级，金圣木没发言权。三人将校服连同书包塞进花坛暗处，走到围墙墙根下，精英 11 讨好地说，帮主，我托着您。金圣木挥手说，用不着，两脚一提，攀上了墙边的树枝，只一跃就上了墙头，长老 6 号腿长，也跟着上来了，倒是精英 11 自己，身高腿不短，但一身的肥肉够呛，他俩在马路上站定了，他还“吭吭”地骑在围墙上喘气，笨得像只狗熊。

今天的活动是赴宴。

按理说金圣木也只是初二年级的一位男生，论年级，长老 6 号是他的学姐，不但长得像女明星黄圣依，并且学习成绩也位居年级前十，尽管有女生说她的分数是几位男教师加了印象分，但没有男生愿意相信。她一招手，初三的男生有一大半肯为她赴汤蹈火冲锋陷阵。而精英 11 尽管成绩不咋地，但是在学校也曾是有名气的人，曾经在男生中呼风唤雨颐指气使。现在俩人甘愿追随金圣木，是因为校园之外还有另一个江湖，这个江湖是一个网络游戏，名号叫乱世英雄联盟。金圣木是此联盟中的帮主之一，堪称是其中最大的帮主，下辖三百多位江湖英雄，等级依次是长老、精英、帮众。这个江湖比校园要大多了，帮员除了学生之外更多的是社会各界人士。帮主在乱世中运筹帷幄，叱咤风云，攻城略地，战无不胜，引各路英雄竞折腰。无数英雄想见现实中的帮主一面，都只能镜中望月，而他俩竟和帮主在同一个学校读书，能与帮主早晨同进一个校门，中午同在一个食堂吃饭，真可谓三生有幸，当然唯帮主马首是瞻。

请客的那位是长老 3 号，他留言要来固城时，金圣木以为只是说说而已，据说网恋见面大多是“见光死”，帮友见面会怎样，金圣木心里没有底，那人在帮内是一位资深长老，在网上看不出年龄和身份，就算他也是个普通人，倘若见了面，发现帮主竟是个初二年级的学生，是不是会大失所望，动摇军心呢。最要命的是金圣木身高只一米五几，看上去简直像个小学生，扮大人硬件明显跟不上。金圣木以前没觉得个子小是大问题，也就是与男生打架时吃点亏，也就是多几个女生叫嚷着要收他做儿子。但现在要受影响的是他的江山，他的王位。不见，不见为上策。对方要他的手机号码时，他回了两个字，不用。事实是金圣木没有手机，不是老爸老妈买不起，是不给他买，怕影响学习。但金圣木不能说自己没手机，这年头连街头的叫花子兜里都装着手机。不用，就是说不屑于用，你见过中央领导用手机打电话吗？起码电视上没见到过。不用手机是一种酷，是派。这跟解奥数题目一个道理，别人盯着已知条件时，你得寻找未知条件，人有我无，才能人无我有，金圣木很得意自己回的这两个字。但对方锲而不舍，人家对帮主的敬仰之心更加如黄河之水滔滔不绝，他从金圣木和精英11的IP地址上判定俩人都是固城县人，料定这俩人肯定认识，就联系精英11，这小子一口答应，热烈欢迎。他对金圣木说，帮主，初中生怎么啦，吃奶的皇帝不也照样受那三叩九拜大礼吗？

我们住在固城宾馆，晚上五点半就在宾馆餐饮部118恭候帮主。这是长老3号发给精英11的短信。

固城宾馆是县城最高档的宾馆了，精英11说，打我老爸犯事后我有一年多没进那大门了。金圣木注意到短信上说的是“我们”，就是说不是一个人，金圣木说，除了长老3号，他说还有谁？

谁？谁是长老3号？你是说九十九条命吗？

对，他跟你说过还有别的人同来吗？

精英11拿出手机翻了一遍短信，说，没说过还有别的人。

长老3号是金圣木给那人排的号，那人的名号是九十九条命，三百多号人，什么稀奇古怪的名号都有，作为帮主，他要全部记住也不容易，即使他是金圣木。但是作为最高统帅，他在排阵布局时又必须记住手下的将士所长所短，金圣木是数学天才，最好的办法是给他们编上号，相当于每个学生都有一个学号。比如长老6号，真名陈小雯，她自封的名号是乱世玫瑰，比如精英11，真名庞壮飞，他自封的名号是会飞的猪。每个人只需要记住自己的等级号，记住所有人的号那是帮主的事。

三人走进包厢时，那里坐着的也是三人。他们站起迎接，看着金圣木领着长老6号和精英11先后进来，意犹未尽，来者的身高是递增序列，他们不指望后面来一个个子最高的，但不相信这三个孩子中有一个是帮主，帮主应该还在后头。金圣木一眼就看出了谁是长老3号，坐在主请位上的光头就是，金圣木在调兵遣将的空隙，有时也猜想一下某位爱将脱下盔甲时的面目，长老3号在战场上装备更新最快，是不缺钱的主儿，出手敏捷，却喜欢藏在暗处伺机而动，是阴险角色，在生活中类似他们学校的校长，金圣木同学的校长也是光头，但属于先天造成的，秃子。秃子校长习惯在你考试作弊时或翻墙逃学时突然出现在你面前，皮笑肉不笑地看着你。长老3号脸上的笑正是这种笑容。长老3号的左侧空着，那是贵宾位，金圣木走过去坐下，那几位立即明白了，这最矮的孩子竟是帮主。长老3号心中一定有些失望，但他脸上你丝毫也看不出，他恭敬地弯下腰和金圣木握手，嘴里一迭声地说，欢迎帮主，欢迎帮主。

另两位立即也附和说，终于亲见帮主，荣幸之至。看样子也是帮友了。

落座，各自做了介绍。那两位都是精英级，排在精英 11 之后，他俩都称长老 3 号为局长，长老 3 号说，退了退了，不是局长，是巡视员了，还是副的。精英 11 忍不住问，这副巡视员是多大的官？比县长还大吗？长老 3 号右侧的那位说，那当然，是副厅，你们县长才处级。精英 11 不由自主敬仰这光头老汉了。说起来，他老爸也是做过局长的，县里的局长，局长这官号县里有，市里有省里有，甚至中央也有，可同是局长，他爸是最低的，科级，但在这县城里也是大人物，他与同学们比谁老爸的官大时也牛逼哄哄了，可这老头，竟是厅级大官，他也玩游戏，竟然也服帮主。说来说去，是金圣木太牛了。

精英 11 觉得有必要长帮主的威风，说，帮主是我们学校的名人，得过市里奥数的冠军。

长老 3 号说，帮主如此优秀，是本帮的福分。

进入包厢前，金圣木就告诫自己，话多失言，不喝酒，少说话，才能端住架子，不失帮主的身份。倒酒时，金圣木说，我和长老 6 号以水代酒，让会飞的猪做代表，他们居然也同意了。几杯白酒下肚，长老 3 号打开了话匣子，说，帮主啊，别看我为官这么多年，我在咱这帮里才算找到了舞台，在这里我看见敌人想杀就杀，看见金币想夺就夺，杀人时血光四溅，取钱时金光闪闪，跟着您勇往直前，帮内齐心协力，没人在背后使绊子，规则是明的，手段是明的，这人生才叫爽快。

长老 3 号说，在官场言官，在商场言商，今天我们在帮主面前只言帮。现在我帮和其他列强正面临攻克西京的挑战，只有我帮拿下西京，才能傲视群雄，我们固城之行，除了拜见帮主，也是为了与帮主面商大计。

这正是金圣木近来的一块心病，游戏设计者永远挑战着游戏者，不是冒出新的强敌，就是开辟新的战场，西京就是最新出现的战略重地，金圣木这几天正在酝酿这一场大战。他忍不住站起端起水杯，敬长老 3 号一杯。

就在这时，包厢门被人推开，来者是一中年汉子，他指着金圣木破口大骂，兔崽子，真的是你，老子今天饶不了你。

长老 3 号问金圣木，他是谁？

宿敌。

宿敌是网络用语，是指天生的冤家对头。帮主说完，放下杯子，转身进了卫生间。

三位精英立即冲上去扭住了来人的双臂，他嘴里还是骂骂咧咧，精英 11 毫不犹豫地给了他一个耳光，这人太让帮主没面子了。

金圣木出来，说声对不起，直接朝门外走去，那人被按住动弹不得，眼睁睁地看着他昂然走出门外，金圣木留给他一个背影，肩胛骨高低耸动，大概正得意地笑哩。

他挣了几下挣不脱，愤怒地说，我是他爸，是金圣木的爸爸。

二

金森林甩开那俩人，儿子已看不见身影，看他座位上的盘子，已盛满鱼刺残骨，看来已经肚子里装满了鱼肉，不会挨饿了。那几人想要解释，又不知道怎样解释，金森林“哼”了一声，气呼呼地夺门而走，往左走了几步，不对，又回了头，往厕所方向走。他是去厕所时看到儿子的，初看是怀疑看错了人，此刻儿子应该在奥数老师家上课。待儿子人模狗样地站起来，定神看，分明就是那不争气的儿子。

金森林回到大厅，老罗说，你上个厕所怎么现在才到，我以为你掉进茅坑了。

老罗也是司机，金森林是公司老总郑守财的司机，老罗是县长的司机。按说本是两股道上跑的马车，搭不上的，可是郑总和县长搭上了，而且搭得紧密，隔三岔五在一起碰头，他俩的司机想不搭也难。和别的客人吃饭，郑总有时会召唤金森林上桌，也就多加一套碗筷的事，何况金森林还是郑总的姨姐夫。请县长吃饭，金森林就没有上桌的份了，在大厅点几个菜或者吃自助餐，当然，县长的司机也会主动提出和老金一起吃。金森林本来喜欢自助餐，挑贵的吃，吃得撑到喉咙口也没人管得着，只是有一回他兜里偷偷藏了几块牛排被人家发现了，人家把他当“重点对象”了，他就不爱自助餐了。往明处说，老金弄几块牛排是为了儿子，儿子最喜欢吃牛排，儿子啃牛排的凶恶样子是老金最喜欢看的，老金每次宴席上看到牛排就会想到儿子，心里就对儿子有莫名的愧疚。老金没钱让儿子在家里吃上牛排，自己在外面海吃时，吃着吃着就把愧疚感变成了对儿子的负罪感，都是他当老子的不争气，否则，坐车的是他金森林，开车的才是郑守财，甭说牛排，鲍鱼鱼翅也让儿子吃个够。老金后来就不去自助餐了，在大厅的散客席上点菜了，必点一道牛排，打包带走，反正司机吃的菜账都加在老板的包厢账上，郑总也不会计较这点小钱。老罗开始不懂，见老金不夹牛排认为是让着他，客气，见老金打包过几回明白了，也不动那盘牛排了。老罗与老金同是摸方向盘的，但待遇不同，每次吃饭后，老金都必须掏张红票子塞给老罗，这一百块当然不是老金的，是老金的老板郑总给的，叫辛苦费。辛苦不辛苦是另一回事，关键老罗握的是县长的方向盘，郑总就是郑总，不光县长喜欢他，县长的司机也喜欢他。老罗尽管打心眼里看不起老金，可他也是当父亲的，理解，再说自己每回都比老金多赚一百块，不能把自己等同于老金一个档次。

金森林坐下来，才发现自己外套的袖口被扯脱了线，这外套是名牌，是郑总忘在车后座上的，老金把它放在了车后备厢里，几天后郑总想起来了，以为丢在哪个饭局了，老金说，没丢，我在后备厢收着。拿出来，外套皱巴巴的，还沾了几块铜钱大的油渍。郑总皱皱眉头，说，这怎么能穿得出去，老金说，我带回家洗一洗，电熨斗熨一熨能穿的。郑总说，你说能穿给你穿了。这名牌外套就成老金的了。这样的智慧只能偶尔使一回，得看准时机，得观察老板的心情，甚至是天时地利人和缺一不可。这样看，其实老金的外套来之不易，老金将那袖口挽了挽，挺心疼，摸摸脸上，还火辣辣的，老金夹了一块牛排放进老罗盘中，说，吃。老罗有些意外，说，不给你儿子打包了？老金说狗日的在包厢吃过了，刚才我上厕所时正碰上他往外走，坐贵宾位，比他老子吃得开。

老罗是知道他的宝贝儿子金圣木的，不光老罗知道，有子女在二中读书的家长都知道金圣木的名字。金圣木在小学六年级时得到全市的奥数冠军，二中是全县最好的初中，多少家长拎着钱包都炸不开二中的校门，可二中的光头校长登门请金圣木上二中，三年书学费全免。老金这个儿子了得。老罗说，又得奖了？校长请你儿子吃大餐？

老金说，可不是，校长点了满满一桌子菜。

老罗说，应该的，你儿子为他的秃头上添了光彩呵。

桌上一桌子菜是真的，秃头坐在那里也是真的，可那秃头不是二中的校长。老金看那秃头也像有身份的人，可有身份的人怎么会让一个孩子逃学出来喝酒呢。尤其那个打他一耳光的混账小孩，头发染红染绿，手腕处还文着一头猪，一看就不是什么好鸟，老金第一眼看到他就上火了。

老罗还在絮絮地夸老金的儿子，以往，老金爱听，可这一个阶段儿子是他的一块心病，逃课，成绩下降，老师约谈家长几回了。每次都是兰兰去，老金不敢去，儿子上进，老师是笑脸，儿子不争气，家长免不了要看老师的冷脸子，老金在酒席上听一位当局长的说过，一个二十出头的小老师让他站了半个钟头，训了他半个钟头，威风八面的局长硬是做了半个钟头的孙子，屁也不敢放一个。王兰兰是做教师的，她首先是一个做母亲的，儿子的光荣属于她，儿子的不光荣也属于她，她义不容辞，但是老金不知道，作为家长的教师被另一位教师问责，被羞辱的程度更甚，这种伤害不仅在面子上，更在骨子里，你连自己的儿子都教育不好，怎么能教育好别人的孩子。王兰兰回来后不是唉声叹气就是砸东掼西，找金圣木谈，儿子要么装作聋子瞎子，要么强词夺理，是你说要竞赛为主的。老金急了要动手，王兰兰不允，说教育孩子要文斗不要武斗，可他俩文斗不是儿子的对手，那话王老师说过，那是强调竞赛的重要性，现在成了儿子的挡箭牌。老金两口子欲打不能，欲罢不甘。

好在今天县长还有别的活动，老金老罗刚放下筷子，县长和郑总便下来了，上了车，老金问，去哪里？郑总说，今晚没安排，打道回府。老金心里念了县长的好，郑总和县长吃饭，一般不安排别的事儿，专心致志陪县长，县长放了郑总的假，等于放了老金的假，老金今晚可以早回家了。郑总说，姐夫，今天你忘了给圣木买牛排了。只剩他们两个人的时候，郑总喊老金姐夫，但人前人后，老金都喊郑守财郑总，老金拎得清，老板就是老板，司机就是司机，皇帝的七大姑八大爷见了皇帝也得下跪行臣子之礼。老金有些尴尬，好在郑总坐在后排看不见他难堪的脸色。这郑守财比鬼都精呢，老金以前打包都是先放进车里，实在来不及就用外套遮着，看来藏着掖着还是没逃过郑总那双眼睛。老金说，这小子有姨夫疼他，是他的福分。

老金回到家的时候，兰兰正趴在客厅的饭桌上做奥数题，饭桌上放着吃剩的饭菜，一碗咸肉，一罐没盖上盖的腌萝卜，还有一只空碗，碗底有些许胀开的饭粒，只要儿子不回家吃饭，她就用泡饭或者面条打发自己。

老金进了门，兰兰微抬眼皮瞭了一眼，又苦着脸去对付奥数题了。老金说儿子呢，兰兰用嘴角朝卧室歪了歪。老金推开卧室门，金圣木正埋头写作业，老金在他背后站了一会儿，他听见儿子的呼吸变得急促了，兔崽子，你现在晓得我是你老子了。但儿子在做作业，王兰兰的规定，天大的事也不能影响儿子学习，老金现在不能发作。老金转身离开的时候，儿子装着刚发现他，说，老爸，我——，老金挥挥手，出去了。

王兰兰是数学老师，但她只是一位民办初中的数学老师，严格来讲，她是不合格的教师。现在的教师，要有大学学历，要有教师资格证书，这两样王兰兰都没有，王兰兰本来都能拿到的，她原来是乡下的民办教师，函授大专读了一半，读完了就可以考教师资格证书，可金森林说他发财了，让她跟着到南京去享福。看那时形势金森林像是发财了，买了桑塔纳，年底回来时交给她一捆捆钞票存银行。金森林拿着算盘拨得“哗哗”响，说接一个工程，就能赚这算盘上的数字，用不着她去吃粉笔灰了，王兰兰犹豫不决，金森林说，真的，用不了几年，我就能在南京买房，儿子将来可以上南京最好的小学中学。这后一句打动了王兰兰，她说，你真有本事把儿子弄进南京的名校？这个男人以难得一见的豪迈说，它那学校门就是钢筋混凝土，我也用钞票炸开它。她跟王红红商量，王红红说，去啊，不去才傻。姐，他一个大男人在南京，你不去管着，说不定就让别的女人惦记上。王兰兰撇撇嘴，就他那样？王红红说，他那一捆捆钞票既然能炸开别的门，要是绑在裤裆里，哪个女人的门挡得住？王兰兰想想也对，跟着男人去南京做了老板娘。可金森林再也没在她面前拨拉过那把算盘，不是金森林用上计算机了，是金森林做工程做败了，败得如遭了洪荒，一贫如洗。郑守财收留金森林做了驾驶员，王兰兰民办教师丢了，可她不想再回乡下，至少她得让儿子在县城读书，她硬是在县城租了房，自己在县城先是在工厂打工，民办学校缺教师，她跑去报名，人家不要她，她求着人家让她上一节课试试，上完了课学校把她留下了，只是工资比别的教师低很多，王兰兰不计较，也没法子计较。重新回到讲台，她才发现，自己是真的热爱教师这个职业。

做奥数不是王兰兰的教学工作，是王兰兰的私活。民办学校有的是贵族学校，有的是民工子弟学校，王兰兰所在的学校属后一种，这里的老师用不着做奥数，其实，即使是县中的数学老师也没有一个人拿到奥数教练证书。那一年金圣木买了一本奥数习题集，做了几道觉得有趣，与书后的答案一对照，居然都做对了，这小子来了兴致，一股劲做完了这本奥数题，恰巧举行全市小学生奥数竞赛，他不知天高地厚报了名，竞赛结果出来，金圣木得了一等奖，全县就他一枝独秀。这让金森林王兰兰两口子兴奋得一夜没睡，把激情燃烧的兴奋活儿办完后，金森林说，是他的遗传基因起作用了，他读小学时就得过全乡珠算比赛第一名，王兰兰心里冷笑，要说基因，也是她王兰兰的基因，高考那一年，王兰兰总分离录取线是差了 3 分，数学却考了全校第一，99 分，要不乡中怎么肯留下她做数学老师。其实金圣木获奥数奖与他俩的基因关系不大，有关系的是另外一个人，不是基因，是机缘。就是编那本奥数习题的作者，这次竞赛恰巧是他命题，而他命题就自然要选用这书中的几道难题。这是命题者心照不宣的秘密，不用自己编的题，就体现不出自己的权威性，再说，用了自己书中的题，那书才能有市场效应。王兰兰怎么弄得懂其中的猫腻，儿子的奥数获奖让她埋藏心底的愿望发芽抽枝。当年高考落榜，老师们都建议她复读一年，无奈父母都是靠种田为生的农民，妹妹也考上高中，供不起她复读，她只得留校做了民办教师。她把希望寄托在妹妹身上，希望王红红考上大学，替她了却心愿。哪想到王红红同学心思不放在学习上，用在和同班同学郑守财卿卿我我上。王红红没读完高中就退了学，王兰兰恨铁不成钢也只能一声叹息，学校的教师大多是大学毕业生，王兰兰书教得再好也低人一等，她翻不了身，她得让儿子翻身，让儿子考上名牌大学是她最大的心愿。王兰兰觉得，现在这心愿已经浮出水面，已经茁壮成一朵亭亭的莲花，伸手可触，王兰兰的生活又充满了希望。金森林已经是一把散架的算盘，她把一生的希望都押在儿子身上，儿子上初中后，参加过一次奥数竞赛，连个三等奖都没得到。她不怨儿子，在竞赛教室的外面，她与那些参赛选手的家长站在一起聊了一会，她就灰心丧气。这些城里名校的孩子，在学校有教练指导，每个礼拜天都在教练那里上课，一节课就是一百五十块。她央求人家给了教练的电话，决定让儿子也上教练的课。上，砸锅卖铁也要上，她恶狠狠地对金森林说，金森林不敢吱一声，一百五十块加上来回公交车费就是二百块，再加上王兰兰陪送就是二百五，一月四个礼拜天，王兰兰一个月的工资就没了。王兰兰不是不算账，送了几次儿子后她就让儿子独自坐长途公交来回了。王兰兰这样算的账，金圣木如果能得到初中奥数一等奖，就能跨进南京的名校读高中，那就等于省了十万，王兰兰说，郑婷婷在南京读个小学不就赞助了十万吗？郑婷婷是郑总的女儿，那赞助费就是金森林开车去学校交的。

王兰兰给自己布置的任务是，和儿子一道做奥数题。这是个艰难的任务，实事求是地说，王兰兰当初的初中数学成绩在班上数一数二，现在作为初中的数学老师她也堪称优秀，但是面对这些奥数题，她觉得自己等同于白痴，打个比方说吧，对岸有座房子，明明可以从桥上走过去，或者划船渡过去，但都不算数，你必须挖一个地道拐弯抹角地通过去，这地道暗无天日，有巨石挡路，有暗流淹阻，最后你把它挖成了迷宫，自己都走不出去。好在这样的战斗不是王兰兰一个人在战斗，很多奥数参赛学生的家长都卷入其中，他们中有大学教授，有高工，还有医生、机关干部等，孩子在教练家上课的时候，他们在小区的花坛边开辟第二战场，或争论，或沉思，往往离答案最近的还是代课教师王兰兰，甚至有一位做教授的女家长还要了王兰兰的手机号码，时常向她请教问题，王兰兰后来为了节省来回车费，不能参加这样的攻关讨论，很是遗憾。不过，王兰兰已经对自己增添了信心，偶尔茅塞顿开，将黑暗的地道挖到光明的出口时，她忍不住一个人手舞足蹈。奥数面前，人人平等，不分高低贵贱，你懂得越多可能是绊脚石越多。但这只是偶尔，大多数的时候王兰兰在地道里愁眉苦脸，走投无路。

金圣木写作业时，金森林和王兰兰都自觉地放轻手脚，说话如同耳语，王兰兰做奥数题目时，也不搭理老金，老金在家的时间少，回了家也自觉地少说话。就是看电视，也调在静音，读字幕，看所谓哑巴电视。金森林今天肚子里有话，静静地坐在王兰兰对面，王兰兰觉察了，王兰兰发觉了老金脸上的五根手指印，王兰兰低声说，怎么了，是郑守财吗?

老金摇摇头。说，是儿子。

王兰兰说，你是说咱儿子？咱儿子敢打他老子了？

王兰兰猛然拍了拍脑门，手中的笔在桌子上骨碌碌滚到了地上。王兰兰有头疼病，一着急就发作。老金慌了，说，是儿子的同学。

老金说，儿子和几个同学在街上闲逛，我冲上去教训他，他身边几个同学不问青红皂白，扭住我揍了我一耳光。

老金说，好事哩，以前都是儿子被别人讹钱，被别人揍得鼻青脸肿，现在有人帮他，不会被别人欺负了。省了我们一桩心事。

王兰兰用手揉了揉脑门，说，怎么你被别人扇了一耳光，倒像是件高兴的事儿，

高兴，高兴。老金盯了儿子的房门一眼，心里说，兔崽子，老子今天暂且放过你。

三

王者这次选择的对手是百岁千命，是对方的长老级人物，王者刚一亮相，对方的家将使一柄长枪扑将过来，王者的家将跃跃欲试，王者按住他，他不想浪费时间，自己长鞭一挥，对方那张牙舞爪的家将就变成一堆白骨，屏幕上升起一缕青烟。百岁千命明知来者不善，还是舞一对大锤迎接王者的招数，王者掐准了他的出锤秒数，也只一鞭过去，锤落人仰，百岁千命又减了一条命。

都道是王者一鞭致命，用不着出第二鞭。其实王者如果有第二鞭，哪怕出N鞭，也是无用功。王者只琢磨对方第一招的破绽，也就是程序设计中对方的动作速度，一鞭不能毙敌，王者就拿敌人没奈何。但这是不可能发生的事，帮主也好，帮众也罢，都是游戏设计者手中的傀儡。就如这现实世界，校长老秃和初二学生金圣木其实都是老天手中的一粒棋子，命运让你朝东你就不会往西，可恨的是老天的编程王者无法破解。

百岁千命得回去买金币买装备去了，王者看自己的账面上多了几枚金币，那是他用百岁千命和他那位家将的命换得的。金币有两种途径获得，一种是靠网战的时间和敌人的白骨，一种是往网上指定的账号上充值，充人民币。有了金币你可以买血买命，也可以购置新推出的装备。金圣木一没钱二没时间，所以王者的每枚金币都沾满敌人的鲜血。金圣木有限的时间不仅要放在杀敌上，更重要的是必须及时破解游戏设计者永无休止推出的新程序，那才能保证王者战无不胜。

金圣木就是王者。

金圣木此刻是在初二年级教师办公室上网，已经是五点多钟，别的老师已下班，绰号“蘑菇云”的班主任还在教室里给几位同学补课，金圣木抓住这个时间差，溜进来用一下电脑。估计时间差不多了，他点击了一下会飞的猪，精英 11 正在网上与敌人激战。

王者：你在学校附近网吧？

会飞的猪：在，我买了新装备超光速器，好使，就一个字，爽。

王者：我在虎穴，命令你立即回教室，拖住蘑菇云。

会飞的猪：明白，立即执行。

会飞的猪闪亮的灯立即暗了。

一刻钟后，教室里辅导完学生的蘑菇云老师刚要灭灯关门，一个汗渍渍的脑袋探了进来，庞壮飞说，老师，我回到家才想起来，您今天要给我们补古文的，赶紧又跑回来了。

庞壮飞是令老师头痛的学生，逃课是家常便饭，补课是难得现身，今天居然主动回来补课，老师很是欣喜，老师说，庞壮飞爱学习了，大好消息，我给你再讲一遍。

把课文讲完，老师问，弄懂没有？

庞壮飞同学摇摇他的大脑袋，迷惘地说，没懂。

老师说，是哪一处没懂？

庞壮飞同学痛苦地睁着真诚的眼睛，说，老师，都不懂，您能不能再讲一遍？

老师被学生的好学精神感动，尤其这位庞壮飞同学的求学精神来之不易，她拍拍学生的肩膀，说，没问题，老师再仔细讲一遍，虚词实词一个一个落到实处，慢慢来。

老师讲了几遍，庞壮飞还是不能将这篇文言翻译成现代文，同一个词，第一遍译对了，第二遍他又译错了，按下葫芦浮起瓢，总有新错误出现。老师甚至内心里有点怀疑这孩子的智商了，但脸上的表情还是诲人不倦，花了一个多钟头，庞壮飞才把一篇文言文翻译完成。

师生离开教室，天空已伸手不见五指，庞壮飞走出很远，还回头朝老师大声致谢，老师，谢谢您，耽误您了。老师的肚子饿得“咕咕”直叫，但学生的感谢让她心中充满了暖意。

她不知道，她的这位学生给她起的绰号是“蘑菇云”，更不知道，这孩子的智商其实挺高，他实施的拖延战术圆满成功，金圣木同学已经用教师办公室的电脑奋战了两个多小时。

其实金圣木完全可以和精英 11 一起去校门外的网吧上网，只要和精英 11 一起上网，金圣木都用不着买单，哪怕精英 11 口袋里的钱只够一个人上网，他也得先由着帮主，这是领袖的特权。金圣木上网，庞壮飞会在一边大呼小叫地惊叹，这样的拍马屁常常干扰金圣木的思绪，王者在网上是享受寂寞和孤独的，那头会飞的猪不懂。金圣木认为，即使那些拳击场上的霸主，即使那些足球场上的健将，他们在关键时刻内心也是宁静和理性的。金圣木喜欢用教师办公室的电脑上网，还有一个说不清的原因，他在这个他称为“虎穴”的空间，在这个被大多数学生视为禁区的地方，他网战的发挥出奇地好，他指点江山傲视群雄，提鞭四顾，仿佛能看见教师办公桌前那些伏案的脑袋在他脚下如草芥一般俯伏，成就感像无数痒痒虫爬进他的每一个汗毛孔，为这种感受他不惜屡次冒险。

金圣木刚进这所县城名校时，遭遇了很多同学的敌视，尤其是庞壮飞为首的富家子弟，庞壮飞时常请全班同学吃冰淇淋，他让小跟班捧着整箱的冰淇淋，他像老师发试卷一样挨着座位依次发过去，轮到金圣木，他跳过去，说，乡下人，你的分数可以当饭吃，也可以当冰淇淋吃的。金圣木并不稀罕他的冰淇淋，金圣木受不了的是其他同学的哄笑。当他第一次在班级考试排名倒退了一大截时，金圣木意外地发现在他课桌上放了一盒冰淇淋，金圣木没有吃，碰也没碰它一下，那盒冰淇淋在夏天的高温下稀释成了一摊牛奶，连纸盒都软得趴在了桌面。放学后，庞壮飞带着几个男生围着他的座位坐成了一圈，庞壮飞说，你竟敢不吃老子的冰淇淋，不给老子面子？

金圣木一边整理自己的书包，一边说，我不喜欢吃冰淇淋。

庞壮飞的小跟班说，正因为你不喜欢吃，吃下去才是给老大面子，今天你要不把这桌子舔干净，你出不了这教室门。

金圣木明白来者不善，说，我可没得罪你们。

小跟班挥手给了金圣木一耳光，说，你还敢说没得罪我们？你问问在场的每一位，每次成绩出来老爸老妈教训我们，不都是用你的分数作对比，你还敢得了便宜卖乖？

金圣木弄不清得了什么便宜，说，今天我不也考砸了吗？

庞壮飞说，所以嘛，老子今天引你为知己。不吃也行，你从今天开始做我们家的人。

金圣木知道这是什么意思。不知从什么时候开始的，中学生互相之间流行家庭间的称呼，有称爸爸妈妈的，当然也就有称爷爷奶奶外公外婆的，顺延下去还有了叔叔婶婶舅舅舅妈七大姑八大姨的，都说是因为现在的独生子女孤单才引发的游戏，本来是高中生们这样喊着玩，传染到了庞壮飞这帮初中男生中，味道变了，家庭的亲情变成了小帮派的辈分。庞壮飞说，说吧金圣木，想不想做我家的人，我收你做我的孙子吧。

金圣木倔强地说，我跟你们不是一个人类，做你爷爷我也不干。

边上几个男生立即上了拳头，金圣木捂住脑袋蹲到了课桌下。幸亏这时有人进了教室，是个女声，说，大侄子，又在欺负小孩了？庞壮飞失了嚣张，说，姑姑您来了。那几个男生立即姑姑奶奶一通乱叫，好像谁家过节来亲戚了。这个女生替金圣木解了围，金圣木在课桌下只看到了一双修长的腿。

金圣木和庞壮飞的修好是因为庞壮飞拥有“乱世英雄”的外挂，外挂是一个神奇的玩意儿，庞壮飞有了这个外挂，可以把它挂在电脑上，白天庞壮飞人在上课，外挂却能代替他在游戏中战斗不止，频频积分，金圣木刚闯进这个游戏时，就深切地感觉到不能是一个人去战斗，当然，游戏中有家将，你可以养一个甚至几个家将，但是养家将的成本不低，庞壮飞说简直相当于他老爸养二奶，家将不要穿名牌戴金银，但他负伤你要给他补血，他战败你要给他更换装备，那一枚枚金币也是真金实银。庞壮飞的外挂是在论坛上淘来的，花人民币八百元，金圣木掏不出，但他想要，非常想要，哪怕能玩个几天也行。金圣木家里没有电脑，就是挂网吧的电脑上他也付不起网费。金圣木感兴趣的是外挂的设计程序，金圣木猜想外挂是一条通往宝库的秘密通道，如果说游戏的软件程序是一座宝库，从外挂入手一定能破译前往宝库的路标。但是用金圣木的话来说，他和庞壮飞不是一个人类，庞壮飞不可能将外挂借给他。金圣木不是一个轻易罢休的人，他决定放弃一切尊严，哪怕做庞壮飞的孙子的孙子，他也要得到外挂。

金圣木开始关注庞壮飞了，奇怪的是庞壮飞这一段日子像是变了一个人，上课依然趴在桌上昏睡，下课了居然也没有一大家子人围着他了。最让金圣木惊奇的是，那天他到小树林啃馒头时，居然看见庞壮飞也在啃馒头。庞壮飞看来还没有经验，他靠在一棵树干上，干啃，馒头屑子沾满嘴角，有的撒在了胸前，庞壮飞看见他，绕到树干的另一边。金圣木尽管看不懂，但直觉告诉他，机会来了，他离那个外挂越来越近了，首先是离这个胖得如一头猪的家伙距离近了。金圣木跟过去，递上手中的矿泉水瓶子，庞壮飞迫不及待地夺过去，连着灌了几口，说，怎么是咸的？金圣木说，是咸的，食堂里的菜汤。

二中的食堂早餐供应馒头，五毛一个，中午供应菜汤，免费。这为金圣木同学节约提供了机遇。一大早到学校先去食堂买一只馒头，塞进书包，中午在食堂端走两份菜汤，不去坐餐桌，而是直接走到食堂外，灌进矿泉水瓶，然后去小树林享受午餐。凭良心说，这样的午餐是美好的享受，每一口咬下去都十分珍惜，另一只手还小心翼翼地接住碎屑，吃完了用舌头舔干净手掌常常意犹未尽。节约是美德，美德的产生只能是在特定的环境下。这样节约持学的人不是个别，有的人是为了买一双心仪的球鞋，有的人是为了一款手机而奋斗，大多数人则和金圣木一样，是为了省下四块五毛钱去网吧。

金圣木的运气是真好，但庞壮飞却正处在出生以来最不幸的日子里。那天是个星期天，父母都难得地在家歇着，庞壮飞在自己的房间里做作业，说是做作业，其实是在网上战斗。在读小学时，小学生庞壮飞是不被允许在自己的房间使用电脑的，进入中学后，中学生庞壮飞有了拥有电脑的理由，学习需要。庞壮飞挑了一个庞局长心情愉快脸色慈祥的傍晚，向老爸请教一道历史题，辛亥革命是哪一年，庞局长尽管革命二十多年了，却记不住辛亥革命是哪一年，庞局长说，去查历史课本，课本上肯定有。庞壮飞说，课本忘在教室里了，还有一个问题，资产阶级革命的局限性是什么？庞局长说，你老爸脑子里只记得本县哪条公路要修建，哪条公路有多长。庞壮飞说，算了吧，我还不如去问电脑。当着老爸的面，他在电脑上搜到了答案，打印出来指点给老爸看，庞壮飞说，不光历史，就是数学题，电脑也能教我做作业。庞局长想了想，批准庞壮飞同学拥有一台自己的笔记本电脑，加一个括号，括号里注明只能用于学习。庞壮飞在学习时间，一直保持着高昂的警惕性，因为有时老爸或者老妈会进来检查工作，这难不倒庞壮飞，庞壮飞坚持将一门学科的页面最小化，一旦门锁响，就点开页面，做勤奋学习状。让检查工作的上级领导满心欣慰，悄悄撤退。

庞壮飞最希望的是家中来客人，庞局长喜欢与客人讨论工作，庞夫人喜欢客人送的礼品，庞壮飞喜欢客人分散那两位的精力，他不必竖着耳朵监听客厅里的脚步声，全心全意投入战斗。这一回客人来了，只一会儿又走了。客厅里静悄悄的，看来老爸老妈也被客人请走了。庞壮飞肆无忌惮，在游戏中杀得天昏地暗，在椅子上坐到腰酸背疼，饿了去客厅找水果吃，才发现父母还没回家。庞壮飞顺便看到了茶几上压着一张纸条。

壮飞，爸妈工作有急事近期不回家，你自己照顾自己。父字。

庞壮飞没当回事，一连三天该上课上课，该上网上网，该吃饭吃饭，反正兜里有钱，家里没人做饭他就去茶楼吃简餐，他真希望老爸老妈在外面多待些日子，无人管教，自由自在。这一回他梦想成真，有一天上午他睡懒觉，门被敲开了，几个穿制服的人请他起床，然后出示了一张有大红公章的通知。他们先撬开墙角的地板，拿到了一叠存单，接着又撬开卫生间的天花板，取下了一捆捆的百元红票子。庞壮飞蹲在马桶上常常看着天花板发呆，没想到那天花板上真是一个值得惦记的地方。这几个人出手不空，一定是老爸老妈告诉了他们详细地点。

小县城没有秘密，更何况现在的网络本身就是透风的窟窿。庞壮飞不理睬别人指指点点的议论，但本县论坛上的指名道姓还是让他明白，父母出事了。有人打电话让他把乡下的爷爷奶奶接上来，庞壮飞一想到他将面对两张沟壑纵横老泪满面的老脸，他放弃了这个念头。但口袋里的钱很快用光了，他从抽屉角落里搜寻的钱币也有限。古人说书到用时方恨少，庞壮飞觉得钱到用时更恨少，他撑着，啃馒头度日也撑着。他甚至埋怨爸妈，与其等到后来把那藏钱的地方告诉不相干的外人，还不如早点把秘密告诉他们的儿子。

其实庞壮飞啃馒头的日子只过了两天，第三天爷爷奶奶就闻讯赶到了县城。奶奶把庞壮飞想象到的眼泪鼻涕涂满了庞壮飞的头脸，心肝宝贝叫了一连串，庞壮飞说饿，爷爷奶奶立即牵着他的手直奔肯德基。庞壮飞狼吞虎咽，爷爷奶奶坐在对面泪眼蒙眬。奶奶说，宝贝你放心，爸爸妈妈不能供你了，奶奶砸锅卖铁也供你上大学。你该吃的吃，该花的钱花，奶奶不让你受委屈。

话是这样说，可奶奶手里的钱毕竟有限，他再也掏不出钱请他的家里人吃冰淇淋肯德基了，渐渐成了孤家寡人。但是，他和金圣木成了朋友，或者说他成了金圣木的铁杆跟班。这个小矮子太让人崇拜了，要知道，他仅仅用了几个月的时间，便从小帮众登上了帮主的宝座。

庞壮飞高声跟班主任告别，其实是向金圣木发出撤退的信号。蘑菇云在夜色中从操场飘过时，俩人已经吊在双杠上。校园外的楼房窗口都亮着灯光，商务楼的楼顶广告赤橙黄绿，只有寂静的校园沉浸在黑暗中，仿佛是一个被小城遗漏的角落，当然一同被遗忘的还有这两个少年。庞壮飞说，你看到了吗，范总留言，邀请帮主去他那里玩哩。

金圣木说，哪个范总？金圣木装糊涂，他当然也看到了留言，所谓的范总在他面前只是长老３号。帮主的权威靠什么维护？靠的是规矩，即使是朋友，即使是你庞壮飞也得遵守。在官场讲究官号，在帮就言帮规，金圣木还沉浸在他的王国中。庞壮飞是个粗心人，没有觉察到帮主的不悦，说，就是那个来固城请客的长老。

金圣木甩手离开了双杠，说，你除了吃喝玩乐，就不能想点正经事情。

金圣木说的正经事，其实就是网络游戏。金圣木说，有一种新玩意儿，叫爱怕它，据说能够上网，还能够进入乱世英雄联盟，我们需要它。

四

那时候安德门劳务市场还是乱哄哄的，金森林走进去，看到一堆堆的人或坐或站，手里是塞满行李的化肥袋，眼神里是胆怯和讨好。金森林穿着当时流行的双排扣西装，裤腰耷拉在屁股上的西裤，尖头皮鞋锃亮。金森林在穿着上一直是个讲究的人，不论是做农民还是做老板，就是现在做司机也保持着这种优良习惯。其实金森林当时手下缺人手，招人也用不着他亲自出马，但是金森林是个敬业的老板，工地上工人死伤并不一定是工伤，有时候年老体病者一天干下来，晚上躺上床，早上就醒不来了，那做老板的就别想脱得了干系。这事在别的工地上出过几回，金森林是个细心的人，不敢大意。他平时在工地上看工人干活，耍奸使横的，腿脚乏力的，心里记下了，第二天找个借口让走人，当然得多花些口舌功夫。后来干脆招工人这活他揽下了。那时是人多活少，金森林一路走过去，就觉察到后背上粘满了眼珠子。金森林停下脚步，就有人围住他，金森林说，钢筋工，一天三十。人群立即就退下去了。当时钢筋工的日工资行情是三十到五十，金森林报的是下限。金森林往前继续走，两条腿的蛤蟆找不着，两条腿的农民工还愁没有？这话是人嘴说不出口的，但他心里就是这样想的。他发现有一个人跟在屁股后面，阳光下的影子比他的影子长出一大截，他站住，回头看，太阳有些迷眼，一个年轻人站在面前，面目模糊，个子细长，倒像是根钢筋戳在地上，金森林说，三十？那人说，三十。金森林说，干过几年？那人摇摇头，金森林也摇摇头。钢筋工是个技术活，金森林不能出工钱请学徒工混日子。金森林走出那条街，年轻人还跟着。金森林说，别跟着我，哪里发财去哪里。年轻人几步跨到他面前，矮下身子，脸上满是乞求，老板，我就是想到您工地上干活，哪怕混个吃住不开工钱也行。金森林说你再说一遍，年轻人说，只要能有个吃饭睡觉的地方，我就愿意到您那里干活，干什么都行。

金森林这回看清楚了年轻人的面目，眼睛细长，肤白，几分女气，那哀求的神气乖宝宝似的，让金森林享受。当然，主要是看那拎着化肥袋的左手腕子，清瘦却健实，是那种有肉贴在骨骼上的样子。金森林说，我不能剥削你，到钢筋组，一天十五。

一天十五是小工工资。

钢筋组的小工是搬钢筋，给师傅递料，绑扎钢丝。

金森林几乎忘记了这个年轻人，他事情多，大到工程款结算，小到食堂买菜都想亲自过问，要不工人们私下也不会喊他是“金算盘”。看得见的数字在算盘上，看不见的数字是在工地上，偷懒，或者该偷却不偷，也就是不晓得怎样偷工减料，那也是算盘上流失的算盘珠子。金森林一有空就守在工地上，别的包工头是站在工人身后骂娘，金森林不，金森林说你下来，我做一个试试。榜样的力量是无言的，工人们不服气骂娘，却服气那漂亮活儿的。钢筋组人少，却是金森林重点关注的要害部门，为什么呢？钢筋值钱。省下一根钢筋，那等于省下了黄砖几百块黄沙一吨多，这账金森林不会换算错。值钱的东西都容易让人惦记，很多工人都喜欢藏一截螺纹钢带回去，还有人把 6.5 的线材做成呼啦圈绑在腰上带走，因此金森林一般是快下工时去钢筋组。金老板看着工地上的工人穿上外套拍打着口袋离去，把线纱手套扔得满地都是，人走光了，他弯下腰将手套一一捡起扔进垃圾堆。有一只手套引起了他的关注，那一只手套铁锈泥沙都被血迹凝固，虎口处已成了张开的大嘴，扯断的线头像是一嘴不整齐的细牙。他想地上应当还有另一只手套，他果然找到了，同样是血迹斑斑，但虎口处还相对完整。这人是个新手，看样子是个肯下力气的角色，他应该是那个新来的年轻人。第二天中午，他站在年轻人身后叫停了他，扯下了他的左手套，那只手套在阳光下又张开了嘴巴，红梅朵朵，年轻人以为老板要让他去领新手套，说用不着换，金森林扯下他的右手手套，说，换，两只手套换着戴。

年轻人到办公室找他时是在半个月后，年轻人已经是一名熟练的钢筋工，一副手套能戴几天不换了，金森林以为他是为增加工钱来的，不是，年轻人说，老板，其实有一种钢筋拉长机，六米的线材能拉成七米多，也就四千多块钱，用不了几天这机器钱就能拉出来的。金森林不用掏算盘想了一想，就算出了这幢楼房线材节省七分之一是多少钱，金森林欣喜地说，这主意不错，去会计那里领钱，买机器的事就交给你了。

小伙子眯着柳叶眼笑着应承了。那笑容有几分羞怡，金森林喜欢这笑容，他不知道，他的小姨子王红红一年多前就喜欢上了这笑脸，这小伙子名字叫郑守财。

金森林喜欢这个小伙子，当然是因为他肯吃苦耐劳，又肯动脑筋，成了金森林不可多得的助手。有一天连金森林自己也觉得离不开他的时候，时机成熟了，郑守财请老板吃饭，说是感谢老板对他的关照。饭店是一家中档饭店，金森林喜欢在这样的饭店请客，整洁，不铺张，价格适中，看上去没有大饭店奢华，但谁都知道，施工队长请客吃饭的关键是看信封的厚薄。不是所有的施工队长都是这样想的，但金森林一贯是这样想这样做的，郑守财显然摸准了老板的胃口。推开包厢的门，一团红影子扑面而来，一只长长的胳膊搂住了他的肩膀，这动作他熟悉，是小姨子王红红，乡下说法，小姨子的屁股姐夫分半瓣，红红跟他向来没大没小，红红半只肉肉的乳房压迫得金森林喘不过气，金森林坚持不住，退后半步，说，你怎么来了？

穿着红色连衣裙的王红红说，我是代表我姐来探亲的。

姐妹中，有一个严肃内向的，就会有一个活泼外向的，王氏姐妹中兰兰是前者，红红是后者。金森林很快就明白，小姨子探的这个亲不是他这个做姐夫的，而是郑守财。郑守财就是传说中的那个王红红的高中同学，就是被王兰兰认定是耽误了小姨子考大学的十恶不赦的坏小子。金森林恍然大悟，郑守财当初为什么矢志不渝要来他的工地，人家是搞曲线救国，王兰兰这个做姐姐的在父母眼中是最稳重，最受信任的，甚至是一言九鼎的，王兰兰反对，这俩人的好事就成不了，所以才有了这一出“鸿门宴”。郑守财这小子是个人才，金森林不是刘邦，吃了喝了没有脚底抹油，不光是王红红需要这小子，金森林的工地也需要这小子。王兰兰的工作不好做，但金森林要告诉这位人民教师，人才难得，人才不光是能考大学的那种人。

从一个包工头到一个施工队长，这是金森林这样的人做老板的第一步，从施工队长到建筑公司经理，这是跨出的第二步，再从建筑公司经理到开发公司老总，这是到位的第三步。完成这个三级跳的人是凤毛麟角，用金森林的话说那得是个人才，郑守财有幸被金森林言中。而金森林自己却在跨出第二步时不幸踩了空，这一步让金森林崴了脚，还闪了腰，一切归零。现在想来，当时金森林是心急了点，心急吃不了热粥，也容易得食道癌。其时金森林尚没实力注册建筑公司，接工程项目得挂靠人家的公司，人家给你提供资质，当然也得收管理费。问题就出在管理费上，一般公司按百分之二收取，但有一家公司找上门来，只收百分之一，原因是为了增长公司的GDP。别小看这百分之一，一千万就是十万,一个工程三千万就是三十万，金森林当然算得出这笔账。协议签了，用人家公司的名头接工程，当然工程款是走人家的账，这是一个施工方垫资的项目，垫资建筑几乎是我国当前建筑市场的行规。金森林把家底都垫了进去，还欠了一大堆材料款，等大楼封顶按合同去甲方催款，甲方说几天前已拨到了建筑公司账户上，再去找建筑公司，已人去楼空，手机关机。金森林腿一软，瘫倒在那金光闪闪的公司招牌下。

金森林报了警，也知道这种骗子公司早有打算，公安部门也没奈何的。他不死心，追到那公司经理的老家，查无此人。找甲方，人家没拖欠一个子儿。一周后回来，不敢到工地，打电话喊郑守财出来商量，郑守财这个人才也拿不出主意。郑守财说，姐夫，材料商们把揽拌机塔吊都砸了，要拆钢管脚手架，被工人们拦下了，工人们说老板不付工钱，他们得把钢管卖了抵工钱。

金森林白天不敢在工地上现身，天黑了，一个人爬上了那幢十一层楼的楼顶，远处，城市的灯火璀璨，车水马龙，近处，工地上的照明灯已被人砸碎，黑漆漆一片，隐约看得见倾斜的塔吊摇摇欲坠。金森林真想一头扎进楼下的黑暗中去。有一束灯光向他射来，是手电筒，灯光中王兰兰走到他身边，把手中的金圣木塞进他怀中。王兰兰说，走，跟我走。金圣木还是个五六岁的孩子，他睡着了，沉甸甸的，金森林将儿子越搂越紧，夜风中儿子小小的身子给了他温暖，他的泪水掉了下来。他对王兰兰说，你放心，我不会跳下去的，我还有儿子，还有你。王兰兰说，谁说你要跳下去了？我把儿子从一楼抱到了十一楼，抱出一身汗，你还想让我再抱下十一楼不是？你不想想，我一个女人怎么抱得下去？

拿着手电筒的是郑守财，金森林说，守财，工地上的事都交给你了，那些搅拌机塔吊等机械能卖的都卖了，钢管也卖了，先给工人们发工资。郑守财说，机械都让讨债的人砸坏了，只能当废铁卖了。钢管一时也找不到买家，要卖也只能卖个仨瓜俩枣。金森林说，能卖几个子儿算几个子儿吧。

金森林在外地藏匿了一年多后回到老家，老岳母告诉他，郑守财起势了，在南京做工程了。金森林找到郑守财的工地，工人告诉他，郑老板不在，陪人吃饭去了。金森林在工地上转悠，发现那些搅拌机钢筋切割机都眼熟，按说机器都只打生产厂家的标牌，机器出厂都长一个模样，可金森林对自己工地上用的机器有感情，哪个部位碰掉漆撞个坑都痛在他心上，没错，是他原来的机器，连塔吊也是他原来的那台，只是有几处钢骨是新换的。郑老板回来，见是金森林，欣喜地喊了声“姐夫”，见姐夫的眼光停留在机器上，轻声说，我刚起步时没钱买新的，又到废旧回收公司把它们赎了回来。

这是金森林最后一次在郑守财脸上看到那种羞怯的笑，眉毛下的眼光若躲若让，嘴角边的法令纹像弯弯的花瓣。

回想这一切是金森林空闲时常做的功课，作为驾驶员，在车上等候老板或者客人是常有的事。不过，今天金森林等候的是儿子，假公济私，回老家只要郑总不用车，金森林总是来二中门口接儿子。他将往事放了一遍电影，儿子还没放学，他下车将车子拭了一遍，这是郑总新买的座驾，宝马叉五，金森林将车子拭得一尘不染，甚至还蹲下身子，将金属轮圈擦得能照见人影，擦完了他站直身子，心里赞叹道，真他妈漂亮！他抬起腿，照着车身狠狠踹了两脚，两只一模一样的鞋底印立即像两枚大号印章留在那里。

爸，金圣木站在他身后。他慌忙将鞋印抹掉，没顾得上看儿子是从哪里出现的，其实金圣木并不是从校门出来的。

上了车，儿子说，爸，你不喜欢这辆车吗？

金森林说，我为什么不喜欢它，没有它，我就没有了饭碗养家糊口。

儿子说，不喜欢的东西就让它消失，让一辆车消失比让一个人消失容易，让一个人消失比让一种情绪消失容易。

金森林说，你跟老爸绕什么绕，我没听懂。

儿子说，这是奥数，解奥数就是在很多道路中寻找到达答案最简单的路径。

金森林更加糊涂，他的手机在兜里响起来，他打开，一个嗲声嗲气的女声说，老公，我想你了，你什么时候来看我？声音很高，金森林慌忙关了。他看一眼儿子，儿子眼看着前方，似乎是没有听见。

最近一个阶段，他常常接到这种莫名其妙的电话，来电话的都是风月场中的小姐，无聊时他会寻开心，跟她们谈价格调调情，打发时光。但真要让金森林掏腰包去那些场所消费，那是不可能的，金森林的算盘上没有这颗珠子。

金森林心虚地对儿子说，打错了，人家电话打错了。

五

这一天是农历十月十五，按乡下规矩十月半是要祭祀先人的。所谓祭祀就是家人聚到祖屋吃一顿饭，只是多了烧香焚纸磕头的仪式。金森林把郑守财一家从南京送回郑家庄，再独自驱车接了妻儿赶回金家庄。第二天中午，才轮上丈母娘家的祭祀午餐。夫家为先，娘家为次，乡下的规矩，为什么乡下人倾家荡产也想生下个儿子？重男轻女不是谁早晨醒来了，拍下脑门子就能发明的。

好在王红红的老母亲已经习惯了，一大早就去菜市场买鸡买鸭，忙得不亦乐乎。两个女儿一到，也钻进厨房去帮忙了。堂屋里两个大男人，老板和司机，现在规规矩矩成了姨姐夫和姨妹夫，倘是别家，这样的亲戚难得碰面，总是有这样那样的新鲜话题的。可这俩人，白天黑夜待在一起比跟自己的女人待的时间都长，闲扯几句后便是喝茶抽烟，抽烟喝茶，各自想自己的心思。

俩小孩开始也没声音，金圣木每年都要遇见这个小表妹几次，小表妹每次都打扮得如花似玉，亲戚朋友都围着她转，甚至连金圣木表情一贯严肃的妈妈见着这个小妖精，脸上也会开出一朵花来，凑上那肉嘟嘟的脸亲上几口，金圣木记不起来她什么时候这样亲过自己的儿子。和这个小女孩在一起的日子是金圣木最无趣的日子，唯一的亮点是有一顿丰足的饭菜，但等待的这段时间显得太漫长，主要是乡下的外婆家不可能有电脑。我为什么总是要见到这个不愿见到的毛丫头？金圣木想不通。

郑婷婷也无趣，但郑婷婷可以找到事情打发时间，她从书包中拿出平板电脑，专心致志地用手指在屏幕上上下飞舞，嘴里不时发出懊恼或惊喜的咋呼。她有自信，这个像大人一样严肃的小哥哥，肯定会被她吸引过来。果然，金圣木凑了过来。

这是什么？

iPad

爱怕它不是一种手机吗？怎么长这个样子？

郑婷婷仰起头不屑地看他一眼，说，哥哥，你太 out 了，手机是手机，叫爱疯死，iPad 是电脑。

这就是传说中的爱怕它了，金圣木顾不上她的嘲笑，他第一次看到真家伙，方方正正，不带盖，铮亮。他忍不住用手指碰了一下屏幕，郑婷婷惊叫，哎哟，你一碰，我的小鸟飞偏了。

金圣木说，对不起对不起，你玩的是什么游戏？

来火的雀子。

什么样的雀子？

来火的雀子，南京话，普通话是愤怒的小鸟。

这游戏金圣木知道，很多人的手机上存了，在他眼里是弱智的游戏，用爱怕它玩这个，简直是暴殄天物。金圣木想知道，这个爱怕它能不能上网，最好能无线上网。郑婷婷骄傲地回答，能，当然能，否则它怎么卖这么贵。

金圣木觉得有必要跟这个妹妹套近乎了。金圣木观察了她的每次积分，最多是 380 分。金圣木说，你让我玩一会儿可以吗？我保证玩三次就打到 450 分。

郑婷婷将信将疑，没想到金圣木第二次就打到了 450 分，第三次打到了 480 分。郑婷婷不由得佩服这个表哥了，她同学中最高的积分也只有 450 分。金圣木说，你们班主任是谁？郑婷婷脱口报出姓名，金圣木说，她也做过我的班主任，可凶呢。就是，郑婷婷立即接上话，俩人有了共同的话题，共同声讨起那位倒霉的班主任。同仇敌忾中俩人成了亲密的小兄妹，金圣木说，学校后面的大明山，有很多树，有很多大鸟小鸟，哪天我来了南京，一定带你去掏鸟窝，给你逮一只真正愤怒的小鸟。说话算数？郑婷婷抬头看他，眼光里是崇拜了。

金圣木确实在那所著名的小学就读过，不过，只是读了一年多，他就莫名其妙地被母亲带回了原来的乡村小学。金圣木嫉恨这个愚笨的小丫头，她凭什么能享受他不能享受的一切？金圣木的心思还是放在爱怕它上，他明知这里不能上网，还是想找到连接网络的图标，正埋头忙着，金森林在桌子和他之间走过，把他手中的爱怕它碰落了，爱怕它的右上角在水泥地上磕了一个小坑，金森林慌忙捡起来，说，姨夫赔，姨夫赔。郑婷婷“哇”的一声哭了，一边哭一边说，你赔什么赔，你赔得起为什么不给哥哥也买一个？金森林尴尬地站着，脸上还是赔着笑。金圣木看着他比哭还难堪的笑，心里快活地说了一声“活该”，他从金森林手中拿过来，关闭，重启，爱怕它没摔坏。他俯身吹净了右上角的尘土，用手指抚摸着那一点点凹痕，像是自己的宝贝一样心疼。

晚饭时外婆请来了金圣木外公的三位兄弟，外公不在了，但是家里办事还是要请这三位到场的，这也是乡里的习俗。长辈坐了尊位，接下来该轮着金森林，但金森林坚持要郑守财坐他的上位，郑守财嘴上推辞着，屁股却在上位坐下了，金圣木看着他老爸笑嘻嘻地给别人倒酒夹菜，判断他心里一定窝着一只愤怒的小鸟。这些大人，实在活得虚伪。

外婆上了一道菜，是一块方正的大豆腐。郑守财放下筷子，说，正好可以考考我们的小天才了，圣木，你把它分成十块。金圣木想了想，接过餐刀，先划了个十字，将豆腐分成四块。然后又在其中两块中各划一个十字。放下了餐刀。郑守财说，分完了？金圣木说完了，正好一人一块，说着手中的筷子已夹了一块肉，他不喜欢吃豆腐。金森林想不到儿子是这样分的，觉得没有面子，说，你姨夫是让你分成大小相同的十块！金圣木说，我没听见他这样说，姨夫，你说了没有？郑守财只得摇了摇头。金森林说，你兔崽子不会分就不会分，怎么还强词夺理？你还讲不讲道理？金圣木说，我讲的道理不是你们的道理，我和你们不是一个人类。金森林见儿子跟他较劲，火气上升，说，你倒说说，我和你妈生了你，你倒不跟我们一个人类，我们莫非生的是怪胎？金圣木声音小了，嘟囔着说，我属于新新人类。

最后是外婆和阿姨帮金圣木解了围，一致责怪郑守财和金森林为难孩子，金森林哑了，郑守财说，圣木没错，他有他思考的方式，与我们想的一样就不是天才了。毛主席说，世界是我们的，也是你们的，但归根到底是你们的，是新新人类的。

六

这天是周六，农民工和施工队长没有休息天这一说，金森林还是送郑总到了工地。

警车驶进工地时，金森林正在工地上洗车，郑总并不在乎洗车的那几个小钱，可金森林闲着也是闲着，骨头贱，没事喜欢找点事做，他两只袖子卷得高高的，一手拎着水桶，一手抓着擦车布，看着警车迎面驶来，有一瞬间，金森林想放下水桶，撒腿就逃，前几年躲债的时候他养成了这习惯。但这几年事情似乎过去了，债主们懒得找他了，一是找他找不到，二是找到了他也是光腚一个，真把他剁碎了也只有骨头没有肉。与其花精力找他，不如把精力放到重新赚钱上。金森林这几年的日子安逸了不少。除非有一天他金森林东山再起，成了有肉的猪头，债主们才会卷土重来，苍蝇逐臭。每每想到这，金森林觉得前景暗淡，咸鱼难翻身，他这条咸鱼就是能翻身，也要被债主们锅里煮火里烤，都说死猪不怕开水烫，他一条尸僵了眼白了的咸死鱼也早就不惧债主们纠缠了。

下来一个面善的娃娃脸警察，说，师傅，你们老板是哪位？

金森林指了指郑总的办公室，金森林心里松了口气，警察不光是抓人，或许是来查暂住证什么的。金森林矮下身先从车的前脸擦起，心里想，也许是郑守财惹了什么事，警察找上他的麻烦了。要真是这样，那倒挺好，他想象牛皮哄哄的郑守财在警察面前一定是蔫了，一定是垂着眼帘咧着嘴谄媚地笑了，他真想跑到窗外去看一眼，可惜今天这个警察长着一张笑盈盈的圆脸，要是瘦一点，要是棱角多一点，郑守财就更害怕，笑得就更讨喜了。金森林有一下没一下地擦着，手机响了，是郑总的电话，让他去办公室一趟。金森林最多只想在窗外看一眼，郑总像是晓得他心里想的，让他干脆进他的办公室。金森林站起身就往办公室赶，进了门手上的擦车布还滴着水珠子。郑总的脸板着，倒是警察的脸笑着，警察说，你就是金森林？

金森林点点头，擦车布滴下的水珠子在地砖上声音很脆。

警察掏出一个本本，照着本本上的数字按了一串号码，金森林的手机响了起来，金森林的手机铃声是儿子帮着设的，是一首恭喜发财的曲子，唱得喜庆，跟警察脸上的表情很和谐。警察说，就是你了，请你跟我去一趟，协助调查一下。

金森林手中的擦车布“啪”的一下掉到了地上，他觉得两条腿也软成了那块软绵绵的布，郑总说，警官，他不是老板，他只是我的司机。

警察说，你刚才不是说他以前是老板吗？有那事还是没那事，协助调查一下不就清楚了。

金森林抬眼看那警察，那眉眼坐是坐站是站，那嘴角抿着，将一脸的严肃撑得稳稳固固，原来面善只是金森林的错觉。

金森林在公安局见到了两个女人，第一个进来，看不清脸，藏在披散的长发里面，身上穿着看守所的马夹。警察说，认识吗？金森林老实回答，看不清脸。警察说，问的是她，不是你。女人抬起头，脸上有些蝴蝶斑，应该有三十五六的样子，女人说，不认识。你确定不认识他？他就是968。金森林想不通自己怎么成了968，这三个数字连在一起很亲切，他想起来这是他手机号码的尾数。女人仔细盯着他看了一眼，说，他不是968，不是金老板。女人带走了，换了一个女人，也穿着黄马夹，这女人年轻，二十出头，脸色憔悴，眼眶青黑，明显是少了睡眠，金森林从她眉梢边的那颗黑痣认出了她，是金丽夜总会的小姐，金森林心里有底了，警察是怀疑他嫖娼，金森林认识这女孩子，女孩子却不认识他，几句话结束，女孩也被带走了。

警察这回的笑脸又变得和蔼可亲了，他站起来朝金森林敬了一个礼，举手的瞬间还是把金森林吓了一跳，警察说，金师傅，谢谢你协助我们调查，你是清白的，但是你得去移动公司查查，你的手机号码是不是被人复制了？你可以走了。

就这样走？金森林说，这不行，你怎样带我来的，怎样送我回去！

警察说，警车有任务走了，要不，你打出租车回，我给你钱。金森林抓过警察手中的钱，撒腿奔出了公安局大门。

出了门金森林就后悔了，他是坐着警车离开工地的，工地上几百号人有目共睹，这样回去他跳进黄河也洗不清，工人们说不定早就替他编排了一连串的故事了。

金森林是去过金丽夜总会的，大多数时候是郑总陪客人在里面消费，金森林在停车坪上的车里等候。只有一回，郑总喝多了，非要金森林跟着一起进包间，金森林心里也痒痒的，想去见识一番，但嘴上却推辞。郑总说，姐夫，今天你必须上。我在水里泡着，你鞋帮子都不湿，这让我心里不踏实。你哪怕下水一回，身子也是湿了，我下水一百回，也只是身子湿了，咱连襟在那姐妹面前哥不说弟弟不说哥。说不定哪一天那姐妹俩听到点风声，批斗你我时火力就分散了，她俩轻易就能明白这世界的一个真理，男人没一个好东西。真理在手的人就是明白人，就站得高望得远，咱俩真要遇了关卡，头一低人家就闭一只眼了。金森林心里想，你这不就是找一个垫背的吗？腿却不由自主跟他们进了大堂。

金丽夜总会的大堂可比固城宾馆的大堂有特点，同样金碧辉煌，同样是水晶灯从半天中挂下，同样是空旷得能做停车场，但这大堂的中间装着一个商场里的扶手电梯，像是水田里翻水的水车，它源源不断地滚动着，翻出的不是水，是水汪汪的女人，露胳膊露大腿，那肤色在灯光下泛着银光，她们一手扶着扶手，千姿百媚，迎面袭来，在金森林的眼中惊为仙女下凡。郑总带着客人们逆流而上，那电梯的速度立即慢下来，郑总一扬手臂搂住一个小姐，那电梯立即停顿了一下，反方向向上滚动，把他们向楼上送去，一行人一人搂了一个，郑总在高处见金森林空着手，高声说，你是看不中，还是想再坐一回电梯看稀奇呢？金森林慌忙就近搂了一个，到了楼上电梯口，金森林往走廊上左右一看，两边花枝招展的女子排着队看不到尾，早有一个西装革履的服务生哈着腰候着，引导他们进包间。

金森林就是在包间第一次看到了那个眉梢有痣的小姐，她不是小姐，是妈咪，好听一点称领班。她跨坐在郑总腿上，说，哥，怎么安排？先唱歌还是先上去？郑总捏了一下她的腮帮子，说，先上去，省得大伙唱歌时心不在焉，心里揣着个猫爪子走腔走神。妈咪说，那我去安排。郑总说，慢，今天你还得上来，不能没有你。妈咪伸手在他裆下抄了一把，说，看把你能的，我忙完了赶下半场，只怕你招架不下了。

上去就是开房，这房费加上包间费加上嫖资，一人没有几千块拿不下，金森林在心里用算盘扒拉了一下，这简直是烧钱哩！金森林心疼钱，哪怕不是从他口袋里掏的，那也是厚厚的一沓票子，金森林觉得这钱不能白糟蹋，金森林牵着小姐的手上去了，干活的时候有几分慌张，完事后没顾上洗澡就回了包间，包间里空无一人，他是最利索的，坐下来他有些懊悔，这么快了事，对不住郑总那沓票子。郑总最后一个下来，是妈咪和小姐一边一个扶下来的，见了金森林，他一下子来了精神，他哈哈大笑，盯着金森林死劲地看，那笑脸上像是长满了刺，刺得金森林抬不起头，郑总端起酒杯说，咱俩喝一个，庆祝你也下了水，咱连襟成了一路货色，彼此彼此了。

也就仅这一回，以后郑总再也没请他进过金丽。可是凭什么郑总这样的人天天在那里泡着没事，他金森林仅此一回就让警察惦记上了？金森林冷静下来，想起了警察的提醒，他的手机卡号有可能让别人复制了，是谁？会是谁呢？金森林的手机费都是公司代交，这是金森林争取了几回才争取到的，金森林说，我一个摸驾驶盘的，除了老板招呼我，没几个人要找我，这手机费你们要不报销，我就把手机停了，老板要是找不着我别怨我。郑总答应了，每个月的手机费都是会计提前充值，偶尔会计埋怨他话费太高，他也没当回事，他与王兰兰打电话算起来是长途，假公济私免不了的。再一想，他这手机号也是有问题，常常接到一些女人的电话，开口不是称老公就是称金总，金森林觉得有趣，还会将错就错，与她们胡诌一通。现在看来并不是那些女人打错了。

最大的可能是郑守财，老板和司机在一起的时间最多，锅离不开瓢，瓢离不开锅，打个马虎眼就能将他的手机弄出去复制了。可郑总有这个必要吗？金森林可是听郑总在酒席上吹过牛，他拍着一位政府官员的肩膀说，要说我们这些农民工有什么比您沾光，那就是嫖女人，这事被逮着了，我们最多罚个三五千，交完罚款我还是我。你们当领导的就惨了，罚完款，乌纱帽就得摘，公职也得丢。既然这样，他为什么还在那场合报金森林的大名，留金森林的手机号呢？这不是存心陷害，存心栽赃吗？金森林越想越来火，恨不得当面掐住郑守财的脖子。

金森林进工地前先整了整衣服，还用手捋了捋头发，他想唱个小调，最好能边走边吹个口哨，可恨的是他吹不成调，打小除了打算盘他什么都没上心学过。看门老头见到他，喜出望外，大声招呼，哈，老金回来了！又小声说，没挨揍吧。金森林挥挥手，你就那么喜欢我挨揍？警察是请我去协助破案，谢我都来不及，这不，我嫌那送我的车惹眼，在路口就让他们回头了。金森林知道此刻那脚手架上下的工人眼睛都看着他，他昂首挺胸，径直朝郑守财的办公室走去。

金森林怎么都想不到坐在办公桌后面的人不是郑守财，是王兰兰。这么快，郑守财就把王兰兰召来了？郑守财是急不可待要看他的笑话。金森林说，我没什么事，这不，我很快就回来了。王兰兰说，你没事我就不能来？告诉你，出大事了。我送你儿子来上课，老师说他已经有快两个月没来上课了，你说，这小畜牲都上哪里去了？那学费都花哪里去了？金森林说，你问我，我去问谁？要问你去问你的宝贝儿子去，不是你拾掇他来上这课的吗？王兰兰恨恨地说，我当然要跟他算账，等今天的课下了，我要审个清清楚楚。窗外有砖块响动的声音，金森林知道有人在等着幸灾乐祸，他对老婆说，你先别急，喝口茶慢慢商量，他走到窗边，将一杯剩茶倒出去，立即有人尖叫着撒腿跑开了。

晚上金森林把儿子接回自己宿舍，儿子从实招了。那学费都被他用在游戏机室里上网了，每次向王兰兰汇报的作业，都是他在网上下载的，他既下载试题也下载答案，怪不得王兰兰做那些题目抓耳挠腮痛苦不堪时，金圣木居然能手到擒来披荆斩棘，王兰兰还常在儿子面前羞惭不已，为儿子的才思敏捷而激动万分。金圣木以为这一次逃不了一顿死揍，王兰兰气得浑身颤抖，伸出手掌，却朝自己脸上打去，左一掌右一掌，边打边说，都怨我生了这个畜生，这畜生是我前世的冤家对头，是我上辈子造孽才遇到这种畜生呵。王兰兰继续打着自己的耳光，瘦削的脸颊已经血红血红，金森林要拦，却被她一把推开，金森林转移目标，上前猛地踢了一脚金圣木，金圣木倒像是个看热闹的人，说，这是她自己的权利，没我什么事。金森林恼了，又是一脚踹向他腿弯子，金圣木眼一瞪，说，你没这个权利。金森林想这畜生是要造反了，下手要收拾他，王兰兰停了手，说，你把他腿踢断了他还怎么上学？怨只怨我命苦，刚才他阿姨还来电话，婷婷又考全班第一，可他自从读了初中，成绩上不去，竟赛糊弄我俩，老金，他这是想逼我上死路，我这辈子再没人能指望了。

金森林的宿舍其实就是一间地下室，楼上是郑总公司的办公室，一到晚上就安静了。闹腾完了，金圣木像是看完一集电视剧，转身进房间做作业，然后洗脚睡了。这兔崽子让金森林心寒，他对当父母的谈不上敬畏也就罢了，可是看他那眼睛，他连怨恨都舍不得有一丁点，纯粹把他父母看成了两件摆设，这兔崽子真的不像是属于人类。两口子上了床，金森林这一天下来已有乏意，王兰兰还在长吁短叹。金森林打起精神，一边劝，一边揣摩今天要不要向王老师交作业。在这方面，王老师不是一个敬业的教师，人家说三天打鱼两天晒网，她布置作业是打一天渔晒一个月的网，金森林倒是一个勤奋好学的学生，见着王老师就想交作业，做作业做了一遍还想做第二遍，无奈王老师是个懒惰的老师，还讲究师道尊严，没布置的作业她不收不批，天长日久，为师为生的学业日渐荒废。但金森林见着王老师，好学之心尚存，刚搭上一只胳膊，王兰兰说，少来，说说去公安局的事吧。

原来人家心知肚明。

我来工地时看见你被警察带上车的，你还真做下脏事了？

金森林知道这一关逃不过，一五一十汇报了公安局的过程。他本想把夜总会的内幕全交代了，想一想还是删了那一段，一怕吓了人民教师，二怕扯出萝卜带出泥，揭发了郑守财郑守财肯定也不会放过自己。金森林说，最可恶的是那个盗我手机号的人，无缘无故扣我一顶屎帽子。

王兰兰说，盗号这事不稀奇，稀奇的是这人盗号是为了联系小姐。

金森林在心里诅咒了一百遍郑守财八辈子祖宗。

王兰兰说，你要是真有那个量在那种地方放手撒钞票，你要是真有胆在外面寻花问柳，你就不会是现在这个样子，我娘俩也不会越过越窝囊。

王兰兰对他没承认嫖娼竟有些失望，这女人脑子是真进水了。想一想连工地上那些家伙都把他进公安局的事当大戏看，她作为自己的女人竟然不当回事，不痛不痒，连骂几句的心情都懒得有，一直到现在才提这个茬，提了这个茬居然是笑话自己的男人不敢嫖娼窝囊，天底下哪有这种当老婆的？金森林心生悲凉，除了她的宝贝儿子，别的东西包括她的男人都不在她眼中了。

在乡下，你走进了陌生人家的院子，如果鸡不啄鸭不追狗不朝你吠，你心里也犯嘀咕，没把我当个人哩！这王老师，分明没把自己的男人当回事，用句电视上的时髦话说，你可以不爱我，也可以恨我，但不可以不在乎我。这女人也变得跟儿子一样，冷眼看他金森林了。

王兰兰怎么知道他去公安局就是涉及嫖娼的事呢？肯定是郑守财告诉她的。

七

王者在帮内发出了西京会战一号令，这是一次战前总动员，在大战开始前，王者作为帮主要求全体将士有钱的备足金币，没钱的拼上时间，奋勇杀敌夺取金币，以备决战。其实这也是一个公开宣言，向有夺取西京野心的列强宣告，西京非我莫属，谁敢争夺谁就是敌人。

也就是说乱世英雄联盟要想拿下西京，除了要攻克西京的明障暗堡，妖魔鬼怪，也要打败竞争的各路英豪。王者胸有成竹，网络上的西京不是现实中的城池，有的团队可能连通往西京的路径都摸不到毛，而王者全盘分析了游戏设计者的思路，确定了几处地点，派出了侦察部队前往探查，基本确定了西京所在地。

下午第二节课后是学校的歌咏大会，下课铃一响，长老 6 号就接到了精英 11 的电话，王者命令立即去上线，帮主要亲自带他俩向西京进发了！三个人准时在联盟总部西门口集合，眼尖的长老 6 号立刻就发现精英 11 头上顶着屏 T 称号！精英 11 解释了称号的来历和作用，这是他卖掉了山地车换成金币，刚买的新装备，遇到强敌时可以屏蔽自己，相当于变成隐身人，让对方找不到目标。但王者还是要求他设置不显示称号和名字等，低调行进。三人花费了近四十分钟，终于快到达西京了，为了隐藏，西京此刻还没显示城楼，图像是一个硕大的古冢群，就在这时，王者忽然惊呼一声：“不好，有人！”。

三个人默契地闪入了旁边的荆棘丛隐蔽起来，在他们的眼前出现的是一支五人无名小队，全部都隐藏了名字和等级，他们正在骷髅头大门口东张西望，不敢擅自进入。王者有些着急："居然有人先我们一步摸到了位置。"

"他们要是进去了！怎么办？"

"要不要动手 PK？"王者沉静了一会，说："这几个人最有可能是野队，或者是出来溜达，乘机捞外快的，如果他们是前哨，一定进入戒备状态等待大队人马赶来，不会这样暴露目标！如果他们和我们一样来了解虚实的，他们就应该快速进入，不引起别人的注意！这两点都不成立，看来是没摸清情况，我们贸然 PK 他们反而只会让他们明白这个古冢非同一般！"

王者说，以静制动。

接下来发生的事令他们都大跌眼镜！这五人并没有发现古冢的重要性，而是发生了冲突。

"你个垃圾大圣快把东西交出来！我飞侠领兄弟们杀死的怪物，你敢抢装备！"一个自称是飞侠的家伙叫嚷。

大圣只是一个人，却不示弱，反击道："是我先找到这个稀有怪物的，都打到 50% 了你们却动手抢，明明是你们抢了我的怪，还居然倒打一耙！"

"呸，小瘪三，你以为你一个人能灭这个稀有怪？"

"就是，是我们兄弟强力才杀掉的，你老实点交出东西！"

"别废话，不交老子爆你菊花！"

其他三个玩家显然都是站在飞侠一边的，不停辱骂大圣。他们是在敲大圣的竹杠。

精英11忍不住打抱不平，说，明摆着这四人是游戏败类，拦路劫财。

王者说，别冲动，我们可是有任务在身。

谁都没想到，骷髅头大门突然缓缓开启了，一条九头怪龙窜了出来，顿时那五个人顾不上争吵，全部都掏出武器，做好了战斗准备！但已经来不及了，轰！一个大火球直接就砸在了对面的飞侠脸上，飞侠的血量瞬间掉到了底！再接着四声巨响，另外四人也变成了血泥，同时，九头龙打开了自己的名字和等级：

西宁长老　22级

王者说，看明白了吗，这九头龙不是设计者设计的怪物，是专门请了高手玩家设防，变形只是为了迷惑敌人，让别人以为只是古冢怪物，以免暴露西京真实地址。

长老6号说，幸亏我们藏身，这西宁长老必定本事了得，有把握不留一个活口，否则，显了真实身份不就暴露了西京？

王者说，撤！下线后到长老6号家集合。

有一天中午，金圣木在小树林啃完馒头，就急匆匆往网吧赶，在校门口，一个高个子女生拦住了他，说，站住，金圣木，姐找的就是你。女生大概有一米七的个头，口气很凶，两只眼睛却笑眯眯的，金圣木说，你找我？我不认识你。女生说，真是忘恩负义的家伙，别躲着眼睛，姐牺牲一回色相，好好打量打量姐。女生摘下耳朵上的mp3耳塞，说，看清楚了吧，姐是庞壮飞的姑姑。金圣木觉得有点面熟，但一个校园进出看谁都面熟，提到庞壮飞，他从女生那双长腿上认出来了，是那回救了他的初三女生。金圣木点点头，女生说，跟姐走一趟，听说你是电脑高手，姐的笔记本上不了网了，你帮我弄一下，算是姐给你一个报恩的机会。金圣木听她说是电脑，心里一动，答应了跟她走。俩人上了公交车，中午的公交车很空，女生找了一排空位坐下，说，坐过来。金圣木乖乖地坐过去，刚坐下，女生摘下一边的耳机就近塞进了他的耳朵，一个男人声嘶力竭的歌声一下子把金圣木淹没了。

从车尾看上去，俩人的背影似乎是一对黏糊的早恋中学生。

女生就是陈小雯。陈小雯的父母原来也是固城乡下的农民，因为想生儿子，就躲到南方去打工。陈小雯的父亲本来是木匠，母亲在村里开代销店的，脑子都好使，去南方后赚钱和生儿子两不误。她父亲成了木工包工头，清包的那种，就是说他在施工队长手里揽下所有木工活，他组织木工完成，也能从每个木工身上剥削一点劳动价值。母亲呢，开了一家小超市，生意不错，他们在南方小镇上买了商品房。当然，最大的收获是他们生下了一个比陈小雯小十岁的儿子，老陈家的香火有人承续了。他们基本没回过固城，不肯衣锦还乡的原因是怕被乡里计生小组的人盯上，一旦被盯上了，老陈的所有奋斗成果可能一切归零。老陈每年也回一趟固城，给陈小雯和她的爷爷奶奶捎一点钱，板凳不敢坐热就撤退，是新时代的地下工作者。陈小雯去过一趟老陈在南方的新家，那是暑假，父母都忙，陈小雯基本上是保姆的角色。她每天的任务是照顾小弟弟，这是个自私又霸道的小祖宗，陈小雯第一次帮别人穿衣服，第一次给别人喂饭，他还不买账，哭，尖叫，还拽她的头发。他不肯喝牛奶，陈小雯替他喝了，他不肯吃水果，替他削了皮切了片也不吃，陈小雯替他吃了。他有一大堆玩具，电动火车，机器人，会哭会笑的洋娃娃，她递给他一个，他扔一个，陈小雯想，姐小时候可没这么多吃的，更没玩过这些玩具。于是，在这小家伙的哭声中，她认真研究了一遍这些玩具，一个人兴致勃勃地玩起来。偶尔，小家伙摇摆着向门口走，想冲出门去，可他够不着门把手，陈小雯像老猫叼猫崽一样拎着他的胳膊把他扔回椅子。你牛什么，你不就比老子多了个鸡鸡？她吼完，继续摆弄那些玩具。有一天，她母亲突然从小超市回家取什么东西，陈小雯正把电动火车拆得满地都是，没听到门锁扭动的声音，小家伙的哭声突然激越了，她正要斥责，母亲的骂声劈头盖脸砸来，她抱着她的小祖宗，嘴里的脏话像喷粪一样铺天盖地，她骂陈小雯是狗娘养的婊子养的，是杂种。陈小雯站着，冷眼看她的母亲，她完全是一个泼妇，而且是一个弱智，她骂的并不是陈小雯，而是她自己和她的丈夫老陈，陈小雯没有必要生气。小家伙挣扎着下了地，狗仗人势，冲过来咬住了她的手，她痛得叫了一声，想甩开他却被咬得死死的，她只能挥起另一只手朝他的脑袋狠狠一掌，这个狗娘养的立即四脚朝天鬼哭狼嚎，狗娘养的是母亲给她的荣誉称号，这小家伙既然与她一母所生，也应该享有同等殊荣。她母亲先是冲过去抱住了那小狗娘养的，站起来想要动手揍她，看了看人高马大早熟的女儿，大概担心自己没有胜算，冲进厨房拎了一把锅勺重返战场。这分秒，陈小雯早已拎起书包，跑到了门外。

陈小雯书包里的钱正好够得上买一张回南京的火车票，这个南方小镇通火车，却是个小站，等那一趟车要等好几个小时，这就给了她父亲从工地赶来找到她的时间。在候车室里，她看见老陈戴着安全帽冲进来，拿定主意，只要老陈敢强拽，她就报警非礼。老陈在她身边坐下，说，车票买好了？陈小雯不吭声。老陈说，你是不是觉得我们只关心弟弟不关心你，心里有气？陈小雯还是不吭声。老陈说，我和你妈确实对不起你，从小就是你一个人照顾自己，我们一直觉得你懂事早，生活上能独立，学习上不要我们烦心，把你当大人看了，再说，我们实在没法子，你弟弟小，只能先顾他。陈小雯不论老陈要什么花招，都坚决要走。老陈晓得女儿的脾气，九头牛也拉不回了，把身上的一百多块零用钱塞进她的书包，絮絮叨叨叮嘱了半天，一直到火车到站了，才盯着女儿在检票口的背影叹息了一声。

陈小雯觉得老陈其实也可怜，包括他那个泼妇老婆也是个可怜虫，说到底还是活得身累心累身不由己的下层人。老陈的话有一点她听懂了，从来没有什么救世主，陈小雯的将来只能靠自己，她只有好好读书考上大学，她才能不过老陈那种人的日子，才能鄙视那个骂她狗娘养的人。陈小雯后来在学校一直保持成绩优秀，与老陈那天的教诲分不开。陈小雯的成绩在班上始终保持前三名，老师对班级的尖子生从来都宽容，大多数情况下老师只对差生横挑鼻子竖挑眼，对陈小雯这样的优等生都懒得过问，这让陈小雯的生活空间有了很大的自由，学习好是真的好啊，往近处看往远处看都能带来好处。陈小雯在学习上从来不马虎，她要考上重点高中重点大学，做人上人，把那个小狗娘养的踩在脚底下。

当然，这只是初中生陈小雯的美好设想，陈小雯还想不到，等她真的有一天读完重点大学，凭她的爸爸是老陈，她最大的可能是毕业即失业，难以改变命运。

金圣木没想到陈小雯的家是她一个人的家，严格来说，是她和另一个姑娘俩人的家，这是一套两居室的商品房，她和一位在宾馆做服务员的女孩子一人租了一间。金圣木走进她的房间，里面乱得不像一个闺房，像是走进了靠街店的后屋。带毛领的棉大衣扔在窗台上，一双长靴一只在窗台下，一只在床前，靠墙的办公桌上摊着书本，还有橘子、饼干等零食，一角还放着一盒吃剩的方便面，黑乎乎的油汤里长出了毛。只有一张椅子，可椅背上挂着一只胸罩，金圣木不好意思坐。金圣木说，电脑呢，陈小雯说，在床里侧，天冷，我都是坐在床上使电脑。这天确实很冷，屋里没有空调，只有一台能歪头的取暖器，陈小雯插上电源，它就红着脸摇晃了。陈小雯说，上床吧，自己先上去，把长腿塞进了被窝。金圣木说，两个人挤，网线在这头，你坐那一头去。陈小雯说，小样，还怕姐揩你的油？说完了还是坐到了那一头。金圣木坐上去，接了电源和网线，开机，一切都正常。陈小雯说，开始我也是这样，用着用着就打不开网页了，金圣木将杀毒软件升了级，杀了一遍毒，试着打开乱世英雄的游戏，刚动了几下鼠标，死机了，金圣木说还真是的，关机开机，又重装了程序，还是上不去。金圣木想了想，点开网络连接，竟是本地连接断开了，他追着网线寻过去，原来是网线的插头掉线了。网线本来就短，人靠着床头渐渐往下滑，网线插头就扯开了。金圣木说，很多事情是人把它想复杂了，最直接最简单的是最有效的。

金圣木说，我本来要去网吧的，问题找到了，我就在这里上会儿网了。

金圣木怕网线扯下，就紧靠床外侧的办公桌。陈小雯缩在被窝里跟他扯话，金圣木的心思根本就在电脑上，不接话。陈小雯打算捉弄一下这傻小子，陈小雯的腿长，她插过去用大脚趾试探着找到了目标，动一下，金圣木不动，再动一下，金圣木还是不动，那目标却通了电一样活动了。陈小雯暗暗笑着，听见傻小子的呼吸越来越粗重，感觉到脚趾下那活物越来越蓬勃。金圣木还是忍着，倒是她忍不住了，冲过去把电脑扯开，把他扑住了。金圣木不知所措，天才变成了傻瓜，陈小雯在办公桌上捞了一块饼干，用牙齿咬开方块的锡纸包装，不是饼干，是传说中的安全套。金圣木脑袋一片空白，直到陈小雯替他摘下那橡胶皮“啪”的一声扔到床下，才知道完事了。

是装，还是真的是第一回？陈小雯一边拉上线裤，一边问。

是第一回跟真人做。金圣木老老实实说。其实陈小雯也听说过，很多男生都是在网上通过视频或者打开黄网手淫，把自己解决。

记住，你前脚刚把欠姐的情还了，后脚又欠了姐一回。陈小雯说，要不，姐收你做儿子吧，不肯？就做姐的老公，现成的儿孙满堂。

房间里弥漫了一种怪怪的味道，有橡胶烧焦的臭味，还有一股奇特的香味，金圣木差点要呕了，他用目光搜寻了一下，是陈小雯把用过的那玩意儿正巧扔到取暖器上了，他拔腿下床将电源关了。

我跟你们不是一个人类。金圣木说。

他这句话说错了。因为接下来陈小雯也被网络游戏迷住了，她也成了乱世英雄联盟的玩客，并且进步神速，不久就成了精英，接着又超越会飞的猪，成了长老。除了在战斗中智勇双全，赢得金币，她还有一个办法，不断地威逼利诱王者奉上金币，她弄不懂，这个不肯做她儿子却成了她帮主的家伙，穷得天天啃馒头，账上的金币却总是源源不断递增。

金圣木只有实在没钱进网吧时才会进这间屋子，陈小雯已换了长一些的网线，金圣木坚持只坐在办公桌前上网。陈小雯说，咋？还不喜好姐这口味？好歹也是姐的帮主，告诉姐喜欢哪一款，姐给你援交一个来。金圣木说，你饶了我，谁我也嫌麻烦，能在网上解决的问题，何必要在网下解决，简单的事弄得复杂，既费口舌又费时间。

让金圣木痛苦的是，每次坐下不久，金圣木的鼻子就又能闻到那股古怪的气味，明明是那玩意儿早被扔掉了，取暖器擦得干干净净了。金圣木受不了他记忆中的味道，常常不久就撤，他多么想也有一间自己的屋子，有一台自己的电脑。他问陈小雯，你这一个月房租是多少？陈小雯说，五百。这对他来说是个天文数字。金圣木说，你们家真有钱。陈小雯说，他们？姐是自己挣自己花，才不靠别人。

陈小雯说，你不是说过吗？很多事情是人把它想复杂了，最直接最简单的是最有效的。挣钱也一样的道理。

八

这一次三人在陈小雯屋里集中，是因为要急着商量决战西京的事儿。说起来也怪，只要有第三人在，金圣木在这屋里就闻不到那特殊的味儿。

大战在即，各方诸侯都摩拳擦掌，纷纷向帮主表忠心。战斗部队各级玩家都加速储备金币，更新装备，后勤部队在盟内发布了粮草报告，指导本帮玩家积极挖矿石和采草药，并报告说，此战为作战部队配备了制药高手，他们随身携带了大量制药容器，能直接在血池旁边做出二级治疗药水来，及时为本帮玩家补充血量。王者严重表彰了后勤部队几位长老，这样大大减少了本帮勇士的战斗伤亡率。直到目前为止，尚没别的帮派公然应战，王者估计，大战开幕，本帮玩家以打对折估算，至少也有两百多人同时上线搏杀，试看天下谁能敌？

王者不敢大意，他没有看到长老 3 号的效忠表态。长老 3 号手下有数百玩家，且是作战方队，会不会拥兵自重，自立山头？王者搜寻九十九条命，没有，终于把他从人海中捞了出来，老家伙已改了名号，自称黑暗骷髅统帅。打开一查，吓了他们仨一跳。

黑暗骷髅统帅
等级 15
攻击力 160-230
防御 100
血量 500000
特殊技能尸毒、弧光斩
攻击速度高等
金币 150000 枚

金币 150000 枚！王者算了一下，如果他不是从战场中赢得，而是用真金白银充值买来，那得花费人民币十万以上，这可不是普通玩家的手笔。如果他和他的队伍为本帮作战，当然是大大增加了战斗力，如果他一旦想造反，那就成了王者的劲敌。何况他作为本帮长老，全盘知道此次大战中本帮的战略和布局。

马上给长老 3 号打电话，明天下午我们去南京和他见面。王者命令。

长老 3 号电话接通，精英 11 告诉他明天帮主赴宁和他见面，长老 3 号说，帮主大驾光临，我一定放下手中杂务恭候，明晚在金陵饭店设宴。

长老 3 号说，明天下午帮主不是要上课吗？

精英 11 说，大战当前，帮主顾不上别的了。

老家伙态度尚算谦恭，王者略略放了心。

南京之行是不得不去了，除了见长老 3 号，金圣木还有一件事要办，在大战开始前，作为统帅，他不能再占用部下的电脑，激战时刻，需要全员在线。他必须有一台不离手的电脑，最好是一台 iPad。

他们三人在南京长途车站出站后，庞壮飞立即拨通长老 3 号的手机，没人接，庞壮飞不死心，再拨，手机关机了。靠，不是说好了在金陵饭店请我们吃大餐的吗？庞壮飞说，我们去找他的公司，这老小子竟敢忽悠帮主。金圣木停下脚步，抬头看着天，庞壮飞也跟着抬头看天，这是秋天，南京街道两边都是高大的法国梧桐，秋风起，梧桐树叶黄着一张张寡妇脸，蜷曲着身子凋谢，南京城灰蒙蒙的天空就压在他们头顶，一段毛毛虫样子的败絮准确地落进庞壮飞的眼中，庞壮飞又揉又挠，难受得在马路上跳脚。金圣木对他俩说，长老 3 号把我的眼睛也迷蒙了，他这是存心放我们的鸽子。陈小雯说，那我们去找他问清楚。金圣木说，幼稚，他明摆着是要向我挑战，分裂我帮。这家伙在现实世界的统帅梦没能如愿，在联盟中贼心不死，想圆他的官场梦，他就是隐藏在我身边的宿敌。现在找到他，我觉得也说服不了他了。再说，我们到哪里去找，我们和他的关系只在联盟中，在这南京城我们和他是陌生人。

金圣木说，逆我者亡，长老 3 号逃不出我的手心。此事先放下，准备实施下一个行动计划。

这一行动金圣木计划周密，金圣木在心中把它设想成了一道奥数难题，对数学教师王兰兰来说解奥数题像是曲径寻宝，对金圣木而言，解奥数难题像是一个侦探高手在破一个疑难大案。侦探高手除了拥有推理能力，更会把注意力放在蛛丝马迹上。说到底，奥数题的命题者都是一些心理阴暗的家伙，他们在路径上设置一个又一个陷阱，在陷阱的表面铺上草皮和鲜花，看着学生一个接一个落下去他们心花怒放。这种变态心理在中小学教师中蔓延，在中考高考命题者那里病象表现到极致，甚至连文科题也纷纷设置成选择题。这就逼迫一部分解题者只能痛苦地挖地道前进，金圣木不这样走，在金圣木眼中，那些精神病老师们都是迫害狂，顺着迫害狂的路牌走你只能受迫害。他冷眼看着题目中设置的种种诱惑，一旦遇到鸟语花香就打住，在细微处鉴定虚实真假，用最少的奔跳就直达答案的真相。策划这一次行动，他是一个命题者，是一个作案者，角色换了，但金圣木自信，一个狩猎者扮演猎物一定不会轻易落网。

行动进展得很顺利，金圣木守在郑婷婷放学的路上，郑守财家距小学的路程不远，只几百米，不需要过马路，因此王红红一般也不会接送。郑婷婷见到表哥很惊喜，表哥说带她到大明山捉鸟玩，她毫不犹豫跟上了。大明山是南京城的一座城中山，建成了一座城中公园，对市民免费开放。下午四点钟左右，山上古木参天，游客稀少，金圣木带着她一直奔到后山，之前，他们三人已经察看了地形。金圣木在前面大步疾走，郑婷婷在后面气喘吁吁，小脸彤红，不时喊，哥，等等我。庞壮飞和陈小雯在树后闪出，夺走书包，用绳子将郑婷婷绑在树干上，郑婷婷挣扎着哭叫，一口咬住了陈小雯的手，庞壮飞想用准备好的胶带封她的嘴，她死死不松口，没法下手，陈小雯用另一只手按住她的脑袋，使劲往树干上撞了几下，坚硬的树皮有几块刺进了她的脸，血从她脸上挂下来，她松开了牙齿，庞壮飞用胶带一道又一道裹住了她的嘴脸，连眼睛也遮住了。俩人忙完，拎着书包往山上奔了十几米，金圣木在那里等着，接过书包，iPad 在书包里等着他。他取出来打开，桌面上排列的都是小学生才玩的简单游戏，这里没有无线网络，无法上网。他搜寻了一下网络连接，程序没有安装，看来这小丫头还没用它上过网，这样就安全多了。三个人头挨头玩了一个桌面上的游戏，叫切水果，指尖划过，果肉横飞。

此地不能久留，金圣木让庞壮飞看看郑婷婷怎么样了，原计划是金圣木回头寻找到了郑婷婷，只是书包被劫贼抢走了。庞壮飞一会儿跑上来说，帮主，不好了，血量到底了。死了？金圣木说，这不是他原来设计的程序。

郑婷婷真的没有呼吸了，胶带纸封住了她的鼻孔和嘴巴，窒息而死。陈小雯说，猪你封那么多道干吗？庞壮飞说，还不是因为她咬你你喊得我慌了神，忘了帮主的叮嘱了。金圣木叹了口气，看来计划再完美也只是计划，关键在于实施的人是否完美。金圣木说，别吵了，执行新指令。

山上有几个大大小小的坑，可能是移植大树时留下的，郑婷婷个子小，他们替他找了个小坑，金圣木让陈小雯把书包扔下去，陈小雯把书包翻了一遍，居然找出五百多块钱，陈小雯扔进去书包，说，凭什么她一个小丫头片子，零用钱就这么多？老陈给姐的零用钱一学期也没她多，她该死！

金圣木说，也不是坏事，这妮子长大了又是我一宿敌。我妈已经开口闭口拿她做我的榜样了。他们口中所有树立的榜样，都是我们的宿敌。网上的宿敌不消灭，天下不太平。网下的宿敌不铲除，耳根不清净。

填好坑，金圣木又做好伪装，三个人都有些饿了。金圣木说，来不及吃饭了，我们得赶上最后一趟回固城的班车。就用这钱，在车站商店买些吃食在车上吃，剩下的钱晚上上网吧。末班长途公交车上人不多，金圣木说目标越小越好，他们坐在最后一排，兴致勃勃地把爱怕它上的游戏玩了一遍又一遍。

这一天晚上，长老3号的金币突然一下子蒸发，不翼而飞。而王者手下的一些将士喜出望外，老天没有掉下馅饼，掉下的是光灿灿的金币。

九

金森林一直想找个机会问个明白，复制他手机卡号的是不是郑总。但郑总总是不给他机会，不是车上坐着别的人，就是郑总喝得烂醉如泥在后座打呼噜，金森林觉得，郑总是故意跟他玩躲猫猫。

这一天，他们去皖南山区一个小县城，车上就一老板一司机。郑总这样的公司想涉足房产开发，在南京是没戏的。南京城里的地皮寸土寸金，那么多的地产大鳄盯着，郑守财是想都不要想的。他们这种小老板只能把眼光先放到小地方，滚雪球是从小滚到大，一步一步发展。郑总在后座上想事儿，偶尔看看窗外的风景，车子从高速上拐下山路时，车越来越颠簸，景色却越来越美。秋天像个偏心的理发师，把南京城里的树叶染成一种颜色，黄色，却把这山坡上的树叶打扮得色彩缤纷，在黄色之间还染上了白色红色紫色，像是时髦小年轻头上的挑染。金森林没心情看风景，他也在想事儿，该怎么开口提那件事，是不是现在就把事情问清楚，问清楚又该怎么样。金森林心里的那股无名火，像是坛子里的酒酿，已经发酵得越来越浓。它被压在金森林的心里，九曲回肠，像是城里地下管道里的煤气，憋屈太久，一旦找到出口就喷出怒火。但金森林是个习惯思前想后的主儿，郑总是他的老板，他就是认下了你又能怎样？恍惚间，车前方是个拐弯山口，金森林来不及打方向盘，急踩刹车，晚了，车子翻着身顺山坡下滚去。

幸亏坡不是陡坡，坡上树多，把车身挡住了。金森林座位的安全气囊并没有弹出来，金森林是老司机，一般情况下，只有车辆的正前方左右大约60° 之间位置撞击在固定的物体上，速度高于30km/h，这时安全气囊才可能打开，车没正面撞到树干。金森林试着动了一下身体，有几处疼痛，应该是碰撞外伤，问题不大。他按下门锁开关，好使，就试着推了推车门，车门被树枝挡住了。他再用力推了几下，车门小角度打开了，他挤出了门外。郑总并不在车内，金森林很奇怪，这种高档车都是自动锁门，不可能甩出去，除非这个人处变不惊，在瞬间冷静地开锁跳车逃生，非一般人能有如此敏捷的。金森林没想到，他的老板就是非一般人，只是人算不如天算，他跳出车门后没来得及躲开，车身追着他把他压在车下，金森林寻着呻吟找到他，他的两条腿被车身压住了。

姐夫，快救我。郑总看见金森林囫囵身子出现在面前，又惊又喜，用力撑起身子，又痛得仰倒在地。

山路上车辆很少，偶尔有车辆路过，也不会注意到树丛里翻滚下的车子。

金森林又看见了郑守财脸上久违的那种讨好的笑容，尽管偶尔疼痛会让那种笑容扭曲一下，但郑守财还是坚持把那种笑容保持在脸上。金森林很少有机会这样面对郑总，除了在车上，一般情况下，是他站着，郑总坐在老板椅上。今天难得，他站着，郑总躺在他脚的下方，而且郑总笑起来那眯着的双眼，真的让他留恋。

金森林摸了摸口袋，烟和打火机还在，他慢条斯理地点上一根，说，郑总，你得告诉我，当初你到我工地上，是不是就有了打算，搞垮我，昧下我的机械，取代我？

郑总的笑在脸上僵住了，说，姐夫，天地良心，你收留我在工地，我感激不尽，哪里敢害你？买你的设备，那也是觉得卖给收废铁的可惜，不忍心你的东西废了。

金森林说，这事儿算我信你。但是，你为什么要在小姐那里留我的姓名和手机号，还有，复制我的卡号栽赃？

郑总说，这事怨我。小姐要我的手机号，我怕留了惹麻烦。随口报了一个，你知道，我最熟悉的号码就是你的号码。小姐再问姓名，我顺口就说姓金。后来因为经常要联系，干脆复制了你的卡号。

郑总说，姐夫，这事我对不起你。你救了我，回去后我会在经济上补偿你，姐那里我也去解释。

郑守财说话的声音渐渐低了，脸上划破的伤口血也凝固了，惹来了几只山蚂蚁，金森林看他的大腿，渗出的血已将裤子染红一大块。金森林内心紧张起来，再怎么样，不能眼睁睁看着他死去。毕竟这人是他的老板，还是王老师的亲妹夫。他找出手机，拨打了 110 和 120。

郑守财在小城的医院醒来时，金森林却趴在床边睡着了。郑守财看着医院白色的墙壁，这墙壁的涂料粉刷做得实在粗糙，灯光下跌宕起伏。他动了一下身子，觉得双腿像是绑上了沙包，掀开被子一角，他看清楚了，不是沙包，绑的是石膏和纱布。上午的一幕在脑中清晰地浮现出来。金森林睡得不沉，也醒了。金森林说，郑总，只是腿骨断了，已及时做了手术，医生说没大妨碍的。

郑总说，你是谁？

金森林说，我是你姨姐夫，是你的司机金森林呀。

郑总说，你是金森林，却不是我的姨姐夫，也不是我的司机了。

金森林这才明白，郑总并不是摔糊涂了，他是记下恨了。

金森林说，随你怎么说，这里人生地不熟，我先照顾你，别的等这腿治了再说。

郑总说，你有多远走多远，我不想看见你。我马上在这里找护工，你该去哪里去哪里。

金森林被郑总赶出了医院，他找了家小旅馆，打算住一夜明天乘长途车回南京。看来他司机这个饭碗是砸了，他想起郑总求他时的样子，这人怎么能一下子变了嘴脸呢？早知如此，还不如让他压在车身下死掉算了。金森林自己被这个念头吓了一跳。手机响了，是王红红的电话，金森林还在犹豫着要不要告诉她郑总出车祸的事，王红红已在电话中哭开了，说到现在婷婷还没有回家，央人四处找了都没找见人影。打郑守财电话也打不通。金森林安慰了几句，只说郑守财手机被小偷偷了。

郑守财真是祸不单行，谁叫你翻脸不认人？放下手机，金森林有几分幸灾乐祸。但只一会儿他就痛骂自己，郑守财不认你这个姨姐夫，小婷婷是喊你姨夫的，有这种想法罪过。

十

金圣木是越来越不像话了，王兰兰悔恨自己当初决定让他把重心放在竞赛上，结果他竞赛不上心，班上学习也不上劲，一头扎进了游戏。最可恨的是他现在是公然与她作对，有空就往网吧跑。被王兰兰逮了几回，网吧不去了，人却还是不归家，甚至彻夜不回。金圣木去了哪里？他得到 iPad 后才明白，智者千虑必有一失，这玩意儿要随时随地上网必须购买 3G 和路由器，否则必须有无线网覆盖。金圣木一时没钱购买，好在县城的固城宾馆有无线网。当金圣木缩在固城宾馆的某个角落上线时，王兰兰常常是在家里独自垂泪，或在办公室心神不定。做教师的都知道，初二是关键一年，是分水岭，学生成绩在初二立稳了，中考就是水到渠成，如果初二还在撵别人的屁股，指望初三冲上去几乎没有可能。因为初三每个人都准备冲刺了，没有谁肯停下来等你。金圣木正读初二，除了数学其他学科成绩中下，浑浑噩噩，岸上人着急船上人不急，有一桨没一桨划着。王兰兰的目标已降而求其次，你至少得考取县高中吧。否则做教师的王兰兰脸往哪里放？去开家长会，家长的座位按子女的成绩排，王兰兰作为老师没觉得有什么不妥，等她作为家长坐在后排时，如坐针毡。同座的家长也是母亲，见她脸上涨得血红，说，你也想开点，每家就一个孩子，那些成绩拔尖的属于世界，要出国谋大业。那些成绩优秀的属于国家，要做栋梁之材。只有成绩一般的孩子走不远，在家门口弄碗饭吃，才真是属于父母。王老师听了，觉得简直是受了羞辱，用句中学课本上的话说，燕雀安知鸿鹄之志？

但现在金圣木甘心做一只燕雀的儿子。

王兰兰不甘心。有一天改作业，她发现班上多出一本新名字的作业本，上课时她并没发现教室里添了新生，数一数作业本，份数还是原来的份数，找学生一问，才知道是有个小女生换了名字。小女生说，是家长请人改了名，说改了名字她才能走好运。王老师觉得愚昧，但是不愚昧的王老师也无法扭转儿子的命运，想通了，王老师决定帮儿子改名，姑且一试。

王老师请那位家长介绍见了高人，问了生辰八字，高人说这孩子命中缺水，改名金淼淼。金圣木的名字有金有土有木，确实没水。但是王老师觉得一下子添了这么多水，滚滚滔天了，再说，淼淼这名字听上去像是女孩子的名字。不过王老师没有吭声，既信则诚，况且那高人看上去仙风道骨，非同凡俗。

警察在学校找到金圣木时，按规矩先问他姓名，他说，金淼淼。警察回头问老师，我们要找的是金圣木，是不是弄错了。老师说，这位同学就是金圣木。金淼淼同学生气地说，请你们尊重我，我妈妈说了，改了名后别人再叫原来的名字就不能应了。警察说，那王者是你吗？金淼淼说，是我，我是王者。

王兰兰没想到儿子玩游戏还玩出了罪行，并且上了报纸。报纸上说，金淼淼编制了具备免杀升级功能的盗号木马程序，盗取游戏玩家的金币和装备，按刑法规定，违法所得五千元以上即为情节严重，金淼淼所盗价值十多万元，但顾及他没有用于出卖获利，且属未成年人，估计会判处缓刑。王兰兰再也没有脸站在讲台上，辞去教职，整天在家以泪洗面。但是有些人却一直寻找她，先是打电话，她一看是外地号码，就掐了，她不想让记者把儿子的丑事传得铺天盖地。有一天，一个年轻人直接找上门来，王兰兰只得让人家坐了，年轻人说，你儿子是个天才，你做妈妈的应当骄傲。

王兰兰说，你有必要大老远赶来，挖苦一个绝望的母亲吗？

年轻人说，他平时用的是什么电脑？能不能让我看看？

王兰兰没好气地说，我们家穷，没有电脑。

年轻人很惊讶，没有电脑，他居然没有自己的电脑？真让我们这些吃电脑饭的人要羞愧死。

年轻人说，我是代表我们公司来和金淼淼签约的，我把合同带来了，签期五年，起薪二十万，他回家后我再来一趟，可以来南京上班，也可以在家中上班。

王兰兰猝不及防，说，这，这是真的吗？

年轻人说，合同摆在你面前，公司和老总的章都盖上了，金淼淼只要肯签字，就是真的。

十一

金森林回了南京，不敢直接回固城，饭碗没了，王兰兰要问个究竟，他想不出怎么回答。郑婷婷失踪快一星期了，王红红已慌了神，郑守财也顾不了腿伤，转回了南京的医院。

郑守财换了手机，办的是老卡号，二十四小时开机，希望有绑架婷婷的人来谈条件，但是没有，警察估计，是落在了人贩子手里了。

金森林是金淼淼出事后才赶回固城的，厄运也没饶过他，他也是祸不单行，先是他没了工作，接着是儿子进了公安局。他进了家门，王兰兰躺在床上抬起眼皮看了他一眼，又兀自流自己的泪。金森林叮嘱自己，你不能倒下，儿子犯事了，工作丢了，王兰兰倒下了，但日子还得过下去。他买菜烧饭，打扫房间，就是在整理儿子的房间时，他发现了郑婷婷的那个超薄电脑，叫爱怕它。就是婷婷用的那个，金森林拨开右上角的皮套，那次留下的凹坑赫然在目。这回他撑不住了，瘫倒在地板上。

他把那东西悄悄埋了。祸不单行，但即使成了双，那还是祸，到了三，那是灭顶之灾，任谁也扛不动了。

王兰兰转悲为喜时，金森林像局外人一样冷眼看着。他变成了一个酒鬼，他在街边的小饭店点一道菜，可以将一瓶白酒喝光。酒喝多了，他忍不住想，这个儿子真不像他啊，他敢作敢为，无爱无恨，无惧无虑，跟他，跟这世界上的这些人确实不是一个人类。

有一天夜深，他被小饭店老板赶了出来，大街上人迹稀少，很多店铺都打烊了，只有网吧还开着，他一头钻了进去。网吧里灯光昏暗，他看见每一台电脑前都趴着一个脑袋，像一头头蛰伏的兽，每个脑袋上都是闪着蓝光的脸和眼睛，他不知道，那是屏幕的反光。这大概就是儿子说的另一个人类，他一时有些不适应。几乎每一所城镇都有着这样的网吧，加起来成千上万，网吧里都埋伏着几十、几百头这样的夜兽，一旦它们白天冲上大街，这个世界将变得多么恐怖！小伙子警惕地问，你是找人吗？金森林说，不，我自己玩游戏。他买了时间，请小伙子教他怎么玩。小伙子说，游戏有很多种，你喜欢什么？金森林说，杀人的。小伙子说，你想用什么兵器，有古代的现代的还有未来的，任你选。金森林说，就用刀，白刀子进，红刀子出，痛快。

王兰兰难得地惦记金森林一回，打电话问他，你在哪里？

金森林的眼睛里也闪着蓝光，他豪迈地说，在杀人。

但是金森林手笨，酒后的脑子也不好使，他一上战场，刀还没举起，敌人就将他变成了一具骷髅，屡战屡亡，小伙子在一旁说，大爷，你这水平，还是回家去玩“愤怒的小鸟”算了。

金森林听不懂，说，怎么说话？老子人愤怒，鸟不愤怒。你家才养那种愤怒的小鸟。

《人民文学》2012年第6期

慌张

一

张红英站在洞口喊丁兰兰的名字时，逆光，丁兰兰没看清张红英穿的新衣服，进了洞坐下，才发现俩人穿的是同样的皮夹克，一个牌子，一种款式，一样的红色，型号都是一样，当然不是真的羊皮，仿皮的。丁兰兰说，你家这张一平也太不上心了，就是为了交差。张红英幸灾乐祸，说，是哩，看样子这奸夫也当得粗心大意，没琢磨怎么拍淫妇女儿的马屁，这钱白扔水里了。丁兰兰说，你爸就那点眼光。张红英不乐意了，说，难说不是那淫妇的眼光呢。兰兰说，别冤枉我家那淫妇，你爸把发票都留在塑料袋里，怕我妈不晓得衣服的价钱，我细一看，是两件衣服总价，虚报，哄我妈呢。

张红英与丁兰兰是乡中初二的同班同学，好朋友。乡中据说从前辉煌过，一个年级有八个班，现在破落了，一个年级剩一个班，四十几号人。除了独生子女政策的原因，就是学生都转城里去了，近的到县城，远的到省城，更远的随父母去了北上广，哪怕是上民工子弟学校，也能跟父母在一起。张红英和丁兰兰这样的，父母不在一个城市打工，孩子扔给老人，像田埂上掉落的草籽，长出了苗子自生自长。不是过大年，他们与父母基本上见不到面，偶尔打电话，都说在城里打工如何累如何忙。也有中途回来的，除了家族中有红白大事，就是回来办离婚，重组家庭。张红英的父亲和丁兰兰的母亲同在省城打工，早几年就传说俩人搞上了，那时她俩也是同班同学，读小学，为了大人的尊严，俩女生扯头发掐膀子打了一架。并没有同学看笑话，谁能保证这事不会像一泡鸟屎落到自己头上？更何况很多同学已经是苦果了。俩人打累了，坐在操场上各自哭了一场，后来成了好朋友。她俩谁都没犯错，犯错的是那对狗男女，她们应该做同一条战壕里的战友，团结一致，让奸夫淫妇的阴谋不能得逞。这道理是丁兰兰先弄明白，后来得到张红英的拥护。

神仙洞位置在断臂崖上，断臂崖探出的大半个身子在江水中，临江那边壁立千尺，但后坡却是绵延，长着灌木丛和山草，以前烧土灶时，常有村里人上山打柴，现在烧煤和燃气，砍柴的人没了，草木长得茂密，遮住了神仙洞洞口，丁兰兰放学后喜欢在野外转悠，发现这个山洞后便占为领地，起名“神仙洞”。与张红英结成死党，张红英自然被邀请成了第二位神仙。放学了或者休息天，她俩就常常钻进这个山洞，讲悄悄话，打闹，或者趴在洞口做作业，反正她俩都是没人管的孩子，爷爷奶奶即使想管也管不了。山洞其实很浅，就七八米的进深，最里面是一条暗河，就是大人们说的“山腔子河”，深藏在这山崖的肚子里，用电筒也照不见河面，能听得见隐约的流水声，这暗河应该是流进大江的支流。丁兰兰精心地布置了这个小天地，在石头上铺了塑料纸，还搬进来两个树桩做矮凳，为了赶走蝙蝠，她有时会点上几支蜡烛。地上凹凸不平，她俩会在低处铺上树枝和软草，躺在上面，俩人觉得这里简直是一个小小的家，用不着去想念远方冷血的父母亲。偶尔，这里也有入侵者。夏天，有长蛇进来，寻找掉落的蝙蝠，兰兰拽住尾巴胳膊抡个圈，把它扔到暗河里，好久才能听到弱弱的落水声。冬天，有取暖的野兔进来，拉屎撒尿，弄得又脏又臭，兰兰在洞口设了夹子，一只断腿的野兔逃跑后，再没有敢闯进的野兔。倒是有一次，有人摸进来了，留下了一股腥臭和纸团，张红英说，天杀的把咱家当厕所了。丁兰兰说，才不是，这是一对狗男女办了事，满屋子都是精子的气味。丁兰兰有发言权，她有男朋友，是有名的大佬邓品质。因为张红英的坚决反对，她才没把这地点告诉邓品质。张红英把那些纸团一脚赶一脚地往洞口踢，兰兰说，你傻呀，往河里踢。纸团落进暗河，精子的味道却还留在两个小姑娘的鼻尖，令人浮想联翩。

张红英说，张一平给了你多大红包？

以前的压岁钱都是到大年三十才有，现在变了，在外打工的大人回到家就掏了哄孩子。张一平就是她们口中声称的“奸夫”，张红英她爸。丁兰兰伸出一只手，说，五百。张红英酸酸地说，哟，还真把你当亲女儿了，我也是五百。丁兰兰说，我心里说他的臭钱我一分都不能要，可见了红包还是忍不住收，莫不是由于在微信上抢红包抢习惯了？我也知道这不是好兆头，他对我这么好，这奸夫淫妇的贼心就没死，他们还做着毁灭咱俩家的美梦。张红英说，早知道他给你的红包钱数跟我一样，我就当他的面扔地上了。

洞口的寒风一阵阵袭来，俩人裹着新的皮夹克也忍不住哆嗦了一下，俩人抵挡不住，洞外抱了些枯枝，点着了火塘。坐定，丁兰兰说，我想出一个办法，既能测试出他是真的对你我谁好，也能弄清楚他到底会不会离婚重组，至少，我们能打乱奸夫淫妇的阵脚。

二

张一平最怕面对的是沈小青，沈小青是他中学同学，初中毕业学了裁缝，出师后在镇上开了间裁缝铺。张一平在初中时就喜欢上沈小青，说不上为什么喜欢，那时其实他只是个半大小子，有个女朋友觉得是很有面子的一件事。张一平放学路上总要去裁缝铺坐一会，他脸皮厚，不怕别人笑话。沈小青也喜欢张一平，有主见，个头高，长得帅，张一平没有考上大学，沈小青觉得没啥，心里倒踏实了。这时代，有张大学毕业证书，有个稳定的工作，在乡下算不上牛气哄哄了，张一平脑子好使，这种人到哪里都不会少挣钱。沈小青嫁给了张一平，张一平去省城打工，沈小青平时住镇上，周末骑电动车到张村，替公公婆婆洗洗涮涮。忽然有一天，裁缝铺没生意了，男女老少都买服装店的成衣穿了。沈小青用小三轮把缝纫机运回了张村，一心一意带孩子和服侍公婆。

张一平确实赚了点钱，在工地上做电工，刚刚把师傅的技术学到手，他就单独立了门户。他自己接活儿，胆大心细，先是承包单元，接着承包一幢楼，拉起了自己的队伍。但是做土建已经是一个薄利时代，甲方把造价压得低，而且往往是最低价中标。施工队长把水电项目分包，水电材料还是抓在手里，没有肉吃，再少的油水也当肉啃。

说白了，张一平赚的就是手下几位的劳力钱。张一平不甘心，但是他在城里既没有路子，又没有铺路的钱，他几年赚下的四五十万，在当下的工程竞争市场，连九牛一毛都算不上。张一平是有梦想有野心的人，他看不到出人头地的希望，痛苦，他开始在工地上喝酒打架，醉生梦死。认识王小凤就是在王小凤的烧烤摊上。冬天，工地在开发区的荒坡上，开发区的路修得宽，花圃和行道树也有模有样，但人气不够，商家还不敢来开店。王小凤这样的烧烤摊不认死理，不租店面，煤气罐和烤炉扛上三轮车说走就走，既没工商也没城管来撵。顾客主要是工地上的农民工，赚得少，成本也小。当然，也不是漫山放羊，最好是傍着老乡多的工地，遇上难缠的人和事，老乡们一呼百应。王小凤的烧烤摊就是冲着这里老乡多，下工后有钱过来捞串喝酒，没钱过来聊天吹牛。张一平是个奇怪的家伙，来是独自来，走是独自走。夏天是半斤烧酒，冬天也是半斤烧酒，从来不跟人啰唆。这天他要了半斤烧酒后又要了半斤，喝到摊位上只剩下他一个人。王小凤想收摊，又怕得罪这位老主顾。她围着他转了几圈，看出了眉目，她大喊一声，张一平，回家了。张一平果然睁开了眼，你是谁？他揩了一下嘴角的口水，又问，你怎么知道我的名字。王小凤说，乡中毕业的人有谁不知道恋爱大王张一平？初中就与女生私订终身。这说法有点夸张，但他确实在读中学时因此闻名，尽管这不是什么好名声。王小凤是张一平的小学妹，低他几届，张一平摇晃着站起身，站了一会儿，不走，帮她收拾桌椅杂物。王小凤骑上三轮车，他才肯转身，一脚轻，一脚重，不小心踩上了“地雷”，污水溅了王小凤一身，王小凤朝他摆摆手，没事，他才一脚高一脚低地走了。这“地雷”，城里人都不陌生，现在讲究美化城市，人行道上贴地砖，可是有人偷工减料，地砖下面没有垫实，空处就有雨水流进去，踩上去不稳不说，运气不好，污水就如水枪直射到你身上脸上。烧烤摊的地砖下面，除了雨水，还有各种油污，客人不小心踩中了，免不了骂娘，王小凤也得跟着一连串地赔不是。第二天来到摊位，王小凤发现地面上有变化，地砖间的缝隙冒出了一绺新鲜水泥黄砂浆，踩一踩，每块地砖都踏实。谁做的好人好事？王小凤当然猜到是张一平。

张一平和王小凤毫无悬念地成了临时夫妻，这在外出打工的人群中不算另类。互相帮衬，互相需要，用城里人的话说是互相“取暖”。王小凤的老公也在外打工，走得远，去了首都北京，城市越大，发财的机会越多，这个男人据说离开了工地，进了一家公司，几年下来人见不到，钱也见不到，偶尔捎个电话给王小凤，说快发财了，快了快回来了。按电话号码拨回去，却总是关机。一家老小不能喝西北风度日，王小凤才被逼着到省城来摆小吃摊。张一平也不是糊涂人，他心里一直有沈小青，工地上不少人把钱扔在洗头房里，张一平从来不去那地方，王小凤有老公有家庭，也从不贪他的钱包，不成文的规矩谁心里都明白，在这里合一个被窝，回到老家一拍两散，各回各家，你不认识我，我不认识你。头一年王小凤做得不错，回到老家电话都不主动打一个，大年夜老公活不见人死不见尸，张一平发一条短信问候她一下，她也不纠缠。王小凤这么懂事，张一平心里不过意，第二年回家就记着给她母女买些吃穿。沈小青也不是没听到风声，工地上难免有喜欢嚼舌头的人回来搬弄，这次回来，张一平给她买了一件羊绒衫，沈小青眼里明明是喜欢，却随手往床上一扔，说，给你讲个笑话。村东头老黑皮你晓得的，这个促狭鬼这次闹了个大事，文生是他的表哥，文家湾的，俩人在一处打工，文生给老婆买了一根金项链，老黑皮想瞧一眼，没瞧着。老黑皮买的回家车票早一天，出了车站，他不急着回家，先到表哥家报告好消息，说，嫂子啊，我表哥待你可好了，给你买了金项链，一粗一细两根。耳环，金的玉的各一副。喝完茶回家了。第二天，文生回家了，喜滋滋地给老婆献上金项链，老婆说，还有呢？文生说没了。老婆说，别的给谁了？给狐狸精了？那至少给我留一副耳环呀。文生解释不清，老婆越想越愤怒，说男人不顾家，她不如吊死算了。文生哀求了半天，才打听出是老黑皮使的坏。他一口气赶到咱村，捶开老黑皮的门，要打死老黑皮才解气，老黑皮躲闪着说，哥，把我打死了，可就没人到嫂子面前替你洗白了。张一平也忍不住笑了，沈小青不笑，说，这羊绒衫也不知道你买了一件还是两件。声音不高，却惊得张一平的心“怦怦”乱跳。张一平倒是没给王小凤买一样的羊绒衣，女人买衣服挑剔，给王小凤买衣服都是俩人逛商场时，她看中了他顺手付钱。倒是他给两家女儿买东西时，他都是买同样的，俩孩子年龄相同个子相仿，最重要的是，他要在王小凤面前表示他对俩孩子一视同仁。张一平在沈小青面前糊弄过去不难，但心里对她的愧疚一时挥不去。

变故是由于王小凤的男人。进了腊月，这个男人忽然频繁地给老婆打电话，张一平在她的出租屋里时，王小凤捏着手机摆摆手，他就知道电话那头是她男人。张一平眼不见耳不闻心不烦，出门点一根烟转悠一下再回，那俩人说不了三句话就要干仗，他回来时王小凤往往在擦眼泪了。但现在情况变了，他一根烟吸完回来，那俩人还在聊，看王小凤的表情，没有发脾气，很投入呢。如此遇了几回，张一平抽完烟干脆就走了。王小凤当然知道张一平生气了，解释说，商量正事哩。张一平说，我生哪门子气，你家两口子说私房话，合理也合法。

接下来，王小凤自会使出浑身解数来哄他。王小凤男人说的正事，是说他找到了发财的途径，劝老婆去北京和他一起发财。只要投入六万多元，两年后可收获一千零四十万元，真正的一本万利。王小凤说，这样的机会也只有北京那种大地方才有，我第一个想到的就是你。他成了千万富翁，我不稀罕，你要是有了这笔钱，就可以接工程，赚更多的钱。你愿意和我在一起，也可以赔一笔钱给沈小青娘俩，心里不欠愧了。张一平心里一惊，把被子撩到一边，办事的兴致也没了。这是传销，懂吗？是骗局，张一平说。张一平在电视上见过报道，在报纸上读过报道，政府在打击这种诈骗组织。天上不可能掉馅饼，就张一平的人生经验来说，他也不可能相信有这种好事。钱，只有拿在自己手里才踏实，钱生钱，也必须像放风筝一样有线攥在手里收放自如，才能防止鸡飞蛋打。张一平专门找了有相关报道的报纸给她看，她不看，张一平读给她听，她捂着耳朵不听。王小凤说，你就是个农民，目光短浅，舍不得孩子套不到狼，不赌一把哪里还有我们翻身的希望？说到底，你就是舍不得你手头那几个钱。张一平心里说，我本来就是个农民，舍不得挣来的钱打水漂有什么错？这话当然不能说出口，这个女人已经疯魔了。张一平心里沮丧，人家毕竟是十几年的夫妻，打断骨头连着筋，明明前面是个火坑，男人放出几句软话，她就敢睁着眼睛往下跳。

做事不能慌张，做人也是。但耳朵里每天听到的都是发财的故事，让人不由得慌张，这夫妻俩想发财的心猴急，十有八九要落空。

张一平不愿意与王小凤吵架，本来嘛，俩人做的是露水夫妻，好聚好散。张一平想过了，王小凤如果真的开口借钱，一万两万都好说，情分在。多了就没办法，他的一家老小也要过日子。回老家了，王小凤头几天懒得理他，他老婆孩子热炕头，几乎忘了他还有另一个女人。张一平想得美，这天下午他喝了几杯小酒正迷糊时，王小凤的短信来了，约他明天去大王庙赶集，她在县城直接去，他呢，在三岔口先接上她女儿丁兰兰，九点钟兰兰在那里等他的车接。

三

张一平有一辆面包车，二手货，前面的挡风玻璃透明，两侧和后窗的玻璃都被他涂了白漆，除了驾驶室，里面的人看不见外面，外面的人也看不见里面，工地上的车很多时间是用来运送建材或者工具，偶尔载人，七座的小面包可以装进十几个工人，开这车，张一平得像老鼠躲猫一样躲着交警。但毕竟是辆四个轮子的汽车，开着回老家，总比坐在风吹雨打的摩托车上强，这么说吧，在这深山里，张一平也算有车一族，成功人士了。

三岔路口的三条路，只有一条称得上公路，水泥路面，一直通到镇上，不，应该说一直通到县城省城，另两条路是土路，像是一根树干长出的枝丫，它们往山的缝隙里伸展，一拐弯，就看不到踪影。冬天还好，如果是夏天，汽车一上土路，尘土就像原子弹爆炸的蘑菇云，三五里外都能看见。冬天怕的是凹坑，轮胎陷下去叫天天不应，呼地地不理。九点钟之前，太阳还没来得及将水洼子里的冰解冻，张一平准时将面包车开到了王小凤指定的地点。车子旧，开着空调耗油，张一平熄了火，坐在车上等。这块空地在几座山的山脚，右边的山叫断臂崖，依着大江，风在车窗外呼啸而过，说不清是山风还是江风，从各个角落里袭击他，仿佛他守着的是一间破屋。已经九点一刻，那个叫丁兰兰的女孩还没有露面，张一平顾不上寒冷，下车朝另一条土路张望。

张一平想过各种与王小凤男人见面的方式，在大街上，在工地上，甚至在王小凤那间出租屋的床上，都可以，一言不合拔拳相向，很可能一言不发就开战。张一平见过那男人的照片，长得像个娘们，打架肯定不是张一平的对手。当然，张一平心虚，毕竟是他占用了人家的老婆，张一平不会考虑真的与他干架，他只要做到体面地撤离就行了。但是，他从来没想过怎样面对王小凤的女儿。第一次见到她是在去年暑假，雨天，工地上休息，王小凤去菜场进货了，张一平在她的出租屋里午睡，就一只悬挂的蜻蜓式小电风扇，他赤膊在凉席上睡着了。醒来，一个小姑娘脸对脸盯着他，吓得他一下子坐了起来。你就是我妈的那个情人？小姑娘认真地提问。还好，用的是“情人”这个文雅词，按老家口语应该称“姘棍”或者“相好”，不过，一个小姑娘，而且就是王小凤的女儿这样当面发问，张一平还是猝不及防，他躲闪着眼睛点点头，小姑娘笑了，我就是传说中的那个丁兰兰，我妈肯定跟你提过我多次。张一平套上汗衫时，丁兰兰说，我妈眼光还不错，老了点，还是个帅哥。那口吻不像是王小凤的女儿，倒像是个起哄的闺蜜。最让张一平尴尬的一次，是王小凤在屋外做饭，他坐在床沿上看电视，屋子才十个多平方，丁兰兰从床尾绕到床的里侧，张一平没在意，抬头跟她搭话，发现小姑娘就站在那里换衣服，她扒掉T恤剩了胸罩，朝他挤挤眼，这个年龄的姑娘说大不大，说小也不小了。那胸没有排山倒海之势，却也有山有谷了。这女子是跟女儿张红英差不多的年纪，张一平吓得低头溜出门，丁兰兰却在他身后得意地笑出了声。这事发生后有好一阵子，张一平没有去找王小凤，他是怕遇见丁兰兰，小姑娘的眼睛亮闪闪的，他明明没有做亏心事，让她看上一眼，他也觉得像是做了亏心事。倒是王小凤熬不住，跑工地上找张一平，张一平犹豫着把事情讲了，王小凤笑弯了腰，说，你还以为现在的小姑娘跟我们那时候一样老实？思想早就复杂了。兰兰跟我说了，她想帮她老妈考验一下你的人品，恭喜你，过关了，至少不是个色鬼。张一平心有余悸，见到丁兰兰能躲就躲，这丫头片子太鬼，谁知道她什么时候再使出让人吃不了兜着走的招数？

在断臂崖的半坡上冲下来一个火红的身影，吸引了张一平，这种野山上没有像样子的路，树叶凋零，枝条稀疏，张一平一眼就能看清那是个女子。原来这丫头早就到了，等得无聊，独自上山去转悠了。张一平上车打着火，那孩子却迟迟不上来，他按了两声喇叭，车门开了，人站在车门外，喊了他一声“爸”，是红英，是他自己的女儿张红英，张一平脑袋一下子大了，强作镇定，拔了车钥匙，说，红英，你怎么在这里？红英绕过车头，盯着他说，爸，应该是谁在这里？几乎天下当爸爸的都存在一个误区，总觉得自己的女儿还是不懂事的乖宝宝，张一平在城里想到女儿，浮现的都是幼儿园时牵着他手时的模样，每次回家，女儿的个子都窜高一截，但女儿与父亲的交流却越来越少，事实上，女儿已经是中学生了。红英说，我知道你等的是谁，丁兰兰，我班上的同学。

张一平记得，他曾经问过丁兰兰，是不是认识一个叫张红英的同学，也在她读书的中学。丁兰兰回答他，没有，一个学校几千号学生，不可能都认识。事实上她俩同一个年级还同一个班，丁兰兰撒谎。就像工地上小年轻唱的歌词那样，女孩的心思最难猜。丁兰兰为什么不让他知道，她和他的女儿认识，张一平真的猜不出。

张一平让女儿上车说话，车上暖和一些，女儿不肯，张一平只能下来。女儿个头已经齐当爸的额头。粗一看，已经是像模像样的大姑娘。可看她噘起的嘴角，委屈的神色，孩子就是个孩子。

张一平不知道怎么对女儿解释，便不做解释。

红英说，丁兰兰打电话给我，说有人带她去大王庙赶集，约我一起去。

张一平说，她人在哪里?

红英朝断臂崖上一指，说，在上面，她让我先下来，看你到了没有。

左等右等，丁兰兰都没有下来，张一平让红英打她手机，打不通，红英说，她那手机是她妈淘来的旧货，经常打不通电话。张一平等不及，说，你去上边叫下她。红英说，爸，你干吗不一起上去，活动活动腿脚也暖和些。

张一平想不到坡上有个山洞，洞口不大，洞前有一簇矮树，尽管树叶掉光了枝条也密如疯女人的乱发，不留心也难以发现洞口。洞内倒算宽敞，进得洞来，立即暖和了不少，原来中央有一个火塘，用乱石围着，灰烬已有小山似的一堆，不像是一两天的积累。张一平说，人呢，丁兰兰，丁兰兰，山洞不深，却有一波波回音，张一平发现洞内还有条暗河，本地人称“山腔子河”，回音来自那山腔子河黑暗的远处。张一平莫名地有了害怕，喊了几声，又跑出洞口，对着山坡吼了一遍遍。红英看着她爸爸慌张的样子，倒没有慌张，她不时拨一下手机，关机，她就目不转睛地再盯着做她老爸的这个男人，专注的程度不亚于课堂上眼光追着老师的尖子学生。

张一平喊累了，沮丧地在洞内的卧石上坐下，张红英说，别喊了，没了。

没了？红英的口气平淡，像是一只小猫小狗没了，张一平又惊又怕，说，什么没了？你说丁兰兰没了？

红英指指火塘边上，那里烤着一双鞋垫，鞋垫的后面，是一双阿迪达斯的蓝色运动女鞋，鞋尖朝着洞口。本地的习俗，在江边寻短见的人都会事前脱下鞋，鞋尖背水，可火塘边上分明烤着鞋垫，等着暖乎主人呢。再说，这么一个活泼泼的小姑娘，怎么可能有那种念头。

红英说，爸，您认得这双鞋不？我也有一双。

张一平当然认得，这鞋是他亲手在专卖店买的。这是去年春节回家给俩女孩买的，张一平本来想买白色的，可是俩人都托各自的老妈转告，蓝色，不约而同。王小凤说，蓝色是当年时尚。王小凤要求替丁兰兰买的鞋买大一码，已经三十九码了，她的脚还在长。说这丫头在旧社会，怕是嫁不出去。鞋大了走路不方便，王小凤有办法，她几天就赶出了一双鞋垫，用彩色丝线绣了荷花藕脚图。张一平不止认得鞋，还认得鞋垫，但他不知道怎么开口说。

红英说，她有两个爸爸，两份父爱，这对我不公平。

红英说，你只有我一个女儿，本来我应该有两双阿迪达斯，不仅有蓝色的；本来我也有两件皮夹克，不光是红色，就是只有一件，也买得起真羊皮；本来我过年有一千块钱红包，现在被抢走五百。她是您的女儿？爸，我恨她，我就是巴望着她在这个世界消失。

红英说话的腔调像沈小青，慢条斯理。却是一个字像一支钉，直扎张一平脑门。大冷的天，张一平浑身上下直冒冷汗，他连到暗河边张望一眼的勇气都没有。

张一平说，红英，是你？是不是你？

红英说，怎么了？如果是我，你就去报警？把亲生女儿抓去枪毙？

张一平搂住女儿，捂住她的嘴，手掌抹到她嘴角满满的泪水。

当下最要紧的事，得告诉王小凤，丁兰兰没来，联系不上。张一平走到山下，冷风一吹，镇静了好多。他发出短信一会儿，王小凤回了：

> 没事，我也打不通电话。昨天她跟我吵架，说要去北京找她爸，去北京过大年。都是手里有了压岁钱烧包，不过，也该轮到她爸爸受几天罪，这女儿生下来他就从不关心。

这是什么时候，春运时节，有钱也买不到车票。当爸的糊涂，当妈的更糊涂，没人把心思放在孩子身上。

张一平哄女儿上车，往回开。下了一个坡，停车，给王小凤发一个短信：车坏了，来不成大王庙了。发出去就匆匆关了机。毕竟心里搁下事，车开得慌张，在一个村口车被人拦下了，张一平听不清那些人嚷嚷嚷什么，看到地上躺着一只轧坏了的母鸡，明白了。张一平说，直说，赔多少钱。那几人听到他是本地口音，知道捞不到多少油水，开价两百。张一平二话不说，掏出钱包付了。

车开出几十步，红英说，爸，停一下车。红英下车，赶回那村口。一会儿，她拎着那只死鸡小跑着回来，那只鸡耷拉着脑袋和翅膀，摇晃中羽毛乱舞纷飞，血水一滴滴往土路上掉。红英说，爸爸，咱不能便宜了他们，我好久没吃红烧鸡块了。

那两百块钱，本来预算是那母女俩在大王庙赶集的花费。

四

山脚的雾气还没缩回山顶，太阳还没有在山凹露脸，正是冬天睡懒觉的好时光，沈小青早就起床了。沈小青给父女俩弄早饭，玉米粥白面馍，外加煎鸡蛋。红英喜欢吃煮鸡蛋，张一平喜欢吃煎鸡蛋，三个人团聚的日子，沈小青就都是煎鸡蛋，不是偏心，是沈小青喜欢，油在锅底的脆响，金汪汪的蛋黄，满屋子的香气，这才是过日子的气象。新婚之前，母亲就在耳边嘱咐过，凡是男人做那事后的早餐，都要给男人补两个鸡蛋。自从男人进城，鸡蛋就专属女儿红英，煮成茶叶蛋带去学校。回来第一夜，张一平交了作业，马虎潦草，打个比方，是交了一篇敷衍的作文，别说文思泉涌天马行空，连基本的起承转合都偷懒，缺章少法，了无波澜，沈小青当然只能给他不及格的分数。按年纪，论身板，张一平都应该如狼似虎，何况久旱逢雨霖。沈小青心理阴影面积如日落西山后的山坳，黑屏。但是，沈小青不露声色，再怎么，这事沈小青一个女人也没法子开口计较，他做与不做，每天都是两只煎鸡蛋等他。沈小青坚持认为，吃在肚里，他心里有鬼就应该有愧。

她吃完早饭，喂鸡，喂猪，然后到后院开工。

当初沈小青嫁到张村时，是和公公婆婆挤在祖屋里。山里的村庄，不像平原一马平川，一个村庄能扎下几百户几千人口，山里是见缝插针，在山谷里觅块相对平坦的坡地，高不能太高，出行吃力，低不能太低，洪水来了洗劫一空。村子没地儿扩大，要建新房就只能另觅场地。张一平出门挣了点钱，就来到距张村一里外的坡地盖了房。这坡地本来是张一平家的自留地，有一亩多，挖一点，垫一点，盖了房还有宽敞的前院后院。张一平盖的是楼房，但只盖了一层，钱不凑手的人家都这样，迈一步算一步，有钱了再往上加盖。张一平不是没钱，在山里盖个两层楼的钱他不缺，他把钱主要用在承包水电工程上，承包承包，是承接下来包干，干完了才给钱，碰上耍赖的把钱拖上几年才肯给。张一平每年都说，来年我们把楼加上。下一年又对沈小青叹苦，老板又没按合同付钱，再等等吧。沈小青相信男人的话，城里干活拿不到钱是常事，电视上经常播农民工爬塔吊上寻死觅活，都是要不到钱回家过年给逼的。沈小青安慰男人说，不急，不急，咱们现在反正没宿在露天里。

沈小青是个闲不住的人。

沈小青搬到这个新房，基本上宣告了她裁缝生涯的终结。尽管那台蜜蜂牌缝纫机还摆在堂间，但几乎是一件摆设。偶尔，沈小青为了缝补一下旧衣服，踩动踏板，机器转动已很滞涩，仿佛是她自己的身体，常年没有男人的滋润，僵硬而枯乏。沈小青必须找到打发日子的事做，白天那么长，她只需要烧母女俩人的早晚两餐，夜晚那么长，她既要担心野物和坏人的入侵，又要抵抗身体的饥渴。有一天她在后山割猪草时突然眼睛一亮，后山的水泥厂被叫停了，说是为了保护山上的植被，人去厂空，却留下了一堆没被轧碎的石料。沈小青有了主意，她用板车往家里拉石头，石头重，她身子单薄，她少拉一点，多拉几趟。石头拉回来做什么，沈小青用来垒院墙，前院后院，都需要有院墙。石头不规整，该破片的破片，该去棱的去棱，沈小青硬是把自己练成了一位石匠，大榔头小榔头使得呼呼生风，只可惜，女裁缝细皮嫩肉的手现在粗糙如树皮，沈小青常常猜测张一平是不是嫌弃她这双手。可是，院墙已经垒得有半人高了，水泥砂浆抹缝，不仅坚固，而且看上去很像是一组组几何图案，很洋气。张一平也由衷地赞叹，真是美观又实用，只是太辛苦你。张一平不知道，那些独守空屋的时光，她不找点事做，每分每秒都难挨，那才是辛苦。沈小青特制了一个头罩，连着披肩，戴在头上只露两只眼睛，为了防止被碎石击伤，她干活时还加戴一副墨镜。女儿说她像穆斯林妇女，她自己很满意，眼不见，耳不闻，省了很多烦恼事。

但闲话如季风，该来还是挡不住。有一回娘家弟弟来送鱼，他在汊江里用网箱养鱼，鱼市不景气时，他会想起嫁在大山里的姐姐和外甥女，弟弟说，姐，姐夫怕是在城里有人了，我们村里有人和他在一个工地，可不是捕风捉影，说得有鼻子有眼，有名有姓。弟弟以为当姐的会愤怒，会追根刨底问是哪个狐狸精。姐姐却对弟弟板了脸，说，外人给你姐夫泼脏水，你做舅老爷的怎么也跟着起哄，你把这话咽回去，在我面前不准胡诌。弟弟灰溜溜地走了。

沈小青知道错怪了弟弟，弟弟是为姐姐打抱不平。可是，沈小青只能选择装聋作哑，捅破了窗户纸，她一个山里的妇女又能拿几百里外的那对男女怎样？据说在城里打工的男女互相勾搭已经成风，沈小青试探着提出，她也要进城打工，哪怕在街头坐小凳做缝缝补补，男人不置可否，更加重了沈小青对他的怀疑。沈小青做过很多次噩梦，梦见张一平回家跟她离婚，醒来都是以泪洗面。

沈小青除了弄不懂这个世界，还弄不懂自己的女儿。自己身上掉下的那块肉，一把屎一把尿拉扯大，眼看着长成像模像样的姑娘了，却变成了动不动就奓刺的刺猬。读的是乡中，也不指望她有什么出息，不讲究她的成绩。可她讲究，讲究吃讲究穿，讲究有钱人家孩子的那些讲究。家长会上，老师说孩子这年龄正处于叛逆期，她俩一吵架，红英就住爷爷奶奶家，或者住到同学家。她一个人大山里守着空屋，心里会觉得这个世界离她越来越远。女儿也有乖的时候，跑过来与她挤被窝，人小鬼大，扯着扯着，会劝妈妈去村里打麻将，说她长期不接触别人，怕她得忧郁症孤独症。放肆的时候，她还会质疑，妈妈，爸爸这么长时间不回家，是不是不要我们了？沈小青在女儿面前坚决维护男人，说你爸不是那种人。红英反驳，他是哪种人？妈，你这是鸵鸟战术，自欺欺人。沈小青也是初中毕业生，懂女儿说的那意思，哪壶不开偏提哪壶。沈小青一上火，母女俩就吵得不欢而散，结局是红英扭头跑回自己的房间。

太阳出来，沈小青去了车库，面包车不在，张一平开走了，喊张红英，也没人应，父女俩不打招呼就没了踪影。说是车库，其实是原来的柴房，现在不种地，也没那么多的秸秆麦秆，柴房就成了张一平的车库。沈小青会开车，想趁着有车在家，到后山多运点石头回来。面包车的后两排可以拆卸，方便运货。沈小青学开车就在自家院子里，张一平提心吊胆，沈小青只十几分钟，就把车开得得心应手。沈小青说，这开车与踩缝纫机一样的道理，车的方向盘在正面，缝纫机的圆盘在侧面。车的动力在脚下，缝纫机的动力也在脚下，只是比开车还费力气。开车只要看前方不偏道，我缝纫机走针偏一丝一厘都不行。这番话，张一平想想也在理。

沈小青回到后院，继续干活。右眼莫名地跳了几下，她晃晃脑袋停下，眼皮又跳了几下。左跳财，右跳灾。沈小青免不了有些慌张，她扔下铁榔头，在地上捡了一根草叶，掐断，蘸上嘴水贴到右眼皮上。

张一平这次回来莫非真要闹离婚？

五

父女俩突然出现在后院时，沈小青很是意外。这两个人在家里的日子，除了吃睡，就是埋头玩手机。沈小青以前用过手机，打电话发短信都会。从镇上回来，不做裁缝生意，手机就闲了。父女俩用的手机比她的高级，有游戏有电影电视，把这俩人的魂都勾走了。现在这俩人站在太阳光下，手中都没有捏手机。做老爸的一只手搭在女儿的肩上，一只手握着女儿的手。都说女儿长得随爸，确实，这父女的眉眼，下巴，还有扇风耳朵真是一脉相承。张一平讨好地对女儿说，今天，咱俩和你妈妈一起干活，我整石头，你妈垒墙，你呢，负责为石头缝抹水泥砂浆。沈小青说，今天太阳没有从西边出来呀。真要让女儿出来干粗活，她还是不舍得，想不到红英今天很听话，她走到围墙边拎了泥刀，在刀把上试了试手，挺开心的样子。

后院也不小，只是被沈小青弄成了石匠作坊，看上去乱。按张一平的设计，是要学城里人别墅的设计，栽些花花草草，移植几棵常青树木，可沈小青不答应，说抬头是青山，低头是青草，满眼的绿像是把谁的苦胆捅破了，看够了。好不容易有了块山地，见了泥巴的本色。好不容易有了块平地，走路不担心磕碰，你怎么就看不惯了，真以为自己是城里人？张一平反正难得回来住，再说，将来屋顶加楼，院子里还是会弄得乱七八糟，只得先由沈小青说了算数。张一平接了老婆手中的长柄铁锤，面对石块，却不知道从哪里下手。试着抡了几下，石头大白天飞起火星，碎石迸溅。沈小青说，放下放下，在石头上先替他指定位置。沈小青几年下来，干活熟能生巧。这石头看上去坚不可摧，内里却有分层，沈小青的眼睛能找到石头的纹路，把握好轻重，顽石一会儿就变成平板的石料，这女人毕竟裁缝出身，心灵手巧，张一平回头对女儿说，红英，你妈就是比老爸聪明。

红英对着妈妈竖大拇指，说，老爸，我妈比您聪明一千倍，比您好一万倍。

沈小青一瞬间有些恍惚，院子里这一幕她几乎不敢相信是真的。太阳当顶，天蓝山青，屋檐下成串地挂着风干腊肉、火红尖椒，石堆上晾着过冬的白菜，这确实是她的家。女儿站在灿烂阳光下，脸蛋与红衣服一样红红火火，生机勃勃；男人在她面前，上身只穿着羊毛衫，熊腰虎背，每次展臂抡锤，都在她耳边虎虎生风。她喝停男人，将自己的头罩解下，帮他戴上，又绕到他背后帮他系紧扣带。她有多久没有站到男人身边，她有多久没有这么近地站在自己男人身边，她记不清楚。做裁缝时她给顾客量尺寸，一把卷尺或收或展，她的心思全在尺子的数字上。只有第一次给当年的高中生张一平量尺寸时，心慌手抖，让张一平看出了破绽，一把将小裁缝沈师傅搂在了怀里。她有了在男人这背膀上靠一会的冲动，当然，也就念头一闪，她其实做不到。她是沈小青呀，何况女儿就在眼前看着。张一平斜着脑袋，对女儿晃了几晃，手中比划着说，八格牙路，鬼子进村了。

红英夸张地笑弯了腰。这一家人，难得有这样开心的场面。

太阳没下山，张一平提出今天他去下厨，山区的习惯，一进腊月肉都腌的腌，熏的熏，风干的风干，过长远日子得有打算，这样存下的肉可以给男人带着出远门，可以长期供女儿带在学校吃的午饭菜。想不到张一平今天特意去镇上买了鸡，亲自给女儿做了一个红烧鸡块。张一平就着酒，啃着鸡头鸡爪，殷勤地给女儿夹鸡块。沈小青不由得责怪自己，过日子过得慌张，这些年疏忽了对女儿的关心。倒是这个当爸的男人对女儿比她上心。

张红英吃完饭回自己房间，沈小青也吃完，她不着急，等男人喝完吃完再涮锅洗碗筷。张一平却将杯中酒一口吞了，空了杯，不加酒，匆匆忙忙将厨房的门关了。张一平说，沈小青，你坐下，我有话跟你说。

沈小青的右眼皮及时地跳了一下，像是故意提醒她什么。厨房是外搭的披间，房间大，没有客人，屋子中间摆着方桌，家人就在这桌上用餐。厨房的窗户原来是用塑料纸对付，这次张一平回来，车上装回了几扇旧房拆迁下的木框窗子，看上去油漆还没掉，装上去尺寸还是有出入，风从缝隙里吹进来，桌子上方一根电线吊着的灯泡左右晃悠，让沈小青头晕眼花。她努力镇定，看张一平的脸色，涨红得像鸡冠。这点酒对他来说，只是毛毛雨，不至于上脸。沈小青定下神，白天的一切都是作秀，是表演，该来的还是来了，这婚姻真到了尽头。白天的一切不是梦，是相当于人死之前的回光返照。张一平这是要摊牌了。

张一平说，小青，我对不住你，几年前我在城里找了女人。

沈小青低着脑袋，好像是她犯了错。

张一平说，我最初也没想会与她处这么长时间，可是没能把持住身子。

沈小青说，我知道，我早就知道。

男人在外面找女人，开始是偷腥，开始就是想玩玩。但是鱼儿上了钩，甩也甩不脱，死就死在你手上。怎么办，回家离婚，男人用的都是这套路。

张一平说，女的就是丁村的，在城里摆烧烤摊，有一个女儿。

沈小青打断他，别说了，我不要听。你不就是想离婚？女儿你别想带走，归我。

张一平说，我说的事不是离婚，比离婚这事严重一万倍。

张一平说了上午发生的事。

沈小青从凳子上站起来，说，你是说，你是说，红英把那个丫头推下了山洞的暗河？

张一平说，我没有这样说，而且，咱家红英也没有这样说过。但是，如果公安上查问，红英有作案动机。

沈小青说，我自己生的女儿我知道，她从小胆子小，不可能做下这种事。

沈小青嗓门大了，张一平朝她摆摆手，关键时刻，男人就是男人。张一平说，红英当然没做那事，我们必须相信自家的女儿。最重要的是，我们要让红英也相信，那事不是她干的，那丫头是自己掉下去的。

沈小青说，现在，红英最在乎的是，她爸爸最爱的是不是亲生女儿。

沈小青明白了男人白天在家的表现，明明这个人是事发的罪魁祸首，她面对着他，却没有了仇恨。

张一平说，在红英面前，就像什么事都没发生一样，错了，本来就什么事都没发生。

这天晚上，张一平夫妻睡得很迟，红英的房间亮着灯，估计又在玩手机。沈小青说，要不，这几天我陪她睡？张一平说，别，我刚说过别招惹她，我们平时干嘛就该干嘛。一直听见红英拉灭了灯，俩人才上床。上了床，也睡不着，张一平试着用手臂搂过沈小青，沈小青毫不犹豫打开了，沈小青知道他不是那个意思，他只是想抚慰她，赶走她受的惊吓，但是沈小青不能这么快地原谅他，毕竟，祸水是他引来的。即使原谅他，也不能是今天。

半夜，沈小青迷糊中，张一平推醒了她。张一平说，你听，你仔细听，女儿房间里有说话的声音。沈小青凝神听了一会儿，是有人说话。沈小青说，估计是她在手机上看电视剧。张一平说，不对，我听着是另一个女孩的声音，耳熟。沈小青顿时头皮发麻，张一平的意思，是不是指是他那淫妇的女儿。红英的房间与她俩的房间隔着堂间，沈小青想也没想，起身，鞋带也顾不上系，拉开门，趿踏着冲到红英房间门口，想喊门，房间内并没有任何声音。沈小青不甘心，站了好长时间，听得见山上树梢的声涛，听得见墙角风过的哨声，就是听不到女儿房间内有动静。

张一平跟出来，替她披上棉外套。她忘了推开，双手抱紧自己，听任男人搂着，悄悄地回到房间。夫妻俩倚着床头，更加难以入睡。

六

王小凤这些日子实在忙。

回来的第一件事是讨债。过完春节上北京，空着手肯定发不了财，偷鸡还得手里有把米。姓丁的说要准备六万多，其实是六万九千八百元，等于七万。王小凤算了算，她的积蓄连本带息能凑齐。王小凤娘家在山外，平原上的人家日子一直好过山里，出门有公路，名下有水田，脑筋转得快。计划生育抓得紧，王小凤属于独生子女，嫁到丁村时父母给了一笔陪嫁，俗称“压箱礼”，本来只有两万，这些年她借在外边本生利，利生利，已经翻倍。老丁知道有这笔钱，几次打它的主意，都被王小凤把门关得死死的，一丝缝隙不留。王小凤把钱分几份借出去，利息比银行高三倍，有开店的，有买船在外江跑运输的，反正都是她的熟人，不是沾点亲戚，就是同学闺密。王小凤不信任陌生人，也不贪那种蛇吞象的黑心高利，这几年乡下不少人想钱想疯了，想人家的高利，连本金也被卷走。骗子远走高飞，告到公检法，也是天不应地不理。王小凤谨慎，把钱分几家借出去，等于把鸡蛋放在几只竹篮里，即使打翻了一只，只是一只篮里的蛋没了，别的竹篮里还存着希望。

乡下有乡下的规矩，金钱上的账目一年一结，这年是指农历大年，冤有头，债有主，腊月里哪怕大年三十，债主也能上门拍桌子吹胡子催债。但到了大年初一，债主就不能登门讨债，哪怕打电话发短信讨债，也被熟人视为不厚道。欠的是钱，不是欠你命，让人活着就得让人欢欢喜喜过大年。欠债的主，有些就干脆大年初一才进家。借王小凤钱的这几位，开店的都是坐山虎，年底是做生意的旺季，不想店堂上坐个债主，都答应得爽快，有家直接将本息付清。倒是她最好的闺密，在长江跑运输的那家船户，她几次上门都吃了闭门羹。水上讨生活的船户，夫妻都在船上，王小凤打通闺密的电话，回答总是说“就回”，王小凤心急，骑电动车跑十几里上门，铁将军把门。闺密说，我们在等客户的钱到账，没钱，我也不敢面对姐姐。王小凤气得把电话掐了，气呼呼地再骑回家。

这天，闺密主动打电话给她，说回来了，说话的口气不咸不淡，没有从前的热乎劲。王小凤顾不得多想，推出电动车往她家奔。来拿钱的不止王小凤一个，堂屋里坐了五六个人，王小凤来得迟，只捞到一张小矮凳坐。大家都脸熟，以前常在这里遇见，取当年的利红。也有不取走的，将借据换一张，利生利。王小凤这次不同，她电话里通知闺密，说等钱用，本利都清算。王小凤耐心等着，等到别人都走了，才到方桌边的条凳上坐下。

王小凤说，不好意思，实在是老丁那边催得厉害，我这样，乱了你们家的安排。

王小凤知道这半道上撤钱，确实是给人家添了麻烦。

闺密去了厨房，她男人说，谁家都有个着急钱的日子，何况，这钱本来就是你的。

王小凤在路上编了几个用钱的理由，老人生病，女儿转学，乡里乡亲，一不小心都会被戳穿，老丁远在北京，而且，说是投资也不算撒谎。没想到，闺密这位当家的根本不追问理由，显得通情达理。

这男人喝了一口茶，说，我们也有我们的难处。这钱就这么多，你这边我多给了，别处就有了缺口，要补上缺口，我只能去想办法弄钱。哪里有什么办法，我从放贷公司借钱，五分利，把你两万本金借来了，都在这。

按照约定的利息，利息一分半，有三千六百元。听他那口气，是没了。

这男人又说，就是钱存在银行，定期存款改成活期，也拿不到什么利息。

王小凤明白闺密为什么躲开，这夫妻俩事先商量好了。王小凤不吭声，低头将两扎百元大票点了一遍，又抽出几张朝门口亮光照了照，说，把这几张换一换。这明显是在使气，猜疑假钞，其实是把对闺密的情分彻底割断，撕下脸了。男人笑笑，依她换了几张新钞票。

王小凤的电动车还在半路，雨就兜头盖脑地浇了下来。由于走得慌张，王小凤既没带伞，又没带雨披，只能将车停在一棵树下躲雨。小学课本上就读过，树下躲雨，容易被雷电击中。山里人不当回事，满山遍野都是树，雷公击中的那棵树几乎是中了彩票，哪里轮得上普通人。王小凤心疼那三千六百元，说没就没了。她和闺密是中学同学，十几年了，一年的交情抵不上二百块人民币。王小凤摸了摸背包里的那包钞票，安慰自己，留得青山在，不怕没柴烧。本金毕竟掌握在手中，放出去的鸽子飞回了笼中，再说，前几年到手的几茬利息款，将今年的空头扯平，还是比银行多。王小凤以前会做噩梦，梦到闺密家的船在江里沉了，她的两万块钱打了水漂。至少，她以后不会在梦中再受这种煎熬。王小凤掏出手机，想给姓丁的打个电话，长途，心疼话费，她按了两个数字又放弃了，忽然想起女儿说的事，女儿说她爸答应了她去北京过年，她得问个虚实。按完数字，照例是忙音。忙音省了长途话费，她轻松过后又懊恼，凭什么他打电话她都开着机，她打电话过去却总是没人接，鬼知道是他那公司保密，还是他做什么见不得人的事?

老丁这人，从认识他开始，他就不是省油的灯。

老丁确实老，相对于小他十一岁的王小凤而言没有夸张。王小凤认识他那一次，是初中毕业拍毕业照。老丁那时候穿着花衬衣，剃光头，头顶抹了什么油，很亮，王小凤和同学们站在临时搬出的课桌上，看着那颗脑袋像一只足球在操场上滚来滚去。老丁是学校请来拍毕业照的摄影师。他身上背着一个照相机，镜头像炮筒一样伸出一截，尽管这相机从头到尾也没见他使用，拍照都是用三脚架上那罩着黑布的机器。但是，身上斜背的那相机使他威武，使他有了艺术家的生猛。你，坐这里。你，靠左一点。他挥舞着长臂，吆五喝六，别说那几位老师，连校长都乖乖地听他指挥。拍完集体照，老丁在山墙上挂一块红布，给学生拍证件照，用在毕业证书上。轮到王小凤拍照时，她头抬得过高，身子坐得不正，老丁嘀咕了一声，笨，王小凤听见了，王小凤冤得眼泪汪汪，不就是想引起他的注意嘛。拍完毕业照，老丁还不走，继续揽生意。老丁说，三年的初中生活，是将来最珍贵的记忆。人的一生中，中学同学的友谊是最纯洁的友谊，不留下几张纪念照，将来一辈子都要后悔。老丁忽悠了好一会，无奈学生没钱，老丁说，可以拍合影，几个人凑钱拍一张也行。没人响应。王小凤出场了，王小凤说我拍两张，假山前一张，双杠边上一张，这是学校的最南边和最北边，老丁屁颠屁颠地跟着她忙活完，再不敢说那个“笨”字。

王小凤是在怀上孩子后老丁不得不娶的，老丁是山里人，只有姑娘往山外嫁，没有姑娘肯往山里投，前者是糠桶里跳到米桶里，后者是睁眼往火坑里跳。老丁兄弟四个，他排行老四，父母好歹把三间老屋留给了他。土坯屋，茅草屋顶，家徒四壁。老丁值钱的财产就是照相器材。王小凤她爸来过一趟后，心口上流血，人家过日子是芝麻开花节节高，闺女这结了婚是一夜回到解放前。骂也骂了，打也打了，王小凤铁了心要嫁老丁。老丁其实无所谓，他走街串巷照相，吃穿不缺，女人也不缺。但是有个女人肯嫁他，虽然没像歌词里唱的，带着你的妹妹坐着马车来，却是带着肚子里的孩子带着丰厚的嫁妆来。这让老丁在家族中很有面子，一改他留下的二流子印象。但是，二流子终究是二流子，老丁婚后基本不着家，更别指望他养家。没过几年，手机拍照普及，老丁的照相生意不景气，他摇身一变开了广告公司，其实就是印横幅，在墙上刷大字，还是混不下去，从县上去了省城，说在报社做记者。照相机又挂在身上，回家见人就发名片，唬不住别人却唬得住王小凤，他给王小凤看了他的记者证，钢印虽不清楚，细看那名头，几个字也是确凿。老丁说在省城花费大，租房吃喝都贵，剩不了钱带回来，愧对老婆孩子。王小凤不怨恨，但是也不松懈，自己的那几个钱手里攥紧不放。老丁在家更多的时候是瞻望前景，他要在城里买房买车，把老婆女儿变成大城市人。王小凤既不相信，也不挖苦，偶尔会心酸，夸夸其谈的这个家伙就是她选择的男人。老丁最近一次露面是在四年前，说记者没得做了。但这次带回了一笔钱，整十万，不知是他在哪里骗来的，还是报社给的遣散费，一扎百元大票摆在桌面上，让王小凤对他过去的表现有了原谅。过了一个星期，老丁又出发了，说是去伟大首都北京。老丁对王小凤又是一番瞻望前景，首都天地更大，前景更辉煌，赚钱机会更多。其实他用不着多说，王小凤知道，老丁是那种永远待不惯鸟笼的鸟儿，说得好听点，是干大事的人。他带走了三万，后来又说找到工作了，从事一桩保密的投资项目，一本万利，需要钱。老丁说，我年龄到这里了，再不赌一把就永远没机会翻身。王小凤毫不犹豫地把他剩下的七万汇给他。王小凤也想过，他这把年纪，摔一跤，很可能就站不起来了。也好，由着他折腾吧，累了他那不安分的心就不慌张了。说实话，她从来就没想过用他的钱养家，王小凤已经习惯了独立生存。

王小凤母女俩不能靠喝西北风度日，何况老丁父母健在，老丁不孝，她当儿媳的不能撒手不管，得替老丁尽那四分之一的赡养责任。王小凤毕竟是山外的女子，她等到丁兰兰读小学，她开始在镇上中小学门口做文具生意，拉一板车，车上摆着笔纸橡皮，兼带着教辅。但山里学生穷，心思不在读书上，赚不上钱。她心一横，把女儿交给爷爷奶奶照顾，去县城摆摊。卖文具改成卖烧烤，生意有了好转，但她不满足。偶尔听在省城打工的食客说，工地上的工人有钱找不到吃食，揣着钱没地方消费，她的心思又活络，反正在县城也难得回家，不如直接去省城，树挪死，人挪活，做生意也得挪动才有商机。王小凤敢想敢做，真的把烧烤摊挪到了省城的开发区工地。王小凤有时候也有宿命感，从镇上到县城，从县城到省城，她是追着老丁的脚步越走越远，那天老丁让她到北京会合，她也不敢全信老丁的蛊惑，但总觉得是命，老天安排好的。其实，她不知道，这都是老丁在她脑子里多年灌输的效果，潜移默化，她早被老丁一次又一次洗脑。用丁兰兰奶奶的话说，一张床上不睡两样的人。

老丁的电话打不通，雨还在下，王小凤按张一平的电话。

如今这世道，外面有个人已不算个事，电视上的人这样演，身边的人这样做，见惯不怪。打开眼界，男人女人都梦想有一场轰轰烈烈的爱情，觉得这一课拉下了，赶紧补上。王小凤不在此列，王小凤年轻时与老丁的婚姻已经够叛逆，已经够爱情。王小凤是一个燃烧过的煤球，早冷下来了。她选择和张一平在一起，是找一个依靠，心理和生理，生活和生意，都需要一个看得见摸得着的男人。她没打算和张一平有什么未来，未来总是需要想象力，老丁让她一次次失望，却能让她再一次憧憬，这不是一般男人拥有的魅力。张一平有张一平的好，和张一平处久了，她心里踏实，遇事有他商量，难事有他帮衬。张一平的电话也打不通，不是忙音，是关机。按心照不宣的规则，回老家俩人是不该联系的，可是王小凤实在忙不过来了，光顾了出门讨钱，家里的年货没有备下。好在年底，各种庙会大集一个连一个，那天约张一平去大王庙赶集，就是想借用他的车，把年货一下子采办了。

张一平车坏了，手机关机了，王小凤觉得，这人平时像个男人，骨子里还是怕老婆。可是，吓得把手机关了，这也怕得过度了。

王小凤想找个人说话，她按下女儿的电话号码，居然也是关机。她这阵子忙，女儿还是住爷爷奶奶那里，才见面一两次。为什么这样，这是老天故意欺负她，三千六百元泡汤，遭遇这场半途上的大雨，又遭遇三个电话关机，王小凤的怒火实在忍无可忍。

山路遇雨，变成了泥塘，王小凤骑一截就得下来抠出轮胎罩壳里的泥巴。若是自行车，干脆扛肩上。这笨家伙，她拿它有什么办法。等回到空荡荡的家，碗空灶冷，王小凤饥寒交迫，眼泪哗一下倾情而出。

这一夜，王小凤拨出了一百一十一个电话，都是由同一个女声接听。其中一百零九个是打给张一平，手机没电了，她才罢休。

七

按惯例，腊月二十八工头得请客。请谁呢，请手下的工人。这年头，有工头炒工人的鱿鱼，也有工人反过来把工头炒了。明年还干不干，就看今天这顿酒来不来喝。天麻麻亮，张一平跟沈小青说，要不，今天咱不请客了，我打电话通知他们别来了。沈小青一骨碌下床，穿衣，套鞋，说，没有不请客的道理呀。

昨天张红英去爷爷家了，这两天张一平和沈小青一直暗中观察女儿，提心吊胆，看女儿的脸色，关心她的一举一动，还好，这孩子可能神经大条，也可能她是真没做亏心事。她说想去爷爷奶奶家住，沈小青与张一平交换了一下眼色，同意了。明天家里客人多，顾不上她。

反正离家这么近，就住一宿。沈小青说，最迟明天吃过晚饭回家。

沈小青准备这顿晚宴，已经有几天了。沈小青一年三百六十五天，露脸的日子就这一天，工人们嘴甜的喊她老板娘，套近乎的喊她师娘，齐齐地夸她做的菜好吃，端上最后一道菜，喝醉的装醉的都闹着敬她的酒，沈小青酒量大，来者不拒。歌词上唱的，今儿个高兴。就算那三百六十四天，她沈小青都受了那狐狸精的欺负，但今天这一天张一平只属于她一人，大家在台面上只认她沈小青，有这一天垫底，她才能对付那些漫无边际的孤单。

沈小青两天前就到山上挖来冬笋，冬笋还没冒出地面，是胚芽那时候的嫩，挖了整整一筐，看上去很多，剥出来笋肉也就一两盘。沈小青第一件事是剥笋衣，剥早了笋肉口感会老，剥迟了来不及浸水口感会涩。腊肉蒸冬笋，是沈小青的拿手菜。她第二件事是做肉圆和煎蛋饺，肉都备下了，昨天沈小青磨了豆子，做了新鲜豆腐。山区的肉圆子不都是肉，还得掺杂豆腐，蛋饺里除了鸡蛋，也得加进豆腐。为了保存时间长一点，做完后另加一道工序，用菜籽油炸一遍。张一平睡不着，也起床进了厨房，想插手又插不上。沈小青说，我习惯了一个人干活，先做什么，后做什么，都是算好了时间段，旁人帮一手，却是给我添乱。张一平看她有条不紊的样子，不是假话。沈小青又说，你是做惯了老板的，活儿分到人头你就甩手了。在家，你也继续当你那老板吧。这话有调侃的意思，沈小青平时不开玩笑，她今天突然幽默了，张一平一下子难适应。

大清早，院门外传来了喇叭声，惹得张家的狗也不高兴，叫个不停。来得这么早，估计是张一平手下某个乖巧的小伙子，来帮厨的，现在在城里面闯江湖的年轻人，都学会了献殷勤。这也太早了吧，张一平嘀咕了一声，去开前院门。想不到，人骑着电动车进来了，停住，下来一个女人。沈小青从窗子里看去，是一个愤怒的女人。

你为什么不接我的电话?

你疯了。张一平压低了声音，但在这宁静的早晨，沈小青能听得清楚。

你为什么关机?为什么躲着我?

你疯了，你这女疯子。张一平厉声斥责。

女人拿起手中的拎包，砸向张一平。那包大得像个蒲包，上面有一些闪亮的金属佩件。女人追，张一平跑。沈小青家的前院大，有镇中的篮球场大，女的追，男的跑，像是在演恋爱的电影。沈小青明白这女人是谁了，这就是传说中的那个狐狸精。她是来找奸夫，还是来找奸夫要她的女儿?都不行，沈小青都不能答应。沈小青停了手上的活，手上沾着豆腐和猪肉的碎屑，她认真清洗了一遍，脑子也捋顺了。这是我的男人，在我家的院子里，要打要骂轮不到她。打上门来，打的其实是沈小青的脸，太欺负人。沈小青打开柴房门，发动面包车，踩一脚油门，车便吼叫着冲到了院子里。张一平意识到了危险，朝院门外跑。来不及了，面包车准确地将王小凤从背后撞出去七八米，驾驶门打开，沈小青提着一柄大锤，朝地上的人一下接一下抡了十几下。

你疯了。张一平吓傻了，还是重复这三个字。

我没疯。沈小青说，把院门关上，锁上。

沈小青将大锤扔下，拽住那女人的脚，拖到面包车后面，打开后厢门，弯腰，把她抱进了后厢。车开回柴房，过了一会儿，她又走回来，扶着把手，把那辆摩托车推进了柴房。前院空荡荡的，石块，泥块，稀疏的残草，鸟在天空飞过，风将坡上的树枝一摇三摆，好像什么都没有发生过。只有阳光灿烂，没有月黑风高，没有凶神恶煞。这和张一平记忆中留下的影视命案场景风马牛不相及。张一平得做点什么，他不能让沈小青看笑话，他是男人。他拎起地上的大锤，黑色的金属锤和土黄色的木柄上都有些红红白白的斑点。他敲碎一块冻土，手掌里握满泥巴，一遍又一遍涂抹大锤，像是给脏孩子的身体涂抹肥皂。抹完，他又拎来一把铁锄，将那块地面翻了一遍，踩实。看不出什么痕迹了，他忘了没有洗手，抹了一把脸，脸变成了花脸，他的脸上不是汗水，是泪水。他走到水池边，池子接的是山上的细泉，用一根贯通的竹筒衔接下来，涓涓细流，池面满满的，像一面镜子，张一平不想看自己的脸，伸手将那面镜子戳碎。

张一平回到厨房的时候，沈小青已经在捏肉圆，案板上摆着一只脸盆，她右手卷着袖管，握拳将肉末和豆腐搅拌在一起。沈小青说，她这是自己找死，找你，找丁兰兰，都是找死。

张一平说，她只是找我。

沈小青冷笑一声，说，那也该死。一个有老公的人，占了我的男人，还要打上我的山门，天下哪有这样的道理？

沉默了一会儿，沈小青说，不过，张一平，我还得谢谢你。我刚才细看了，她的衣服从里到外没有一件与我是同一个牌子，同一款样式，同一种颜色。她戴的项链也与我不是同一家金店的牌子。她是金大洋的，我是老福贵。我不想有一样东西和这个婊子一样。每次你给我买东西，我都疑心她有一份同样的，浑身上下不舒服。

张一平不能说什么。

沈小青说，你心疼了？也难怪。奸夫淫妇日久了生情，也行，这会儿没人来，你去陪她说说话。一会儿你那些工友来了，你就只能陪他们了。我想好了，今晚人走完，我们就送她到山腔子河，也算让她母女团圆。

这个女人，张一平真是没看出来原来如此厉害。想想她的安排，也没有别的选择。沈小青曾经跟他说过，一块布料摆在她面前，她看一眼，就知道是做上衣还是做裤子，就算计好了每一寸布的位置，即使剩一点点边角料，那肯定也能做个鞋面或者做个香包。每个裁缝的脑子内都藏着一台计算机。

沈小青说话的时候，将右手抽出了脸盆，她的手指上爬上了红红白白的碎屑，张一平只看了一眼，立即从厨房逃了出去。

对农民工来说，在家的日子是一年中难得的惬意日子，睡懒觉可以睡到太阳晒屁股，早饭午饭合成一顿，太阳没爬到头顶，七个人都在张家聚齐了。平时寂静的屋子顿时热闹起来。别看张老板是小工头，带的是支小水电队，麻雀虽小，五脏俱全，连他在内八个人分成两小队，电工队和水工队，设小队长，工人也分取料工、安装工、调试工，材料员和会计重要，当然是工头张一平兼任。分工其实是个说法，干活时谁都不分彼此。张一平说，将来队伍大了，你们就是各自工种的队长。人一个不少，说明大家觉得跟着张老板有奔头，或者说张老板待大伙不薄。沈小青在堂屋架了火塘，在一大一小两张桌子之间，小桌子是从厨房搬来的，离晚餐时间还早，光嘴上吹牛手闲得慌，当然得打牌，这不，刚接了年薪，该交的交了，手里多少留点私房钱。牌桌都上不了的男人，让人疑心这一年在城里没挣上钱，打脸。输赢不大，比工棚里大一点，平时袋里揣的那点钱是发的生活费，不敢大。但与那些嗜赌的赌徒相比，就算不上赌了，这几位不是养家带口，就是要储钱娶老婆，能承受得起的就是输几包烟钱。和张老板坐一桌的人交了财运，张一平不是忘了出牌，就是出错牌，正应了这种三打一的叫法，斗地主，张一平钱夹里的纸币很快被分了“浮财”，输得惨，他回卧室取了两次钱。三位心里都明白，平时张老板打牌可精明了，今天他是装糊涂。他是东家，这顿饭他请得开心，也得让大家玩得开心吃得开心，他输钱是故意的，今天在这桌子上要是赢不到钱，那你就永远别上牌桌要钱了。

今年与往年不同，老板娘与老板同时上桌喝酒。菜都早做好了，卧在大灶蒸笼里保温。菜多，方桌摆不下，撤一个添一个，没有炒菜，沈小青说，等过了大年，你们肚子里油水厚了，再讲究吃蔬菜雅菜。水工陈是张一平的徒弟，说，师娘实在，这冬天的蔬菜，都是大棚里的货，化肥农药喂出来的，少吃为妙。酒是本地大曲，红薯高粱酿制，比化学酒厚道，沈小青搬出来一箱。老规矩，张一平先敬大家三杯，扫完，沈小青站起来，说也要敬大家三杯，女人一旦捉酒杯，那肯定不是小量，难得老板娘今天豪爽，都干了。接下来，该轮到大家敬老板的酒，张一平酒量大，挨个儿往后喝。沈小青在一边着急，说慢点慢点，给他夹菜垫底。张一平缓一缓，吃了一只肉圆，突然扭过身子，将肚子里的酒菜吐了一地。大伙都说，老板喝慌了。沈小青扶他进卧室，让他躺一会，又从灶腔里扒出柴灰，将那些秽物盖了。沈小青坐回凳子，说，没事，他是今天把私房钱输光了，心疼那钱呢，咱们继续喝。当然是说笑，当老板的有谁会在乎这点输赢？况且是输给了手下的工人。沈小青代张一平将后续的敬酒一一受了，又单独回敬了各位。

酒多话就多，水工陈说了一个段子，说隔壁工地上电工王老板父子刚到家，两张嫖娼的罚款单子就追上门，各自五千。儿子是做工头，老爷子是替工地看仓库，王家老娘心疼钱，骂完了儿子骂老子，当爹的不服气，说，这钱要看花得值不值，同样的钱，儿子进去了几分钟就出来了，我呢，坚持了半个钟头。要说浪费，最浪费的是你儿子。

电工队长不高兴了，说，不兴这样埋汰我们电工，你小子也不是省油的灯，代销店那姑娘手上的玉镯子，我前一天看你塞在枕头下，咋第二天就到她腕子上了？

水工陈脸红耳赤，反击道，那你呢你呢。

闹归闹，哥俩碰个杯，一杯酒喝下就言和了。沈小青喝了酒，脸色红扑扑，抹了胭脂一般，看他们笑闹，催他们别光顾喝酒，多吃菜。沈小青说，我这做菜手艺不咋，莫非还真比不上野摊子上的烧烤？

水工陈说，强多了。

电工队长说，强一百倍。

沈小青说，那就多吃点我烧的菜。

几位互相看一眼，说，吃，太好吃了，今天我们敞开肚皮吃。

八

丁兰兰这几天必须“潜水”，不露面，张红英要检验一下她父母是不是真的最爱她，丁兰兰也想试一试王小凤什么时候才能发现丢了女儿。丁兰兰有地方去，丁兰兰的男友邓品质是初三学生，家在乡中所在的镇上。邓品质父亲在南方做生意，那边有家有儿女。他母亲不甘示弱，去了省城，据说也有了男人有了小孩。邓品质常常吐一口烟，深沉地说，一个奸夫，一个淫妇，还跟他俩合作生产的儿子谈“品质”，荒唐不荒唐？惹得大家一通狂笑。邓品质独自住一幢两层小楼，平时是他那帮人的据点。邓品质的手下基本上也是乡中的学生，考高中的希望太小，再说这年头，考上高中考上大学也未必能过上好日子，大部分学生就是混日子等毕业证书，向家长交差。过年了，那帮人作鸟兽散，邓品质的父母不会回来，就是回来，也从不在他们的老巢停留，大儿子让他们头大。邓品质那里吃住不愁，是丁兰兰藏身的首选。

邓品质打开院子门，眼睛还盯在手机屏上，抬头一看是丁兰兰，高兴地大喊，老婆，你来了。看样子是真的孤单了，丁兰兰任他搂住，别过嘴巴，说，老公，我陪你过年来了。

现在谈恋爱的孩子都喜欢称“老公”“老婆”，这风气也蔓延到了山区。世界变化太快，人心慌张，大人急着挣钱，谈恋爱的小年轻急着把不能做的提前做下，把不该喊的提前喊下。

邓品质名声不好，喝酒抽烟，旷课打架，敲诈勒索低年级学生，可以说无恶不作。班主任管不了他，校长懒得管他，反正一个学期混到头，这混世魔王与乡中就拜拜了。讲良心话，邓品质与丁兰兰谈朋友这事，邓品质倒没有使什么手段，丁兰兰看上去就一个普通女生，说俊不俊，说丑不丑，邓品质这样的大佬眼睛里没她。倒是丁兰兰主动贴上去的，人大了时兴傍大款，丁兰兰人小，想在校内外不遭人欺负，她选择傍大佬。

乡中小虽小，但池浅王八多。校园内的混混队伍不止邓品质这一支，出了校门，不同的路段有不同的人收“保护费”，到了星期五放学，丁兰兰回家的路上有三处设了卡，每处交两元就是六元，不是万不得已，丁兰兰一般不回家，反正那当爸当妈的都不在家，只有想外公外婆爷爷奶奶，想他们的零钱和吃食时，她才不得不就范。有时候钱实在用完了，搜也搜不出一个硬币，小喽啰把她带到大佬前，大佬伸手探进衣服摸几把胸，也免费放行。有一回，与她同行的一位女生被拦了，小喽啰挨了大佬的巴掌，大佬给那女生赔礼，千万别告诉邓老大，这小子不知道你是邓老大的人。丁兰兰沾光，也没人敢搜她身上的钱。丁兰兰明白了，只要加入邓品质的队伍，就可以免费放行，女生笑了，你一个小女生，能耍狠还是能打架？我是邓品质的女人。丁兰兰那时就有了一个梦想，做邓品质的女人。天遂人愿，不久，那女生转学到县城去了，丁兰兰有了梦想成真的机会。

其实很简单，丁兰兰走进邓品质的楼里，说，我要做你的女人。邓品质一愣，他的喽啰们起哄，收了她，老大收了她。邓品质说，这可是你自己说的，在场的人作证。丁兰兰朝他认真地点点头。那一夜她就住在那楼里，邓品质并不像传说中的凶恶，有时可以称得上温柔。丁兰兰的态度很端正，邓品质像一位耐心的老师，她像一个听话的学生，让她用手她就用手，让她用嘴她就用嘴。丁兰兰知道邓品质身边肯定不止她一个女生，她的容貌打不上高分，但她可以靠学习态度加分。那以后，邓品质还真的收了她。

邓品质的电饭锅里剩饭已经长霉，菜橱里空空如也，桌上是一箱方便面，零散摆着的，有的泡碗里还有残汁，有的撕开了面块被啃了一只角，明显懒得烧开水泡，干啃。邓品质钻进被窝，脑子沉浸在他手机的游戏里，嘴上召唤她，上来，上来呀被窝里暖和。

成了光棍司令的邓品质忽然让丁兰兰觉得可怜，平时再牛皮哄哄，现在也是爹不亲娘不疼的弃儿，丁兰兰想到自己的处境，同病相怜。她轻声说，老公，别急，我先出去买些吃的。

俩人除了吃喝做爱，就是捏着手机玩游戏，几乎分不清白天黑夜。这天邓品质在床头起身拉开窗帘，问兰兰今天是什么日子，兰兰想了想说，该是腊月二十八。邓品质说，那对狗男女，是把老子彻底忘了。

丁兰兰知道他骂的是他爸妈，嘴上骂，心里是盼。丁兰兰说，还没到大年三十，说不定呢。我们来求笔仙吧。

这是外地学校传到乡中的游戏，据说很神奇，有的同学考试或者遇到难事都会向笔仙求问。丁兰兰找出一支木制绿色铅笔和一张干净的白纸，将白纸横放，在纸的正上方中间位置，用铅笔横着写上“唐、宋、元、明、清”五个字，然后在纸张的上半部分左侧竖着写上“是、否”，在纸张上半部分右侧竖着写上“男、女”，再将纸张的下半部分分为上下两部分，上部分按普通书写顺序写上阿拉伯数字，在下部分按普通书写顺序写上二十六个大写字母，用来代表拼音。邓品质耐心地看着，难得他有这样的好脾气。这是两个人的游戏，丁兰兰说，开始。两人双手交叉，把笔夹在两手间，将笔立在纸上，两只手自然悬空，将手肘胳膊离开桌面，丁兰兰口中念念有词：前世，前世，我是你的今生，若要与我续缘，请在纸上画圈。兰兰不停地念，铅笔终于动了，她激动地问，笔仙，您来了吗？没有声音回答，那铅笔居然划向“是”。兰兰问：邓品质的爸爸会回老家吗？铅笔这一次划向“3”、“0”和“h”，这不就是除夕夜回吗，邓品质放开笔，转身亲了一口丁兰兰。丁兰兰说，我还没问你妈妈回不回来呢，邓品质说，有一个肯回来我就满足了。丁兰兰按规矩将那纸烧了，抬头看邓品质，他那眼神清亮如初一小男生。毕竟是小孩子过家家，俩人好的时候好，翻脸的时候说翻脸就翻脸。傍晚时分，丁兰兰躺在床头打游戏，邓品质把脑袋挨了过来，丁兰兰知道他又要做那事，但避孕套已经用完了，丁兰兰说，你今天已经做三回了。邓品质说，狮子一天要做三百回，不诓你，电视上有解说词。丁兰兰说，胡诌。邓品质上下其手，一会儿就把她剥光了，丁兰兰知道挡不住他，任他折腾，她双手擎着手机，仰面继续玩游戏。想不到邓品质突然停了，摘了她手机，揍她一耳光。邓品质说，连你也不把老子当回事，应付我。

完了事，邓品质说，滚，老子不想看到你。

这纯粹是生事，是拿她撒气，倘若年三十他老爸不回来，这人渣还不知道会做出什么事。丁兰兰嘀咕一声“滚就滚”，出门投奔张红英。等她骑到张家，天也已经黑了。她可以翻窗户进红英房间，以前她们曾多次里应外合。

月色如霜，霜如月光，铺洒在张家院子里。兰兰进来时狗朝她摇摇尾巴，看来狗的心情今天也不错。张家堂屋里亮着灯光，有人在大声说话，红英的房间里也亮着灯光，丁兰兰侧身贴到柴房栅栏下，她想从这里迂回到红英窗下。她闻到了一股隐隐的香烛味，山里人焚香只有祭祀死者时才用，她从栅栏空豁处看一眼，两支香烛星火闪烁。她听红英说过，这柴房已经是她家的车库，朝里看，果然有面包车的轮廓。丁兰兰有些害怕，想赶快离开，却有低沉的哭声袭入耳门。她循声看去，一个男人正跪在地上哭泣，看身影像是她和红英常提到的那位“奸夫”，她忍不住惊叫了一声。她没来得及捂住嘴，就有一双手捂住她的嘴，把她拖进了柴房。

沈小青把她拖进柴房，一双手不敢松开。张一平抬起头，惊讶地看着这俩人不知所措。眼看丁兰兰就要挣脱沈小青胳膊的钳制，张一平突然一跃而起，扑上去狠狠卡住了丁兰兰的脖子，他摇晃着丁兰兰的身体，像是摇晃一个木偶人，歇斯底里喝道，你，你究竟是人还是鬼？

丁兰兰双手挣扎向前，够不着张一平，任凭张一平摇动。

张一平说，告诉我，你究竟是人还是鬼？

月色中，沈小青发现丁兰兰穿的红色皮夹克，红英有一件同样的。

张一平说，告诉我，你究竟是人还是鬼？

丁兰兰腰上系的五星金属皮带，红英也有。

张一平还在说，告诉我，你究竟是人还是鬼？

丁兰兰踢荡着腿，脚上剩下的一只皮鞋，那款式沈小青也熟悉。

张红英冲进柴房时，张一平还在晃动丁兰兰，她没有顾得上看一眼面包车，大喊：爸，妈，她是丁兰兰呀，她就是丁兰兰。

张一平和沈小青撒了手，丁兰兰像一堆烂泥倒在一边。

女儿的叫喊把这俩人惊醒，柴房突然幽静了。

张一平站在那里，说，红英，老爸爱你。

沈小青说，宝贝，老爸老妈都爱你。

这肉麻的话只有电视剧里的人才说，红英觉得，这两个人说这种话显得不真实，像院子里的月光一样恍惚。

《花城》2018 年第 2 期

情怀

一、

马天成进明城中学报到后不久，就遇上教师节。老教师们过节过得麻木了，现在过节不发钱不发物，还被占去半天时间开会，兴致当然不高，不过刚分配来的新教师还是期待的，期待的不是节日福利，数学组四位新人报到时被塞在办公室角落里，就像一锅名叫乱炖的东北菜，乱纷纷，教师节有个“师徒结对”的项目，一个萝卜一个坑，每个新人都有指定的师傅，马天成希望早日拜山门，最好拜上一位不冷不凶的好脾气师傅。师傅们那天在主席台上站成一排，接受徒弟们的鲜花和鞠躬，鲜花是塑料的，用了至少十几年了，临时用水洗了一下，远处看还能对付过去。师傅们幸福地微笑着，他们知道鲜花属于学校总务处，他们要的是红封面的荣誉证书，评高级评特级时材料袋里缺了这项不行。新教师们依序排好队上台，马天成面前站的是史竹英，马天成心里一沉，史老师跟他妈差不多年纪，20 世纪 80 年代初的师范本科生，三十多年教龄却没混出名堂，不是特级，不是学科带头人。做谁的学生很重要，马天成吃过苦头，而且哑巴吃黄连有苦不能说。马天成读研时的导师名气不大，同样的硕士学历，大教授的弟子可以接下去读博，即使选择就业也可以挑挑拣拣，马天成找一份中学老师的职业也费了九牛二虎之力。明城中学是这所城市的名校，进人的门槛高，非硕士博士学位不收材料。数学组进的四个人是从五十几个竞争者中挑选上岗，另外三位女生有两位是博士，一位硕士，但硕士女生长得好看，据说不光好看还被市领导夫人看好，打算将来做儿媳妇。马天成沾光就沾在他是男生，这所学校女教师比例太高，占了五分之四，办公室连个干点力气活的男教师都难找，校长们意识到，招聘时该优先考虑男生了。马天成一米八五的身高，喜欢健身，外形不错。关键是马天成使用洋礼节，见了男人撞个肩，见了女人来个拥抱。男人不习惯，女人也未必习惯，但享受。年轻女人经这一抱，免不了恍惚，年纪大些的女人，被这阳光男孩一拥，就仿佛是拥着一个幻觉中健硕的儿子，踏实可靠。每次遇上女性面试时，马天成这一招攻无不克。

当别的新教师都退后一步鞠躬时，马天成却绅士一般朝师傅张开了双臂，他自信他的两臂之间有一个巨大的磁场，有着抵御不了的引力。但是他的师傅偏偏是个例外，她手中抱着塑料花，脸色如塑料制品一样僵硬，嘴角下撇，藏着一丝看不出的讥笑。毛病，这两个字是师傅送给徒弟的首次见面礼。幸亏场面喧哗，没有人注意到这一幕。

吃了这一堑，马天成没长一智，蒙了，但长了记性，在校园里再也不敢像猩猩一样展示那两条长胳膊。他的老板，不，应该称师傅，尽管在大学里习惯了称导师为老板，但马天成本能地认为史竹英不喜欢这样喊她。师傅史竹英不仅是他的学科师傅，同时还是他的班主任师傅，马天成真信了祸不单行这个成语。进明城中学前有熟悉的前辈叮嘱过他，这种名校的水很深。所谓水深，就是说学生和老师背景复杂。明中学生分为两类，一类是挑选进来的优生，另一类是条子生，家长非富即贵。中学老师本来是个清贫的饭碗，即使是重点中学，除了校长，孩子王也变不成山大王。但是明中女教师多，有权和有钱的人有一个共识，找个女教师做媳妇是不错的选择，自己错过了，找个做儿媳妇也不错。试想，女教师受过高等教育，知书达礼，对下一代的教育省了心，而且有寒暑假，至少可以抵个钟点工用。这些想法今天看来很朴素，甚至可笑，但确实有不少女教师嫁入了豪门。这从车库泊的小车可以看出些眉目，马天成有一次误入地下车库，眼界大开，见识了宝马奔驰之外诸多小车品牌。明中的女教师有知识更有志气，显然，她们没有沦为婆家的钟点工。师傅史竹英穿着打扮很普通，马天成觉得她跟自己在厂里打工的老妈没有两样，缺少时尚意识。但是师傅又与众不同，在办公室寡言少语，看同事的眼神高高在上，校长主任跟她说话都仔细挑词哄着她。马天成摸不清师傅水深水浅。师傅头一回跟他聊天，不像聊天，倒像查户口，马天成的父母原来是小县城国营厂工人，下岗后在私人企业谋生，条件一般，马天成如实禀报，师傅沉吟了一下说，你父母不易，能供你读完研究生已经对得起你了。但你上班后要打算的第一件事是，买房。那时明城的房价已开始翻跟斗，马天成想都不敢想。师傅说，想办法凑齐首付，缺个角儿我先替你补上。别人的师傅都教上课，马天成的师傅教他买房，师命不可违，马天成把这意思跟父母一讲，父母东凑西借凑齐了数字，帮马天成交了第一次作业。房子到手，房价就飚了几成，师傅的教学比专家倡导的“有效教学”有效多了，这是后话。按规矩，第一学期师徒互相听课，徒弟听师傅一节课自己上一节课，照葫芦画瓢，马天成自以为天资聪颖没问题，但师傅还是罚了他。瓢没画错，圆没画圆。师傅说，徒手在黑板上画圆制图是数学老师的基本功，练成了才能上讲台。

这一天放学后，马天成就在人去室空的底层教室用粉笔苦练画圆基本功。马天成知道达·芬奇画蛋的故事，可达·芬奇是达·芬奇，马天成是马天成，达·芬奇一不小心画成了大师，而马天成画一万遍也就一数学教师，只是师命不可违，马天成畏惧师傅那冷漠的眼神。

画圈这活儿不像歌里唱得那般轻松，其实是个体力活，马天成的右臂成了独腿圆轨，在黑板上画了擦，擦了画，胳膊毕竟是肉长的，一会儿就又酸又麻。手机及时地响了，是他的舍友张志勇。张志勇是学校保卫处的干事，与马天成同龄，但人家高中毕业就上班了，工龄长资历深，比马天成牛多了。张志勇说，老马，你十一点钟方向，假山山洞有情况，疑似有小偷进去了，你赶紧去洞口守着，我马上赶到。

张志勇的岗位在监控室。明城中学的校园装了几十处摄像头，说是为了防盗防偷，其实真正发挥的作用是取证学生违纪。嘴皮子再犟的学生，给他放一段录像，马上就乖了蔫了，少费很多口舌。张志勇感兴趣的是偷窥男生女生躲在角落里亲嘴，当然，最让他兴奋的莫过于男教师和女教师的偷情，尤其是某某校长主任之类。熄灯后俩光棍男人免不了要扯一番女人，张志勇见多识广，马天成每每敬称他为“大师”，第二天一早甘心情愿为他打水带饭。

假山就在教室的后面，马天成拿了一把三角板做武器站在洞口外面，仰头能看见墙角上装的摄像头。正是晚餐时间，平时热闹的校园冷清得有些古怪，马天成朝镜头挥舞着三角板，召唤张志勇赶快来，摄像头悄无声息，假山洞内倒有了响动。马天成知道，这洞进出就一个洞口，他壮着胆朝洞口喊，有人吗？有人给我出来。

真有人出来了。映入马天成眼帘的是一个女性的胸脯，或者说是一个摇摇欲坠的胸罩，它耷拉着，又遮盖着，想掉下又不肯掉下，让马天成傻了眼。马天成见识过女人不同的胸罩，有几次也亲手探求过不同的解法，如同解那些充满想象力的立体几何题。但是这道题悬疑，这人没有脸，应该说脸被掀起的上衣遮盖了，这个蒙脸人朝马天成点点头，又朝摄像头点点头，高昂着胸脯而去，居然没有磕着碰着。但马天成还是醒悟了，这人罩着脸的上衣是校服，裤子也是校服，这是学生，女生。像要证实他的判断，洞口旋出一股风，撞了他一个趔趄，又磕了一下树干，冲出去一个人。也是用校服蒙着头，但从组合的排骨可以判定，这是个男生。

马天成知道遭了张志勇这小子戏弄，恨恨地朝镜头挥了挥三角板，他希望镜头后这家伙开心地朝椅背仰下去，一下子摔断他的腰。

马天成连着几次梦回了这个场景，梦见那胸罩掉下来了，梦见掀开了那遮脸的校服，就是看不清那张脸。马天成深以为耻，一个人民教师，一日为师终身为父，怎么能做这样的梦？这次可让张志勇害惨了。张志勇说，你小子得了便宜卖乖，这算什么？你想想，我什么风月没见识过，校长首先是人，教师首先是人，你马天成首先是男人，你不就做了个梦吗？

鸡跟鸭讲，没法子跟他讲清这个理。马天成不知道她是谁，她却一定知道他是谁。

二

校长提到那个女人的名字时，脸颊上不由自主地堆了谄媚的笑容，似乎是像纳粹分子提到希特勒时一样条件反射，在史竹英眼中，这跟那种举着手机通话时表情夸张的人一样可笑。校长意识到史老师嘴角的讥讽时，想收敛面部肌肉，还是慢了一拍。

史竹英认识这个女人。如果说校服扼杀了富家子弟们校园内炫富的机会，让他们最多能在鞋子的品牌上做做文章，那么家长会就成了家长们展示的舞台。座驾都拦在校门外，进了校能比拼的就是手上拎包、身上服饰之类。男主外，女主内，孩子的事分工属于内务，来的多是女家长，百花齐放，各显异彩，当然，走进教室后最吸眼球的还是讲台上最朴素的那个人，班主任。史竹英年轻时候还注意这样的日子稍事打扮，现在懒得上心了，整洁大方就行，何必跟家长们讲究这个。倒是家长们颠倒了本末，来开家长会讲究的是孩子的成绩，要不，把家长会总安排在考试后做什么？史竹英常常怀疑，把孩子千方百计弄进名校，有些家长并不是为了孩子的学习，而是为了自己的面子。

女人推开教室门时，已经迟到了。倘若别的家长，会迟疑地朝老师笑一笑，以示歉意，或者慌张地猫下腰，径直找个座坐了。她倒别致，站在门口举手掩了一下头发，居高临下扫了一眼家长，并不急着进来。她不像是来开家长会的，倒像是来走T台。要命的是教室里坐着的家长站起来好几位，巴结地招呼她。史竹英心里冷笑了一下，这位看来不是官太太就是老总夫人，而且是任何时候都不忘记招摇的那类货色。女人不慌不忙地坐下，是坐在殷切的座位上。为了方便老师与家长对上号，座位上贴着学生姓名，家长的座位就是孩子的座位，史竹英从讲台上看下去，往往有穿越感，有些学生和家长太相像了，只是时光前推或后移了若干年。这么说这位女人就是殷市长的夫人，殷切的母亲了。

有其母必有其女，殷切性格中不安分的基因无疑是遗传于母亲。不过，孩子的表现欲属阳光活泼，老师是欣赏加喜欢，成人爱显摆，尤其是领导夫人好出风头，在史竹英看来并不是件好事，迟早够那位殷市长喝一壶的。

家长会后，免不了有一堆家长纠缠，这年头家长里不乏心理焦虑症患者，升学的压力让不少家长抓狂，老师不但要预防学生心理出问题，还得做好家长倾诉的垃圾箱。史竹英耐心好，总是微笑着颔首听。反正她孩子大了，家务也用不着她动手，年轻教师就惨了，脸上挂着笑，心里慌得像猫抓挠。殷夫人没有来打扰史竹英，史竹英也不觉得这位市长夫人需要高看一眼。等到家长散尽，窗外已灯火万家，她喝口水，整理办公桌，这才发现办公桌下摆着礼盒，是明城品牌床上用品四件套，是她老公公司下某企业的产品，送礼的家长显然不知道史老师的底细。史竹英想不起来是哪位家长送的，大概是趁她谈话时悄悄放下了。不急，一会儿家长会来电话或短信，没人愿意匿名给老师送礼。果然，还没走出办公室，电话响了一声，是短信，夜色中手机彩屏尤其耀眼。

史老师好，我让驾驶员放了一点东西在您办公桌下，请收下。殷切妈妈。

家长在开家长会时顺手带点小礼品，史竹英有时也不推辞，比如端午节带盒粽子中秋节送盒月饼，硬是推开有的家长会抹不开面子。但是这官太太的礼品不能收，收下了就让她小瞧史竹英，或者说小瞧了明城中学的老师，下次开家长会只怕眼睛要长到额角上。她在别处可以张狂，在史竹英的教室不可以。

谢谢家长抬举，教师不可以收礼。并且，这用品我家中确实很多，请一定抽空取走。

史老师不必客气，这是殷市长和我的心意，请笑纳。

史竹英就真的不客气了，食指下滑出一行字：

请一定取走。这四件套我家有，系我家私企的产品。而且，市长这称号我家也有过，在若干年前。

手机沉默了。史竹英知道，这会儿殷夫人肯定也沉默了，她该明白了，明城中学的老师并非是等闲之辈，小恩小惠还真不放在眼里。打听打听去，你女儿的班主任就是老市长的女儿，明城明星企业家的老婆。那礼品殷夫人一直没派人来取，放着碍手碍脚，最后，史竹英替她捐给了边疆的贫困学生。

校长不知道史竹英和殷夫人有过这一出。校长与史竹英谈话，是用了正式的地点与方式，地点是选择在会议室，偌大的腰子型会议桌，桌上依次摆着青花瓷的茶杯和弯腰的话筒，校长坐在腰子的蒂部，那应该是象征他权力与地位的位置，边上侧身坐着校长办秘书，他打开笔记本电脑，随时准备输入。校长说，孩子上到高二快结束，殷市长终于联系我们了。校长话音一转，说，但殷夫人第一次给我们打电话，是批评我们对孩子的教育没到位。

史竹英差点憋不住笑出声来，她想到学生时代的语文课文《阿Q正传》，阿Q说赵太爷跟他说话了，别人问说了什么，阿Q答：赵太爷说“滚”。史竹英当然不会把这个联想说出来，校长是老同学，可秘书在一本正经地记录，说不定这谈话记录得向上交差，校长交局长，局长交分管副市长，最终到达那位殷夫人眼前，史老师得给校长多少留点面子。

史竹英问：是市长还是市长夫人？是市长家那一个孩子，还是指全班的同学？

校长不接她的话。史竹英这样的老师，谁当她的校长都头痛。说起来他俩是大学同年级同班同学，可史竹英是来自城市的高干子弟，校长当时是来自山区的角落，四年中俩人讲的话加在一起也不超过四句，现在却偏偏到了同一单位。史竹英是直接分到明城中学，校长是外校调入，不断进步终成校长。史竹英命好，老爹是老市长，老公是上市公司老总，按说回家让人哄着陪着享福多美，可人家不，她偏要来学校哄着陪着学生，说与孩子在一起快乐。问题是当校长的遇上她就不快乐了。教师这个群体说起来是知识分子，生活中首先是忙于生计的劳碌者，有升学率压着，有条条框框的规章制度管制，培训、考核加上一级级的爬不完的职称阶梯，一环套一环，校长管理几百号教师并不比小时候放几十头山羊烦心。史竹英这样的老师是刺头，她无所求，不要荣誉称号，甚至连职称都懒得报评，不肯进步，校园内的乌纱帽根本就瞧不上，尽管教书口碑不错，但是常常在教师会议上放炮，口无遮拦，弄得领导下不了台。说到底，她本来就不该是教师族群里的一员，娘家有人，婆家也有人。要不，校长早把别的刺头收拾得干干净净，油光滑溜了，独独就剩了她？

史竹英说，殷切怎么了？让校长大人惊慌了？

校长说，殷切在闹网恋，网恋对象是学校的老师。

殷切这丫头一直不安分，以前与隔壁班男生课后腻味在一起，找她谈过，以为知错改过了，原来是闹师生恋了？史竹英不相信，就现在校内这拨子青年男教师，都是听话的乖宝宝，当初从高校择优录用，不是优秀学生干部就是优秀学生党员，师生恋，还是与市长女儿闹师生恋，他们没这么大胆子。校长说，史老师你是班主任，你得盯牢殷切，揪出隐藏的那个男角色。史竹英说，殷切是我班上的学生，我当然会调查实情，不过，我不希望校长把动静弄大，得保护学生，我想，那殷夫人作为家长肯定也不希望。

校长点头应了。按照校长的惯例，只要是做领导的家长告老师的状，他第二天就把那老师换了或者撤了，省得给领导们心里添阻，家里受气。开始还以为当事老师会闹一闹，没有，从来没人敢吭声。这一回学生是在史竹英班上，再说，网络这虚拟玩意儿连殷夫人自己也说不准，校长提醒史竹英，也是投石问路。

校长点头时，一缕长长的头发掉在鼻梁上，领导头发上的啫喱水显然抹得太多了。史竹英想起来，校长年轻时头发比现在多，头发屑比现在更多。校长做大学生时英姿勃勃，喜欢甩头捋长发，那年头男生时尚蓄发，坐在后座的史竹英受不了纷飞的发屑，有一天终于发了雌威，上课铃声响后，大声请他务必洗完头再进课堂，让校长当众丢了颜面，俩人从此互不理睬。现在校长的头发啫喱水抹得油光铮亮，头屑应该少了，但在史竹英的眼里却是一种颓败，不如当年纷飞的头皮屑有生机。

史竹英莫名叹息一声。

三

马天成的健身运动基本是在学校健身房完成，学校健身房投入堪比外面的高档健身馆，只是人少，没有气氛，马天成炼成的肌肉线条简直是锦衣夜行。好在学校的篮球场一直热闹，校长喜欢打篮球，于是各级主任们都爱上篮球运动，不分男女老少，不分白天黑夜，学校为此专门修建了室内篮球场和灯光篮球场，这是件师生都欢迎的事，校园里因此生机勃勃，场上和场下的人都不亦乐乎，进球有进球的骄傲，鼓掌有鼓掌的乐趣，各得其所。马天成本来并不喜欢这项运动，大学里出风头的是足球队网球队队员，马天成入乡随俗，也在放学后去篮球场一试身手，马天成其实天生是块打篮球的材料，高，主要是两条猿臂有优势，伸出去就比别人近了一截，投篮命中率高，赢得不少女教师和女学生的尖叫。这让马天成健身房去得少了，篮球场去得多了，天生我材必有用，两条长胳膊得天独厚，不光只有拥抱的长处。

马天成这天在篮球场上明显不在状态，队员传来的球常被队员断走，到手的球屡投屡不中，马天成的心思不在篮球上，是在场下更衣室的手机上，直接说，是在手机的微信上。微信这玩意儿，不知是谁鼓捣出来的，在老师和家长眼中害人不浅，简直是要与老师和家长抢夺学生。恨它归恨它，但老师和家长也离不开它，家长有群有圈，好多事都靠它联络，老师下了讲台，也常冲进去刷得心花怒放。马天成这个年龄的人当然玩微信，马老师不浅薄，不是上个菜散个步都拍照片发朋友圈的那种人，但马老师的问题更严重，马老师交友不慎，朋友圈的人来路不明，拉黑又怕得罪人。央视某牛主持人交友不慎，视频从朋友圈一发而不可收，弄得牛人在央视再无面目。马天成被微信骚扰，弄得这几天无精打采，疑神疑鬼。第一条微信马天成没有当回事，微信说，马老师，相信你是一个负责任的人，你可是一位优秀的人民教师。马天成以为是学生家长，现在的家长会来事儿，马天成没回，这话明显是个铺垫，有话在后面跟着。第二天，话到了，一点不靠谱，吓了马天成一大跳。马老师，你不能这样薄情，事情一过就翻脸不认账。头像是空白，查号码也不是来自通讯录，马天成想不起来这人是谁，干脆把这人拉黑了。

号码拉黑了不等于人消失了，阴影还压迫着马天成。这人究竟是谁？马天成首先判断她是女人，马天成不欠男人的情，若说女人马天成倒也经历过几个，但实在不应该说谁欠了谁，这都什么年代了？酒吧可以艳遇，上网可以约炮，马天成身体健康，需要正常，考虑到人民教师的身份，一般情况下自己解决，偶尔有机会实干也都属于友好协作，互惠互利。张志勇说，错，我可以你不可以，只要女人愿意，我日得再多都无后顾之忧，你不可以，你是为人师表，而且是积极向上的青年教师，这事情处理得不好，会毁了清白名声美好前程。这话靠谱，马天成躺在床上努力回忆，一会儿猛地坐直，想起一个，一会儿又叹息一声躺下，排除一个。张志勇帮他梳理排查了一遍。最后把疑点放在两个人身上。一个是在同学的生日宴会后，是同学的同事，没有男朋友，并且酒局上声称，这辈子都不想结婚，嫌结婚是件麻烦人的事。马天成收到了发出的信号，并且知道这是专门发给他的信号，为什么有这种感觉？马天成说不出理由，打了比喻，为什么一只北极熊能隔着厚厚的冰层遥远的海面知道另一只母熊需要交配，除了嗅觉灵敏还必须有特殊感应。当时宿舍里的电视机正播放着北极熊的画面。张志勇说那饭后呢，饭局后我就埋头往外走，我在酒店开好房，用钥匙卡刚打开门，她就从我身后冒出来悄无声息滑进去，像一条鱼。马天成说这人应该不会，不是恋爱的做爱才是纯粹的性爱，专注，干净，没有思想负担。张志勇喉咙处响了一下，说带套了没，马天成说，当然戴了，她从淋浴间出来，手心向上一亮，就躺着一只拆了包装的杜蕾丝，后来第二回，她随便一伸手，就从枕头下又掏出一只，变魔术一样神奇。留手机号没有？马天成说没有，留了手机上微信会自动对号。张志勇沉吟了一下，也不能排除她，她想收山息心了，回头相比较，觉得你是最合适的，赖上你也有可能。还有别的与你嘿咻过的陌生人吗，关键时刻，张志勇是个急朋友之急的人，马天成说，还有一人，两个月前参加一个派对，本来是在跳舞，跳着跳着舞伴把马天成带到了阳台上，月黑风高，适合干点看不见摸得着的事，俩人就在舞曲的伴奏声中把事办了。就阳台上？阳台上。那怎么开展工作？当然不能铺张，快餐。嗯？就像电影《老炮儿》冯小刚许晴演的那样。这简直是在审问了，马天成心里不高兴，不高兴也只能忍着。张志勇穷追不舍，戴套了吗？摇头，这是偶发事件。张志勇兴奋了，这人有戏，主动勾引你，没用措施，把证据随身带走了。马天成说，我又不是有权有钱的人，这女人不会傻到给我下套。张志勇推心置腹地说，任何事都可能发生，只怕人被逼急了。比如分管我的后勤刘校，想把我安排到门卫岗上，没办法，我只能请他看了我手机上的视频，转录下的，本来只是为了我私下娱乐，逼得狠，我被迫请他自我欣赏了一段。他后来再不提我换岗的事，私下还和我套近乎，打听我手里有没有别人的视频，我这觉悟，不被逼急了，绝不做违反原则的事。这女人，只怕也是遇到了难事，比如那天中彩了，怀了你的娃，她不找你找谁？马天成吓坏了，那怎么办？瞧你小子这素质，张志勇说，多大事，怀上了就去妇产科做人流。说到底，就是花点钱。马天成沉默，张志勇说，这只是一种推理，也可能没那事儿，缺钱花了，或者，干脆是赖上你，逼你娶她，有句老话，出来混总是要还的。

张志勇说，你等着吧，是祸躲不过。

马天成再也不敢接受任何请求加他的微信号，没想到，还是有空白头像幽灵一般冒出来，开口就是一行字：你有种别拉黑我，你还是个男人吗？马天成头皮一麻，眼不见为净，再次拉黑，当微信变成短信出现在手机上时，马天成投降了，他按住号码打过去，决定硬着头皮面对，可电话响了一遍又一遍，对方偏偏不接听。放下手机，一条短信追过来了：不想当爹，按这个卡号打进三千元。

张志勇这家伙真是料事如神，卡号后面有个姓名，用不着猜就是个假名。这年头只要用手机就免不了接到这种诈骗短信或者电话，无聊时他俩会变着法子猫戏鼠，逗着骗子玩一通，然后俩人笑个痛快，敢骗你大爷？现在马天成笑不起来，张志勇说，从了她吧，数字不大，你不是攒了有三千多吗，不够先从我这里取。马天成担心的是这事没完，看电影电视的经验告诉他，有了初一就有十五，这种人都是贪吃蛇，一而再再而三，欲壑难填。钱汇出去，回短信了：以后每月继续打账二千，等到我身体康复为止。马天成跟张志勇讨主意，说这样无穷无尽受不了，干脆报警。张志勇说，怎么报？冤有头债有主，不都是你裤裆里那家伙捅的娄子？这数字也不多，算是营养费也不夸张，并且你每月工资剩余也付得起，不如过了三个月再拿主意。马天成每月工资五千不到，付了房贷还剩三千，再扣除这两千，所剩的钱勉强够吃食堂，靠，那人已经替他算过这笔经济账。

球场上的马天成不在状态，常常在队员的埋怨声中黯然退场，这天，马天成下场后直接拨开观众撤退，球场上的喧哗有时他接受不了，突然间就想避开那些欢呼的声浪。他捡起条凳上的外套搭在肩头，有女生从后面追上来，马老师，您的手机落下了。手机现在成了马天成的心病，有时候他真恨不得把它砸个稀巴烂，或者扬臂扔进校园的池塘。可是砸了扔了还得去买，如今这年头人活着就离不开它，除非你有意与世隔绝。砸手机实际上是炫富的表演，银行卡上有数字保障的人才能玩，马天成玩不起。马老师您喝水。女生又递上一瓶矿泉水。马天成看了一眼女生，不是他任课班级的女生。很多学生毕业后埋怨老师叫不出自己的名字，那只能怪你在校时既不特别冒尖又不特别拖后腿，倘若不是自己班上的学生，老师更记不得张三还是李四。女生说，我是殷切。这名字马天成还是听说过，办公室常有老师提到她，市长的女儿，殷切说，我加过您的微信，您把我拉黑了。马天成愣了一下，他确实在朋友圈拉黑了一批人，很多不熟悉的头像后面都似乎埋着一颗定时炸弹。马天成喝了一口水说，抱歉，我不接受学生加朋友圈。

这样的粉丝，马天成惹不起，躲得起。

操场上没有人注意这场外的师生，马天成自顾走了，殷切懊恼地一屁股坐在水泥地上。但有人发现了这一幕，史竹英。史老师的办公桌在球场的边上，三楼靠窗。史竹英当然注意到了马天成的状态，当面问他有什么事需要帮忙，小伙子摇头，眼神却躲闪。这眼神让史老师心痛，躲闪中明显掩盖着某种痛苦与不安。莫非这小子真的就是殷切的暗恋对象？不论作为师傅还是班主任，史竹英觉得她都有必要了解实情。

史老师让张志勇来一趟，马上。这做法有些不合常规，即使你是再牛的教师，哪怕你是特级教授级之类，也不敢这样指使处室的干事，交材料填表格之类的小事都是干事指令，某老师来一趟。这是当下学校教育的一大特色，物以稀为贵，人以少为珍，一所学校管理层算起来是一个庞大的队伍，但比起教师群毕竟是少数，真理不一定掌握在少数人手里，但权力一定掌握在少数人手里。张志勇来了，恭敬地站在办公桌一侧，史老师说，我有个事向你打听，咱俩去走廊上谈。在张志勇眼里，史老师当然不仅仅是数学老师，尽管史竹英低调，但张志勇用鼻子嗅一嗅也嗅得出她是来自另一个族群，史竹英总有露出马脚的时候，比如偶尔在办公室备课迟了，学校门口会有豪车和保镖恭候。权力可以兑换价值，信息也可以兑换出价值，张志勇当然不会浪费他猎获的任何信息资源。只是在史竹英面前，张志勇是以另一种面目出现，乞怜。张志勇曾经托史竹英销售过一批土豆，那次她丈夫麾下的几千员工都领到了二十斤一袋的土豆，据说是张志勇老家的农民滞销的土豆，农民们都指望它养家糊口，一旦长了芽就断了农民的活路。其实这批土豆都是张志勇从农贸市场低价收购的。史竹英内心藏着一颗教书先生的善心，属职业的通病。张志勇觉得她做教师这行当，借用时下流行的一句话，本来可以靠颜值吃饭，却偏偏选择出来与别人拼能力，其实就一个字，蠢。

马天成最近怎么了？

马天成是不是遇上事了？

马天成与殷切的事你应该是知情者。

张志勇开始还装傻，第三句话让他装不下去。螳螂捕蝉，黄雀在后，莫非马天成把一切都告诉了他这位师傅？史竹英抓住了自己的蛛丝马迹？不可能，史竹英的表情也不像。张志勇情急之下讲出了假山山洞那一幕，张志勇说事后查了摄像，那女生就是殷切。张志勇说，我可以肯定地告诉您，马老师当时真的不知道女生是谁。

后来呢，后来发生了什么？

张志勇差点招架不住了，但他心存侥幸，不到黄河心不死。张志勇说，后来殷切可能有过纠缠马老师，我只知道，马天成将朋友圈中的学生都拉黑了。张志勇还决然地说，他们不可能网恋，都什么年代了，谁还有兴致网恋？

史竹英可以直接与马天成谈话了，马天成否认与殷切有任何关联，在师傅面前泪水都流下了。史竹英可以不相信别人，但不能冤屈自己的徒弟。

史竹英在校长面前坚持本班学生殷切与本校任何教师都无恋情，校长说，这怎么办？问题是殷夫人那里得有个说法。史竹英笑着说，我替你想好了，班主任管理班级不严谨，撤职处分。

现在的校长们还真不容易，一方面他们排名头都是教学权威，特级教授级近水楼台他们拾级而上，免不了要做教学上的文章，但另一方面他们又身在官场，脑子里盘算副处级正处级，台阶无穷尽，他们更在乎后者攀登。奔仕途就得遵守官场规则，唯上级马首是瞻。史竹英自请处分，也是体谅老同学为官不易，替他着想。

四

明城的官场地震越演越烈，不断传来某局长某处长双轨消息，坊间都传说明城要揪“大老虎”了，矛头直指殷市长。老百姓当然不知道内幕，只说殷市长在明城毁了多少棵树，挖了多少条隧道，明城号称九朝古都，敢动明城的地脉，敢毁明城的树木，当政者没有好下场。这话荒唐，挖隧道是交通需要，挪树是建地铁口需要，城市大计，不巧的是前几任进监狱的领导都干过这两件事，老百姓私下就总结出规律了。

明城的事挺奇怪，谣言传得多了就成了真料新闻。

马天成从来不关注政治。最近这一段日子，马天成的生活拨开乌云见太阳，阳光灿烂了，第二笔钱两千块汇出后，马天成度日如年，等待下一个月的催款，但两个月过去，那发短信的人消失了，这事像是做了一场噩梦，噩梦醒来是早晨，鸟语花香。张志勇说，这充分说明这个世界好人多，你不小心就遇上了一位。人家事情处理了，身体恢复得不错，就放过你了。马天成觉得张志勇的分析在理，本来就是两相情愿的事。张志勇在篮球场上又生龙活虎，以前打球马天成只注意校长们对他球技的好评，现在他也注意到女球迷的尖叫和掌声。他的女粉当然都是女教和女生，每次他居然能留意到从不缺场的一双眼睛，是那个名叫殷切的女生。

高二下学期的时候，明城中学的高二学生分成了两拨。一拨即将跨入复习，准备迎接残酷的高考。另一拨出国的学生完成了相关考试和申报，已经进入了等候国外大学录取通知的阶段。出国生这时候就轻松多了，尽管国外学业任务将更为艰巨，宽进但严出。毕竟眼下的日子云淡风轻，还是让高考生好生羡慕。这时候的校园，绿树成荫，花开缤纷，学生们活跃在绿茵场上，欢声笑语，校园真的像是一个校园。马天成一连几天驰骋在篮球场上，发现场下少了一双追踪他的眼睛，殷切呢？一闪念之后，马天成就笑话自己多管闲事。殷切当然是出国生，官宦子弟很少留在国内读大学，这些日子空闲，说不定被家长安排旅游去了。没想到不是这情况，他从球场刚回到宿舍，张志勇喜滋滋地告诉他，殷市长两口子都被抓了，网上都有图有真相了。抓贪官反腐败，确实是大快人心事。马天成没有理由不高兴。张志勇说，那天从假山山洞里冲出来的女生，就是殷贪官的女儿殷切。马天成说，原来是她，你早就知道，为什么现在才告诉我？张志勇笑着说，我怕告诉了你，你当场就吓出屎尿了。马天成心里明白，这家伙是使坏，捡了砖头让他砸人，砸出了祸他在一边偷着乐。马天成突然想，殷切现在怎么样了？殷市长离自己很远，殷切离自己很近。

殷切在史竹英的家中。

史老师给马天成打电话：小马，师傅求你件事，给一学生做数学家教。史老师这样开口，马天成哪里敢不答应。想必是师傅推不掉的关系，让徒弟敷衍一阵。史老师说，实话告诉你，是殷切。她父母被抓，银行账号应被冻结，我估计留学要泡汤了，赶紧让她准备复习迎接高考。马天成并不是殷切的数学任课老师。史老师说，殷切情绪不稳，我知道，你来上课可以让她快一点进入稳定状态。不过，你要是怕麻烦，可以选择拒绝我。

殷市长是贪官，殷切是殷切，我没什么好怕的，您放心，我愿意。马天成觉得这是他做教师以来说得最牛气的话，挺豪迈！

史老师家住在风景优美的别墅区，家佣把他领进书房，史老师正在辅导殷切。殷切转过身来，见是马天成，仿佛见了亲人一般涌出了泪水。史老师在她身后迅速举起一块纸牌子，字墨很浓：你欠殷切一个拥抱。看样子是提前准备下的。马天成伸出他的两条胳膊，动作有些生疏，但还是拥抱了殷切。想不到就这几天，小姑娘瘦了许多，单薄如一片树叶。

殷切做作业时，史老师请马天成上露台喝咖啡，微风清凉，夜色中小区的各种灯光景观恍如梦景。史老师推过来一只信封，说是家教的报酬，马天成推回去，史老师说，收下，没事，这钱是我替殷切垫付，等她工作了还给我。要是怕被说有偿家教，你放心，校长现在一方面慌着撇清与殷家的关系，一方面又担心殷切考不上本科，影响他的升学率，升学率事关他的官帽，他知道了也会装不知道。

马天成说，都不是，我拿了这钱就不是师傅的徒弟了。

当初得知史竹英是马天成师傅时，教研组的一位老教师说，有一天他们都能学得像师傅一样，上课上一样的课堂内容，讲话用同样的口气，走路用同样的身姿，甚至脸部表情都如同复制。小马你就惨了，你师傅不是教师的命，却偏偏要做教师。别人身上的东西能学会，她身上的东西你学不会。你还得小心学着学着走了形。现在，马天成觉得师傅虽行事另类，却让他做徒弟的感动，有些东西明知学不会，也得学学看。

史竹英说，那我就替殷切谢谢你。

史竹英说，实话实说，我不是想扮演高尚角色。我小的时候，大概五六岁，我父母被人抓走了，抄家时把粮油证也弄没了，我哥哥上小学，没人敢管我们小兄妹的生活。是我哥的数学老师领我们去了她家，她也有三个孩子，粮食不够吃，她常常带我们五个孩子去郊区寻食。捡田里丢下的稻穗，捡土豆地里丢弃的碎土豆，一直到我父母解放才送我们回家。所以，我愿意做一辈子教师，数学教师。

史老师觉得在徒弟面前唠叨了，转移了话题，说，你别看这些景观树的灯光光怪陆离，这些别墅富丽堂皇，可是天亮了，你才发现，那些高于屋顶的树默无声息，才是沐风浴露，心明眼远。

马天成觉得师傅此刻很深刻，她说这番话的样子不像是个中学数学老师，像同年级组一个写诗歌的语文老师。不过，这话他能明白，在马天成老家的那些村庄，总有一棵树高于村子，不一定是在村口。

《江南》2016 年第 4 期

稻草人

一

这顿午饭雷风景吃得心不在焉，一直不停地看表。族弟雷风光是老家的副乡长，亲自到村里来看他这位在城里做教书匠的出五服的堂兄，还请他在农家乐吃午饭，应该说是给足了他面子。可不敢小看这些村长乡长，别以为你走出了十万八千里就牛逼了，你祖宗八代还在这里。你当官了，你发财了，你想衣锦还乡没有他们打着灯笼，你最多也就弄个锦衣夜行。以前听说过，说乡下干部起床后剥下眼屎就坐到酒桌上，一直喝到眼里又生出眼屎再回家找床，找错了床也属正常。这话不可信，雷风光的脸洗得很干净，连牙齿都白得能做牙膏广告，酒是红酒，他举杯时捏杯柄的位置也很准确，抿口小呷，酒红齿白，很优雅的样子。这做派能骗女子，能骗初来乍到的客商，可在雷风景眼中，他这些都是装出来的，他夹菜的动作就暴露了本相，为了找一块鸡翅，他把一盘鸡块上下翻了个遍，他以为他的嘴水是戳章上的红印泥，是赐予百姓的恩泽呢。最让雷风景受不了的是雷副乡长的啰唆，一个人酒桌上吃菜喝酒两不误不算本事，吃喝之余还能翻卷舌头照顾桌上的每位，还能从国际国内形势谈到本乡本村的丰功伟绩以及宏伟远景，在乡下这就是做领导的才能了。雷风景说自己是教书匠是谦虚，他在省城的重点中学做副校长，副处级。他是特级教师出身，一旦离了课堂却是说不出什么话。每每跟了一把手校长出去应酬，他都对一把手说话的能力钦佩不已，不是恭维，是发乎内心。但一把手说话或点到为止言近意远，或铺排渲染波澜迭起，总是能让人兴致勃勃，雷副乡长将大圈子铺得那么排场，收口的地方直奔他蹲点的半坡村，老套，一点悬念都没有，能说话算是才能，能说出别人想不到的话才是才华。只是雷风景没有别的选择，只能耐心地听着，除了雷副乡长，村长支书和族里尊长也在座，雷风景偶尔还得勉强挤出一个笑容应景。据说乡政府每年春节都有一场宴请，宴请在外当官或经商的本乡成功人士，雷风景从来没进入被请名单，雷风光们也从来没把他这个副处级当个官员，今天这是要干吗？天不算冷，那些盛在盘子里的菜还是凉了，穿上了薄薄的白色的裙边，都是凝结了的荤油，让雷风景落筷时有些犹豫。

雷风景看见时钟准确地指向下午三点，他赶紧打开手机查阅了大盘曲线，飘红，又点开几支股票，也是飘红，雷风景毫不迟疑地露出了笑容。这个时间是无数股民惦记的时间，每天输赢就在此时定结局。雷副乡长会意地笑了，朝他竖了一下大拇指，点赞。雷风景走出包间，手机上给老婆云岫的电话已拨通了。云岫说，老雷，涨了，我家的股涨了。雷风景装作不知情的样子，说，真的？可别哄我玩。雷风景接着说，那今天晚餐你做东，让你的麻友分享一下咱家的红利。

云岫说，呸呸呸，怎么说话呢，你这分明是咒我输钱。雷风景慌忙认错，看样子今天云岫情绪稳定，股票和麻将真是两样好东西，能使女人忘记很多事。

雷风景回到席上，雷风光说，哥，今天赚了不少吧。雷风景其实真没顾上看赚多赚少，他不在乎赚多赚少，他赚的是老婆的好心情，k 线飘红就行。前一阶段一把手校长暗示他，退休后想让他接班，让他到教育局走走关系。雷风景谢过校长，说，听天由命吧，当不当一把手于我没什么意义，校长叹一口气，拍拍他的肩膀，也没多说什么。但在这场合，他要是说不在乎赚多少钱，听上去不是大话也是个笑话。雷风景笑而不答。

酒足饭饱，雷风光说，哥，我陪你上老村去看奶奶，你别忘了，你奶奶我也喊她奶奶。

雷风景说，你是一乡之长，别因为我耽误你的正事。这不，已经浪费你大半天了。

雷风光说，大知识分子难得回趟老家，陪好你是我这做地主的工作职责，老实说，今天我的正事就是为哥服务。

雷风景恭敬不如从命。一把手校长是他大学同系科的师兄，做一般教师时俩人走得近，当上一把手后顺手提拔了雷风景。第一次参加校务会聚餐，中层和副职都向一把手敬酒，一个个脱口而出赤裸裸的拍马溜须之词，尤其是在雷风景眼中德高望重的几位特级教师，那奴颜婢膝之姿实在让雷风景恶心。雷风景那些话说不出口，私下还挖苦一把手当时怎么吃得下饭菜？一把手说，你不说也罢了，他们说惯了有一天突然不说，我还真吃不下饭菜，我也是从不习惯到习惯的。雷风景可以想象，雷风光在领导面前也一定说话比唱歌还好听，可雷风景不是他的领导。在千里之外的省城，雷副校长也有人奉迎他，那大多是为了解决孩子入学问题。雷副乡长刚才介绍，他的孩子还在幼儿园，如果有亲戚朋友的孩子在省城要入学，按惯例早就趁酒劲打开窗子说亮话了。雷风景猜不到他葫芦里卖的什么药。

半坡村现在已搬到山脚下，建成了花园式的新农村，而半坡村的旧村址还是在半山腰上，人去房空，十年过去了，现在只有一人坚守着，这人就是雷风景的奶奶，八十多岁了，自己烧饭种菜，身体硬朗，只是耳朵聋了。雷风景的爹说，你奶奶她其实听得见，村长劝她下山，她听不见，我劝她下山，她也听不见。我给你打电话，她马上说，你是在对风景说我的坏话，把电话筒给我。爹这话不假，爹上山给奶奶送米送油，总要拨通风景的电话，让风景给奶奶道个安，问候几句，问答之间，奶奶的耳朵不像有一点问题。刚搬下山那几年，为了诓她下山，爹让风景把奶奶接去省城住了些时日，调虎离山，爹钻这个空子把奶奶的家什搬到了新家，可奶奶回来后死活要回山上，爹拗不过她，又乖乖地把家什送回老村。

清明节来上坟，除了悼念死者，雷风景最牵挂奶奶，他小的时候，父母都是人民公社劳力，他由奶奶一手带大，跟奶奶更亲。

雷副乡长说，去老村的路是山路，好多年没修，你那小卧车就放山下吧。你坐我的越野车，我做你的驾驶员。我开车，你放心。雷风景不好意思辜负他嘴上的好心，就将自己的行李箱拎到了他车上。这条山路雷风景并不陌生，从前上学每天要上下一个来回。这几年来得少，是因为他回老家，爹就提前将奶奶接下山，也就这个理由能说服老太太在山下留几天。这一回是他执意要上老村，看看奶奶一个人究竟怎样生活，他心里才能稍微踏实。雷副乡长的车开得有些猛，不断听到沙石打在底盘上的“砰砰”声，车过处，常有灌木丛中的野鸟吓得子弹一般射向天空。弯道多，拐角处雷风光也不按喇叭，似乎是怕惊了这山间清风绿树，雷风景提醒他谨慎，他笑着说，用不着，这条路是我当村长时修的，我肚子里的肠子有几道弯弄不清楚，但这条路我闭了眼开车，也不耽误拐弯抹角。雷风光指着窗外的拐角镜说，你看这镜子还贼亮贼亮，这么多年过去没生锈斑，十八道弯竖十八面镜，都是我从上面化缘化来的。

雷风光说，当时我做梦也想不到，半坡村说搬就搬到了山下。雷风景也感叹这日子日新月异，雷风光说，说不定这路也没白修，有这路基，有一天我们搬回老村，这路就只需加宽加固了。

雷风景光顾着看路，没把雷副乡长的话听进耳朵。

二

雷风景在网上看过图片，说是地球上人类消失，那些钢筋水泥的城市就被草木占领，只需五十年城市就成为绿洲。雷风景不信，十年过去，这山路上已经杂草丛生，但在车上能感受到，车轮辗压处石子路的基础依然扎实，灌木类植物还很少能扎根路面。车到村口，雷风景怀疑雷风光是不是弄错了地方，原来村口的打谷场没了，从村口一直延伸到村里的路没了，说没了不是真没了，是被草木和菜地替代了。那条路是水泥路，那个打谷场是水泥浇的地面，有两个篮球场那么大，是生产队时代产物。那年月，水泥是稀罕物，本地人称“洋灰”，洋灰铺的路不打滑，下雨天不会深一脚浅一脚。洋灰铺的打谷场干净敞亮，像是掖在青山腰间的一块玉佩，收获季节大伙都抢着占地儿晒粮食。雷风光说，不相信你自己的眼睛了？你奶奶将水泥地一块块砸了，丢到山后沟里了。

老村就住着奶奶一个人，这事也确实像倔脾气的奶奶干出来的事。

雷风光说，你爸他们也拦不住，老奶奶说，水泥地下有生灵，被压在下面喘不过气，可怜呢。她老人家要做救世主，让水泥地下的生灵有出头之日。

雷风景当然听得出雷副乡长话音里的挖苦，只是他不想与这位自以为是的“父母官”争论。雷风景在书上读过，有一种美洲蝉需在地下蛰伏十七年，谁能肯定，没有别的生物能在地下蛰伏七十年呢？雷风景心疼奶奶，奶奶枯瘦干巴的手拿着铁锤子一下一下得敲掉多少时辰。

奶奶在祖屋晒太阳，一眼看见了风景，奶奶绽开脸上所有的皱纹，说，给我送吃的来了，我要吃绿豆糕。八十多岁的老人像是八岁的孩子，每次见到风景，奶奶都要指定下次给她带什么零食来，只一种，奶奶说人不能贪，人能受的好东西是有定数，若是一下子把这世上的好东西都享受了，人的大限就到了。风景一把抓住奶奶的手，奶奶的手指粗糙干硬，风景像是握住了冬天的刺槐树枝。风景说，这水泥路和水泥地都是你一人砸掉的？奶奶说，干部的话你也当真？哪里是我一个人能做下的事，一村人都动手还忙了大半年。雷风光说，奶奶，风景也是干部，官比我还大半级。奶奶用手指点点耳朵，雷风光嘀咕道，你看，奶奶又装聋，他朝风景挥挥手中的车钥匙，说，下山时给我电话，我开车接你。

雷风景是打算在老村陪奶奶住两天，雷风光一走，奶奶就说，风光走了好，我不喜欢他，他眼珠子转得快，一肚子坏算盘。看来风光这干部当得不容易，可能是动员奶奶下山把老人家得罪了。雷风景岔开话题说，奶奶，这老村就剩你一个人，砸水泥块是新村人都上来了？谁说只剩我一个人？你在村头没看见那些大树底下吃烟拉呱的人？奶奶说，我看你是光顾着奔我，招呼都忘了给他们打，背后别人要说你城里人端架子了。雷风景不知道究竟是自己糊涂了还是奶奶糊涂了，揣了一包烟，重新回到村口。半山腰草叶的新绿要比山下慢半拍，地上竖着的草杆子还是冬天的枯黄色，细看草丛的底色，泥土里已钻出各种草芽，胆大的已经长出几朵嫩叶，像是支起了几支聆听陌生世界的耳朵。村头的大树是棵古老的松树，那从不凋谢的绿一如风景的少年时光，只是枝叶伸展得更猛烈些。树下石凳石桌上围坐着几个人，走过去，风景发现是几个稻草人。风景将手中的烟盒塞回口袋，仔细打量，这稻草人不同于早年间放在庄稼地吓唬鸟雀的稻草人，用料讲究，身上穿着草秆做的衣服，脸部用的是金黄的麦秸。做工也讲究，站着的蹲着的腰身曲折都明显不同。风景忍不住乐了，奶奶童心未泯。这是雷风景两年来第一次露出由衷的笑容。他们都在讲些什么呢？只有清风明月听得见。

奶奶说，你给他们递上烟，他们舌头上想滚出来的闲话就被堵住了。风景说，那些人都是谁谁谁，我分不清。奶奶说，是读书把你读笨了，站着的是后坡的五爷，他嘴碎，不招人待见。坐着的是岗上的三伯和收草药的土郎中，俩人遇上了就摆一盘棋。奶奶一说，风景记忆里的人就和稻草人对上号了，还真是。奶奶说，笨人还是用笨办法，还记得小时候教你的招数吗？你爹娘买不起菜，怎么咽下白饭？一遍遍嚼，慢慢嚼，白米饭就有滋有味了。一样的道理，盯着稻草人的脸看，慢慢看，眉眼就有了，再看，汗毛孔都看清了。你小时候看天上的云朵，看树上的树洞，都能看出谁谁的脸来，现在看不出来是因为你心慌了，意乱了。风景觉得奶奶的话在理，奶奶活回去了，不止回到了孩子时代，而且回到了人类远古时代。据说人类在没有成为万物之灵的时期，常常受到同类和猛兽的袭击，尤其是夜晚，警觉的人类总是搜寻树丛中的人脸兽脸虫脸，以至于今天看到车头插座孔之类我们还首先想到那是一张脸。

奶奶是怎么编织稻草人的呢？进了屋，风景就看到了工场。第一道工序是捶草，稻草或者麦秸秆都先用一个木榔头敲打，除去枯叶，将秆芯捶扁，捶过之后的稻秆柔软而有韧性。第二道工序是用草席机编织，风景认识这台编织机，当年家里买这台手工机器是为了织草包，卖给防洪队装土筑坝，赚几文小钱补贴家用。一人喂草，一人推档，风景曾经是熟练工。奶奶显然是一人兼了两职。第三道工序是把草席用细草绳缝到人形架子上，那草席穿在稻草人身上，有点像非洲犀牛的厚牛皮，或者像古代武士的铠甲。雷风景捡了几根做架子的竹竿和木棍，它们的一端都腐烂了，被奶奶用菜刀削去了一截，奶奶说，你爹的宝贝，现在都给我派上用场了。风景想起来，那些年乡下盛行蔬菜大棚，种植错季蔬菜，爹也弄了几分地。奶奶明里不反对，私下里对风景说，你爹脑子坏了，一年的作物人一季收了，那其他三季要人做什么？这是给人减寿，人活一季却把一年的东西吃了，是抢着往人的尽头赶。

奶奶说，风景，奶奶不孤单。我在，老村的人全在。

简单地吃过晚饭，风景想去老村四处走走。奶奶说，天黑，没有电灯，明天再去走动吧。我给禾禾留了个房间，你去禾禾屋里坐一会。

雷风景不敢回头看奶奶的脸，一瞬间，泪水就瀑布般覆盖了他的脸。

三

祖屋的空房间很多，奶奶给了禾禾朝南的房间。推开门，霞光从格子花窗逸进，雷风景第一眼就看到了窗前几桌后禾禾读书的背影，雷风景习惯性地去摸电灯开关，奶奶说，没有电，也没有灯。雷风景缩回了手，奶奶说，老村里的人都用不着灯，我用不着，禾禾也是。

奶奶说完走了，剩下风景在房间里陪着禾禾。

禾禾的书桌贴着窗口，书桌的左边是禾禾的书架，书桌的右边是禾禾的单人床，床头朝南，里侧靠着墙。书架的上方贴着禾禾的座右铭，床头上方贴着禾禾自订的作息时间表，床里侧的墙上，是扇形的足球明星头像，雷风景也叫不全那些球星的名字，只记得老婆为了这些人像和儿子争论过几次，是在禾禾的苦苦哀求和万般保证下才留在墙上。这房间的陈设和雷风景家中禾禾的房间完全一样，只不过，这里的桌子椅子还有床都是草织的，用不着每天打扫擦抹，这里房间的主人在，还在他的房间里。

雷风景往窗口走了几步，他想走过去按一按儿子的双肩，瘦瘦高高的肩胛骨。但他不敢，怕惊扰儿子，也是怕惊醒自己。他退回堂屋，奶奶停下了织席机上的工作。天已经暗得看不清五指，看来奶奶的动作已经熟练到不需要看清什么。屋子里突然的安静，给夜幕添了一刷子重墨。雷风景意识到，自己在禾禾的房间逗留了很久很久。奶奶说，回去告诉云岫，禾禾在这里很乖，安安静静地看书。

云岫就是雷风景老婆的名字。雷风景觉得奶奶简直活成了人精。奶奶这辈子就去过一趟雷风景在省城的家，最多也就留了一个星期。她的曾孙子读小学就忙，回家就被妈妈关在自己的房间做作业。做太奶奶的最多就朝曾孙的房间瞅上几眼，却全都记下了，记得如此清楚。雷风景这几年都是一个人回老家，瞒不了爹娘，却以为瞒住了奶奶。

晚上九点钟到了，这是该给宋云岫电话的时间。禾禾出事后，雷风景只要出差，就对宋云岫一人在家不放心，准时电话联系她，雷风景对别人笑称查岗，心里却是苦不堪言。宋云岫是雷风景同校的数学教师，以前有句口头禅，教师的儿子考不好，这样的教师不但是失败的父母，更是失败的教师。这句话把儿子压垮了，现在把宋云岫压垮了。她不肯面对教室里的学生，也无法面对办公室里的老师，休息了一个学期，学校把她换岗到教师阅览室。在家中，雷风景几次发现，她趁他睡着时溜进禾禾的房间彻夜痛哭，他几乎不敢睡熟。在学校，尤其在同事们异样的目光中，宋云岫常常出状况，比如说开会的日子，平时不讲究打扮的宋老师会忽然打扮得花枝招展，别人招呼她时，她会爆发少女年时代那种银铃般的笑声，说话嗲声嗲气，走路腰肢一摇三摆。宋云岫说，她要摆脱命运的摧毁，要用快乐战胜痛苦。雷风景看在眼里痛在心里，装出来的快乐哪里是快乐。宋云岫在痛苦中失去了自己，她把握不了自己在人群中的正常位置，找不回去了。雷风景除了尽可能抽出时间陪伴妻子，还挖空心思地拉她结交新的朋友圈，这些新朋友教她打麻将炒股，隔三岔五聚餐，他们有一个共同点，没有孩子或者孩子没了，没人愿提孩子的话题。宋云岫说，雷校长雷特级雷大哥放心，小女子和姐妹们吃过了，叫的外卖，麻将进入第三圈了。云岫开心时就给他戴上一串高帽子，今天还用微信送上另外仨女麻友的现场照，说是给他发福利。

看样子今天可以睡一个安稳觉，可以不担心她。

雷风景不肯占奶奶的床，睡在了奶奶为他布置的客房。老村在半山，潮湿气重，奶奶将一堆草席铺垫成一张厚实的大床，用一张小草席折成一个枕头，风景扑上去躺下，奶奶又亲自给他盖上厚厚的棉被。雷风景闻到熟悉的稻草味，温暖，芬芳，把他从头到脚裹住了。小时候家贫，冬天被单下垫的就是稻草，压扁了正好喂草席机器，重换一茬在太阳下晒得暄暄的新稻草。宋小静不在，可以不刷牙，可以不洗澡，可以不换内裤和袜子，雷风景觉得这样才是回了老家，回到了他的童年。

四

祖屋的后面是九公的代销店，那是雷风景小时候最向往的地方，当门立着一排柜台，木头的，从外面看不清里面藏着什么货色，柜台上放着几个玻璃瓶，玻璃瓶里是裹着玻璃纸的硬糖软糖，那才是孩子们关注的地方，但孩子们进代销店，往往是受大人们指派，买油盐酱醋，屋檐下有一溜陶瓷坛子，分别是散酒、酱油和酸醋，孩子们走时总忘不了瞅一眼装糖果的玻璃瓶。九公站在坛子前，手里拿着竹筒做的端端，九公有两个端端，一个端半斤，一个端一斤，卖酒卖酱醋都用这两个端端，有的时候家里的酱油瓶里就冒出烧酒的味儿。小时候常听见大人们和九公开玩笑，说九公的端端厉害，一个端端能进几个不同味道的坛子。长大了才明白，那是说九公有几个相好的女子。雷风景从村路看过去，看到的是九公的背影，腰板挺拔，比小时候看到的九公还年轻，想了一下想通了，可不，这是奶奶记忆中的九公。

村中间是牛棚，与山下村庄不同，山村的牛棚都在中心，耕牛是农民的重器，山上野物多，山民不舍得牛受到侵犯，牛棚四周大多有农舍围着。包产到户时，几户人家合起来分一头牛，各家的孩子轮流为牛割草，到了冬天，各家把干稻草背来喂牛。牛分了，牛棚一直没拆，牛们各自还守着自己的桩自己的槽，太阳出来，牛们还在牛棚前懒洋洋地吃着干稻草，老牛在反刍，牛崽在母牛腹下寻找奶头。一切都是原来的样子，要说变化，就是牛棚的土墙上，晒牛粪干的地方站起了一丛丛草叶子，雷风景想，这是当年牛粪里的草籽，子子孙孙赖上这土墙了。雷风景拍拍牛背，牛认出了老熟人，“哞”地拖了个长音，朝他摇了摇尾巴。

半坡村的村后也有一块空地，是村小的操场，村小就四间平房，三间是教室，一间是老师的起居间。教师来得勤快，也走得勤快，山沟里留不住人。教室里坐着一、二、三三个年级的学生，叫“复式班”，老师给一个年级的学生上课，就安排另外的学生自习和做作业，读到四年级，就要去山下乡中心小学。想不到这样也有好处，雷风景读一年级时就把二三年级的课学完了，直接下山读了四年级。操场上孩子们在追逐打闹，雷风景说，你们老师呢，你们老师是谁。孩子们顾不上搭理他，他径直走进了教室。教室里的课桌没有变化，还是村后那批松木锯倒后打的桌凳，只是旧了些，学生也参差不齐，大的该上初中了，小的还够不上上幼儿园，他们都盯着讲台后的老师，老师怀里还抱着一个婴儿。

风景哥回来了。我是小静，您还记得吗？

雷风景当然记得，雷风景出去上大学时已是大小伙子，村里最好看的姑娘当然惦记过。后来听说小静嫁给了风光，现在也算是做了官太太。雷风景说，我当然记得，你是我的弟媳，昨天我上山还是风光开车送我的，这小子居然忙得没顾上过来看你。

小静说，他不会来看我，他有新女人了。我们家豆豆在公路边被人抱走了，我只有豆豆，生豆豆时他当官的要表现，让我结扎了，不能生了。他不要我，我不能不要豆豆，我寻呵找呵在这里把豆豆找到了，除了有豆豆，半坡村不见了的孩子都在这里。我就不走了，留下了。

小静说完，又对着教室里的孩子说，还有谁要喂奶？上来。

雷风景这才发现，小静刚才抱着孩子是在喂奶，她将上衣的衣摆朝里折了，露出一侧饱满的乳房，乳晕处竖着粒粒的籽点，乳头被孩子的嘴巴衔牢，拽出一个美妙的弧线。尽管半坡村当年的妇女奶孩子从不避男人，但雷风景脸皮薄，还是慌忙退了。

吃晚饭时，风景对奶奶说，他下回还来，带云岫一起来，多住些日子。九点钟通电话时，云岫依然在麻将桌上，她告诉风景，昨天另外三位都住在他们家，下午开始连续作战到现在。风景差一点告诉她，禾禾在奶奶这里，他忍住了。在老婆面前提到儿子的名字，他还没这个胆量，他需要等待，等待她到了老村共同面对。这一夜，他睡在草席上浑身燥热，春天的气息似乎渗入了他每一个毛孔，他用手拂过发烫的身体，竟遭遇了坚硬的阻挡。儿子出事后，他和云岫再没有过房事。开始时他的身体还有要求，可是云岫坚决拒绝，云岫说，你别做美梦，我不会为你再生第二个孩子，最后都是以云岫的哭闹收场。再好的宝剑，也禁不起闲置，锈迹会遮了它的锋芒。风景没想到在老家居然能枯木逢春，剑拔弩张。雷风景从梦中醒来时，像少年时第一回梦遗一样紧张和欣喜。他努力回忆和他共度春梦的女子，那面孔竟然不是云岫，是小静。

五

雷风景该回去了，打电话给雷副乡长来接他下山。雷副乡长在电话中说，哥，大开眼界吧，你奶奶才是创新，创意无限呵。风景挂了电话，奶奶说，是风光？你离他远一点。奶奶一猜就中，风景怎么也不相信奶奶的耳朵聋了。风景朝奶奶竖起大拇指，比划着说，乡长在夸您哪。

奶奶不屑地说，黄鼠狼给鸡拜年，没安好心。

还真让奶奶说中了，上了车，雷副乡长说，哥，求你一件事，我想买下奶奶所有的稻草人，所有她制作的稻草物品，把老村打造成一个旅游景点，可奶奶那里我说不通，你能帮我劝说奶奶吗？

雷风景坚决地摇头说，不能。

越野车朝山下开的时候，俩人都不吭声。雷风景打破沉默说，老村除了有我奶奶，还有我的儿子禾禾。我不希望别人来打扰。

雷风光说，你胡说些什么？什么你儿子？

雷风景说，你的儿子豆豆，你的前妻小静也都在老村。小静在村小做老师，还开了书单托我买书。

雷风光踩了刹车，说，风景哥，你别吓唬我，我们都是唯物主义者，无神论者。豆豆两岁就失踪了，小静也死了好多年。

雷风景在口袋里掏了半天，只掏出一把稻草碎屑，小静开的书单没了。风光说，你是犯魔障了，你是陷进九公说的那些鬼故事了。雷风景将草屑撒在车窗外，说，不一样，你还记得吗，九公有一回说，有一个人迷了路，被鬼请回了家，给他吃了线面，塞了肉包，第二天醒来发现躺在坟地里，手里的包子变成了蛤蟆，嘴里吐出的是一堆蚯蚓。可我这口袋里什么也没有。

雷风光启动车，说，哥，你不想帮我也罢，别装神弄鬼。我这副乡长干了好多年，没有政绩就只能原地踏步到退下，我只是想不被同僚拉下，被别人看笑话。

雷风光说这山路是他领头修的，那他就应该懂这个道理，上山下山的公路都只能环山绕着走，两点一线当然最近最快，可往往离死亡也是最近最快。雷风光的车开下坡时像开飞机，雷风景只来得及喊了一声，车子就直接冲出了山路。幸亏车身被树干挡住了，雷风景被甩出了车厢，还好，只是腿瘸了。他拖着伤腿赶到车前，雷风光也逃出了身子，只是一条腿被压住了。雷风景的手机没摔坏，他一边报警，一边安慰风光坚持住。雷风光脸色苍白，眼神明显散了，说，哥，我看了一眼拐角镜，镜子里是小静的脸。

雷风景说，风光，你是摔糊涂了，实话告诉你，我见到的小静是稻草人。

等待救援的时间是漫长的，风从树梢上刮过，叶响如诉，风光说，哥，我不是一心想当官，那娘俩没了，我不敢坐下来思想，只有不停地工作工作，时间才能挨过，就像身后一直有一条蛇追着，我只有奔逃，不敢停歇。

雷风景抱住他的肩膀，想让他换个姿势，不小心弄痛了风光，风光说，哥，我痛。雷风景停了手，泪水从他的眼角淌出来，他原谅了雷副乡长，他俩不仅是血脉相连的同族兄弟，也同是被掏空了灵魂的稻草人。

雷风景从地上抱起血肉模糊的儿子时，禾禾留给他最后的话是三个字：爸，我痛。

《中国作家》2015 年第 7 期

今宵酒醒何处

一

黄鞭留下的火药味，浓浓的，依稀那二踢脚的余音仍蹦蹦地响，桂桂爹迎老师们进屋里，憨厚地笑，那手不习惯从纸壳里掏烟，抖抖簌簌。支书便一把拿过，撕开，一一分发。

“请请”，火苗子连同泛着红光的笑凑过来，“坐，坐吧！”桂桂爹挪开凳，凳子便吱呀地叫。

夏敏天就近坐下去，大张一捅，立即又弹簧般立起，一副惊惶模样，凳子不曾倒。

这乃上席。“在朝序爵，乡党序齿，”这位置都轮不上他。鲍老意味深长地笑，眼镜片便在灯光下闪出莫测高深的光。

终于坐下，终于上菜，夏敏天坐立不安。做甚？一桌四角八人并不曾少。村支书代主家陪客，执壶为酒司令，大张扛龙头，校长与鲍老南尊，不认得的便是桂桂族中的长辈，逆时针方向团团地坐。不曾少了谁。

桂桂在那里，倚着闺房门框，俏皮地笑呢。

——你来了！我家的谢师酒，我知道你一准来。

——我当然来，桂桂同学，我是你的老师。

——不，你不是老师，你逃不脱做这屋里的女婿。

眉来，眼去。话来，话回。

他便匆匆低下头喝一口，好辣，急急地捡菜，这才发现别人都不曾动筷。酒司令慷慨致辞，尚没传出酒令，立即有窃窃的笑传过来，是桌子后立着观席的女子，笑这白脸子先生不懂规矩。酒宴，有坐席的贵宾，也必须有观席的看客，宴才成宴。

夏敏天慌慌放了竹筷，手闲，掏出手机。手机能助他穿越，逃离这众目之下的窘境。

支教青年 //@ 艾夏 365：

终于将这一届学生教完，此刻我在乡村的谢师宴上。

支教青年 //@ 艾夏 365：

又是一年时光闪过，多么希望你能来这里看一眼。这里没有文艺男，没有妄想逆袭的苦逼屌丝，有夏老师。

支教青年 //@ 艾夏 365：

看到盘中鱼，想起你喜欢吃鱼眼，举起筷子又放下，想念。

暑假回城，母亲立志把他喂成隔壁小圆圆一般球胖，顶星儿买菜，风凉得清涕绵延，却总不见他球胖起来。因为那一个她与这城市同在，她，曾经网名为艾夏，爱过夏敏天的女同学，近邻，夏敏天畏惧在窄窄小巷撞见，是硬生生怅怅然问候，还是默然如陌路人？夏敏天想象过种种情境，不遇。衣带渐宽。

两小无猜，青梅竹马，敌不过高富帅一声招呼。怨不得别人，谁叫你不高不富不帅，毕业即失业，听了她的留言，有多远滚多远，滚到了这偏僻角落，路断有山，山后有湖，湖那边有圩，圩中有乡村中学。

想念学生。他趁母亲不在家，上了火车，偷偷溜回圩区，每天与学生一起去镇上邮局候录取通知。久了，邮局老传达十分地同情："不急，总会来的。"

自然不急，与学生齐刷刷立在桥头跳水，教学生蓬蓬嚓嚓砸旧吉他，村人见了道，这小先生也耐不得寂寞呢！

考中了的学生或随母亲千恩万德去菩萨庙还愿，或捏几张大票，上街店套上下崭崭亮一身新装，都没忘记急急送喜糕给老师，不在乎你吃得下与否，巍巍然满竹篮。夏敏天自然高兴，买文具盒、笔及笔记本，满脑子掏词儿留念；闲了，便用酸了霉了的糯糕悠悠然逗狗。是一日午休，门外撞进一个桂桂，不带竹篮，且不掏糖粒，定定地傻看匆匆套汗背心的老师。

"考中了么？"棉质纤维纵横网住了他无措的眼。

"中了。"

"没我的糖和糕吗？可我等……"

"夏老师，你，现在你肯答应我了么？"声音极低，可突兀如炸雷。

实在来不得半点虚假。

"夏……，前些时，我怕你嫌我种田妹子，我憋一口气，考，考这吃力不讨好的大学，总算运气，中了。毕业后我回，我要你等我，你不走，我补给你在这里失去的那些……你要我不？你说，说话呀！"

这许多日子竭力躲避的却又总似有牵系的便是……吗？

“我是你的老师，是师长。”

“鲁迅，孙中山不也全是夫人的老师！你是嫌我……”

“不，……”

却只需要这个“不”，便守门员一般扑过来，抱定他一个奶油小生脸子，满世界亲。

夏敏天只有默默忍受。临了，隐隐似被唤起什么，那乌发都一般浓密如青云，一样的夏天一样的黄昏，人不同。他若有所失，转而愦愦然。

“你考中了哪个大学？”

“省医大。”

二

“一心敬”，酒司令举杯，仰脖。四周凝神竖耳似闻潺潺流水。但见酒司令一抹嘴唇，却道：“滴酒一滴，罚酒三杯。”

“一心敬”，大张传令，执杯相向，干。啧啧咂出诱人的声音，倾杯，翠青细瓷杯流出一圈熠熠的光。

于是，便一律的“一心敬”，一律的底朝天倾杯指向酒司令，夏敏天扯龙尾，也皱眉闭眼地干了，嚷一声“一心敬”，倒诱出客堂里哄然大笑。扯尾不需传令，是含糊角色。

“毕竟比不得从前，喝酒也这般爽快。”酒司令为自己指挥效率感动，触发唏嘘兼感慨。斟酒。六十度的大曲溢满杯，蘑菇状撑开，却不曾滑下一滴。有观席的男女便叫好，叫得支书脸上顿时涌出许多得意，装作不理会，专注地问校长："校长，瞎子老五家的酒可得去喝哩！去么？"

"前日去过，不去，爷孙守在门口不让开步，其实，老五家里难，却执着越发认真，唉！"

"去了？去了，去了好……夹菜，大家夹菜。"支书抖擞下巴啃鸡，便有额发眉际飘曳。

"值，值哩！"一女子麻利拽出儿子不舍的乳头，以手背拭之，"一下子那男伢的娘子房子有了着落。"

便此起彼伏争论，直至那女子喟然总结："只不该那伢去了当先生的学堂，六百多分呐，冤得慌。"

"教书如何？"支书声音带着严肃，且掉转头。那女子便噤然，怀中伢崽洪亮一声大哭，支书于是慢慢教导："先生的地位正在提高。风不吹，雨不淋，细皮白肉，即若讲话多些喉咙痛，药钱也公家掏，何况，何况年年还有这谢师酒……"。

脸上便释然如灿烂芙蓉，满座又复起咀嚼嬉笑之声。

"二，二喜成双"。酒杯又凝聚出一蘑菇伞面。

夏敏天陡然记得物理上学过，液体表面张力。倏忽一闪，定然看那门框，桂桂不知何时闪了。

门帘儿忽悠忽悠。

一叶乌篷小舟把他扔在堤湾，独自远远的荡去。登上堤埂，见一卧着的村庄，绿茵茵中牵出一条黄土小路，一径扯下去，便立着中学的旗杆。天，分外的蓝，抹杀了母亲的种种忧郁。

“蓝蓝的天空，清清的湖水。”

刚亮了嗓子，腾格尔的《天堂》开头两句，分明有如炬视线切断歌喉，劫了他的神怡，一条狗静静立在路中央，默默但蕴有深意审视他。

他也立住。于是天不蓝湖水亦不清。倘若它进攻，夏敏天便用包砸烂它的狗头。

仅仅沉默，眼睛盯着眼睛。

他便使劲地微笑，一手颇有风度摘下眼镜左右示之以致友好，一手将背包置于脚背悄悄作龟移。始终不忘记微笑。

狗立竖的耳朵耷拉下，固然不退。

绕过危险区，他憋足劲两条腿撒疯般跑；那狗猛醒悟，四条腿撒疯般追。且伴一串狺狺声。

危急之中，他一头撞在青草堆上，眼镜骨碌碌翻滚，莫奈何终落入追击者嘴中。

“好狗不挡道，你这人……”

恍惚一团红影子，声调分明十二分冷辣，只能忍气吞声道歉。定睛，竟是一脸肃然的乡里妹子，纵然竭力绷张了黑红健康面肤，仍呈出浅浅酒窝两颊。更有白生生虎牙，赫然从抿牢的嘴唇逸出，逗人却又凛然。

“你这人，囫囵一个男子汉身坯，白长，怕狗，嘿……”忍不住放声裂帛般笑，那笑声扬过蓝天随白云飘远。“正大光明走路，狗咬你做甚？”

夏敏天讪讪地笑，苦笑。

“去哪里？把东西拴在我草垛上，顺便。”

既容不得推辞，便如实相告，那接背包的手烙烫一般突然撒开。

“你是先生，是来教高中语文的老师？”

夏敏天惶惶地点头，支教的，有介绍信。那女子喊一声“哟”一捂脸跑开，狗也悻悻追去。蓝天白云下，长长堤埂傻立一白面书生，静守一垛嫩嫩绿青草，思一片寂寞惘然。

终究明白过来，在开学第二天。那女子送来一张簇新伍角人民币，是她爹，那摇船汉子找回的船费。

“我爹说，您是来这里工作的，便是这里人收费。他不晓得——您在船上不曾吭声呢！”俄顷，拂下眼皮去：“我也不晓得您，夏老师，您莫怪。”

一扭身子，急急风快走了，并走不到何处去。她是高二学生宋桂桂，夏敏天的课代表。

支教青年 //@ 艾夏 365：

我不知道我把学生送进大学校门是不是在作恶，四年或五年的学费对这些贫穷的家庭无疑是巨额债务。

支教青年 //@ 艾夏 365：

我不知道我该不该告诉他们真相，等到他们毕业，就业会更艰难。可我没有勇气打碎他们的梦想，是的，我是怯懦者。

支教青年 //@ 艾夏 365：

我是他们的梦想制造者，他们是我的梦想车间，彼此依存。

三

“四，四季发财”，酒司令兴起，不歇口喝，校长一脚踢来，意在大张，却落在夏敏天腿骨，生痛。其实大张也聪明人，喝一声“且慢”。

“莫非嫌酒寡淡无味？”

“哪里！”

“莫非嫌酒司令错礼不周？”

“岂敢！”

“那怎有不喝的话头？”

支书斗起“龙门阵”，聚在菜盘上的目光便转移，盯牢他红光光的脸，支书恍恍然在大会发言。

“支书海量，我甘拜下风，一味地领受，如何消受得起，请容我借主家美酒敬三杯。”

一，二，三，大张抹一抹唇，支书举杯，却一二三倒进茶盏，从容端起，一口喝尽，霎时满房响出噼噼啪啪掌声。支书说，夹菜，大家夹菜。

校长嘴里认真咀嚼，似是顽强软骨，竟决断吞下去，陡然立起，代表校方致谢三杯。支书依然一二三倒进茶盏，依然一口喝尽，并且斟满杯，“四，四季发财。”

便没有不喝的道理。

夏敏天愕然睁大眼盯牢支书，一杯足有一两，即使水酒也……

终究被盯得不自在，良久，支书做出一番言论：“你们，嘿嘿，你们想搞倒我，教书的你们，嘿嘿，家有三斗粮，不做孩儿王，你们发财，哼，发得了财？哈……”

做出阴险诡谲状笑，校长搁下筷细细端详；大张脑门弹起青筋根根；鲍老的镜片忽闪出朵朵白光，夏敏天四顾，皆一片嗡嗡声音。

支书不理会，“五，五，五子登科”，唾沫星子飞溅如礼花，看得见地落进菜盘；并且殷勤地碰大张酒杯，杯覆，酒液便滋润了大张满脸血红，支书自顾将酒灌下喉咙。

大张“霍”地站起，纵然校长的目光十分焦灼并严厉。节能灯的光煞白煞白，并嗞嗞作声。

“张老师，您请喝茶。”竟是桂桂，甜甜一笑。张老师缓缓落座，喝茶。嗡嗡之声复然。

“毕竟比不得从前，支书也酒多失言了。”

“先生终究知书达礼，不一般见识。”

……

支书充耳不闻，蛤蟆状趴在桌上呜咽起来，涕泗滂沱。桂桂爹喜滋滋蹩进人群，一头柴屑一脸笑：“好，醉了一个！而且是支书。好，诸位赏脸，尽量，诸位酒尽量。”醉得越多，主家便越荣幸。

酒醉能解愁也能尽兴，夏敏天不敢尽兴。曲酒进口的滋味分明苦辣，惹出他泪涕盈盈，范仲淹说，酒入愁肠，化作相思泪，莫非正是描摹此情此景？凝神间，谁送来一杯酽茶。桂桂。

那天，那个熟悉的号码突然在手机屏上闪亮了，绿如春叶，她说她已为人妻，希望彼此保重，不必再牵挂。夏敏天心痛如焚。

“决定了？”

“决定了。”

“你的选择是正确的。”

“你不必挖苦我。”

“还真不是挖苦。存在即合理，事实即真理。”

“不争论了。求你一件事，你回城吧，现在我有条件帮你了。”

夏敏天无语。

“我不回来，我怕遇见你母亲，我不敢面对你母亲的眼神。”

他原来是真的孱弱，挂断电话，扑到床上睡倒，无力再起。

中午，大张颇具温情进门，端一碗黄灿灿蛋汤，一言中的：“女朋友黄了么？”且追一句：“是城里的女朋友？”

夏敏天的眼已分明的湿润了。她说的没错，你就一个文艺男，连屌丝都不够格。

“日他娘的女人，全是贪图舒适的贱货！”大张亮起嗓门，激愤地骂，招来三五同事，引得学生也在窗口探头张脑。“你们走开！”大张将敞着的玻璃窗作势砸过去，实实关紧，不曾沾着学生一根毫毛。

于是就毫无顾忌，诸先生异口同声讨伐，列举出女人的种种卑污。

夏敏天乘兴呜呜地哭，哭自己，哭众屌丝男，哭女子竟被温文尔雅为人之师者如此糟蹋，罪过不在女子，在日下世风。几位渴了，乏了，见夏敏天小娘子一般越发伤心，只有哀叹而辞。

又躺一日，学生晓得老师病了，或家长或自己送来吃食，生的，熟的，天上飞的，水里游的，明知胃口绝糟，偏续续不断。

老师只倚床栏点头，俨然大病初愈，桂桂却不曾骗得。

“夏老师，那城里女人跟你不好了？”

如何回答，便只能缄默。

“我不信，我在你手机上见过照片哩！那么俊俏。”

他的神色使她止住，而且信。

“那是不是你，欺负人，她不会……”

桂桂何时见了那人的照片？不得而知，却又追究不得，侧脸朝向那白白的墙：“你，去上课吧。”

望窗外晴天，好明朗！心中一种莫名释然，宛然天一般空旷，浑身轻捷，一骨碌起身，洗一把冷水脸，镜中依然一个白白脸蛋，有几分“娘”，泪迹了无。

之后便有几分惧怕桂桂，偶或还想到她那条好厉害的狗。上课提问，批改作业，轮着她，便多一分挑剔。

支教青年 //@ 艾夏 365：

无处逃匿。我曾梦见我们的爱情，爱情破碎。我将理想梦寄托田园，此田园却分明非彼田园。

支教青年 //@ 艾夏 365：

也许我是天地间多余人，不属于城市，也不属于田园。

支教青年 //@ 艾夏 365：

想念母亲，想念你。

四

支书已退席了。初不肯退，狡猾地猫在桌底，但世间万物，原是一物降一物相制约，席上一寡言清癯老人陡然喝一声“二伢子，回屋去。”支书竟诺诺地应，倚着三五个伢子昏然去了。

老人是当年私塾先生，打手板心刻骨铭心的痛，纵然支书已为支书，一旦醉便记得清晰。

“毕竟不比从前。”满座茫然不知先生所指。老先生反正感触极甚。

便是桂桂爹陪客，接任酒司令，酒不曾喝几杯，眼窝便有亮光闪烁：“能有今日，全靠先生们教导。桂她娘死时，桂桂还吮着奶头，好歹拉扯大了，不期她倒还考中，考中个……”

“女举人呐！”席上与夏敏天一角的老者接茬，并示威状说：“抵不上么？”

“不敢，不敢。”桂桂爹原也健谈：“我斗大字不认得一舱，这全托先生们洪福，这恩德胜如爹娘呐！”混浊泪点儿溢出，险险儿落进杯中。

人们或颔首称是，或念及瞑目黄泉的桂桂娘，或将已入口中的食物抿定，不嚼不咽。“爹，斟酒。”桂桂白爹一眼。

有尖嗓子妇人便骂：“桂桂爹，你好刁，笑豁嘴大喜事却撒出些乌龟尿，骗我们眼泪，莫非怕日后桂桂不带你城里去享福么？”

“哪能，哪能。”桂桂爹憨憨地笑。

只有夏敏天楞楞无言。桂桂斟酒，一分神，酒从壶口孟浪倾出，荡漾在油乎乎桌面，惹得邻座老者黑黑嘴唇簇成圆圆吸盘，嘘嘘作声吸尽。夏敏天方悟过神，去接抹布。

恰恰这一杯倾杯时，桂桂紧喊一声“爹”。便又放下，却又耐不得一屋呼声：“罚酒罚酒，岂能败了规矩。”却又无可奈何复提起。

校长的目光投向夏敏天，大张、鲍老、吃的看的，一齐射出眼光，齐束束射过去。

夏敏天白的脸更白，却款款排出三个酒杯：“请。”

引出排山倒海叫好，且燃亮点点星火于诸眼。

桂桂不再喊爹，转过去：“夏老师，我代你喝。”

“不。”

也学支书，倒入一茶盏，一倾而尽，而后送长长竹筷夹住一圆圆花生，妥妥送进嘴。

看见许多嘴巴启合，感到眼酸且眼皮重；桂桂你脸好红，红得如霞染夕阳。

春日远足，泼辣辣桂桂骤然腹痛，毕露出娇羞女子态，揉不得，驮不得，只能陪她慢慢走。

其时黄昏，红红太阳急急坠下去，留缕缕积云。走得寂寞，桂桂问：“终究日出距人近，还是日中距人近？”

“日中。”

“因为近者热而远者凉。”

“日出沧沧凉凉，几日中如探汤？”

“不。因为水汽……”

一声发喊，猛听得一首热烈夯歌：

“一个夯坯哟——四人举罗！

一个妹子哟——四眼追罗！

妹子奶房哟——赛葫芦罗！

妹子屁股哟——比磨盘罗！

……”

堤旁三四五六汉子，裸肉凸凸疙瘩，围一二个夯坯，骨碌碌盯着俩人唱。

夏敏天立时脸红耳赤，但偏做出可掬糊涂相，嗫嗫地："因为，因为水汽……"

桂桂扑哧一声忍不住滑出喉咙，很大摆动地赶上步子："不哩，才不哩！村里老人说，月亮是一个胆怯的伢子，太阳是一个勇敢的妹子，太阳满世界寻找月亮，知道他每个晚上都要被夜吞没，一到黄昏，太阳便睁大哭红的眼，一埋头扎进夜……"

于是夜幕便突然降临，夯声也显得十分遥远，讲的听的都不语。

夏敏天蓦地加快步子，一阵风惊醒桂桂。

"宋桂桂，你不疼了么？"

"不疼，我不疼，我恨哩！"

真的不疼，运动员速度赶上夏敏天，睬也不睬，扎进了茫茫夜幕。

自此，见着夏敏天，再也不多话。

已是散席，老师都没倒下，纵然一个个醺醺然，都揖手致礼作别。

夏敏天腿有点沉重，磕在凳上，不疼；脑子却清醒，清醒如门外吹进的夜风。

你过量了，你逞能！

我？

你醉了，我要你留下，最后走。

不，我不是醉。

你不是醉也该是醉。

不。我没醉，我不能醉。

夜好静，曲曲折折堤埂在河边投入朦朦胧胧暗影，谁家不曾夜归的鹅在河心洲响亮一“嘎”，震撼了夜。

庞大的鲍老突然地嚎起来，一个挺尖的高音，便瀑布般泻出五味食物，夏敏天和大张奋不顾身抱住鲍老。

“那一年，我们说好做一辈子乡村教师，只一年，她就走了，返城一去不回……罚酒三杯，三，并非三，泛指多……矣！”便又是一道瀑布。

“我不难过，真的，她属于城市，不属于这里，你，小夏，也不属于这里。我高兴……罚酒，罚酒三杯。”

七手八脚抬进单身宿舍，夏敏天回去，不能睡着。

发私信

发　给：艾夏365

内　容：我知道，你早已拉黑了我，我还是想告诉你，文艺男已不文艺，支教青年夏敏天回城了。

再见，不，永不相见。

《芒种》2013年第3期

丁香先生

一

王福生有三年没回老家过年了，王福生不是进城打工的农民，他是读大学读研究生跳龙门进城的幸运者，只是这条鲤鱼落水时没选好位置，落在省城一所中学教书。王福生的老爸在镇上开豆腐店，安慰儿子说，一代胜一代，总比干我这行好，三伏天下乡收黄豆，三九天串村卖豆腐，你暑假寒假可以在家躺着吹空调呢。王福生不想跟爹斗嘴。哪来的家？一套商品房上百万，没房就没姑娘多看你一眼。这牢骚跟老爸发不出来，母亲走得早，老爸靠豆腐铺的收入供他一路读书，已经非常不容易。王福生得靠自己挣钱，说白了就是假期带家教。

长途大巴上挤得满满的，学校放寒假已过了腊月半，在城里打工的人们也拖箱挎包回家过年。据说在城里混得好的都驾着小车衣锦荣归，混得一般的也是开着摩托车风驰电掣，混得差的才挤大巴。王老师把自己归在第三类，这让王老师心里不怎么好受。但最让王老师难受的是这车上的空气，口臭脚臭孩子的尿骚味，当然还有大人的各种臭屁味混成大杂烩，大巴的窗玻璃密封，你受不了也得受。

王老师做不到不呼吸，只做得到闭上眼，所谓眼不见为净。王老师最近遭遇一些不愉快的事，说出来很可笑，都与放屁有关，这个世界上有些事说不出口，就像卡在喉咙口却拔不出的刺。王老师天生屁多且臭，古人云，屁者，气也，五谷杂粮之味也，本来是正常不过的事情，但在生活中却没人肯这样讲道理。王老师的职业是教师，当教师的职业素养之一就是放屁不响，试想，你正在讲台上讲圣贤哲言，或者推理科学定律，突然夹杂一声杂音，教室轰然笑翻天，你讲了半天前功尽弃，教师内心也自认为是对知识的大不敬。好在这种教学经验并不需要前辈教师亲授，全靠新教师在课堂实践中觉悟。王老师教的是语文学科，从教数年下来，课堂上基本不会出这种教学“事故”，但无奈王老师与别人不同，民谚曰，响屁不臭，臭屁不响，这话放在别人身上成立，放在王老师身上尤其灵验。王老师通过刮约肌缓冲消解了声音，却消解不了那气体浓度。放假前一天，王老师正在分析期末考试卷，忽然间觉得体内黑云压城，王老师吸一口气，分期分批悄然化解，犹如给枪管上了消音器，虽然弹无虚发。问题是这一次不仅弹无虚发，而且杀伤力巨大，大半个教室学生都捂住了鼻子。你放的，有男生嚷道。谁放的是狗杂种，明明是你放的，另一个男生奋起还击。王老师心虚，说别吵了别吵了打开门窗。王老师读小学时，班上有个女生王香玉，每次闻到臭气就能准确指定是谁，王福生自然屡次中彩，为此王香玉没少挨王福生的拳头。每次打完她后，王香玉一边哭，一边说，我亲眼看见你放的。王福生不相信这话，尽管她每次都不是栽赃。一直到他上大学看电视，说某些动物如蛇类能通过红外线感受热能看到猎物，王福生联想到王香玉，觉得当年这位女生可能是真有一双特殊的眼睛。这样的人多么可怕，王福生每次在公众场合释放后，都不由自主脸红，担心某一双眼睛能看到他屁股后面红霞一般的热能。教室里五六十个学生，说不定就有同学拥有一双王香玉那样的眼睛，将王老师的作为早就看清了。王老师的眼睛在课堂上会忽然躲闪，腼腆得如刚上讲台的女实习生。

没想到这一个屁引发了一个血案。那一节语文课王老师是上完了，两个男生却没完。放学路上俩人大打出手，其中一位用小刀捅伤了另一位。平时小气的王老师这回买了一大堆水果食品去医院看望学生，破费且破例，让家长和学生都受了感动，王老师歉疚的心稍稍受到了一点抚慰。

但是让王老师最受伤的还不是这一次。

并非天下的姑娘都是拜金女，也有姑娘看上王福生。公允地说，王福生其实长得并不丑，有身高还有身材，眉清目秀，倘若换个职业进出写字楼，就可称得上是“小鲜肉”，况且手上揣着硕士学位证书，大小也算个知识分子。这一茬的姑娘大多是独生女，独生女在家说一不二，拎不清的出门就特立独行，不就穷一点吗？咱俩一步一步挣钱。当时语文组的新教师宋新蕊豪迈地对王老师宣言，王老师激动得要当场举手宣誓，宋新蕊是个务实不务虚的人民教师，她接过王老师的空心拳头，落到了实处。按理说遇上小宋老师这样的姑娘，王老师的爱情应该水到渠成。问题出在王福生的身上，本来王老师一直夹着屁股做人，约会时浊气袭来，他基本都能巧妙地处理好，遇到形势严峻，他干脆称上厕所名正言顺纵情欢呼。名言说，做一件好事并不难，难的是做一辈子好事。王福生坐在马桶盖上篡改为，解决一个问题不难，解决一连串问题并不难，难的是时时刻刻要准备着解决问题。王福生太累了，俩人同在语文组办公，王老师课内不能放松，课外也不能放松；上班不能放松，下班也不能放松，热恋中下了班俩人还是腻在一起。现在中学教师评职称都要做课题，领导督促王福生也要想一个课题，王老师已经评了中级，中级过了还有高级特级，虽然大家都知道中小学老师做课题是做游戏，但游戏后的糖是甜的，有了课题才有职称，有了职称才能加工资。全中国中小学完成的课题没有亿万也有千万，王老师觉得任何课题都是别人做完了的，报课题的时候，瞅着小宋不在，王老师发言，请问一下，恋爱进入什么阶段才能在女友面前自由放屁？几个年轻男教师都给出了不同答案。王老师来不及认证，主持会议的领导不高兴了，说，小王老师，你什么意思？你是不是讽刺我们的课题研究屁都不如？王福生赶紧认错过关，内心里王福生觉得研究这个问题才是他的当务之急，但是迟到的小宋老师到会了，有的课题研究是要保密的。

王福生终究还是熬不下去，嘴也亲过了，乳也摸过了，就剩那条底线没突破，不怪小宋，是王福生觉得时机不够成熟，到时候瓜熟自然蒂落，是自家菜园子里的瓜，不急，就是说俩人在内心里都把对方当成家人了。那一天在王福生宿舍吃晚饭，王福生拾菜，小宋掌勺，很有小家庭的氛围，菜上桌，王福生试探性地来了一记，还好，小宋不计较。王福生心里崩的弦放松了，再接再厉了一记，小宋说你有完没完。王福生心里想，迟早都有这一出，是祸躲不过，干脆痛快淋漓放肆了一回，这可把小宋逼急了，宿舍就是一间平房，小宋逃无可逃，冲到门口拉开门喘了口气，说，王福生，你有话就说有屁就放。想想这话着了王福生的道，噙着泪说，士可杀不可辱。头一低，冲出了门。

这是哪里到哪里呵，她把这事提到了荣辱的高度。王福生没想到事情会弄得这样糟，显然这课没备好，这课题没做透。接下来小宋电话不接短信不回，办公室里遇见他视若无物。王老师做了课后反思，第一是选择时机不对，应该选择饭后。其次是课堂智慧不足，倘若急中生智开个玩笑，事情就掩饰过去了。反正，放寒假之前，小宋老师再没正眼看王老师。

班车终点站是县城，王福生老家的小镇是途经的小站，王福生好不容易挤到车门口，一个熊腰虎背的小伙子挡在那。小伙子沉浸在手机游戏中，王福生说借过借过，小伙子头也不抬侧过身子，抬脚踩在王福生脚背上，也不知道他有意无意。王福生顾不上疼痛，挤出车门，临下车那一瞬间，猛地发力，将一肚子的怒气怨气都留给了车厢。

二

王福生家所在的小镇原是镇政府所在地，乡镇合并时镇政府迁走，很是冷落了几年，想不到现在又热闹了，县政府发展旅游业，打造古镇老街。其实镇就是这一条街，这条街就是镇子全部，王福生家就住在这条老街上。打小起，王福生记忆中他家就在这条街上卖豆腐。靠街面是铺子，绳子上系的是豆腐皮，铺案上摆的是豆干片和豆渣球，打开白纱布你才能看到白豆腐，铺子内侧放着两只木桶，一只盛豆浆，另一只盛豆腐脑。铺子的后面是天井，天井里当然有一口井，还有一口大灶，这里就是他老爸的工作间。再后面那间屋子，才是父子俩睡觉的地方。说是现在强调修旧如旧，王福生还是没能一下子认出家门。街面铺了青石板，家家门头上挂着一样的红灯笼，门匾统一换了，都是红底金字。王福生走了一个来回，才确定自己站在自家门口。铺子里站着一个笑吟吟的姑娘，不认识，木头的铺案换成了不锈钢格子柜，但门匾上写的是“老王豆腐”。

王福生掀开柜台隔板径直走进去，姑娘说，您是？王福生说，我爸出门了吧。姑娘说，您是王老师？王总出去了。看样子老爸跟她提起过儿子，只是听明白王总是他老爸时，他还觉得荒唐可笑。老爸，不，王总是个勤快人。在早年小镇沉寂的时代，豆腐的销量有限，老爸总是想方设法营销。首先是黄豆的质量，老王亲自到农家收购，挑的是栽在湖畔山口坡地里的黄豆，不仅豆粒样子好，而且味道就是高出一截，用老王的话说，这种豆子汲取了天地山水的精华。做豆腐是个苦差事，晚饭后泡上豆子，鸡没叫就起床磨豆子和起灶火，必须赶在客户早餐前将热腾腾的豆浆和豆腐脑做出来。老王上午在铺子里守着，下午就主动出击了，将铺子门关上，挑两只篾箩，一头是香干臭干，一头是白豆腐，沿村叫卖，有时候王福生放学了他也没回家，啃几块干子当饭就成了王福生的家常便饭。

王福生到家已是下午，王福生想当然地认为，王总亲自挑担叫卖豆腐去了。

王福生的胃口很特别，打小把豆腐当饭吃，按理说应该吃怕了，王福生不，每次回来还是馋，馋自家的豆腐，湿的尝了再吃干子，香干吃了再尝臭干，姑娘急了，说让我记个数字，我要对王总交账。王福生不好意思，退回了后院屋里。王福生还想找吃的，想吃炒豆子。老王收的黄豆从来不混杂，都是用麻袋分开装，张家来的李家来的写明来处，大的小的看上去很不整齐，老王不把两处来的豆子放一起做豆腐，怕串味，少一点可以少做，多出几把就成了儿子的零食。王福生掏出几把豆子，不沾水，放在竹筛里筛去尘土，哗啦啦下了锅。一会儿豆子在锅里噼里啪啦响了，香味窜出屋子好远。王福生手上拈几粒吹着，扔进嘴里，眼睛一眯仿佛回到了小时候。他用盘子盛了，端到前屋姑娘面前，说可香了，吃。姑娘摆摆手。王福生说，别客气，吃。说完，王福生觉得身体带响了，简直是立竿见影。王福生尴尬地撤了，豆子好吃，却容易带响，确实姑娘不宜。

姑娘下班走了，老王还没回家。王福生打通老爸的手机，说，王总，我是你儿子，你什么时候回家？老王乐了，说，我记着你今天回，可是我这会还得在县城待两天，你先自己料理自己。王福生当然能料理自己，打小就会，可这店里的生意明天得开张。年底了，除了来旅游的人，镇上的乡亲们也备年菜了，王福生担心豆腐不够卖，他打开坛坛罐罐，又开了冰箱门，老王是做了准备，各色货品都存了，冬天天帮忙，豆腐能存得住。王福生觉得，这不像老王干的事，从前他在家的时候老王可不这样，每天卖的是新鲜货，老王变了王总就是不一样。

第二天姑娘来上班，小王老师的生意已经开张，热乎乎的白豆腐，热气腾腾的豆腐脑，小王老师的手艺竟然不比老王逊色，小王老师说，你先喝一碗暖暖身，我用的是家里的老卤，正不正？姑娘尝了一口，比王总的还纯，王总图省事，早就用石膏点卤，卖相好，味道就短了。卖得好，小王老师第三天又亲自做了豆腐。只是让姑娘看不懂的是，这人除了吃豆腐就是吃炒豆，懒得做饭菜，也不见他出门找食。姑娘纳闷，自己卖豆腐才半年，筷子见了豆腐做的菜就绕开，他这人少说也吃这东西十几年了，居然还如此好胃口。

王福生不出门有不出门的原因，这几日吃炒豆吃得过瘾，放屁也放得畅快。进口有进口的快乐，出口也有出口的快乐，是人都有过这种体验，只是有些快乐是隐秘的快乐，不便直言。王福生不在课堂，也不在小宋老师身边，身心放松，享受了自由的放纵。古人有句名言，芝兰之室，久而不闻其香，鲍鱼之肆，久而不闻其臭。王福生嗅觉迟钝，并不觉得有什么不好。

想不到有人会找上门来。

早晨忙的时段过去，王福生把前面的铺面还是交给营业员姑娘，自己回屋子看书玩微信。姑娘是个整天笑嘻嘻的阳光女孩，天生适合营业员这个职业。她正站在柜台前吆喝，一个女子喝醉了酒一般踏进门槛，细一看，闭着双眼，绊了一下才梦醒了。开口不打听豆腐，打听姑娘今天用的什么香水。姑娘说，我一个站店的，哪里用得起香水，洗完脸也就抹点润肤露。女人耸了耸鼻翼，说，不对呀，你这店里有股异香。姑娘说，噢，刚做完豆腐，豆香，不光是香，味也正，您买点尝尝就有了。姑娘很敬业，女人随口说，给我打包一百块钱干子，香干臭干各半。趁姑娘忙活，女人径直走进院子，停在了屋子门口，停顿了好一会，问：屋里有人吗？王福生推开门，晌午的阳光打眼，您找谁？来者却闯进门来，说，找您，就找您。王福生定下神，进门就是客，请她坐了。这女子看上去是有几分面熟，却想不起来她是谁。女子胸脯高低起伏，像是刚跑完百米短跑，不看人，仰脸深呼吸了一口，说，终于让我找到了。

女人仔细打量了屋里一圈，屋里有些乱，被子扭成麻花窝，天冷，王福生有时就把身子埋进被子，桌子上胡乱摆着吃剩的干子和炒豆，整齐不了，男人过日子就是这样子。女人的眼光停留在桌上的小铁盒上，说，这是你用的？王福生说，我不用，我老爸用这，凡士林，他的手长期浸水皮肤开裂，睡觉前抹一抹。

请问您一下，院子里的树是丁香树吗？

王福生摇摇头，为什么它应该是丁香树？莫名其妙。

请问您，您应该不是常住这镇上的人吧。

这叫什么话，不是你找上门来的吗？上门来查户口？王福生心里不高兴，毕竟是做教师的，得保持修养。王福生说，我叫王福生，在外地教书，回来过年。

王福生，王一福一生，我是王香玉，你的小学同学王香玉。

王福生的记忆也被擦亮了，别的同学可以不记得，王香玉挨过他不少拳打脚踢，不好意思说忘记她。王香玉初中就转学去了县城，再没遇见过，王福生疑心过是不是被自己打跑的。

王福生看这女人，那个叫王香玉的黄毛丫头确实变化大了，眉眼还是那眉眼，只是淡眉毛变浓了，眼珠子黑乎乎，连头发也变得黑油油了，本来白的皮肤更白了，女人的美，说白了就是白的地方更白，黑的地方更黑。王福生说，你怎么在这里？莫非你也是来怀旧访古？

王香玉掏出一张名片，纸香扑鼻，名头是“活色生香香水公司评香师”，公司地址就在本县开发区。这么说，王香玉就在老家上班了，这年头哪里能挣钱人往哪里走，车轮拉近了城乡交通距离，不奇怪。只是这评香师王老师第一次听说，王老师听说过食品品尝师，听说过品酒师品烟师，那靠的是舌头。这评香师靠什么，王福生陡然明白了，这位老同学靠的是从小就有特异功能。

王福生起身推开了后窗，说，空气不好，流通流通。

王香玉却替他关了窗子，说，空气不好味道好，我就是奔这气味来的，我站在老街上，像是有一根丝带牵着我找到了你这里。

王福生指着桌上的炒豆子说，老同学别笑话我了，我在家就好这一口，小时候就被你嫌。

王香玉说，我真不是开玩笑，小时候是小时候，现在是现在。现在我的职业是评香师，发现新的香型是职业敏感，你的屋子里有丁香花，不，比丁香花还美妙的幽香。

王福生说，你说这屋里的气味是香的?

王香玉说，怎么说你也应该学过辩证法，香中有臭，臭中有香，发现香必然要研究臭。

王香玉说，求你一件事，这几天你不要换食物，至少，不要近荤腥。

王福生想说做不到，这几天肚里已经把油水刮光了，老王回来肯定要给儿子上大鱼大肉，再说，马上就是过大年。可是王老师抵挡不住女同学眼巴巴地恳求，还是应下了。

营业员姑娘拎着两包干子过来招呼两趟了，俩同学互留了手机和微信号，王香玉才接过干子告辞了。王福生在屋子里嗅了半天，除了潮湿味和霉味，他没嗅出有什么别的味。王福生想想也属正常，王福生不是王香玉，语文老师不是评香师。

三

老王电话中说上午到家，王福生起床后填饱肚子，打算上农贸市场去买菜，父子团聚总不能饭桌上还是豆腐当家。想不到有人想在他前面，刚出门，一个女人歪着杨柳腰迎面招呼他，快，快来搭把手。阳光遮着眼，听声音就是昨天来的王香玉。王香玉说，搞什么步行街，不让车子进来，存心是要累死本宫。王福生接过编织袋，死沉，袋口探出几片菜叶子，王香玉说，蔬菜归你，荤菜归你爸爸。

口中自称本宫，手里拎的是编织袋装的大菜小菜。这样一个美丽女子屈身为他做家庭主妇才干的活，王老师受了惊吓，连站在门内的小姑娘也傻了眼，忘了接手王老师。王香玉站定，连喘了几口气，说，真香呵。

小姑娘喜滋滋地说，姐的鼻子真灵，我今天洒了几滴香水，你都嗅出来了。

王香玉故意逗她玩，你洒的香水太高档了，进口的香奈儿 coco 小姐，怕是男朋友才舍得给你买吧。

坐定，王香玉说，大街小巷的女孩子都喜欢这款香水，可市场上大多是山寨货。真货 coco 小姐用的广藿香太特别，山寨货厂家的调香师很难掐准，但一般人区分不了，现在成了烂大街的流行款，连咱老街的小姑娘也当真的用上了。

王香玉说，她读的大学是 2+2 那种，北京两年然后巴黎两年，本来学的专业是服装设计，一个偶然的机会，她的特殊才能被一位香水商发现了，把她推荐给了香精制造商。王香玉放弃了学业，在香精制造公司边上班边进修，终于拿到了评香师执业资格证。几年后，国内香水制造业开始兴起，王香玉来到这家企业应聘了现在的职位。

王福生说，我知道国外有这个职业，是从一本名为《香水》的小说知道的，里面的主人公为了制造某种香水，杀害了一个又一个姑娘。

王香玉嗔他一口，说，怎么了？怕我把你害了？人家是调香师，我是评香师，打个比方，评香师负责了解香味的构成，勾勒味道，分析香型在市场的可行性，相当于产品设计师，而调香师是生产产品的工程师，按照设计的香味寻找生产的原料和配比，听上去差不多，其实是两个不同的职业。

王香玉说，世界上有两种东西能唤醒记忆，一种是音乐，还有一种是气味。气味也能让我们闪回童年，重返现场。香水以及香气本来不应该成为奢侈品，而应该是日常生活中不可或缺的美感，我的梦想就是寻找一种独立而多元、细腻而日常、隽永而普及的香水品牌。而你，就是唯一能让我实现梦想的人。

王香玉成了老师，王福生这一刻成了学生。课上得兴致正高时，老王的嚷嚷声破坏了课堂，儿子，儿子，我回来了。应声而立起的是两个人，还有一个姑娘，敢情是？老王觉得喜从天降，儿子给的惊喜太大了，比老子带来的惊喜大多了。老王偷偷打量一眼自己，鸭绒外套是新的，裤缝是挺的，皮鞋是闪光的，幸亏这几天出门打扮得整齐，在儿子的女朋友面前没给儿子减分。

老王带来的惊喜是一台机器，老王称它为豆腐机器人，从这边喂进去黄豆，从另一边分别淌出豆浆和豆腐脑，从最后的出口处推出一屉屉白豆腐。老王所谓的开会实际上是接受厂家的培训。此刻老王的背后，制造厂的工人正热火朝天地组装机器。

读大学时的某个暑假，老爸也曾经宣称带给儿子一个惊喜。那是一台制造豆芽的机器，从这边喂黄豆绿豆进去，从那边吐黄豆芽绿豆芽出来，可是吐了一回以后它就不肯吐了，回头找人，卖机器的人人间蒸发了。后来，那机器被老爸卖了废铁。

老王是个勇于投身新事物而总被新事物坑的人，从不觉悟，可做儿子的拿老子没办法，能躲就躲着他。

王香玉把王福生引到她的小车上，带他去公司的植物园参观。

王福生说，小时候我因为有那毛病常被同学欺负，挨了打向老爸哭诉，他不帮我去论理，给我讲故事，从前，有一个皇帝也常常放屁，有的大臣忍不住以袖掩鼻，有一位大臣却迎风而进，称颂皇上是“高耸金臀，弘扬宝气”，夸赞那是“丝竹之音，梅兰之味”，皇帝龙颜大悦，当下给这人晋官加爵，从此大堂之上赞歌连绵。我老爸问我有什么启发，我摇头，老爸给我一巴掌，说，蠢，你放屁，人家揍你；他放屁，人家写诗。放屁错不错，在于你是不是人上人。明白没有？你只有考大学跳龙门，才做得了人上人。

王香玉笑着说，怪不得小时候老揍我，原来是挨了别人的揍拿我当出气筒。

王福生说，你说谁出气筒呢，打人不打脸，骂人不揭短。

王香玉笑得花枝乱颤，车子开得东倒西歪。

王香玉赞美老王说，你爸不仅有新思维，而且看问题的视角非一般的老爸可比。

隆冬季节，沿途万物凋零，玻璃天棚下的植物园里却花红叶绿，四季如春。植物有很多是热带亚热带品种，叶子宽大花朵也硕大，漫步其间有时芬芳扑鼻有时奇臭袭人，这是专为评香师建设的聚香基地，另一个动物园也在建设中，许多动物也带有香腺，比如麝香鹿，再比如，王香玉朝他坏笑，你，我恨不得把你也放进我的聚香基地。语文老师一定读过《淮南子》吧，书中说：“橘生淮北为枳，其实味不同，水土异也。”其实，这些植物在这里存活后大多会改变，香味减少甚至变异，我做过一个实验，把这里的一棵树带回它老家栽种，这棵树居然会蓬勃生长大放异彩，比本地同种树芳香还浓烈。什么原因呢？本地土壤中的微量元素激活了成长记忆，并且使本身某些元素因刺激而放大。植物如此，人也如此，一方水土养一方人。比如你，王香玉的话题又绕回王福生身上。几年回老家一次，食物中的微量元素也触发了你体内隐藏的特殊基因，你就成了一个香饽饽，浑身上下里里外外都放射着异香。

王香玉这次说得一本正经，俨然是一位严肃的科学家。

在王香玉的办公室，王福生拿到了她为他定制的食谱，还好，有少许肉类，严格限制的是所有食材必须是本地产。王福生觉得为难，谁知道农贸市场上那些菜的进货渠道。王香玉说，这不用你烦神，从明天起你搬进公司吃住，老板会和你签合同。就今天一天你在家陪你老爸吃饭，回去后好好享受父子情深。

老街街口分手的时候，王香玉说，还有什么问题吗？

王福生说，请教一个问题，一个恋爱中的男生什么时候才能在女友面前公然放屁？

王香玉笑趴在方向盘上，侧着脸说，如果是你，从第一次约会就可以。

王福生从老街上走回家的路上，接到了王香玉的微信：弱弱地问一句，你有女朋友吗？

王福生回答了四个字：有过，没了。王香玉传过来三个字：我也是。

腊月的晌午时间，老街上正是最热闹的时候，各种商家用大喇叭叫卖商品，或者播放流行歌曲吸引路人，买年货的老乡熙熙攘攘欢天喜地。王福生心情舒畅，情不自禁地释放了几下。那声音被大街上的热闹遮盖了，那气味在人群中氤氲弥漫，忙碌的人们谁也没顾上觉察。

没有人能想到，不久以后这气味就会是昂贵的商品。

四

王福生和活色生香香水公司签约，成为公司一员，合同期三年，年薪是保密的六位数，足以让他有勇气辞去省城中学的那份教职。之所以签三年，是听了王香玉的建议。评香师王香玉说，天赋异禀于你，你不能局限于香水领域，你的未来将属于更大的舞台。

签约之前，公司老总及香精研究所的专家们对王福生进行面试。王福生进中学当老师曾经经历过面试，但这里明显是另一码事。地点是在一个全封闭的房间，老总和专家们穿着白大褂，白帽子白口罩，以他为中心围成一个半圆，王福生觉得自己几乎成了解剖桌上的小白鼠。王福生手心里都是汗，幸亏王香玉也在专家中间，王福生能认出王香玉，她的眼仁又黑又亮，默默地安慰他鼓励他。专家们提的问题都简单，吃喝拉撒，像是一帮内科医生问诊。但是王福生还是紧张，在最重要的关口卡了壳。王福生面对一帮陌生人的目光，把面孔憋成了猴子屁股，还是挣不出来一个屁。好在老总宽宏大量，说人家毕竟是知识分子出身，毕竟是脸皮还嫩的小伙子，面对我们免不了有心理障碍。这样，我们撤退，留你一个人在屋里，等你觉得可以交卷时告诉我们。王香玉最后一个走，回头那一眼是满满的关切。王福生当然交出了完美的答卷。专家们重新进了屋子，纷纷摘下口罩，张着大口呼吸，恨不得把七窍都变成脑洞多吸多占，连赞叹一声都顾不上。面试全票过关，老板拍着王香玉的肩膀说，你为公司立了大功，小王比那电视《还珠格格》上的香妃还厉害，香妃只是人香，小王连屁都香，而且是人见人爱的珍稀香型。可遇不可求的契机，你们遇上了，一定要抓住机遇，研制成功呵。

不用猜，王福生和王香玉的爱情从此拉开了序幕。

王香玉是个敬业爱岗的模范员工，她把爱情和工作紧密相联。植物园处在开发区的角落，这里厂房林立，现代化的车间机声隆隆却看不到人影，俩年轻人躲在玻璃罩中卿卿我我，完全是名副其实的两人世界。王香玉最喜欢干的事是替王福生掏耳朵。在一张长椅上坐下，把王福生的脑袋上按在大腿上，王福生惬意地闭上了眼睛，王香玉下手之前就说，王福生，你的耳屎应该是潮湿的糊状，与别人的块状不同。王福生扭一下脑袋要说话，王香玉把他按住了。然后把掏出的东西放进一个塑料瓶，说，你看你看，我没骗你吧。因为耳朵内有耳腺，特殊的人会有液体时续分泌，我研究过，比如，狐臭的人不光液下腺体发达，耳腺分泌也多，耳屎也都是糊状。当然，那些人和你的产出是天渊之别，你出产的都是宝贝，你整个人就是一个大宝贝。

王香玉最喜欢运动后的王福生，王福生跑步归来，或者与她打完乒乓球后，王香玉总是不让他马上洗澡，像一只小狗一样把他从上到下嗅一遍，然后在他脸上身上乱啃一通。王福生与她相处也觉得幸福，不管怎么说，在女朋友面前多少还得注意一些，最初王福生在她面前习惯性地消音，却从没逃过王香玉的眼睛，王香玉举起右手，竖大拇指，伸出食指，做手枪状，嘴里有节奏地发出声音，叭，叭叭。把王福生的小伎俩戳得粉碎。王香玉说，你干吗，你忘了吗？我说过第一次约会就允许你。岂止是允许，她时常给予奖励。有时突然不请自来，王香玉像是意外捡了个金元宝，激动地赏他一个吻。王福生回想与宋新蕊的恋爱时光，他常为这件事神经快要崩断，今昔对比，现在的他内心盛着满满的幸福。

王香玉首先要树立王福生的职业荣誉感，她纵论古今，高瞻远瞩，丰富的学养让王老师自愧不如。王香玉说，在古老的西方，放屁这件事曾经具有相当深厚的道德内涵和神学意义，中世纪的很多作家将其视为死亡印记，认为它们的存在就是为了每日提醒我们：我们终有一死，并且殊途同归；我们肉体凡身，并且罪孽深重。这是哲学意义。你是中文专业的硕士，从文学艺术的角度看，从作家乔叟、巴尔扎克到莎士比亚，作品如《巨人传》和《一千零一夜》，都有相关经典描写。艺术家吧，阿里斯托芬曾在他的喜剧《蛙》中用屁当笑料；音乐家莫扎特曾经从屁中获得灵感，滑稽地用铜管乐器的音色模仿排气的声音作曲。当然，反对的声音也一直存在，扎克斯在《西方文明的另类历史》这本书中就已有揭示：截止到文艺复兴，一直存在着左右两翼围绕“禁屁”和“倡屁”两条路线的殊死斗争，并在伊拉斯塔斯出版于1530年的《儿童礼仪》一书的有关章节中达成了妥协：“悄悄放屁是一种美德”！——“人虽然应该彬彬有礼，可是为此而染上一些病是不值得的。如果憋得住，应该一个人自己憋住。可是如果实在憋不住，应该以高声咳嗽掩盖放屁的响声”。虚伪！这些句子都是她在手机屏上读给他听的，据说是摘自一本书，书名叫《职业放屁人简史》，夹叙夹议，最后两个字是她的评价。再后来，她居然从网上淘来了两本纸书，一本是上海某出版社出的业界经典《尴尬的气味——人类排气的文化史》，一本是绘于日本江户时代的神作《屁合战绘卷》，生动描述了日本古代用屁作战的场景，满纸都画了肥嘟嘟的屁股。让王福生不得不信的是她转发的一个下载视频文件，记录了一个自称“甲烷先生”真名叫派多曼的人，在法国著名的红磨坊舞台引起轰动的放屁表演。

更何况，亲爱的，王香玉说，他们怎么能跟你比，同是放屁，你是为这个世界制造芳香，为人民谋幸福，对了，从现在开始，你就是本公司的丁香先生。

但是，王福生已经不满足于老老实实做学生了。为人民谋幸福的男人是神灵，攻城略地得陇望蜀的男人是枭雄，对于丁香先生而言，最需要解决的问题是在王香玉的身体上得寸进尺，谋得自己的幸福。

王香玉也是三十岁的老姑娘了，按旧常态说，与王福生撞在一起应该是干柴烈火一点就着，但是事实上王香玉完全是淋湿了的稻草，烟雾多却火不大。王福生从宋新蕊身上得到的有限经验几乎交了白卷，每次兵临城下打算决一死战的关头，王香玉就鸣金收军，一把将王福生推开。这既伤勇气又伤自尊，和小宋老师在一起时过家门而不入，是王老师当时觉得无钱无房怕负了人家，没有把握确定那究竟是不是属于他的家门，是高姿态，是负责任的表现。现在王老师自信心大增，已到了为人民谋幸福的逼格，却被拒之于门外。王福生想不通，王香玉安慰说，我也想，不是怕你破了童子身，毁了你身体里的香吗？王福生说，武打小说里人物练功讲究童子身，江湖郎中开药方用到童子尿，莫非，为了留住这香气，我要一辈子打光棍？王香玉说，那倒不必，等调香师把香水调制出来，你想要什么人家还会不依着你吗？

王福生说，为了你，我愿意放弃这狗屁的屁香。

王香玉却没被这爱情宣言感动，嘻笑着说，傻！傻到骂自己是狗，我可不要那什么狗屁呢。

见王福生沮丧，又安慰说，等时机成熟，是你的终归是你的。

过了春节，阳历二月十四日是洋人的情人节，王福生订购了玫瑰花，一大早敲开了王香玉的宿舍门。王福生住在研究所，吃有专门食谱，住有特制的房间，房间内进出有多种管道，据说为保障新鲜空气而设，吃住都有一干人围着他服务，日子久了，王福生觉得这帮人像狗皮膏药粘着他，烦死了，就常常溜到王香玉这里。王香玉的宿舍也在研究所，独立的院子，除了几丛瘦竹，没有别的花草。王香玉没有惊讶，接过玫瑰花，塞进了敞口的实验玻璃瓶里，却推开门，摆在了走廊里的窗台上。王福生不好意思地咧了咧嘴，王香玉说过，在评香师的嗅觉里，面对玫瑰花想到的不是浪漫与爱情，而是这种味道的原料构成。王香玉不用任何带香的化妆品，包括洗手液洗衣液也不用，王福生开玩笑地说，这相当于制毒者不肯吸毒，品酒师不肯酗酒。王香玉一本正经地说，评香师的嗅觉不能被一种气味长久占领。

王福生说，抱歉，我没能免俗。

王香玉钻进他怀里，说，不，谢谢你，今天有鲜花的女人才是幸福的女人。

热恋的男女一旦拥有独立的空间，总能在最快的时间完成规定动作，剥光对方最后一件衣服，何况这是冬天，何况这里还有一张温暖的床。没多久，俩人就钻进了被窝。能走的程序走完，两台机器都已处在高温运转状态，不是停机就是爆发，王香玉及时地钻出了被窝，王福生长叹一声，掀开被子，让身体自我冷却。没想到王香玉折回替他盖上被子，再次钻进他怀里，王福生的身体再度升温，东山再起。王香玉在他耳边娇声说，今天从了你。王福生顾不得多问，翻身压住她，却被她握在了手中。湿了。王香玉嘟囔了一声。她手还握着他，身子一侧掉了头，王福生不由自主地联想起某些打马赛克的镜头。恍惚之中他觉得被什么热乎乎地裹了，吐出来，在那只手的指引下又进入了更暖和的深处，他战栗了一下，听见王香玉呻吟了一声，迎面倒下来，用嘴堵住了他的嘴。

王香玉不是处女，这在他的预料之中。

床头柜上摆着保温箱，他看着她把一块热毛巾存放进去，刚才是被这热毛巾裹了，裹走的是他的腺液。他的前列腺腺液莫非也是他们采样的实验品？

王香玉再次钻进他怀里时，他的身体已没有再度发动的能量。他侧身抱着她柔绵的身子，目光停留在窗外的玫瑰花上。隔着玻璃，嗅不到花香，玫瑰花就像塑料花似的。

五

根据合同上的条约，合同期内王福生不得私自出卖自身资源，除了回家看望老爸，王福生外出需经公司同意。习惯了城市生活的王福生虽然最初几个月有些不适应，时间一长，有网络有电脑，也做了宅男。倒是王香玉怕他憋闷，每个月开车带他进县城一趟放风。说是放风，其实公司也安排有任务。每次总是先到郊外一处豪宅，有假山流水，廊回峰转，俩人被安排进一个房间好茶侍候，饭菜齐备。王香玉说，这里的吃喝尽可放心，全是公司带来的食材。你是公司的大人物，人未到粮草先行。碗筷收拾完毕，有人进来，把两边站墙的柜门打开，原来是两个长溜到顶的衣橱。人刚走，王香玉忍不住手痒，一会儿拿出一件大衣，一会儿拿出一条围脖，往身上比试过后又挂回衣架，王香玉说，没有一件不是世界品牌，没有一件不是上万上千，橱门大开，王福玉明白自己此行的任务了。王香玉曾经说过一种植物薰衣草，西方洗衣液里常加进薰衣草香精，洗过的衣服就留有这种香味。王福生在这房间的角色，就是熏衣人，显然这房间的主人是位贵妇人，她的目的是让每件衣裳都沾有王福生珍奇的屁香。

离开豪宅逛街的时候，王福生打听房间的主人是谁，王香玉说，你迟早会见到她。

见到这个人的时候已经是这一年的年末，活色生香公司成了县里的纳税大户，老板带领有功之臣王福生和王香玉来省城参加一个表彰大会。主席台上坐着一排大人物，平时王福生只能在电视上才能见到这些面孔，王香玉在他耳边悄声介绍，这位是副省长，这位是副秘书长，讲到一位肥头大耳的女领导时，王香玉说，这人是旅游局的局长，原来是我们县的书记，前几年高升进省城的，家还安在我们县郊，对了，你没见过人，但见过她好多衣裳。这话听着怪怪的，王福生听懂了，这女局长就是那豪宅的主人。轮到女局长发言，想不到她的普通话字正腔圆，比很多语文老师还强，至少二甲以上。王香玉说，局长在放屁。王福生说，不能诬蔑领导的讲话。王香玉说，局长真的在放屁，你注意局长屁股的方向。王香玉说，局长屁股明显朝左倾斜，因为右边坐着副省长和副秘书长，左侧坐的是副局长。首先接受的是副局长，你看，他脸上还是笑容满面，但是身体却在椅子上扭来扭去。现在接受的是副省长，他用不着掩饰，眉头紧锁，抓起湿毛巾貌似抹脸其实是掩鼻。现在副秘书长接收了，他很惊慌，他怕副省长怀疑自己，勇敢地起身闯进重灾区，假装拎起热水壶为领导加水，其实是抢着为领导分忧。王香玉像是足球比赛的解说员，不由得王福生不信。

女局长还在铿锵有力地读发言稿，看不出有任何慌乱。王香玉说，当官和当老师有共通之处，都修过消音技术这门学科。除了我，没人能确定她是源头，在官场，这是说不出口也问不出口的话题，谁先开口谁就输了。

那么，你究竟是靠红外热能还是靠嗅觉断定的呢？

王香玉笑而不答。

问题出在晚宴上，现在开会吃饭都是自助餐，领导们亲民，珍珠一般撒落在民间。本来以为没他俩什么事，老板却要领着他俩给领导敬酒。老板走前面，王香玉走中间，王福生走在最后，王香玉却突然绕到了王福生身后，大庭广众之下勾肩搭背，还把手伸进他的风衣里面搂着他。王福生刚要挣脱，就听见屁股上吱啦一声轻响，是裤子上的补丁被撕开了，王福生用手一摸，补丁上原来装了魔术贴拉链。看来早就布置好了，这条裤子是王香玉送给他的，同时还送了一件灯芯绒外套，胳膊肘上也挂着两个布丁，王福生以为同是装饰，想不到这条裤子是别有用心，怪不得今天王香玉建议他换上这条裤子。幸亏他外面还穿着一件长风衣。老板向领导介绍他是“丁香先生”，懂的人都笑了，不明白的人则向邻座打听。走到女局长那一桌，女局长拉着他的手，肉乎乎的指头在他手心勾了又勾，夸张地说，原香，这才是原香。

王福生借口上厕所，溜出了饭店，他把那条裤子脱下，扔进了路边的垃圾箱，他穿着一条线裤裹着风衣走上了大街，那条裤子的补丁他似曾相识，视频上表演节目的甲烷先生穿的就是这种裤子。不知为什么，王香玉长期以来灌输的职业荣誉感在一瞬间垮塌了，宋新蕊说的那句话跳了出来，士可杀不可辱。

想念小宋老师。

省城的街市华灯初上，寒风凛凛，行人却没有减少。一抬头，王福生就看到了巨大的屏幕广告，丁香先生以冷漠的眼光高高在上地看着这世界，手中握着一瓶活色生香的品牌香水。这是公司产品的专卖店，王福生不由自主推门进去，暖气的热浪扑过来裹住他，一位着旗袍的姑娘也热情地迎了上来，递给他一张卡片推销产品。

- 置身于爱情的芬芳中。——梦幻香水
- 有谁不渴望青春的气息？——怀旧香水
- 感受新世界的情趣。——热辣香水
- 与柔和的晨雾一般清新——拒霾香水

———————

王福生挑了怀旧款，挺贵，好在现在王福生不是王老师，是丁香先生，不差钱。王福生沿着街道走，一会儿走到了一个熟悉的地方。是他原来任教学校的大门口，传达室的保安还认识他，王老师，王老师回来了呵。

跟往常一样，校园里的三楼教室灯火通明，那是高三毕业班学生在上晚自习。王福生鼻子酸酸的，原来他内心深处还是留恋这份曾经拥有的工作。他悄悄地上楼，竖起风衣的竖领挡住脸，找到了他任教的那个班级。王福生悄悄推开后门，孩子们都沉浸在作业中，或者以为是例行检查的值日老师。王福生的目光停留在最前排的男生身上，他俩还是同桌，一位还伸手到另一位铅笔盒中取了橡皮，看样子早已和好。等到教室里芬芳弥漫时，王福生离开了教室，这是语文老师现在能为同学们所做的最后奉献。

语文组的办公室亮着灯，却没有人在。小宋老师的办公桌整洁而干净，王福生一直关注着她的微博，小宋老师已为人妻，将为人母，正在家中保胎。

王老师将香水放在小宋老师桌面上，黯然退出。

这一夜，丁香先生直到天亮也没回宾馆，手机一直关机。王香玉第二天找到他时，他还醉眼蒙眬，线裤和风衣上沾满了呕吐物。

六

王福生回到研究所宿舍睡了一天一夜，醒来时放了一连串响屁，门外的服务员被熏得当即倒地，评香师王香玉鉴定，该屁确实臭，臭不可挡。

王福生违背了合同条例，违约本应赔偿，但老板为人宽厚，解除合同的同时还是给了他一笔遣散费，王福生又回到老街豆腐店里。老王的豆腐机器早已卖给了废品站，老王重操旧业，还是老老实实卤水点豆腐，全手工。

不久，老王家的臭豆腐名声大振，来老街的游客大多是奔臭豆腐而来。老王家的臭豆腐成了品牌，官名“千里香”。

《芙蓉》2016 年第 4 期

求诸野

鬼节城里人只过一个，清明节，国家放假，高速公路不收费，城里人往上数三代，十有八九是乡下人，回老家求祖宗保佑，顺便踏个青。清明节就热闹，人和鬼都乐呵呵。乡下人到了阴历七月十五，还过一个鬼节，中元节，城里人不放假，中元节比较冷清。种庄稼的年代，这正好处在夏种和秋收的农闲，奋斗了整个夏伏的人们需要找个理由犒劳自己，中元节提供了机会。中元节敬鬼神，敬的都是孤寡野鬼，求的是不要作祟惹祸。酒喝了，菜吃了，其实鬼神只带走了纸钱的灰烬，鱼呀肉呀都落在了人的肚皮里。在我们这里，除了正月，小孩最喜欢阴历的七月。祖宗传下的习俗，七月祭祀不限于七月十五，整个阴历七月都可以。这个政策好，七亲八戚错开日子，小孩可以跟着大人走亲戚，吃上十天甚至半月。现在变了，田荒的荒，没荒的挖成蟹塘搞水产养殖，农忙没什么可忙，肚子里油水也不怎么缺。关键是人荒了，那些能喝大酒吃大肉的人都进了城，村里就剩下老人和孩子，很多村人敬鬼神的态度变得马虎，在路口烧点纸就对付过去。我爸和我妈守着传统，年年把这当个大事，私下里我妈说，你哥哥公司做得大，事业兴旺，咱家朝中无人，靠谁？全靠神灵的保佑。别人家图省事，咱家不能让鬼神指脊梁骨。我妈说得我后背发凉，她却暗自得意，似乎儿子事业发达她功不可没。

通知各路大神诸位祖宗，我妈会提前焚香敬告，鬼神太多，我总疑心迟到者会挤不上桌子。好在来多来少都没人能看到，村里人只看来的亲戚多不多，人气旺不旺。亲戚只看桌上的酒好不好，上的菜有没有档次。我妈还得把所有亲戚都通知到，指派我打电话发短信发微信，唯恐漏了哪位亲戚，让人在背后戳脊梁骨。最重要的人物是我舅舅，我必须亲自上门去接他。

我舅舅是个聋子，他家中有座机不开通，他也不用手机，我无法通知到他。最主要呢，我跟我舅舅亲，舅舅有俩儿子，没女儿。小时候我常赖在舅舅家，上面有俩哥哥让着我，舅舅舅妈稀罕我。我妈常说，这丫头，我送给你舅舅当女儿算了。

小时候我确实想给我舅舅做女儿，要知道，我舅舅在我们那一带曾经是远近闻名的名人。我没来到这个世界之前，我舅舅是个军人，通信兵。正逢南边有战事，我舅舅上了前线。据传，开始的时候，通信兵用普通话传话，敌人都能听懂，用外语，外国话人家也有人懂。后来，首长遇见我舅舅与老乡聊天，灵机一动，通讯兵全换上我们这地方出来的兵，土话，土得掉渣，敌人傻眼了。我舅舅立了军功，不少战友回来时缺胳膊少腿，我舅舅看上去囫囵，耳朵成了摆设，让炮弹震聋了。据说，领导让我舅舅去做报告，我舅舅装聋作哑，死活不答应。真有人说我舅舅的耳朵没有聋，舅妈说，他是该聋的时候聋，他想听见的时候就不聋。这话我信，我舅舅和我在一起说话，就不需要我爆嗓子。舅舅也跟我讲打仗的故事，小时候我帮他在背上挠痒痒，我问他，这俩蟹壳下面怎么凹进去这么深？舅舅说，怪我不小心，敌人一炮轰在我背上，躲不及，后背给擂下去一个坑。这比刀枪不入还牛哩，我那时人小，当真信了。夏天在院子里喝稀饭啃饼，他腿肚子上明显有个疤眼，我说子弹怎么只有进洞没有出洞，它还在里面？我舅舅说，没有。他一拍桌子，把缝隙里的芝麻和饼屑拍出来，用手掌接住。说，就是这样，那子弹钻进去了，我在腿上一拍，它就掉出来了。舅妈和哥哥们都笑了，我没笑，没觉得哪里不对。倒是有一回，我妈在院子里杀鸡，老母鸡肚子里金黄金黄的鸡油一堆堆外挂，我舅舅跑到门外干呕了半天，他跟我妈说，人肚皮里翻出来也是这东西。就这一次，让我小瞧了一回我舅舅。

我的车只能开到舅舅村上的村口，舅舅家在村中间，以前在村口抬头就能见到那幢两层小楼，醒目得很。现在被前后左右邻居的楼比下去了，南边传来的风气，起楼都是四五层，我哥回村盖的是八层楼，房间大多空着，楼高人稀，我爸早晚巡逻一遍，累得够呛。如果我舅舅遇见了，就会双手着地，装作是一条伏天的老狗，挂着舌头耸着肩膀喘气，挖苦我爸那败象。我爸也不示弱，说，眼馋我不？你那小楼，腿一伸就撑到墙了。我舅不生气，说，我要巡逻，上老大家去巡逻，五十层的楼，比你这高出多少层？俺懒得爬，让老大掏钱雇保安爬，当耍猴。大表哥家确实住五十层楼，每月缴物业费，那保安也可以说是业主雇的，可这是哪里跟哪里呀。我爸急了，我这是一幢楼，你那只是楼里几间房。我舅说，是哩，你这楼里不也就几个房间住了人，我在老大家，常常就把那上上下下的房间当成空房间。我爸说，那是因为你是聋子。话说到这里，俩老顽童就停战了。我妈这时候特别紧张，怕我爸口不择言，伤了我舅舅。我妈是我舅舅的亲妹妹呀，她心疼她哥。我妈说，别看我哥嘴上不着调，那是扛着，其实他是个心重的人。

80 年代初，我舅舅做了一件轰动乡里的事。我舅舅从部队复员，地方政府敬重英雄，把他安置在山区的国营煤矿，转户口，做工人阶级。当时这可是乡下人梦寐以求的事，那些城里知青觅死觅活回城不就图这些吗，那些悬梁锥股疯了也要上大学的人不就图这些吗，我舅舅报到第一天就反悔了。他从矿上骑自行车赶了五十里路回家，跟我舅妈说，他不想待在煤矿。那时他跟我舅妈新婚不久，英雄的光环熠熠生辉，我舅妈做不了他的主。后来我爸翻我舅的老账，总说我舅舅那时是光顾了贪热被窝，鼠目寸光。我舅舅说服领导的理由是，他不喜欢钻在地洞里，在南边打仗，他蹲在洞里担惊受怕受够了。我舅舅放弃了户口放弃了工作，回家做了农民。当然，他弄到了一笔安家费。这笔钱在当时不是一笔小钱，我舅舅用它买砖买瓦，买这买那，钢筋水泥的两层楼说起就起了。我小时候看舅舅家的楼，觉得除了课本上的天安门城楼，就数它雄伟壮丽了。村人眼馋，我爸也眼馋，那时候村里人别说盖楼，就是盖个砖瓦房，也得像鸟儿衔草筑窝一样慢慢积攒。喝上梁酒时，我舅舅豪情满怀，说，都笑话我小农意识，老婆孩子热炕头，老婆孩子热炕头有什么不好？我打仗时就想着，能活着回来什么都可以不要，就图好好过日子，疼老婆疼孩子。据说我那柔情似水的舅妈就坐在他身边，感动得眼泪当众哗啦啦地淌。

现在这楼就成了个破落户。四周邻居的楼都居高临下俯视着它，遮它的风头，挡它的阳光，相比较新楼闪耀的玻璃幕墙，它那斑驳的外墙砖，旧的旧，残的残，已经像白癜风病人的脸抬不起头。村里很安静，暑假，孩子都被城里打工的父母接走了。巷子里的青石板路，潮湿处已爬上青苔，那石板路的两边，长出了一丛丛野草，高高低低的草尖草叶，戳在我裙摆下的小腿上，有痛有痒，仿佛是小时候走在田埂上。院子门是舅舅亲自焊的铁门，材料是建房剩下的螺纹钢，现在手一挨，锈粉就染黄你的手。院子里也长了草，触目的茂盛，那棵老柿树叶子掉得差不多了，但枝头的几只柿子竟提前红了，红得惊心。大门锁着，灶间是红砖小屋，门没上锁，我拉开锅盖，锅底居然长出一簇白毛，肯定是剩饭搁得太久了。舅舅这人也太懒了，院子的晾衣架上还晾着他的汗衫，我收起的时候衣角不小心绊了一下，居然纸一般挂破了一大口子。我没记错的话，这应该是端午节我送粽子来时，替他洗的衣服。几个月过去了，他也没想起来收。

舅舅肯定有日子没回家住了，他把蟹塘当家了。

掩上舅舅的院门，我心里觉得愧对舅妈。我答应我舅妈常来看舅舅，一晃又是二三个月没顾上。

我舅妈从小待我好，本来二胎想生个女儿，生下来又是带把的，小时候的二表哥扎小辫，穿小花裙子，后来有小伙伴嘲笑，他不干了，舅妈的热情转嫁到了我身上。年轻时的舅妈不仅是个美人，还是个心灵手巧会打扮的潮女，那年月所谓“潮”，也就烫个卷发穿个连衣裙之类，在乡下就惊世骇俗了。舅妈生了两个光头儿子，爱美之心不死，每次我从舅妈家回去，都是面貌一新，用我妈说的话，回来个小妖精。我妈吃醋也不管用，舅妈还有更厉害的一招，会做菜。不说大鱼大肉，就是萝卜青菜，也能做出不一般的味道。端午的粽子，六月六的包子，中秋的月饼，九月九的玉带糕，舅妈做的点心让人想起来就流涎水，我和我哥跑舅舅家腿最勤。我舅舅说，她这人，平时怕说话，把脑筋都浪费在锅灶上了。连我爸都替我舅妈打抱不平，说，你别得了便宜卖乖，没有大嫂，只怕你连西北风都喝不上。

这话应验了一半，我舅妈到大表哥家带孩子后，我舅舅没喝西北风，但饥一顿饱一顿的日子是常态。

这得从我的两位表哥说起。乡下男孩子，只有两条出路，上大学或者参军。我的大表哥带了个好头，考高中考取县中，考大学考取南大，毕业考上了公务员，人生可以说顺风顺水。小六岁的二表哥不甘示弱，在舅妈的唠叨声中，憋着一股气考上了中国金融大学，毕业后进了人民银行。都说舅舅家风水好，连我只上了一个三本医学院，我妈都说是常往舅舅家跑，沾了她娘家的灵气。我舅舅可得意了，说，生俩儿子不算难，难的是都考上重点大学。考上重点大学不稀奇，稀奇的是俩小子都找到了顶呱呱的工作。大表哥结婚，他的新娘子是大学同学，我舅舅在酒席上对他的小儿子背乘法口诀，一二得二，二二得四，连我都听懂了，他是暗示老二，也找一个大学生老婆。类似的事有过，养鸽子的哑巴丢的鸽子，过几天带回了一窝鸽子。我二表哥时刻以老大为榜样，确实也找了一个大学生做太太，不过他们结婚时，我舅舅已经没心情高兴，俩儿子结婚欠下的债务像大山一样快把他压趴了。别看我舅舅耳朵聋了，他对这个世界的动静了如指掌，风向哪里吹，他听得一清二楚。比如说最早的时候村里一窝蜂去城里打工，他不去，自嘲说舍不下老婆。他承包了村里的几方鱼塘，不养鱼，养螃蟹和甲鱼。等许多人回头也弄水产养殖时，他跟村长说，鱼塘再包给我一个人，不合适。别人眼红，说不定扔一瓶农药让我的螃蟹王八底朝天。他留了一方塘，塘埂上是他搭的草棚子，草棚子变成了商店，卖水产饲料和渔具。不几年，湖滨的良田都挖成了塘，养殖来钱快呀，舅舅的生意愈来愈兴隆。我舅妈也没歇着，她置了两箩筐碗盘筷勺，红白喜事，她喊上两个帮手，小半天就能把三五十桌菜办下来，那业务广告都刷到我家院墙上了。说我舅舅舅妈没赚到钱，真小看了这对老夫妻。我那舅舅，他亲外甥来买甲鱼，电话里说好的八十一斤，结账时我舅舅说，我听你说的是一百块一斤呀，你可不能欺负舅舅我是聋子。我哥哥哭笑不得，谁欺负谁呢？乖乖地付账走人。我爸说，这聋子还聋出花样了，他怎么没听成六十一斤呢。我妈依然护着她哥哥，说，八百块一斤你儿子也得付，天上雷公大，地下娘舅大，你儿子在世上就只有这一个舅舅。

我爸爸跟我舅舅斗气，不是为这点账钱多钱少。那些年我俩表哥金榜题名，春风十里，我哥是个建材公司的小推销，见人就挤笑递烟。我爸在我舅舅面前硬是没风光，被压了一头，一压多少年。想不到时来运转，我哥把公司开到南京，成了不大不小的老板。我俩表哥，说到底也就是个工薪阶层。说白了，我爸其实就是想挣回从前抹掉的面子。

前后培养两个儿子上大学，对普通农家来说已经不容易。我舅舅舅妈肩头拉着犁铧，心里志存高远。蚂蚁搬家一般，他俩在支付儿子读书的费用之外，往家搬砖瓦，搬钢筋水泥，那可真是用手搬用肩扛，巷子窄，别说汽车拖拉机开不进来，连板车也推不进来。好在我舅舅钱少，每次能买下的材料有限，俩人累了歇，歇了再搬，也就进出趟数多一点而已。大表哥带着女朋友第一次来家时，院子里已经像个小仓库。去湖里划了小船，去苇荡看了风景，揣着见面礼回了省城，那女子对我大表哥说，你爸你妈将来就老俩口过，这两层小楼人均面积已超百平方米，还盖楼做什么？这话带到我舅舅耳边，他没装聋作哑。那时老二还没考大学，这材料是为老二留后手准备的。在我们乡下，没有一幢漂亮楼房，娶老婆很是渺茫。我舅舅拿出英雄气概，卖，都卖了给老大买房。老二争气也考上大学了，但老二是处处以老大为榜样的，老二在深圳工作，工资比老大高一点，但深圳的房子比南京高出一大截。我舅舅很惭愧地对我二表哥说，给老大多少我也给你多少，只是跟你哥那会儿房价比，现在这钱太不值钱了。

但是这年头，钱是越来越难挣了。

我舅舅长孙的满月酒是在镇上最豪华的酒店办的，按说这酒要办也应该在舅舅家里办，我舅妈是远近闻名的大厨，多少能省一笔开支。我舅舅说，砍刀都挨了，还在乎挨这指甲掐一把？他坚持去酒店办酒席。红包都是孙子收了，宴席的钱得当爷爷的掏，我舅舅舅妈高兴，乐呵呵地掏了。趁老俩口心情好，我大表嫂再接再厉，提出了新的要求，让我舅妈进城去带孙子。

我妈还在上班。再说，孙子首选也该奶奶带。大表嫂有理有据。

能不能？我舅妈说，你们请保姆，保姆费我们掏。

这不是钱的问题。保姆再好也是外人，怎么比得上自己的亲奶奶心疼孙子。

当老板的有一句名言，凡是能用钱解决的问题都不是问题。我舅舅没做过老板，缺钱，但他也遇到了钱解决不了的问题。我舅妈其实是放不下我舅舅，一起进城长住儿子家，儿媳肯定不乐意，而且，住长久了，我舅舅肯定也受不了窝囊气。我舅舅拗不过儿子儿媳，说，奶奶带孙子，也是天经地义。我不能去，我们俩都去城里，还怎么赚钱给老二成家?

我舅妈在南京城里一住就是大半年，一直到腊月二十八她才回来，再怎么样年关总得让老人回来备年货。我被我舅舅派遣去长途车站接舅妈。我舅妈大包小包把我小车的后备厢塞满了，我舅妈说，都是老大的旧衣服，其实也不旧，还都是名牌，说不穿了就要扔。我抢下来，够你舅舅穿几年。我心里想，这是把我舅舅当垃圾箱。我舅妈掏出大孙子的照片，是一个白白胖胖的可爱小家伙，我看了也实在喜欢。车到了村头，我舅妈不下车，说，丫头，把你的化妆盒让我使使。我舅妈在副驾座上弄了半天，又是描眉又是涂唇，下车一看，真的是一亮丽的城里大妈呢。使我惊讶的是，我舅舅在家里把门抹了，院子里的草除了，洒扫一新。我舅舅呢，胡茬刮得泛青，头发梳理得整整齐齐，还明显抹了水。他简直与我平时看到的那老头判若两人，我都快不认得了。舅舅立在院子里，我喊，舅，帮我接包。我舅舅听不见，他的目光越过我，落在我舅妈脸上，我回头一看，我舅妈眼里亮晶晶了。

简直是演琼瑶的言情剧呢，这俩年已半百的老头老太。我不好意思久留，丢下大包小包，撤了。

我舅妈在城里住了三年，大孙子上小托班，她终于得到了解放，回家了。

湖畔的水田分田单干时曾经被大伙嫌弃，夏季湖水多的年头，稻田就淹成了水塘。三十年河东，三十年河西，现在都挖成了水塘，把泥巴垒在堤坝上，堤坝比原来宽阔结实了，装着氧气机的水产运输车跑在上面也能错车，只是把土路的路面轧得坑坑洼洼，我的小车开在上面像跳摇摆舞。

我舅舅的棚屋就在路边，迎接我的是一只大白鹅。以前是一大群，鹅这家禽，在我们这里比狗厉害，风吹草动就能叫得惊天动地，倘若把你当作敌人，它能舞起双翅，直啄你的眼珠。到了腊月，腌制的咸鹅就是走亲戚的重礼。只是这些年，城里人不吃咸肉咸菜了，亚硝酸盐致癌，我舅妈也不肯往城里捎了。舅舅的鹅群大大缩编，只养了几只，几只也行了，夜里遇动静也有高亢的咋呼声，能吓退的一样吓退了，不能吓退的谁也挡不了。舅舅在屋里，趴在靠墙的小方桌上吃泡面。从侧面看，我舅舅怕是有半年没有理发了，花白的头发披到颈根下，络腮胡子连成了篱笆，屋子里光线暗，粗看，我舅舅的脸就像一只干巴的葵籽盘。我舅舅抬起头，胡须上沾了汤汤汁汁。这屋子里堆满了各种饲料，我舅舅的床就是在那些塑料包上放了一条草席。屋里的家具，除了小方桌，还有一台旧电视和放像机。连煤气罐和简易灶具都挤出去了，放在外面屋檐下。我心里酸酸的，不敢说话，怕一开口泪珠子就要掉下。我伸出手，做了个剪刀状，他难为情地笑了，从角落里摸出一把剪刀递给我，把唯一的方凳搬到屋外。我要动手理头发，舅舅说，头上怕是有气味了，别冲你鼻子，我得先洗个头。舅舅取了一块肥皂，趴在水塘小船的船帮上，稀里哗啦地搓揉他的长发。

我舅妈只在家待了半年，又走了。这次是去深圳，给我二表哥带孩子。我二表哥家生的是女儿，来了几次电话催我舅妈过去，我舅妈去过一次深圳，舅妈说，我待不惯你们这里，天气热，还闷，人整天像在蒸笼里湿漉漉的。我二表哥说，妈，您是嫌我们生的是女孩吧。我哥生的是儿子，您带孙子满身的劲，带孙女就嫌这嫌那了，我知道，是嫌我们没给您俩添个孙子。我二表哥把电话撂了，我舅妈一边流泪，一边把小儿子的话向老伴儿汇报。我舅舅沉吟了一会，说，老二说的话不中听，胡搅蛮缠，他明知道，你打他小时候就想有个女儿，没有女儿，有个孙女也是遂了你的心愿，哪里会嫌弃。他这是激你，老二也是有了难处，手心手背都是肉，咱做爸妈的得一碗水端平。你去深圳吧，别担心我。我舅妈怎么能不担心，我送她去车站时，一路上我舅妈的眼泪水没有断过，我舅妈说，你舅舅这个人，嘴上硬，心里有苦不肯说，我在南京三年，他老了有十年。我这次如果在深圳再待三年，他不知道会把自己糟践成什么样子。

我理解我舅妈，南京是省城，来回只要坐半天大巴，她都难得有机会回家。深圳那么远，不是坐火车就是坐飞机，我舅舅忙一个月还挣不下来回的票钱，她能回来的次数就更少了。我安慰舅妈说，您放心，我会经常去看我舅舅。

我把这话说了，却没能做到。我在镇医院做医生，新人资历浅，日程排得满，隔三岔五被使唤替人顶白班顶夜班，忙得像陀螺，就顾不上看望我舅舅了。当然，这些话我都说不出口，主要是我没把舅舅在心里的位置摆正，心里有舅舅，总能挤出时间。

我一边给我舅舅剪头发剪胡子，一边问他，我舅妈在深圳还好吗？

我舅舅跟人说话，盯着人的嘴巴才能对答，所谓读唇语。我舅妈去南京，他就把家里的座机停了。有人建议他配个手机，做生意方便，他也摇头。他的客户都是固定的，他每隔几天跑一遍，要货就送上门。我舅舅说，已经有两个耳朵做摆设，没必要又添一个，再说，摆设得有地方摆，揣在口袋里，连摆设都算不上。但是我舅舅说，他和我舅妈能隔空说话，有时候他会用小商店的公用电话拨给我舅妈，对着话筒唠叨好一会儿，别人也弄不清真假。我舅舅说，好什么好，老妈子一个，说起来是个上人，是主人吧说了不算，是客人吧啥活都干；是保姆吧一分钱不赚，外搭钱还不算。我忍不住笑了，我舅舅也笑了，说，你舅妈南京回来传的顺口溜，说给我逗个乐子，解闷。

我替舅舅理了发，又搜出一堆脏衣服洗了晾了，然后打扫房间。碗里还剩一点泡面，我正要倒，我舅舅说，别浪费，我吃完。我舅舅把面条夹进嘴巴，举起筷子指了指屋顶，我看看屋顶，没看到有什么在，我舅舅吞了面条，说，以前吃这泡面，不泡，一块一块用手撅了吃，像是吃点心，省事。现在不行了，不用水泡开，就咽不下它。用水泡了，我还得抬一把肩膀，它才肯顺溜地下去。我心里一惊，说，舅舅，你得跟我去医院做次检查。

我知道，这是食道出了问题，运气不好就是食道癌。

我舅舅说，你做医生的就是大惊小怪，一会儿，到你家吃饭遇上好菜好饭，我保证是狼吞虎咽。

我对舅舅屋里那台放像机好奇，舅舅把它擦得铮亮，这玩意儿早就被淘汰了，录像带都别想在音像店买到了。我说，舅舅，您平时靠看录像打发时间，都有些什么好带子？我舅舅摇摇头，说，还没使用过，从别人手里淘来的，想让老二用拍电视的机器拍一盒录像带，下次你舅妈捎回来，我就可以常常在电视机上看。

我舅舅应该还没见过他的孙女儿，他想看这孩子，又怕花钱去深圳，才想出这笨办法。我说，舅，用不着那么麻烦了，手机就可以拍视频，还能传过去传过来，一会儿我让二表哥下班后拍段视频，让当爷爷的见见宝贝孙女。

真的？我舅舅将信将疑，怎么就没人告诉我，手机还有这个用处？

舅舅走的时候，一定要把他最后的那只白鹅带给我爸妈。我舅舅说，本来有三只，不小心让水产运输车轧了两只，我以为一只也可以养着，反正它有吃有喝，住的还比原来宽敞。可是它不争气，白天打不起精神，半夜还无缘无故惊叫，一夜吵醒我几回。

我知道我舅舅是不愿空手走亲戚，编故事呢，一个聋子能被吵醒？还几回？

上了车，我舅舅沉闷了一会，说，问你个事，都说政府让放开二胎了，有这事？我点点头，我舅舅沮丧地说，你舅妈这辈子怕是难有出头之日了。

我舅舅说，你跟老二说清楚，拍电视时主要是拍你舅妈。

我说，不惦记孙女了？

我舅舅说，你舅舅舅妈老牛拖破车，顾了儿子还要再顾孙辈，有谁想过，我们俩过的是什么日子？老了老了，弄得比中元节的野鬼都孤苦。

我舅舅平时说话声音不高，不像一个聋子，聋子说话像跟人吵架，以为别人跟自己一样听不见。我舅舅不是，我爸说，我舅舅这样的聋子很可怕，死人堆里活出来的，他不论是夜晚还是白天都知道自己是谁，生死不由命，富贵不在天，连中元节的孤魂野鬼遇见了他，也敬而远之。我妈骂我爸，我哥哪像你，在家动不动就脸红脖子粗。我嫂子胆小喜静，结婚前我哥就说，他不能让她的日子过得一惊一乍。

刚才说那最后一句，舅舅声音突然拔高，像一个真正的聋子说话，那嗓门把我的车都惊了一个趔趄。

《清明》（双月刊）2017 年第 2 期

人人都想有个女人叫"冰冰"

一

王聪明拦住张士伟的筷子，说，暂停。

张士伟将他那双竹筷子扔在草地上，说，又来了，能不能别来这一套?

王聪明说，做什么都讲究个公正公平，一份猪头肉我只吃了几块，你一个人民教师吃肉像个土匪。王聪明将塑料饭盒里的花生米数了一遍，一共三百二十四粒，双数，正好一人一半，他把一半拨到另一个塑料饭盒里，那饭盒本来空了，还剩一点猪头肉的油渍。王聪明说，这归我。

王聪明贪酒，张士伟馋肉，各有所好。

王聪明说，我几乎每个礼拜天都来陪你过周末，不说帮你捎这捎那跑腿费。你算算这大半年我陪你已经浪费了多少光阴?像律师那样收费，我已经能买辆小四轮，像小姐那样收费，我都能开上小轿车了。

张士伟不理他，他抬头朝前看，校舍被斜坡挡住了，能看到半坡小学的旗杆，旗杆的后面是山，山的后面还是山。

王聪明说，这前后十里八里，就我一个读完了高中，我实话实说，我回山里来是为了我儿子，老天不长眼，把我的老婆弄丢了，把我的俩老人都收天了，我把儿子扔给谁？

王聪明说，当然，这前后十里八里，也就我王聪明这种男人能在老家挣钱过日子。我容易吗？光是对付满山遍野的留守妇女我就得累断腰。肉要一块一块吃，花生米要一粒一粒嚼，你年纪小，不懂。对了，我不是叫你去家访吗？你小子怕了？你这样的五花肉，错了，小鲜肉，要是在山凹子里被女家长扑倒了，不榨干你的骨髓怕不会放你走。

王聪明酒多了，自言自语，不需要张士伟应答。其实王聪明酒醉心灵，这个张老师你只要不碰他的敏感话题，他都任你胡诌。张老师的敏感词是父母和探亲，王聪明有一次无意打听他父母做什么工作，他甩手就走。另一次是学校放假，王聪明问他什么时候回省城，张老师突然翻脸，指着门口叫他“滚”，一个假期没理睬王聪明。吃一堑长一智，何况他是王聪明，当然牢牢记住了。

张士伟说，花生米都是你的了，酒也带回家吧。我送你回家。

王聪明说，谁要你送啦？去守你的空房吧。我不准任何人进我的院子，老王家金屋藏娇，岂是闲人想进就进得了的？

张士伟说，我是你儿子的老师，今天我是家访，你敢不让老师家访，你就是你说的那类愚昧的农民。

王聪明自认为他是不一般的农民，说，我能是吗？笑话，那好，今天我让你开开眼界。

二

王聪明的本事是修摩托车，当然，遇上助力电动车自行车有毛病，他也揽下，如果有汽车在他的摊位附近趴窝，他也敢鼓捣几下。王聪明从前在南边打工，在一家4S店洗车，洗车不需要动脑筋，王聪明心思用在偷学修车上。王聪明全心全意偷技时，他老婆在家一心一意偷人，偷了个串村走岗收古董的南方人，王聪明家几代赤贫，在家挖地三尺也找不到值钱的旧货，那女人一怒之下就让南方人把她当古董收了。王聪明没办法，只能辞工回家照顾儿子。王聪明其实也想回家了，他觉得偷学的本事需要有用武之地，他在镇上开了家摩托车修理店，租的房店面不大院子大，他顺便又兼做废品回收店。小镇离他家三十公里，他几乎天天来回。王聪明说，老婆随时可能变成别人的，儿子永远是自己的。张士伟问王聪明，不说路难走，这摩托车的汽油费就是一笔不小的开支。王聪明说，张老师虽说是大学生，说你笨还真是笨，我替人家修车，车修得好不好，不得试跑试跑才知道？要不，人家取了车，骑个十里八里又坏了，不回头找我算账？王聪明的聪明是真是假不敢说，但他那张嘴吐出来的话，听上去是聪明人说出来的。

张士伟有求于王聪明，他偶尔想上一趟镇子不容易，山路上骑自行车一半是人骑车，还有一半是车骑人，认识了王聪明，他就能搭个便车，坐后座。王聪明也有求于张士伟，他不能回家的时候，儿子王天才就交给张士伟，管吃管住。礼尚往来，互惠互利，但王聪明总有办法让张士伟请客，每次镇上带回的酒菜都让张士伟买单，还得了便宜卖乖，说，采办和运输我就不收费了。回来时天色已晚，王聪明在山坡上按两下喇叭，张士伟就懒洋洋地从那间宿舍里晃出来，手里拿一双竹筷。他拒绝用一次性筷子，书读多了人难免有怪癖，王聪明不计较。张士伟也是一个有胸怀的人，每次买回的菜王聪明都拨了一份另外打包，留给王天才，有一回车没停稳当，菜在挂箱里打翻，汤汤水水流了出来，王聪明不得不当着张士伟的面收拾，王聪明说，王天才是我的儿子，也是你的学生，学习尖子，他也应该吃上肉。张士伟说，应该，下回打包仔细点，别弄浪费了。

山里人地广人稀，走出去几里地才能遇见一个村庄，说是村庄，也就三五户人家，也不像平原上挤在一起，隔着空旷的院子，甚至隔着半个山坡。王聪明的家是独户，小学是他的近邻，但离小学也有三四里地。张士伟不敢去任何学生家家访，王聪明吓唬他说山里有狼，狼没见过，但山里人家的狗他见过，比他想象的狼还凶。老远闻到人声就狂吠，哪怕是路过，它也尾随你张牙舞爪，敌进我退，敌退我进，如影随形。这里几乎家家都有一条狗，张士伟知道，是看门狗，深山里过日子的人家不能少了它。王聪明家也有狗，但它像主人一样机灵，见了张士伟，迎上来嗅了嗅他的裤管，就朝他殷勤地摇尾巴示好。

王聪明今天骑的摩托车看上去很洋气，后面还有一个漂亮的盛物箱，里面放着王聪明的帆布包，包里依然是他从废品里捡出的废齿轮旧电线之类。每次他都带回一大包这类旧货，斜背在身上时，王聪明一只肩高一只肩低，很像是瘸了一条腿。王聪明说，王天才，张老师来了，你还不出来问老师好。王天才是小学四年级学生，半坡小学其实只有两个班，一二三年级一个班，由本地的刘老师教；四五六年级一个班，是张士伟教。这叫复合班，每个班才二十几个人。本来人数多一些，有的父母都在城里打工，就想办法把孩子弄进城里上学了。王天才是班长，在这个班上王天才年龄最小年级最低，但成绩特别好，除了四年级的作业，五六年级的作业他常顺便做了，常常是高年级的同学倒要向他请教。当然，还有另一个原因，王天才爸爸是张老师的哥们。这是没办法的事，家长想巴结张老师都没机会，他没有地种，不像刘老师有玉米地，忙时家长们都抢着帮她家摘玉米。半坡小学在家的都是女家长，都知道张老师是城里来的大学生，是帅哥，即使翻山越岭来看一眼，有些女家长也乐意。张老师没有发出过邀请，没有开过一次家长会。见老师的机会都让王聪明抢去了，近水楼台先得月，关键是王聪明是在家的唯一男家长，得天独厚。王天才与张老师太熟悉了，同锅吃饭，同被窝睡觉，张老师做饭时他烧火，张老师屁股上有块胎记王天才都见过。王天才问过老师好，就接过饭盒进自己房间了。

张士伟从来不相信王聪明屋里藏着“娇”，他乐意吹牛就听他吹吧。总比听屋顶上刮过的风鬼哭狼嚎好。哪怕藏了个老巫婆，他也不至于让王天才常跟老师来挤床铺。王聪明领他进了偏屋，低矮，昏暗，一股猪屎味。王聪明笑着说，以前老婆在时养猪，现在是本人的工作室。开了灯，那张旧方桌倒挺像工厂车间的工作台，有各种张士伟叫不出名字的机械和器具。王聪明一一向他介绍，张士伟是语文老师，听得一知半解，王聪明说，这么说吧，我有一个梦想，我要造一个机器人，女人。张士伟说，就你这猪圈？机器人，还机器女人？王聪明不生气，说，你爱信不信。

张士伟明白了，王聪明恨不得天天往家赶，不仅仅是为了儿子王天才，也是为了造这个机器女人。张士伟在电视上看见过，农民中不缺异想天开者，有人在院子里造飞机，有人在池塘里造潜水艇，还有一收破烂的山东老汉造了一个能拉车的机器人。这样看来，王聪明开那个废品收购店也是早有想法，并不是临时拍脑袋，王聪明跟张士伟把话说开了，就常常理直气壮地让天才在老师那里留宿，有时悄悄回来忙活到天亮，却骗儿子说忙呢，没时间回家。

三

王聪明像一个女人一样啰唆，像一个有了身孕的女人抑制不住激动和憧憬，他的机器女人已经能站起来了，这天他要庆祝一下，他从镇上捎来了鸡爪和酒，还有满满一塑料袋的桑葚。他豪迈地说，张老师，今天我请客。

王聪明说，冰冰一定是像我一样聪明，却又具备女人的温柔善良。

王聪明补充了一句，我造的机器人叫冰冰。

张士伟故意刺激他，说，你见过范冰冰李冰冰，那其实是电影上的影儿，你见过真实的机器人吗？

王聪明说，当然，我在城里的时候，经常去一家饭店看稀奇，上菜的服务员就是一个机器人，美女，声音嗲嗲地：先生，您的菜来了，请慢用。就是她，让我产生了造机器人的念头。

张士伟觉得荒唐，那样的机器人是电脑产品，只有科学家们才能研制出来，与王聪明的机械机器人根本不是一个概念，这王聪明，高中没读完就弃学打工去了，机器人的边都挨不着。

王聪明说，你想一想啊，冰冰已经能站了，下一步她就会走路，

会说话了

不知情的人听了，还以为这人说的是他家的孩子。张士伟不想说什么话，山里的天总觉得就压在头顶上，来到这半坡小学后，他就觉得像掉进了一个梦境，教室不真实，学生不真实，现在和这个叫王聪明的山民坐在一起喝酒，他更觉得世界不真实。

王聪明说，张老师，我知道你不相信我，不相信老王有这本事。退一万步讲，人总得有个盼头，用你们城里人的话说，就是有个奋斗目标。人不是这坡上的黄牛，除了吃上口草，就不想东想西了。

王聪明纸杯子里的白酒已经是第二杯，两个男人一起喝酒，最后一道下酒菜肯定是女人，王聪明的话题开始不正经了。王聪明拣起一颗桑葚，青中带红，红中带紫，紫中又带着黑，王聪明用拇指和食指不停捻动，缓缓塞在上下嘴唇之间，含糊地说，吃过没？张士伟点点头，这又不是什么珍稀水果，山里有的水果城里现在都有，几块钱一盒。王聪明不怀好意地说，真吃过吗？仔细想一想。张士伟明白了他指的是什么，他又何尝没有吃过。他骂了老王一声“流氓”，老王开心地笑了。王聪明说，郑小燕，你班上的五年级学生郑小燕，她娘大奶子在镇上开理发店，那店门前有几棵桑树，大奶子非要送我一袋尝尝。

郑小燕是半坡小学的名人，她父母离异，父亲在省城打工，把她扔给了爷爷奶奶，是个苦命的孩子。张士伟班上有好几个学生都是这种家庭状况，现在农村老人有低保，山里老人勤快，带个孙娃吃饱肚子没有问题。许多孩子的父母，尤其离婚的父母，把孩子扔给老人似乎是当然的选择。郑小燕的妈妈，也就是王聪明说的大奶子，春节前来看女儿，那时学校已经放寒假，她只有到前夫家才能看到小燕，见到了，做母亲的给女儿买了不少吃的穿的，临走时母女俩免不了哭一场，母亲坐的摩的在前面飞奔，小燕不放母亲走，在土尘里跟着摩的追赶，鞋跑丢了还在追。这场面让一好事的人见了，拍照片发了微信，一传十，十传百，郑小燕居然成了“网红”。张士伟平时不看微博微信，从决定下乡支教那天起，他就换了手机卡号，即使上网也隐姓埋名。寒假在山中实在寂寞，他偶尔上微信，就看到了自己学生的哭脸。张士伟非常厌恶那个发微信的人，这些人貌似有怜悯之心，实际上是撕开别人的伤口撒盐，为自己博点击率。

王聪明说，明摆着是大人教的，大奶子他男人那时也在家了，过年不是都得回家吗。他想复婚，想留住大奶子，自己不出面，让孩子演哭戏。张士伟说，现在我们这种家庭的孩子，心寒得像铁疙瘩，把父母都当陌生人看。实话说，我就是大奶子雇的那个摩的司机。

张士伟说，你还惦记着人家，你的聪明劲就是专门用在占人家的便宜。

王聪明说，可不能这么说，在女人眼里我可是救人于水火之中的活菩萨。再说，大奶子那样的女人，有过一次就不可能忘记……

王聪明突然用筷子敲了一下张士伟的裤裆，张老师本能地一下子猴了身体，说，老王，你看看，你看看，你把我的裤子弄脏了。惹得王聪明好一通狂笑。

张士伟生气地说，哼，鬼才信你，你真的有这个女人那个女人，还会走火入魔地造那个叫冰冰的机器人？

四

王聪明的机器女人工程遇到了困难，机器人内部是零部件，就像人的内脏，外面得有一副皮囊裹住，电视上看到的机器人呢，外面就是塑料壳子。王聪明弄不出那塑料壳，就用桦木替代，他弄到手几件木匠工具，一番折腾，冰冰变成了一个木头人，王聪明还特意抹了一遍桐油，王聪明说，女人的皮肤得有光泽。但王聪明自认为是一个完美主义者，他沮丧地说，没有手感，他做了一个捻桑葚的动作。王聪明接着说，当然，对一个聪明人来说，这不算个难事，我自有办法。王聪明脸上又浮起淫荡的邪笑，从前，我们在南边打工的时候，有人嫌站街女不安全，攒钱买个充气娃娃。那玩意儿，个个要身材有身材，要脸蛋有脸蛋，要有温度的地方还有开关控制体温。我打算去一趟南边，找到厂家讨教取经。

张士伟上大学时，也知道有这个男人用品，那材料是硅胶的。

王聪明低声说，可是我的钱都花光了，连路费都掏不出。

这才是他来找张老师的目的。这趟来，酒和卤菜都没买，这绝对是稳赚不赔的生意，可他口袋里连最起码的本钱都掏不出，还是张士伟回去拿来了两盒方便面，俩人坐坡上干啃。

张士伟一直到大学毕业都对钱的概念模糊，他想到要什么东西，母亲都会买给他。他有一段时间迷上了摄影，这个爱好耗钱，他很快就将卡上的钱花光了，母亲很高兴，表扬儿子长大了，很快就给他卡上存了一个六位数。他总觉得钱不是问题，家里确实有钱，父母被双规后，网上的照片显示，检察院在他们家搜出的现金垒成一扇墙。父母原计划让他出国读研，等他申请时，父母所有的银行账号都被冻结，他才意识到，钱真的重要。

张士伟不说话，王聪明一时也变笨了，不知道该说什么话。

俩人都抬头看着前面的矮树丛，一团红艳艳的影子在树丛里若隐若现，步子迈得匆忙。到了一处开阔的草地，张士伟认出了那人，郑小燕，身上穿的冲锋衣，是前不久学校发放的捐助品。由于很多学生家住得远，有人放学后要赶十几里山路才能到家，张士伟放学放得早，郑小燕爷爷奶奶家住得也不近，下课后她总是很快就冲出教室。今天她怎么还留在学校附近？张士伟正好不想理睬王聪明这种精于算计的小人，他放下方便面，借下坡的冲力跟了上去。郑小燕埋头赶路，在坡下拐上了回家的土路，好像没有发现身后的张老师。张士伟悻悻地掉头，不甘心，又朝她的来路试探着往矮树丛走，这一带张士伟不陌生，忍不了孤单时他会出来散步。他什么也没看到，这里并没有别的学生。他以为是学生们贪玩，有些孩子放学后总要玩累了才肯回家，他小时候就是这种男生。郑小燕是个沉默的女生，课堂上除非老师提问，她绝不肯举手发言。课后也总是安静地坐在位置上，乖得像教室里没有这个人。她是经过这片小树丛吗？张士伟看到前面有面陡坡，走上前，避风处有一个简陋的小棚子，应该是以前看羊放牛的人避风躲雨盖的，早废弃了。张士伟钻进去，脑袋把棚顶的朽木条顶落了一根。张士伟仔细打量，这应该就是刚才郑小燕待的地方。

在棚子的里面有一块方正的石头，石头上铺着一张纸，已经又皱又烂，张士伟凑近一看，是郑小燕的算术草稿纸，她在里面做什么呢，地方虽小，但郑小燕明显打扫过了，甚至抹干净了她伸手能够得到的木栅栏，做作业吗？除了那块能坐的石头，摆书本的地方都没有。张士伟用目光搜寻了一遍，终于发现了有一处异常，在墙角处有一小堆干草，这与棚子里的整洁不符，他拂开乱草，发现了一个小小的洞穴，洞穴里摆着一个用塑料袋裹着的盒饭饭盒。套上塑料袋显然是为了防潮，他打开饭盒，是叠放的照片，从一寸二寸到五寸的照片都有。张士伟靠近亮光，最上面的照片上有两个人，一个是小时候的小燕，另一个应该是她的妈妈，都是照相馆里中规中矩的姿势。那些只有一个人的照片，是她妈妈，背景是省城的几个旅游景点。张士伟不由多看了几眼，服装一看就是地摊货，女人的脸上有害羞，动作却夸张，很明显是有人在现场导演。王聪明口口声声说的大奶子，看不出有什么格外的大。

郑小燕放学后来这里，就是为了看这些照片？张士伟在石头上坐下来。这个小姑娘就坐在这里，一张张一遍遍看母亲的照片，应该一边看一边会掉泪。张士伟摘下眼镜，他竟然泪水也模糊了双眼。

眼前一暗，他知道是王聪明跟进来了。王聪明瞥了一眼照片，说，大奶子算好的了，每个月还惦记着看一回小燕，很多女人走出大山，就再不会回来，只能当她死掉了。张士伟悄悄地抹了一下眼睛，怎么会有泪呢？上次班上一个学生体育课上脱下汗衫，前胸后背布满伤痕，他问学生怎么回事，学生说一句爷爷打的，就跑去抢球了。他当时只是愤怒和不解，却没有伤痛的感觉。

王聪明说，没有什么啦，我猜是她不想让爷爷奶奶知道她想大奶子，寻了这个地方。很多母亲不在家的孩子都有一个隐秘的角落，王天才也有，我假装不知道而已。

张士伟将照片原样放回去。王聪明不失时机地说，张老师，借我五千吧，要不，三千也行。

王聪明知道，一个人伤感的时候心最软，他得逞了。拿到钱，他发动摩托车，朝张士伟说，你放心，我会还你，实在还不出，我让冰冰首先陪你睡几天。说完，一溜烟走了。

五

张士伟选择到这里支教，就是知道半坡小学是包班制，包班的意思就是指早读课到最后一节活动课都是一个老师包了，语文算术自然体育音乐这些课也是你一个人包揽，张士伟就是想把自己累成狗，脑子麻木了，可以什么都不去想。但是事实上并不是这回事，山里的夜晚似乎更漫长，网络信号时有时无，他白天抱着笔记本电脑登上山顶上网，下载一批影视和小说，用来打发掉几个晚上的时间。王聪明一去十几天没有音信，王天才在老师这里吃住，时间长了也不自在。张士伟内心并不讨厌这个学生，这孩子学习上主动积极，生活上勤快自律，有时候张老师回到宿舍，他已把俩人的面条下锅，甚至连老师的衣服也抢着洗。但是，和所有的山里孩子一样，王天才也不爱说话，问他一句他才答一句，不同的是他的两只眼球很灵活，总是在眼眶里转个不停，这应该是遗传了他聪明的老子。晚上，张老师戴上耳机看影视，王天才趴在桌上做作业，倒像他俩是一对父子。

张老师忍不住拨王聪明的电话，不论是白天还是黑夜，王聪明接了第一个字就说忙，然后说快了，快回了。电话就被他掐断了。

王聪明出现在张老师面前时，灰头垢脸，身上一股酸臭味，城里的夏天比山里来得早，估计他这些日子都没洗过澡，没办法，张老师扔过去一套旧的T恤和短裤，让他先去山下溪水边，洗完澡再进门，王聪明顺手捞了窗台上的肥皂，嬉皮笑脸地去了。张老师离开了水不行，他看宣教片，有些地区严重缺水，支教老师几个月洗不上一把澡，他不能想象那种日子。他选中这里，重要的原因是山下有一条小溪，冬天想洗澡可以下山取水，夏天可直接去泡山泉。

王聪明说，他找到厂家一看那价格，买不起，怎么办？他说只要关键部位，脸和手，其他部分他打算用木壳，需要的话可以替冰冰穿上衣服穿上鞋。张士伟冷笑，女人的关键部位可不只是脸和手，这家伙进了一趟大城市，口里有遮拦了。王聪明说，钱还是不够，我磨了好久，将身上所剩的两千四百块整的都给了那销售员，人家才勉强接了单。然后，扒了几趟车，啃干馒头，我胜利归来了，厉害不厉害？这种才华张士伟相信这家伙有，他也服了王聪明。王聪明没打算把王天才接回家，他说饭后他还得去参加一个重要的活动，饭后的意思是指他还得在这里蹭顿晚饭。王聪明惭愧地说，我也好久没见到儿子了，想得慌。张老师相信这是句真心话，没反对。王聪明说，要不你也和我去参加一次，可有意思了。饭后走到操场拐角，王聪明推过来一辆摩托车，这让张老师怀疑，这家伙早就回来了，今天只是掐好时间来蹭顿饭，顺便看一眼王天才。

这大山里能有什么重要活动？张士伟寒假在这里过春节，别说舞龙舞狮唱大戏，要不是王聪明陪他吹牛，连个人影都见不到，大年三十除夕夜，偶尔听到几声鞭炮响，不知道隔着几道山梁。山路颠簸，王聪明专门钻羊肠道，抄近路，张士伟紧紧地搂着王聪明，头上脸上还是免不了被树枝抽得火辣辣的痛。摩托车停在一处茅屋前，门窗处漏出些许灯光，门外停着几辆自行车。王聪明叮嘱张士伟，只许看不许说话，今天我们看丁老太"过阴"。"过阴"这词张士伟听王聪明吹牛时说起过，在张老师眼里就是一种迷信活动，活着的人想念死了的亲人，拜托神汉巫婆去阴间走一遭，死者的灵魂就附身来到阳世，和家里的亲人彼此问答。王聪明居然深信不疑，对这位丁老太恨不得顶礼膜拜，他以能观摩这项活动为荣，说除了他和当事人，丁老太从来不准有外人进现场。这家伙是聪明过头了，不过，张老师也乐意跟着开一回眼界，他在这大山的日子实在乏味透了。

来了四位，大爷大妈还有两个女儿，唯一的儿子几年前在邻省挖煤埋井下了，儿媳改嫁，还好，留下了一个孙子，爷爷奶奶活得有个期望。老人木讷，说话的都是女儿。丁老太是个矮胖老女人，昏暗的灯光下，香烛烟雾缭绕，墙上那个蓄须戴帽穿长袍的老头像似笑非笑。问过死者的生辰八字，拿出一碗米和一把竹筷，丁老太嘴里念念有词，把筷子插进米中，那筷子忽然转动，停住，丁老太喝下一杯浑浊的液体，仰面倒下。丁老太倒在一张竹编的躺椅上，双目紧闭，露出一截肥白的肚皮，脚上的布鞋蹬了，一只正，一只底朝天，王聪明说，如果把那只鞋翻正，巫婆就回不了阳世。张老师眼睛盯着那鞋底，有一种想把它翻正的冲动，试一试丁老太是不是真的不能醒，他当然不敢动。丁老太突然动了动嘴，男声喊出“爸”“妈”两个字，那俩老立即出了哭声。问答都是家常话，儿子说在那边过得很好，劝爸爸去医院看咳嗽的病，劝妈妈少养牲口，不要太累了，感谢姐姐们对外甥的照顾，将来会得到好报。他的四位亲人既惊讶又感动，最后，死者说，他缺一双鞋，俩姐抢着说，我回去就到坟上烧给你。几分钟后，丁老太睁开眼，起身摆正鞋，恢复了女声，说，累死我了。据说活人到阴界走一趟很伤元气，丁老太满身汗湿，衣服都粘在身上，看上去更加圆润。张老师抹了一把脸，也一手掌的汗，天热，屋子又不透风，不出汗才怪呢。

临走时那四位千恩万谢，掏出一张百元大票，丁老太说多给了，掏出钱包找钱，那四位已到门外，丁老太追出去，坚持把找的钱塞到大妈的口袋里。丁老太说，这家每年都来一次，老的想小的，想起来就痛得受不了，来一次可以缓一段日子。

丁老太的生意很好，丁老太每天只做一回，还得挑日子，做多了伤身体，因此来者必须提前预约。老的想小的，小的想老的，男的想女的，女的想男的，丁老太都有本事到阴界把死者的灵魂驮回来。

回去的路上，王聪明说，百闻不如一见，这下子该相信了吧。

张士伟说，疑者不信，信者不疑。王聪明说，她一个老太婆，说话却真是年轻男人的口音，这个是不是真的？张老师说，电视上一人扮男女两角，换着腔调说话唱歌的多了去。王聪明说，那她怎么知道来人屋里的状况，还那么详细？张老师说，这个事情嘛，你也是读过高中的人，当教师的人都能做到，上课前老师都必须先备课，预先把学生可能提问的地方了解清楚，如果是开公开课，先在班上演习几遍，表演时怎么都不会露怯了。你注意没有，丁老太有预约期。王聪明说，算我服你一次吧，书读多了确实不好糊弄。

王聪明说，如果丁老太把业务范围扩大些，她既然能到阴间让死人灵魂附身，为什么不可以在阳界把远方的活人灵魂驮回来？这样，不就天涯若邻居了？张老师知道他说的那句诗，天涯若比邻，懒得纠正他，他又不是张老师的学生。

王聪明说，我看你一个人守在山里，可怜巴巴。你要是想父母了，不妨也去劳驾丁老太跑一趟？

张老师突然发火了，你父母才在阴界，你全家都在阴界。说完，还捅了王聪明一拳，差点把摩托车捅翻了。

王聪明明白了，张士伟不回家并不是没有父母，只怪自己不长记性，下回再不能提起他父母这茬了。

六

张老师的宿舍就一间房，其实校舍就是八间平房，用去六间做教室，剩下两头各一间分别是办公室和他的宿舍。宿舍条件简陋，一张坑坑洼洼的旧办公桌，一张当饭桌的旧课桌，还有一张可疑的旧式雕花大床，不知是什么来路。张老师报到时提了一个要求，要一只储水的水缸。村长无条件答应了，两个山里汉子抬来了一个五花大绑的粗陶水缸，顺便还送了一个塑料桶。张老师问那水缸是不是裂开了，用麻绳捆绑才不散架，村长笑话他蠢，说这水缸既没长胳膊又没长腿，不捆绑着，请它它也来不了。

这天是星期五，王聪明把儿子接回家了。放学后张老师在办公室改完作业，决定回宿舍洗衣服。洗衣服是张老师最头痛的事，夏天，每天都得换衣服，好在张老师带来的衣服多，他一般是一个星期集中洗一次，当然是手洗，这里没有洗衣机，即使有他也不会用，上大学时都是周末把脏衣服带回家。宿舍门敞开，应该是他忘了锁门，这在他是经常发生的事。想不到宿舍里有人在，一个女人正背对着门站在课桌前，他进了门，她还埋头在搪瓷脸盆里搓洗衣服，是他的脏衣服。

你是？张老师疑问。

那女人一惊，手里的肥皂掉进了脸盆，水花溅到了张老师脸上。

女人并不慌张，说，张老师，我是王总捎我来的。

张老师愣了一下，王总？很快明白了，王总就是王聪明，人家开着两爿店，这年头称他为王总也不算夸张。看那女子的模样，张老师总觉得面熟，见过。

女人说，张老师，我是郑小燕的妈妈。

张老师想起来了，见过她的照片。张老师不知道说什么好，他没有单独面对少妇的经验，女人看出了他的窘迫，在脸盆里的衣服上擦了两下手，抬手摘下他的眼镜，撩起短裙的裙边，把他眼镜上的水花擦了又擦，张老师不由自主地看到了粗壮雪白的大腿，虽然看得模糊，但张老师的脸还是红了。

晾出了衣服，女人又忙着替他炒菜烧饭，张老师有电饭锅和电炒锅，但平时张老师怕麻烦，以面条为主食。烧饭麻烦，炒菜更麻烦，何况，这荒山僻野也买不到菜。女人是有准备而来，带来了猪肉和蔬菜。只一会儿工夫，宿舍里就飘满了饭菜的香味。

女人说，以后我每个星期五都过来，看小燕子，顺便帮张老师洗衣服，做顿像样的饭。

张老师乱了方寸，心里说，这怎么可以，这怎么可以呢？但是转念一想，这样郑小燕每个星期就可以看到妈妈了。

张老师在山里的夜晚，都是靠自己解决男人的问题。他的电脑里下载了一些毛片，他一边看一边把麻烦解决了。张老师在大学有过几任女友，每次都是到宾馆开房才做，事前必须洗热水澡，事后必须洗热水澡，张老师在这事上是个讲究的人，或者说是个有洁癖的人，哪怕女友急功近利，他也不肯苟合。

吃过晚饭，他说去办公室备课，拎着电脑去了办公室。他连澡都不洗，不洗澡他就杜绝了发生那件事的可能。躺在办公桌上他对自己说，大奶子是王聪明睡过的女人，再说，她是你的学生家长，你每天都要面对你的学生郑小燕呀。可是他的身体不争气，他夜里还是在办公桌上梦遗了，梦中的女人就是大奶子。

七

大奶子并没有生气，每个周五的下午坐王总的摩托车来到半坡小学，帮张老师洗衣服做晚饭，张老师留下郑小燕，晚上一起吃饭，看上去很像是一家人。张老师留心了，郑小燕不再去那个小棚子，每个周五的晚上她可以搂着妈妈睡到天亮，用不着去看照片。

张老师呢，这个晚上就睡办公室，一人点两盘蚊香，早上起来总是一身的蚊香味道。等他醒来的时候，大奶子早就坐王总的摩托车走了，他们得赶六十里山路上班，得起大早。

王聪明很少露面了，打他电话，说忙，进入科学攻坚阶段了。王聪明说，我的冰冰不是一般的机器人，他是智能机器人，能对答如流，能和你握着手心谈心。王聪明知道他说的那种机器人，是电视上能下棋能写诗的小冰那样，可这是你王聪明能制造出的吗？

王天才也不相信这个不靠谱的老爸，有一天，他心事沉重地说，老师，你相信我爸这事能成功吗？张老师婉转地说，每个人都有自己的梦想，你爸爸是敢于追梦的人。王天才说，我爸不是为了他自己，他想造能走路能说话的机器人，将来给这山里没有妈妈的同学每人发一个。

张士伟被王天才的话击中了，这个王聪明，说的和想的不是一回事。

一年的支教期快满了，有一天张老师突然约王聪明来一趟，送他去县城，张老师主动说，他要回省城去看一趟爸爸妈妈，王聪明再不敢多问，问了其实张士伟也不会告诉他，他得到消息，父母都宣判了，分别是十年和三年，他决定去监狱探望他们，他渴望看到的女人也是妈妈。张士伟只跟王聪明说自己的打算，他决定回去了，报考国内大学的研究生，按规定，支教生考研可以加分。

王聪明说，男人啊，只有经过了大奶子这样的女人才会长大。

张老师不辩解，他觉得自己真的很强大，王聪明以为一定会发生的事，他硬是没让它发生。除了你王聪明，我张士伟也是有远大梦想的人。

王聪明说话仍然不正经，说，你放心，不论你走得多远，冰冰完工后首先陪你睡几天，抵欠你的三千块钱。

《钟山》2018 年第 3 期

都是舅

一

丁海涛担心是自己眼睛看花了，外公外婆合墓的坟头上赫然站着一只乌鸦，冬天，坟上的草叶都枯萎，趴在地表上泛白泛黄，那黑漆漆的乌鸦就尤其抢眼，真的是黑皮？丁海涛有些恍惚，他刚从北欧回来，那些城市的各种广场，都站立着一位伟大人物的金属雕像，在雕像的脑袋上都无一例外地站着一只海鸥，伟人脑门上不可避免地挂着一些白色的鸟粪。丁海涛试图与海鸥聊几句，但没有一只海鸥理睬他。倒是有一只猛然飞过来，将他手中的汉堡包打翻在地，与同伙们在瞬间共享了他的午餐。

是我，黑皮。乌鸦点点头说。

黑皮是他以前微信用的名字，他不玩微信后，这只乌鸦就抢去做了自己的名字，像是它在草地上随便啄起了一只毛毛虫。在这之前，它曾挑衅地告诉丁海涛，我叫丁海涛，丁海涛是我的名字。

老丁当时在心里冷笑一声，你以为你是一只白色的贼鸥，你以为我是一只打翻的汉堡包，任你颠倒黑白，任你啄食？但不管怎样，它不叫丁海涛是件好事，丁海涛是老丁大号，与一只乌鸦共享有失体面。黑皮只能算他的别名，乌鸦爱用不用。老丁说，你怎么刚到中国，身子就小了一圈，是不是逃票时在机舱的某个夹缝里夹扁了？黑皮说，护照上写的名字丁海涛，现在还给你了，你用了，我不逃票有什么办法？

黑皮在坟头上迈了一步，坟头上有一块方土，用来祭奠时压纸钱，现在已经与坟上的土无缝对接，连成一体了。黑皮再迈一步时，脚踩空了，差点一头栽下来，老丁没来得及幸灾乐祸，它展开翅膀，平衡了身子，又站得稳稳的。这家伙对老丁总是抓住一切机会尽攻击之能事，却从来不露破绽，让老丁难有反击之机会。

那天，丁海涛在超市买菜。丁海涛刚到贾斯拉大学的食堂时，排队买过一顿午餐，汉堡包，他把生菜和肉片扔在一边，将面包顽强地咽了下去。他从此再不走进食堂一步，坚持自己买菜做菜，蒸大米饭。老外的电磁灶不适合炒菜，但是炖呀煮呀还是可以对付，丁海涛炖一锅猪肉牛肉，炖好了放进冰箱，吃的时候扒出一碗来热一热，扔进几颗生菜。生菜本来是生吃，扔进锅里就烂了，无奈丁海涛只习惯吃烧熟的生菜，烂成糊在所不惜。心理医生戈明拜说，这是个错误的决定，本来丁海涛在贾斯拉就不与别人打交道，食堂是个最适合融入人群的地儿，你却偏偏选择特立独行，逃避。戈明拜是个中国人，开口就是京腔，做上了洋人还干上了洋行当，丁海涛点头称是，但坚决不听他返回食堂的医嘱。戈明拜是个可笑的家伙，他说丁海涛这类患者的特征是听不进别人劝，但每次却劝丁海涛要这样那样，丁海涛从他那里除了取几盒文拉法辛或者安非他酮药片，花一笔令自己心痛的欧元就只是听他扯废话。丁海涛是这家超市的常客，原因很简单，近，离他的寓所近，贾斯拉城似乎所有的超市都商品统一，丁海涛跑过几家远处的超市，想买几颗大白菜的梦想没能成真，从那以后就不再舍近求远。结账的营业员是个肥胖的白人老太太，丁海涛看完显示器，以前总是拿出一把纸币硬币放在掌心，任老太太耐心挑选。丁海涛刚来时分不清硬币面额大小，现在已经没有问题。可老太太却开始令人讨嫌，在结账处有一个募捐箱，每次找零钱时，她都示意丁海涛是不是放进募捐箱。丁海涛坚决地摇头，我的钱我做主，凭什么听你的？老太太的脸色就暗淡了。这次她又重复那个示意的动作，电话响了，丁海涛劈手夺过零钱出门，他不能耽误接电话。手机屏显示，电话是国内长途。

你是丁老师？你叫丁海涛？可找着你了。

一种古怪的口音，而且嗓子眼里像是塞了泥沙，外人别想听得懂，丁海涛一愣，这是乡音。是外婆家那一带的方言，老丁没应声，外婆家那边早没有亲人了。

沈昌运，李凤凰，你记得不？

老丁当然记得，外公外婆的姓名。

他们要拆迁了，找来找去没有别的人，你是唯一的血亲，偏偏还做了假洋鬼子，找得我好苦。

老丁把电话掐断了。老丁出国前就知道，在农民眼里，拆迁就是发财的代名词，很多人做梦都想的好事。可外公外婆死了二十多年了，房和地早让母亲处理了，那里就只剩俩老人的一座坟。

电话又打进来，还是那个公鸭嗓子。

别挂，拜托你别挂。是拆迁，不过这次拆迁的是坟，我通知到你人了，迁不迁坟随你，不迁，就会作无主坟处理。可别说我没通知你呵。

老丁没挂，那人抢先挂了。

乌鸦说，老丁，别走神，该干活了。

二

干什么活呢？老丁实在无从下手。老丁抬头看看四周，圩堤上空旷无人，午间的乡下人该是在吃午饭，或者坐在院子里晒太阳聊天。他收回目光，近处是一片荒芜，甚至可以说是惨不忍睹。圩区的坟地，因为怕被水淹，都是选择堤埂的内侧，世世代代下来，村与村之间的那些圩埂，一边是滔滔的湖水，一边就是连绵的坟包，老丁小时候在外婆家，最怕的是在圩堤上走夜路。坟地除了生长丛草和杂树，还生长许多阴森森的鬼故事，在大人们口中流传。现在这季节，冬天刚离开，春天还没露面，坟地坟包上的草都倒伏着，像西方万圣节里鬼具的绺发。不过，大部分的坟包已经被掘开，圩堤的坡面上一个又一个的坑朝天开放着，掘出的新土覆盖了草地，黄色的泥巴上有一些腐朽的木板，还有鞭炮燃放后的纸屑。想必那些是坟主的后人们迁坟时留下的。

老丁有些昏昏然，十几个小时的航程，时差开始折腾他了。轰隆隆的马达声由远而近，在他身后突然热烈地轰响着，没有走开的意思。老丁来的时候是在县城租的车，把他丢下就走了，莫非那人还惦记他这单生意，想载他回去？老丁回头，是一辆四轮车，下来的人是一个五十多岁的瘦男子，不是出租车司机。瘦男子笑嘻嘻地递上一支纸烟，老丁摆摆手，瘦男子说，嗨，我又忘了，城里人都不吸烟了。一边说一边把烟塞进了自己口中。

是回老家给先人迁屋吧。

他不说迁坟，说“迁屋”，老丁听得懂，说法老派，耳熟，老丁点点头。

有多少年没回老家了？

老丁没法回答他，这里算不算是他的老家？他自己都没弄清楚。父亲是城里人，20 世纪 50 年代师专毕业后，怀揣做一名乡村教师的梦想来这里支教，然后娶了老丁的母亲，在这里生下了老丁，父亲在这里教了一辈子书，退休后才带着老伴回老家所在的城，终老在城市公寓。老丁姓丁，外公村里的人都姓沈，老丁小时候一直想姓沈，就像阿 Q 想姓赵一样，姓沈在村里就不受小伙伴欺负，外公就母亲一个女儿，当然希望老丁姓沈，父亲坚决不答应，父亲说我丁某人生活在沈家不假，可我不是招亲，我有老家，是我那所城市的名门。父亲到死都没告诉他，老丁家的名门是什么出处。回圩区倒是隔了有一二十年了，外婆的丧事办完后他再没来过。

瘦男子不需要他回答，说，找不到人帮你吧，傻眼了？你福气可真好，端着烫锅子找不着灶，我给你送灶来了。

老丁明白了，这人是个生意人，他的生意就是帮人迁坟。老丁到县城时，留意过街边小店，那种打着丧葬一条龙服务广告的门面，老丁打听有没有迁坟的服务项目，人家却说没有，隔行如隔山，他们干不了。在老丁的脑子里，原以为两者一个行当，为人民服务，分工不必那么细。老丁喜出望外，算是遇见了救星，可是老丁在异国已经不习惯表达，老丁点了点头，挤出一点笑容，这笑容大概不像笑容，瘦男人说，我知道你怕挨宰，咱亲兄弟，明算账，我给你列个清单，打八折。老丁不清楚这人怎么就成了他亲兄弟，可顾不上多想，那人已经在手机屏上用手指划拉开了。瘦男人手写速度很快，老丁眼花缭乱，瘦男人手忙嘴不乱，一一报出名目，光烧的冥纸项目就包括六七种外币，美元欧元加元澳元等，莫非活着没出过国界的外公外婆，死后热衷于周游世界了？老丁的惊愕表现在脸上，瘦男人大度地说，这样吧，八折的基础上再打八折，六四折，零头抹掉，总共一万元整。老丁已经不习惯讨价还价的游戏，瘦男子见他不动声色，说，八千，行不行？老丁点点头又摇头，瘦男子一降再降，最后说，四千，不能再降了，再降这坑就只能我躺着了。老丁莫名其妙就打赢了一场价格战，这得归功于他的缄默，戈明拜说的忧郁症。他其实真的不忧郁，不就是花几个钱的事嘛。况且这瘦男子说的是人民币，老丁心里一换算，心情又好了七八成。

老丁打算成交，一摸钱包，装的都是欧元，看瘦男子的利索劲儿，换算成人民币付账应该没有问题。想不到一辆小汽车突然停在了他俩面前，瘦男子瞥了一眼，竟顾不上他，兀自发动四轮车逃了。小车上下来几个人，为首的那位穿着气派。你是四十一号坟主？老丁顺着他手臂朝前看，他手中握着一只手机，手机指引的是一块插着的竹签，竹签上用红漆写着“四十一号”，正是插在外公外婆坟包上。

这么说，您就是丁老师，丁教授了？

老丁听出来了，最早打电话给他的那个人，那位公鸭嗓子。

老丁觉得他的眉眼似曾相识，但看他的年龄才三十出头，不应该认识。年轻人一把握住他的手，说，我爸爸是沈大朋，我是您表弟沈宏伟。老丁本能地抽出自己干瘪的手掌，他已经好多年与别人没有肌肤接触，包括握手。沈大朋这个人老丁记得，大老丁几岁，可老丁一直喊他舅舅。没办法的事，外公说过，这一村的人都是你的亲戚，我们家祖上是富户，人丁兴旺，走得快就辈分矮。老丁后来就懒得计较了，他大舅他二舅都是舅，他不算沈家人也算沈家亲戚，小伙伴们打架时也不好意思对他下狠手，当舅舅的欺负外甥不占理呢。有位跟班模样的人告诉老丁，这是我们村拆迁办沈主任。沈主任谦虚地说，大表哥面前，扯什么主任不主任。

沈主任说，大表哥大老远赶过来，怎么也不能站这里吹风，先回村里坐下喝茶。

老丁问乌鸦，是不是跟他们走？

没出息的乌鸦见有陌生人，居然隐了身，不拿主意。沈主任以为他打听的是逃了的瘦男子，撇撇嘴角，说，那家伙，骗子，专骗你这样来迁坟的外地客户。

客户？莫非在沈主任这里，迁坟这事还是一笔生意？老丁听不懂。

三

外婆死前一再叮嘱，她要回圩区与外公合葬，丁海涛与母亲带着老人家的骨灰盒回到了沈村，母亲把葬事交给了沈大朋。老丁从上大学起就再没见过沈大朋，母亲听说沈大朋成了村里一位“方木匠”。在圩区，虽然做木材加工活儿的匠人都统称木匠，但其中还有明细的分类，“方木匠”只能做一些常见的粗木工活儿，比如盖房子、钉木船、打棺材和打造一些粗家具。他们既要有技术，更需要力气，但他们的技术含量不高，村里一些手巧的农民，家里也都有几样常用的木工工具，也能懂得一点“方木匠”的技巧。相比较“方木匠”，“圆木匠”是专门制作圆形木桶的工匠，也称作“箍桶匠”，制作如饭桶、洗面桶，洗脚桶和马桶等生活用具。圆木匠的技术含量要比方木匠高得多。他们先利用圆周率计算出所需木板的周长，木板之间还需用竹钉连接，如何将每一块木板制作得一次到位，全靠经验。据说沈大朋舅舅也曾经学过“圆木匠”，在接连报废了主家的板材赔偿后，才甘心求其次。老丁外婆死的那一年，沈大朋连方木匠的活计也谋不上了，揽上了远近村里的红白主事为业。

同样是圩区的女人，外婆一定要归葬，母亲那么恋沈村，死前却肯随父亲住在城里公墓，丁海涛想不通，还是乌鸦提醒了他，母亲是嫁出去的女儿泼出去的水，外婆呢，是嫁鸡随鸡嫁犬随犬，沈村是她婆家。外婆死的那年，丁海涛在北京一家研究院读博士，母亲说，你是外婆一手带大的，外婆最后一趟回沈村，你得陪着她。他大舅他二舅都是舅，老外公小外公都是外公，母亲带他上门拜见远近的本家，见人就提醒丁海涛按辈分喊人，丁海涛辈分小但年纪已经不小，他不耐烦地冷着脸，母亲依然乐此不疲，临走时还告诉人家，我儿子在北京读博士。丁海涛本以为是简单的一件事，挖开外公的坟，把外婆的骨灰盒摆进去，合上坟就完事。入乡随俗，最多添上磕头烧纸的程序。沈大朋说，乡当然还是这个乡，俗却已经不是那个俗，改革开放，有条件了，农村人红白事都讲究了。沈大朋吃定了丁海涛母亲是个要面子的人，他一口气报出了葬事七七四十九个事项，丁海涛看他那双骨碌碌乱转的眼球，就能想象出这几天他在睡梦里都磨刀霍霍。丁大朋家新盖的两层小楼，宽敞的院子，丁大朋带母亲参观新房子时，丁海涛坐在玻璃窗下十分无聊，一个剪着锅盖头的七八岁男孩不停地打量他，对这个城里人表现出浓厚的兴趣，海涛却懒得理他。现在想来，他就是当年的沈宏伟。沈大朋像相声演员报菜名一样利索，请乐队请道士请哭手，吃三天流水席唱三天大戏，母亲鸡啄食似的点头，或者简短发声赞同，这个在菜场上斤斤计较的老年妇女忽然大方了。丁海涛怎么看那俩人都像说相声，一个逗哏一个捧哏，只是一点都不好笑。岂止不好笑，还让丁海涛生气。丁海涛扭转身子，窗玻璃上映出一个生气的面孔，丁海涛排开五指，用指甲在那张脸上划过去。那瘆人的尖音在空中直扎人的心窝，小男孩捂着耳朵惊疑地跑出了院子门，那俩人居然能装作听不见。临走时，沈大朋将几页清单交给了本家堂姐，却被做外甥的丁海涛一把夺过，母亲还忙着千恩万谢时，那几张纸已被儿子撕得粉碎，扔在沈大朋家院子里。

背人处，母亲说，儿呀，你给妈留点面子，你妈是这村里嫁出去的姑娘，不看僧面看佛面。再说，你死了的外婆，她也得挣这点面子，面子是什么，就是钱，花钱才能买到面子，这道理，你怎么到现在还弄不明白。

丁海涛最终还是没能忍住。沈大朋的一项安排，让他是可忍孰不可忍。沈大朋说，骨灰盒太小，装得下外婆的骨灰，装不下外婆的灵魂。沈大朋的意思，外婆的骨灰盒必须放进棺材里下葬。这不是推销一个棺材的问题，推销棺材是一笔生意，由此引发出八位抬棺者，抬棺者必须与外婆的属相不克，丁海涛和母亲要上门一一磕头请求，当然得带上烟酒以及毛巾球鞋之类规定礼品。这已经不是钱的问题，在丁海涛看来，火化政策出台本来是为了提倡节俭，现在再在骨灰盒之外套上一只棺材，不只是浪费，分明是对国家政策的嘲弄。讨论这个话题的时候已是晚间，丁海涛慷慨激昂一番后只落得村人的嘲笑，母亲说，这事我做主。母亲的眼里对儿子充满了失望，也许，正是那一刻打消了她死后归葬的闪念。

第二天一早，丁海涛没有与母亲打招呼，直接雇车去了县城，又坐上火车回北京。

老丁随着沈宏伟一干人走进沈村时，沈村已经完全没有了当年的模样。村头是一家“农家乐”旅游饭店，红招牌红灯笼，院子里摆上了几张铺着塑料餐巾的饭桌。沈宏伟笑嘻嘻地说，大表哥，这是我爸家，这院子您来过，您不记得我还记得。老丁对不上号，一个花白头发老头闻声从厨房走出来，热情地握住他的手，晃得他有些头晕。沈大朋，他想起来这是沈大朋，这院子的轮廓随着主人出场清晰地浮现。

大朋舅，开饭店？

噢，我不掺杂。我做回我的木匠，学做圆木匠。

沈大朋这样说的时候，脸上有几分羞色。他朝角落方向一指，那里有一些木匠工具，还散乱放着一些条材板材。

现在这季节，原野上青黄不接，农家乐还没有客人。丁海涛成了农家乐唯一的客人。晚饭老丁点了两菜一汤，荤菜是红烧小杂鱼，素菜是湖滩上的芭草草根，汤是鲫鱼白汤。从厨房的锅灶有响动，老丁的涎水就在喉咙口泉涌，他只能暗中不停吞咽。都说游子有两样东西难以改变，乡音和口味，老丁在圩区长到十八岁，他的胃口就是圩区人的胃口，圩区多的是水，水中多的是鱼，沈宏伟在圩堤上指点给他看，不光是湖河沟水面，现在圩子里的良田都挖成了养殖塘，螃蟹甲鱼黄鳝，城里人吃什么塘里养什么。老丁小时候，本地人一般只吃带鳞的水产，螃蟹甲鱼黄鳝之类都是贱卖给老丁他爸，家里其他人也不吃，只老丁和老丁他爸在家人鄙视的眼光中大快朵颐，现在据说是有钱人才吃得起那些东西。老丁馋的是湖中小杂鱼，菜油煎得焦黄，湖虾泥螺一锅烩，加进姜蒜葱红烧，那才是地道的圩区菜。老丁在国内餐馆也多次点过这道菜，可每回都令他失望，味道不正。怎样才正宗？这湖里的鱼，加上这湖里的水，用圩区的铁锅土灶。小杂鱼端上来，鲜香扑鼻，老丁迫不及待下了筷子。沈大朋拎着酒瓶酒杯坐上来，给老丁也斟了一杯，说，书念多了脑子就是好使，现在就剩这小杂鱼是真正的野生鱼了。沈大朋讲到小时候一起赶湖滩的往事，老丁的记忆瞬间复活了，原来老丁的少年时代也多姿多彩呢。就说这吃鱼，老外菜市上的鱼肉都是剔骨切片卖，而且河鱼很少有卖，怕的是食鱼者被刺卡了喉咙，老丁这种吃鱼长大的圩区人，二三两以内的鱼都是吃鱼不吐骨头，连头带尾嚼碎吞下，那才是一个香！这享受只有湖边长大的人才会拥有。芭草草根埋在湖滩上，上面的草叶成了烂泥，泥里的根茎却白里透红，锅底跳一跳，入口脆生生。沈大朋酒喝得勤快，自作主张又加了几道菜，老丁一尝，都是常在梦中梦到的外婆家菜，心一宽，忘了计较菜钱，也忘了多年来不浪费的自律。

农家乐有客房，老丁住下了，刚上床酒精活跃，睡不着。失眠的时候，总是黑皮陪他说话。他喊那只叫黑皮的乌鸦，这家伙不应，也不现身。

四

老丁早上漱洗完毕，沈宏伟一干人都已在院子里等候，等他吃完早餐，沈主任已经打开笔记本电脑，开始办公事。沈大朋呢，也起得早，在一角弯腰刨他的木料。老丁依稀记得他昨天要付饭菜钱，沈大朋把手一挥，说免了。那是酒高，说话不能算数，老丁不能装糊涂，老丁重提这事，这次是沈宏伟一挥手，说，记下了，走时一块结。这农家乐肯定是儿子的，儿子做主，老丁踏实了。沈主任说，大表哥，请出示您的身份证。

老丁回屋里找了半天，只找到一本护照，沈主任点头认了，记下上面一串数字。

沈主任说，我们首先一起学习一遍相关文件。文件在电脑屏上，沈主任的普通话字正腔圆，老丁疑心他是读过大学回乡的，一问，果然，是大学生村官，名正言顺捧着官饭碗。文件的大致内容是，为了建设社会主义新农村，更好地适应改革开放局面，上级政府决定拓宽圩堤，利用堤埂建成公路，保障圩区的交通运输。为此，堤埂内侧的坟墓必须迁移，政府另拨一块土地做墓地，并补贴每个墓主五百元。沈主任一番讲解，老丁对迁坟的政策基本清楚。沈主任说，要想富，先修路。圩区水路多，陆路少，多少还是扯了经济的后腿，还请大表哥您这样的爱国华侨理解并支持。

沈主任说，隔壁张村，仗着有后人在市里当书记，拒不执行迁祖坟，最后是张书记亲自打电话下来，无条件执行政策。

老丁不理解这事与自己有什么关系，点头说，理解，支持。

老丁来之前想过，不能让外公外婆的坟墓再留在沈村，他打听好了，县城郊区有公墓，单价二三万块钱。他倘若回来祭拜，那里交通方便，也不必再担心遭沈村人的算计。

沈主任说，为了避免被一些居心不良的人勒索敲诈，我们建议迁坟一事交给拆迁组，我们将请专业人士举办仪式，让死者乔迁安宁，家人安心。人手不足，我们拆迁小组工作人员都是志愿者。

沈主任说的居心不良者，显然是指在坟地揽活的瘦男子，凭什么我就该相信你们这几位呢？老丁不表态，哼哈了几声，说先去村里转个圈。

村里静悄悄，偶尔有一只土狗走过来，看看他，不吠一声又低头而去。他小的时候，只有农忙季节，村里才如此寂静，现在，可能是劳动力进城打工去了，或者守在养殖水产的池塘里，老人们坐在院门里，孩子们也都在学校里。他走进巷子，当年脚下的青石板已变成了水泥路，平坦流畅却少了跌宕。巷子的两侧是连绵的楼群，圩区地金贵，祖上传下来的老房子都屋檐搭着屋檐，吃饭时端着碗可以穿越隔壁人家的堂屋，顺便夹上一筷子菜。现在都起了新楼，依然肩比着肩。他当然首先是寻找从前的旧居，父母带着外婆进城后，老屋就卖给了邻居，因为破旧窄小，它成了别人家堆放杂物的处所。老丁这次找来，老房子已经不复存在，只剩下残垣围成的一个荒园，一丛丛茁壮的野草在断砖碎瓦间蓬勃向上，仿佛刻意遮掩这土地曾有过的历史。他站立其间，默默比照着什么地方该是外公外婆的房间，什么地方该是父母的房间，什么地方该是厨房、鸡窝等等。往事如潮水一般冲击他挤压他，老丁的鼻子竟也有了几分酸涩。

沈村是他丁海涛的故土，从有记忆起，沈村的男人都是他外公他舅舅，他时刻提防着这些人，是不是过头了？

乡下毕竟是乡下，天一黑，农家乐就安静下来，沈大朋来他房间坐一会，就情不自禁地打瞌睡。开始是沈大朋讲，老丁听，沈大朋讲到激动处，就唾沫横飞，更有甚者，会挤到老丁身边搂住他的肩膀。老丁已经很多年没有与人如此靠近，与女人没有，与男人更没有。老丁结过婚，没有子女，出国后就清清爽爽分手了。老丁生活的那个国度，有一个神奇的两米距离规则，人与人之间正常距离保持两米，所以公交车站候车的人都是一条散兵线，幸亏这个国家的人口稀少。老丁刚去时不习惯，后来习惯了，与人保持距离，其实正是他在国内的渴望。沈大朋觉察出老丁坚持的距离感，他有些扫兴，不说话眼皮就耷拉，熬不住就回自己屋去睡了。老丁知道自己这态度不够友好，又不知道怎样表达内心的歉疚，眼睁睁地看着沈大朋离去的背影，听见门锁“嗒”的一声合上。老丁哪里能入睡，时差没顺好。本地人日出而作日落而息，老丁在贾斯拉才不是这个作息表。这季节，北欧大部分时间的天空是黑的，灯火通明的城市其实离下班时间还早。老丁想念那只叫黑皮的乌鸦了，黑皮，黑皮出来吧。

老丁在贾斯拉大学的研究所做研究员，除了手下几个研究生，老丁很少跟人打交道。这边做研究不规定时间出论文出成果，老丁的日子过得散淡，也寂寞。老丁自己下厨，每星期都坚持做几顿红烧肉。超市有海鲜，比国内便宜，老丁吃不习惯，也不会弄，麻烦，而且吃在肚子里不如红烧肉实在。老丁就是在超市买肉回去的路上遇到了乌鸦黑皮。雪天，路灯灯光晕黄，路上车少，人更少。老丁将买菜的布袋置于雪褥上，喘口气歇脚，这里人盛行出门拎个布袋盛物，环保，老丁小时候听过布袋和尚的故事，毫不犹豫接受了。乌鸦原是走在碎石子马路上，走到他面前，猛然跳到雪褥上，黑白分明，雪已冻结，乌鸦一步一步走得十分稳健，像位穿着黑色礼服的绅士。在贾斯拉，动物是不惧人的，野鸭甚至会把窝筑在街边花坛里。在老丁的记忆里，他见过的鸟儿如麻雀燕雀都是蹦蹦跳跳，双足同步，老丁发现这只乌鸦居然是走路，像一只老虎一只狮子踱步，而且，他长那么大个子，比国内见过的乌鸦大不止一倍。老丁阴暗地猜想，宰了可以堆土灶上满满一铁锅。

乌鸦昂起头，说，你瞎想什么呢?

乌鸦居然说的是中文，老丁被他看穿了，慌忙摇摇头。老丁生气地说，你是谁?

我是丁海涛。

老丁当然不相信，乌鸦这是在跟他斗气。

这只乌鸦就这样成了丁海涛唯一的朋友，在老丁需要他的时候召之即来，如影随形。他按照戈明拜的医嘱，如实介绍过他身边有这样一只乌鸦黑皮，戈明拜表情暧昧地一笑，让老丁十分生气。戈明拜不相信他的话，他也懒得相信戈明拜的絮叨，不就是想挣我这份钱吗。在戈明拜和黑皮之间，老丁信任的是黑皮。

乌鸦这回现了身，在窗台上认真地迈步，像一个哲学家。

老丁说，黑皮，商量个事。

乌鸦停下脚步，说，老丁，声明一下，我的名字不能叫黑皮，都说天下乌鸦一般黑，这名字有等于无。

老丁说，我是不是可以把迁坟的事全权委托给沈宏伟?

乌鸦说，我需要一个有个性的名字，最好有个洋名儿，你不也有吗?

老丁说，大不了挨一次宰，不对，如果把外公外婆的坟不迁离沈村，说不定只要回来祭拜，都得挨一次宰。

乌鸦说，别骗自己，坟不迁出沈村，你就有了以后回沈村吃外婆家菜的理由。

乌鸦话说得直接，倒也击中了他老丁的心事。

老丁说，那就定了，明天交给沈主任。我挣的是欧元，在这里花的是人民币，肉厚不怕刀薄。

乌鸦说，那就定了，别光想怎么才能入睡。你得琢磨着给我起个名字，高品位！

五

沈主任办事比他老爸利索，没有拉出七七四十九项表单，只是半开玩笑地对老丁说，大表哥，我办事，你放心。

说干就干，年轻人做事不拖拉，上午十点，一干人马就在外公外婆坟前集中了。主事请的不是沈大朋，这有点让老丁意外，儿子照顾老子的业务这也是情理之中。主事是位白胡子老头，身形佝偻，穿一件鸭绒服，但看上去似乎从穿上那天起就没洗过。老头见了老丁，上前几步要握老丁的手，老丁不由得连退了几步，老头说，我也是你舅舅，杨白劳。老丁打量他眉眼，是，杨白劳舅舅。沈村并没有第二户不姓沈的人家，杨白劳不姓杨，还是姓沈，当年在村宣传队演过一个叫杨白劳的角色，大伙都叫他杨白劳，以后连他也自称这个角色名了。杨白劳是孤儿，老丁打记事，就记得他吃百家饭，住村上公屋，大人小孩都可以捉弄他。外公叮嘱过，别人可以，你不可以。天上雷公大，地上娘舅大，按辈分他是你舅。上次回来，老丁就听说，杨白劳舅舅打光棍，没娶上老婆，当然也无子无女，一人吃饱，全家不饿。问题是一人吃饱，于他也是难事，他一辈子都是村里的救济对象。杨白劳之外，沈主任还请了两位男劳力，自带了铁锹和大锄等工具，论辈分，也都是老丁的舅。

早晨时，老丁打听过费用，沈主任说，你不用操心，不是有迁坟费吗?

就那五百块钱？老丁当然觉得沈主任是忽悠他。沈主任越不说个实际数字，老丁心里越是直打鼓。

杨白劳说，焚香，祭拜土地公公，告知沈昌运李凤凰将迁出。

老丁焚香揖拜。

杨白劳说，鸣炮，恭贺乔迁。

老丁点燃爆竹和黄鞭。

接下来焚烧纸钱。

这些物品都是杨白劳从随身带的挎包里掏出来的，老丁心里估了个价钱，还得翻一番，新坟那边也有这套程序。三人开始动土，刚挖了几锹，杨白劳喊停，说，外甥外甥，快来看，快看，金龙宝蟾，难怪你能出国留洋，出人头地啊！另外俩人也立即跟着呼应感叹。老丁看那翻开的新土中，是一条金环小蛇，在冬眠中受了惊扰，蜿蜒扭动着身子，再细看，边上还有一只蛤蟆，似梦似醒，不敢动弹。

杨白劳说，迁坟遇见这俩宝，后代有大福祉。按规矩，得给我们随喜。

老丁说，随喜随喜。

随喜的意思老丁当然懂，是给这三位买烟买酒，还是直接给钱?

老丁已经不了解具体行情。好在这三位见老丁应下了，又埋头干活了。老丁觉得有点冤，外公外婆的坟头风水好，与老丁没有半毛钱关系。他们姓沈，老丁姓丁，并且老丁无后，这福祉爱谁谁去享用。不过，话说回来，外公外婆就他一个后人，不是该他掏钱该谁掏钱。

诸事顺遂，沈宏伟是个能干的村官，老丁在这边料理的时候，他把新坟那边的事都料理好了。外公外婆的墓碑，墓台墓拱，都着人砌筑一新。烧纸时，沈宏伟说，大表哥，跟老人家打个招呼，我们烧的不是美元欧元什么元，在冥界银行，硬通货应该还是中国纸钱。

收拾停当，已是傍晚，老丁说，大家不急着走，今天辛苦了各位，我在农家乐请大家吃个晚饭。几个人都看村官沈宏伟，小伙子点头答应下了。戈明拜一再强调老丁不要喝酒，在贾斯拉老丁还听他的，毕竟那话是付欧元买来的。现在天高皇帝远，戈明拜的话追不到沈村这地块，老丁昨天喝了酒，今天又开喝。在沈村，请客的人不喝酒，就是写在脸上不让客人喝。

杨白劳说，大外甥，干一个。

沈大朋说，大外甥，干一个。

老丁愉快地干了。

酒酣处，沈大朋说，丁海涛，你记得不？你欠我一条裤头。老丁说，你这人，要讹也讹件像样的东西，你那裤头摆在圩埂上，人人也是绕着走。

沈大朋说，上三年级那年，我俩去湖里偷湖茭，讲好了你在圩埂上望风，我在下面剥茭白，你居然看小人书入了迷，湖管会的人将我光着屁股逮走了，你也没顾得上放个屁。就那一次，我丢了裤头。

老丁记起来，有这回事。

沈大朋搂住老丁，热哄哄地凑在老丁耳边说，一般人我不告诉他，我告诉你，我已经做出一个捂脚桶了，我是个厉害的圆木匠了。

老丁高兴地在他背上拍了一巴掌。

杨白劳说，今天喝得开兴，我也讲个段子：从前，张村有个张粗腿，李村有个李粗腿，俩人都说自己腿最粗，两个粗腿听到了都不服气对方，于是就找了个日子去比个高低。第一个回合，李粗腿要踢倒一棵大树，张粗腿要踢倒一堵砖墙。李粗腿一使劲，大树倒了；张粗腿一使劲，墙也塌了。第二回合就不比踢东西，比腿踢腿。证人一声令下，张粗腿右腿一扬，李粗腿也一扬右腿。

杨白劳说："你说谁赢了？"

沈大朋说："张粗腿。"

沈大朋看一眼老丁，老丁接上去说："是李粗腿。"

杨白劳摇晃着脑袋，抬手假装托一下不存在的眼镜，说，比赛结果，谁都没赢，张粗腿和李粗腿一人扛着一条断腿回家了，俩人都做不得农活了。

这是老丁他爸教书时常讲的一个故事，只要男生们打架，他就在课堂上讲一遍。一届届讲下来，做过他学生的人几乎都会讲这个故事。现在沈村人讲这故事，是对丁老师深切的怀念。

老丁陡然一醒，他老爸，那个怀揣梦想的城市青年，真的是把自己的一生交待在圩区这块土地上。

酒醉心灵，即使喝到散场，老丁也没忘记付账。付清了晚餐的账，还有付迁坟的账。今天老丁喝高兴了，什么账都愿意付。

沈主任打开办公电脑，说，购物加上人工费用，迁坟总共五百五十元。老丁张开五指挥了两把，不相信。沈主任说，四十一号墓是夫妻双墓，迁坟费每人五百元，共一千元，剩下的钱我微信给你。

沈主任拿过老丁的手机，食指鸡啄食地乱弹一通，递回老丁，说，大表哥，搞定，找回的钱都进你红包了。

老丁说，还有随喜的钱，我讲话算数，得给他们仨。

老丁的眼光好不容易找到杨白劳，杨白劳慌忙朝他摆手。沈主任眼尖，一眼剜过去，杨白劳说，大外甥，这可是你自说自话，我们提都没提哟。

老丁第二天走的时候，没有忘记唤上乌鸦。黑皮黑皮，他喊。院墙上有一只黑乌鸦，却对他不理不睬。老丁说，牛什么牛，你不就是一只乌鸦吗。那乌鸦看老丁一眼，张开翅膀飞走了，再也没在老丁面前现身。

《作家》2018 年第 4 期

日久夜长

第一天

张大庆推开老屋的大门，堂屋潮湿的空气扑面而来。水泥地面打扫得很干净，桌面上的玻璃亮得晃眼睛，这说明负责打扫的南瓜嫂子很负责。乡下的堂屋已不叫堂屋，叫客厅了。张大庆揭开沙发上的布罩，布罩有各种纽扣，他一一解开，折叠整齐，觉得心里安宁了不少。张大庆对司机小张说，你回家看看吧。小张是张总的堂弟，远房，但做张总的司机有七八年了。小张的家在县城，有条件的农家，第一步是在村里盖楼，第二步是到城里买公寓楼的套房。张总待司机不薄，小张两样齐了，老婆孩子住县城，孩子上学，又把父母接去照料。小张应着，却径直去了灶屋，拎了水壶拧水龙头，有日子没放水，放了好一阵子，他才接上水壶。水烧开了，壶嘴响了两声就被他急急关了，老板怕吵，尤其现在。他将泡了茶的紫砂壶端到茶几上，才走出门。小张出去了一会，又扛回了一个纸箱子，张总说，扔灶屋。这箱子像是快递小哥们用的包装箱，裹了好多胶带，方方正正，他扛上车时，张总说，像董存瑞扛着炸药包，小张不认识董存瑞，也不打听纸箱里装的是什么，傻笑了一声。张大庆又说，行了，这里没你的事了。小张拍拍纸箱留在自己的肩膀上的灰尘，说，我就走，我在我老屋里住，我也长久没住过村里了。

小张好就好在这一点，看得出老板的眉眼高低。从省城回来的路上，张大庆一直没开口说话，小张就识趣地闭了嘴，老板有心事，做司机的靠近不好，离远也不好，但怎么也得保证老板能招之即来。

说是老屋，其实也不过盖了三十多年，张大庆头几年进省城打工，赚下的钱都搭在这砖墙瓦屋上。原先是土墙草屋，村里的老屋大多是土墙草屋。张村坐落在圩堤边上，圩区的村庄也都坐落在圩堤边上。遇上发洪水，圩子被水淹了，人在圩堤边上来得及逃命。所以圩区的屋基地就精贵，邻里盖房为尺寸之地打得头破血流不算稀奇。为盖这砖房，老二张小庆也和东边邻居干了一架，倒不是为了争地界，老屋基是两家祖祖辈辈划定的，好比白纸黑字。邻居是说张家的屋檐高了，风雨天落水就落在草屋上，草烂屋能不漏？小庆说，有本事你们家也盖瓦屋。这分明是挑事，大庆来不及劝说，那俩人就干上了。圩区人置房产不容易，省吃俭用多少年盖个房，一场洪水眨眼间就冲走了。好在忽然间湖水矮下去了，传说上游修水库，夏天都能在湖底放牛放羊，人们趁机把堤坝筑得高大，即使洪水下来也闹不成什么事了。村里的楼现在起得又多又高，成林子了。张大庆的老屋没有拆旧建新，留着，把灶间和卫生间改造了，张大庆每年回来住几次，长不超过一个星期，短也就一二宿。四邻都是楼，把阳光遮了，老屋像掉进锅底，张大庆却说这样好，心静。

张大庆每次回来住，都是因为在城里梦见了老屋，1983年那场大水，他们一家在夜半报警的锣声中逃离了村庄，水退了，父母先回村，让他领着老二和老三在高墩上等，他带上弟弟妹妹悄悄跟上了大人们，村子被水洗过了，除了几家砖瓦房站着，土墙被水一浸都趴下了。墙趴了，稻草屋顶就浮冰一样漂走了。爸爸妈妈愁眉苦脸地在水中寻找剩下的柱木椽木，哪怕能搭起个小棚子，一家人也有了栖身的地方。弟弟妹妹不懂事，踏着水花嬉戏。张大庆站在他和弟弟住的西屋，墙没了，床没了，连他写作业的小方桌也不见了，倒是在泥浆里找到了他的书包，书已经泡烂了，他站在那里呜呜地哭，父亲骂了一声没出息的东西，给了他一巴掌。每次挨了这巴掌，张大庆的梦就醒了。说他梦见老屋，不如说他是梦见了那年遭遇的洪灾。老二笑话他，哥，你不是担心老屋被水洗了，你是担心你的家业被看不见的大水突然冲走了。做什么样的梦谁也做不了主，有一点张大庆内心困惑，他居然睡在这老屋才有安全感。莫非说这四周的楼房虽遮了阳光，但也挡了风雨，挡了喧闹，假如有一天大水冲来，也能帮老屋挡了浪头？这说法说不通，也如梦话荒唐。

张大庆喝了几口茶，并没有驱走睡意，有几宿没睡好了，在老屋里屁股才落座，上下眼皮就打架了。不能睡，白天睡着了，长夜更煎熬。张大庆掩上门，一掏口袋，手机是关了机的老手机，刚办的手机倒没带，他回屋里换了，重新出门。入冬了，圩区村庄的巷子都窄，抬头便是一线天，风挤进来便加了速度，裹着人走。巷子里见不到什么人，张大庆走上圩堤，这里是热闹的去处。村里这一截堤面，已经变成了街道，堤内的住户，学城里人破墙开了连街店，堤外都是新建的店铺，钢筋水泥的柱子戳在河床上，硬是撑起了一排楼。当年堤面上铺的柏油路面，还是张大庆掏腰包捐的，现在怕是没多少人记得了，不过，等到路面要重修时，村里人还会想起他。老二张小庆在这里开着一个小饭店，楼面在堤外，里外也就四五张台。生意不咸不淡，春秋两季，城里人下乡旅游时会好一些，入冬就只能勉强维持了，好在他让老二开这爿店本来不在乎赚钱。店面大开，里面的卷闸门却半开着，明示此刻打烊。门口系着的狼狗认识他，扑上他肩头舔他的脸。他放下狗，低头走进去，老二的店里围着一桌子人，有人在做庄押宝，押中了的人忽然在趴着的一堆脑壳中竖起脑门，狂笑，别的人就起哄，发烟发烟，烟就在人丛中鞭炮一样射出来，有一根也射向张大庆。张大庆说，我不抽烟了。声音很轻，却让一群人都安静了。张总，大庆，老大，跟他招呼有各种各样的称呼，村里几乎家家有人在他公司做事。你们玩，你们玩，张大庆这样说，人们还是散了，侧着身子鱼一般游出了店门。老二并不在赌桌上，奇怪的是，每次来，都有一桌或二桌赌局，老二都不参与，莫非赌瘾也能戒？开饭店需要人气，老二是受不了冷清的人。只要不是做生意的时间段，张大庆希望有人在这里聚着。老大，来了。老二坐在吧台后的轮椅上，从小到大，老二没有喊过他一声哥。老大把他的轮椅推出来，弯腰把他抱到椅子上。上桌子！老二说。老大再提一口气，把他放到桌面上。

老二坐在桌子上，一颗光脑袋，熊腰虎背将皮衣撑得鼓鼓的，张大庆将自己的椅子往后挪了挪，看见了那木偶似的两条腿，悬空着不动，长期不走路，老二的腿瘦成了秸秆，差点赶上寿衣店里扎的纸人儿。张大庆立即意识到这联想不吉利，在心里朝自己“呸呸”了两声。转念想到小时候做游戏，他和老二并排坐在床沿上，三妹学医生用木榔头敲他俩的膝盖骨，敲一下，小腿安了弹簧一样蹦一下，哥俩笑出声。张大庆现在真想用什么再敲一次这俩膝盖骨，想听听老二的笑声，但是，他知道那样的笑声走远了。老二手上抓着桌上的扑克牌，拉手风琴一样铺开又合上，学的是电视里赌徒那拉风的手法。张大庆把椅子又朝前挪了挪，说，来，今天陪我玩几把牌。老二想不到老大有这样的兴致，他向来反对老二赌博，即使在工棚里来去几十几百的他也不准，他当然也不沾赌。说不沾也不对，老二见过他赌牌，大赌，他赌一局输几万几十万，当然那都是必须的，那不是赌钱，是送钱。老大不准老二这样胡说，老大说，我再不咋的也一个老总，那几位官再大也是挣工资，我赢他们的钱，让他们一家老小喝西北风去？逢年过节家里人玩牌，拉他上牌桌也躲。老大说，我才不上当，都说我只会输不会赢，费那时间，我不如把钱包丢桌上算了。今天兄弟俩玩的是一种“诈鸡”的赌法，说是比牌的大小，其实是比谁胆大心细不动声色。

山乡佬回来过吗？

山乡佬是老二娶的老婆，说是娶，其实是花了三十万买来的。老二腿残了，要命的是那命根子使唤不动了，老大还是托人从山里领来了一个女人。女人家里穷，人长得好看，老二看得见摸得着吃不上口，脾气更加暴躁，动不动就是一顿揍，人家躲远一些，他拿起什么砸什么，硬是把女人打跑了。

老大，你抓牌。

老大抓了一张牌，嘴还是不停：

要不，娶一个有家口的？离婚也好寡妇也好，有小孩子过日子热闹。

老大，你报牌。

老大叹口气，唉，你还在为南瓜家的事生我的气。

南瓜是村东的一位远房族兄，早些年土改，穷人分了地主富农的土地和房产，等于村里所有人财产都重新洗了牌，张大庆爷爷成分是下中农，属于不赔不赚。南瓜的爷爷是贫农，且做了贫协主任，如愿分得了地主家村东的一处砖瓦房，却有一件事让南瓜家爷孙三代如鲠在喉，这就是门前一块“飞地”，也就是一个草垛的地盘。圩区地基紧张，基本上是墙贴墙，檐搭檐，能有院子的是大户了。张大庆的爷爷盖了房后，连堆草垛的地方都没剩下。对烧土灶的乡下人来说，没有草垛就吃不上熟饭。后来，爷爷想出了办法，他与地主家达成了交易，他帮地主家打半年长工，换得地主家门前一块三五个平方的空地垒草垛，这块巴掌大的地方就成了张大庆家的“飞地”。南瓜家那年头风头正健，但张大庆家也是根红身正的下中农，奈何不得。小时候，别人家烧灶都只要在门前顺手拽几捆干草，张家兄弟要跑老远去村东头长途搬运，有时候，草垛瘫了或者草垛矮了，两家大人们就打嘴仗甚至大打出手。日子朝前走，恩怨代代传。轮到张大庆和南瓜顶门立户时，张大庆寸土不让，南瓜吞并之心不死。张大庆排行老大，从小就有担当，在山区学了一手堆草垛的绝活。圩区人家的草垛都是茬朝外梢朝内，顶尖肚圆，防雨水漏进垛内。张大庆不这样，朝外的有茬有梢，顶是一面斜坡，草把之间如木匠安装了木榫，彼此勾连，外人若想随便拽一个草把出来，除非把一个草垛整个拽倒。当初张家兄弟去城里闯荡，父亲走得早，家里只剩下母亲和上学的妹妹。偶尔回来，总听见妹妹哭诉，咱家的草垛又倒了，草把又湿又霉，塞进灶洞一屋子都是烟。老二恨不得当即打上门去，张大庆拦下了。兄弟俩默默地将草垛重新堆了，在草垛中心留了窝，天一黑俩人钻进去睡，又柔顺又暖和，还有一股子小时候熟悉的干草香。老二准备了化肥袋，打算罩住了往死里揍。老大不准，有电筒就够了。第三夜，南瓜出动了，狗日的还真有一把力气，草垛里镇着俩大男人，他硬是推倒了。老二揪住他拳打脚踢，老大不动手，只用电筒光罩住他的脸，让他睁不开眼没法出手。左邻右舍都惊动了，一看见是南瓜的脸就明白了，理在张家兄弟这一边。老大说，狠打他一顿解气，但解决不了问题，我们今天走，明天他还会来使坏。我要的是他丢脸，让全村人知道他阴损。以后这草垛倒了，不是他干的事大家也替我们记他账本上。

草垛不倒很多年。

上次回家，大约三个月前，也是在老二这店里，老二告诉他，草垛没了，这回不是倒了，是一把火烧没了。老二说，南瓜是欺负我家只剩你一人了。在乡下，喝酒打架撑场面，都只拿男丁算人头。国家搞计划生育，农村人才不敢比赛生男娃。南瓜家也是兄弟俩，本来两家旗鼓相当。老二的意思是现在他废了，南瓜欺负到他头上了。张大庆说，先弄清楚，这事不能肯定就是南瓜干的。我估计他没这胆子，他知道你伤了，但也知道现在上上下下都向着我，就是你，一声招呼也能召集这四乡八村的邪头，让他吃不了兜着走。张大庆推着老二进了南瓜家的门，南瓜脸一下子绿了，南瓜嫂子想出门招呼人，张大庆笑着拦住了。南瓜说，张总，这草垛真的不是我烧的，真的。老大说，我们来，是为了草垛的事，不是为了烧草垛的事。我跟老二商量了，以前俩家为这草垛伤了和气，那是没办法，要吃饭就得烧稻草，天天离不开草垛。现在条件好了，家家户户都扛煤气罐了，这草垛也就没留着的必要了。替你家谋想，出门眼前就戳着这草垛，心里不爽也难怪。我们决定，这点地盘就送你家了，这样也圆了你家围院子的梦。南瓜愣住了，南瓜嫂子说，张总，您大人有大度大量，我们怎么也没想到。南瓜觉得这事难以相信，张总，要不这样，这草垛没用场，地还是你家的。你撤了草垛，在这地上栽棵树，树成材了，多少也派点用场。张大庆说，不烦那么多神，这事就按我说的定了。

回去的路上，老二责问张大庆：你什么时候跟我商量过这事？

老大不吭声，只有轮椅推在巷子水泥路面上发出难听的杂音。老二想了一想，这么多年，老大什么事都做主，包括老二自己的终身大事。老大喜欢一锤定音，习惯了说一不二。老二忽然愤怒了，拍着扶手说，这是家事，不是你公司的地盘。你说给就给了南瓜，爷爷和爸爸躺在地底下也不答应。

老二脾气不好，老二发飙时，老大都不说话。兄弟俩在村巷高了嗓门，会让村人背后笑话。把老二送回他的店里，老二嘴里还在嘟囔：树活一张皮，人争一口气，这地虽小，是张家的脸。你一走，我就收回来。老大说，你收回来做什么用？真的栽棵树，你也不能摇着轮椅去那里乘凉。我们都要回来过老年，你现在比我先回来了，我们啥都不缺，不求一呼百应，只求一团和气。用那巴掌大的地方换他一家几口人的笑脸，你怎么就想不通？

南瓜两口子当天晚上就登门致谢，拎了一只自家鸡窝里的老母鸡。南瓜嫂子还自告奋勇说，张总，你要是放心我，就把这老屋的钥匙交给我，我时常来打扫，你回来好住得清爽。张大庆没有犹豫，当下把一把钥匙交给了她，疑人不用，用人不疑，公司内外都是一样的道理。再说这老屋里，也实在没一样东西值钱。南瓜也去给张小庆送了自家地里的菜蔬，据说，老二没给人家好脸子。

手机忽然响了，老大坐下来，第一件事是将手机放到桌子上，一边打牌一边不忘记盯一眼它。看来老大在等电话。老大接了电话，又默默掐了。肯定是骚扰电话，换做老二，会盯着人家骂个狗血喷头。老大继续模牌，看一眼手中的牌，又看一眼老二的脸色，老二手中牌好坏都写在脸上，老大一眼就读出来了。今天这牌蹊跷，老大居然赢多输少，这不是老大打牌的风格。对内对外，老大上牌桌都是输，用他的话说就是花钱买开心，能坐下来打牌就不是外人。老二说，老大，你遇上事了？

老大说，没。

老二说，你将原来的手机号换了，还换成这么个土货手机。老大的手机常换，倒不是老大赶时尚。茶馆里或饭桌上有人夸他的手机新，他经常就取下卡，将手机送了。通常这些人都是甲方或者官方办事员，所谓菩萨易拜，小鬼难缠，沾这点小便宜，老大也乐得送顺水人情。但是有一条，老大的卡号从不变。刚才老二趁老大上厕所，悄悄拨了老大的手机号，关机。

老大说，没换号，公司那一块都交给小史了，我们托猎头公司挖来的那个职业经理人，上岗了。我试试能不能过上几天耳根清净的日子。对了，你以后有什么票也不能去公司报销了，你那张卡以后不走公司的账。

老二说，别绕，我看出来了，你心里有事。我废了，你遇事我也使不上劲，你不想告诉我，也对头。

老大嘴唇动了动，放下牌，揣上手机，朝门口走去。他走出去不远，又回头，背后传来狼狗凄厉的吠声。老二追不上他，用手里的卷闸门遥控器撒气，狼狗的绳子系在卷门上，门上升，狼狗的脖子就随着吊起，差一点要被勒死，老二又按下卷门，让它喘几口气，如此重复。老大上前解开门上的拴绳，狼狗眼里是泪，老大眼里也是泪。老二在门里面故意笑出了声。

老二的声音追出门，张总，你难道连我的晚饭都不敢吃了？

第一夜

到烧晚饭的时辰了，张大庆坐在村尾池塘的塘口上。这里有一块凸起的高地，上面有小树林和竹丛，还有几座旧墓。张大庆小的时候，这里是村里小孩子的乐园。在圩区，这高地就相当于一座小山坡，要不是有那几座墓，早就被想盖房的人打了主意。高地的下坡处，立着一幢漂亮的小楼，围了大院，院墙上贴了釉砖，在夕阳下炫目。这是赵瞎子的，赵瞎子并不是真瞎，早出晚归都开着小车。赵瞎子能掐会算，以前村里人丢了东西遇了事都找他算一卦，据说灵得很。现在他做大了，给儿女在县城买了商品房，在搞旅游的老街上买了一家商铺，坐店相命。赵瞎子喜欢独来独往，一直独自住在乡下，住这么大的一幢楼也不嫌冷清。据说他有他的道理，这样方便有身份的客人上门，避人耳目。圩区的池塘一般都与小河大河相邻，隔着一条人工筑的坝，生产队时代，这池塘给村里人带来许多欢乐，过春节做大菜的那盘鱼全指望它。还记得，抽水机是当时队里的现代化机器，机身卧在坝上，两根炮筒似的水管前翘后探，像赤条条的阳刚少年威武。那抽水机得卖力地吼叫好几天，水坝才渐渐露底，全队男女老少都等着，等着那些大鱼在水面上犁出一道道浪花，等着水落鱼见，泥黑鳞白。最先安静下来的是大鱼，它们折腾够了，没了水它们就失了势，干脆晒出白肚皮，临死也调戏一把村人的眼球。那些筷子长短的鲫鱼白条，只要还有一指深的水，它们绝不甘心认命，它们扑打出一串串泥浪，在男劳力的胯下左奔右突，惹出人们大呼小叫的惊喜。小鱼小虾可能是被这突然的变故吓蒙了，或者是被浑浊的泥浆呛坏了，到后来它们基本上是在泥水里不惊不跳，听天由命。此刻的张大庆想到那一幕不由感叹，面对天灾人祸，人类社会各色人等的表现其实也如这池塘之鱼。

天暗下来了，小树林里的寒风变得厉害了，赵瞎子家的灯也没亮，他手中的烟是夜色中的唯一亮点。张大庆小时候听大人鬼故事，故事地点很多都安排在这旧墓地里，至今回想起来还让张大庆有些慌张。烟已经戒了好多年，城里人怕死，忽然间遇见的人都不抽烟了，许多公共场合禁烟。张总没办法，跟风戒了。不戒不行，二手烟是放毒，人家那眼光能戳你脸上一个洞，让抽烟的人怀疑虑自己是不是裤洞那里没拉上拉链。进城后城里人的各种装逼都学会了，张总也不在乎加这一项。但从早晨接到那个纸箱子到现在，第二包烟快被他掏完了。他立起身，手机从口袋里掉下来，蓝屏突然闪亮。这是一款杂牌手机，便宜货，重得像块瓦片，反正等这事过去了就得扔。倘若买了高档货，被小偷惦记上，就不只是丢了一部手机的麻烦。张大庆捡起来，没有来电。

张大庆回到屋里，肚子饿了。这年头，饥饿的感觉久违。张大庆进厨房，打算给自己下碗面条。厨房灯暗，母亲图省电，装了一只萤火虫亮的灯泡。张大庆不知被什么绊了一下，差点跌倒，是那只纸箱子。这箱子是老叶送来的，老叶什么人？张大庆也说不清楚，说官不算官，说民呢，还是个流民，连份工作都没有，但他却能与当官的说上话，有时候还能使唤官。这箱子里装了三十万，是他从张总这里拿的小费。按理说，他拿了也算不上犯了什么事，屁民一个，却唱高调，老张啊，我们这些人，衣食无忧，不值得冒险了。好像他只拿过张总这一票似的。从做包工头到做开发公司老总，送出多少钱送了多少人，张总真的记不清了。按比例分析，是那个拿了三百万好处的官人出事了。事大事小，老叶说等他电话。俩人约定购买了新的电话卡，这纸箱子，却坚决留给了张总。

厨房这土灶基本不烧了，放柴草的角落还胡乱堆着草把。张大庆怕的就是被这只纸箱子绊倒，他连着"呸"了三下，抬起脚把它踢到角落里。吃完面条，他一一按下所有房间的灯，昏黄的灯光让他觉得像是回到了点煤油灯的童年，以前他从来不嫌这灯光太暗，这样的灯光让他容易入睡。今晚他需要明亮的灯光，他疑心黑暗处藏着眼睛，哪怕只是屋梁上老鼠的目光也不可以。开着灯，他得给自己找点事做，转移注意力，免得总去想那件头痛的事。

他剥下家具上所有的套子，各种套子，有布质的，有针织的，还有蕾丝的，在城里遇见戴这种蕾丝奶罩的女人，他都会特别兴奋，有莫名的亲切。他母亲年轻时候的手工远近闻名，村里的姑娘出嫁前都来向她讨教。家里的黄历书里，夹着母亲剪的各种鞋样和门帘花样，她不识字，手把手教会了一批又一批大姑娘小媳妇。后来，农村人买得起毛线了，母亲给一家人结的毛衣又成了一村人的样品。只是再后来针织厂遍地开花，产品既好又便宜，母亲渐渐被冷落了。母亲闲不下来，给家具织套子。电视机上有，连洗衣机上和冰箱上都有，不奇怪，洗衣机和冰箱在乡下很多人家只是摆设，张大庆给母亲添置后，母亲待他刚离开就把电拔了。看着好看，用起来耗电费水。母亲说，吃菜跨出门就有，洗衣服带上搓衣板就行，哪条河的河水也不用付钱。何况，常年在家的人就她一个，用不着开机器，但看着它们高兴。母亲给桌子和茶几织了线罩，在线罩上压上透明玻璃，令人想不到的是，她还给墙上各处的塑料开关面板套了线罩，不知道她是想保护开关还是为了美观。

张大庆先把这些套子摘了，又一件件复位。重新套上去的时候，张大庆发现了自己的笨拙，指节僵硬，顾此失彼，母亲要是看见他有力使不上的熊样子，一定笑话他。

他有了困倦，躺进被窝，却又精神了，防不胜防，那件事还是抹不下。每倒下一个官员，身后就倒下几个老板。做工程起家的老总，有几个屁股后面是干净的？张总再谨慎，也不敢说没留下漏洞。最怕的是官员们进去后竹筒倒豆子。若要人不知，除非己莫为。张总起身在屋内转了几个圈，烦躁，他还是拿出车钥匙去了晒谷场。晒谷场没人晒谷子了，村里人买粮吃的人比种粮的人多，就是种粮，也只种自家几口人吃的口粮，随便寻个地儿就能晒了。不过也没闲着，现在成了村里的停车场。张大庆打开后备厢，那东西还在，那是一年前陪甲方去北欧旅游时买的，睡袋，甲方那几位都笑话他，真睡在野外，也不睡这个，一个人的手脚都施展不了，何况两个人折腾，不折腾？不折腾也不会露宿野外。张大庆听不进，执意买下了，花了大几百个欧元。张大庆将睡袋摊开在床上，有点滑稽，但是看一眼屋里大大小小的套子和罩子，这睡袋和这屋子挺搭配。

第二天

张总是司机小张的敲门声弄醒的，天快亮的时候张总有了睡意，醒来第一眼他看的是手机，手机黑着脸，比主人睡得死。张总洗漱完毕，小张将早餐也准备好了。张总说，今天用车我自己开，放你一天假。小张说，您晚上还回村里吗？张总点点头。张总知道，小张晚上肯定会赶回村，由他去吧。

张大庆晌午走进杜巧巧的店铺时，巧巧吃了一惊。这店铺上下两层，楼上住人楼下开店，这么多年张总都是从后院的门进出，在夜色降临后的时分。这是个谨慎得可笑的男人。张大庆坐了，仔细打量这店面，白天才看得真切。说是茶庄，这货架上摆的多是紫砂壶，只角落处摆了几种名茶的包装盒。屋子中心的那张茶几上茶具一应俱全，电磁炉上架着水壶，与茶几高低呼应，周围摆着几个软垫墩子，错落有致，不像茶叶店，像是风雅人士的私家茗室。

杜巧巧说，刚回来？

张总说，不，昨天回的。

巧巧不再说什么。缓缓坐下，取了木勺，舀了他喜欢的雨花茶装进茶壶。开水壶里的水滚了，将壶盖顶得发出连续的噪声，巧巧关了电源，那壶盖安定了。巧巧不急着冲水，凉一凉，泡这种绿茶用八十度的水适宜。

昨天回来的，回来的第一夜没有过来住，这不合惯例。是有重要的人物重要的事？那也不耽误他半夜过来。除非是有别的女人了。巧巧沉住气，看他这出戏怎么往下唱。张总先在矮墩子上坐下来，面对巧巧，忽然又换了一个墩子，面朝大街。他端起小紫砂杯时太阳正射在他脸上，他眯起了眼睛。这么多年城里人的生活使他脸上圆润了，但从小打下的那种黝黑底色还在。他啜了一小口，正要开口，来顾客了。客人是县政府办的王副主任，见了张总，脸上先是意外，接着堆起一坨笑来，嘴里说，张总好张总好，您回来也不打个招呼，也得给个接待机会给我们呀。张总递上烟，说，王主任说笑呢，我一个捉泥刀的，全靠领导们关照，欢迎王主任常去我公司坐坐。王主任很开心，开心了就豪迈，当下让营业员从冰柜取了三十斤上好的白茶，搬进了他坐的面包车。巧巧说，今天要不要开票？王主任胖手一挥，下次一起结账。巧巧心里明白，姓王的本来只订了二十斤茶叶，临时加的十斤是给张总面子。说到底，这茶叶店的生意，大宗的单子基本上是看张总的面子。县政府机关，包括几家上市公司，接待茶叶都是从巧巧店里进，来者都说是张总的朋友，过后向张总打听，张总总是笑笑，摇头，逼急了说与他们老板认识。这个男人这一点让巧巧喜欢，从不在女人面前吹牛邀功。当然，巧巧的茶叶也不以次充好，该给的回扣也不手软。比如这王主任，他推迟到下次结账，就是担心当张总的面拿好处尴尬。世上有许多事，人人心里都明了，却不能明地里做。

张总说，是不是他？

巧巧借吮茶低下头，说，又来了，不是。

巧巧心致好时跟张总说过一件好笑的事。有一个客人，也是坐机关的，每次买完茶叶都不走，给他回扣，竟然不要，巧巧以为遇到了清廉的干部。想不到有一天，他提出要去库房看看货，刚进库房，居然抱住了她，巧巧躲开了他乱啃的嘴，说别急别急，回去告诉你们局长，我这茶叶不卖给你们。那家伙醒了，是局长让他来这家店买的，他往深处一想，怕了。开店的女老板与采购人员有一腿，几乎是一种常态，这家伙占便宜习惯了，这回看错了人。巧巧也不为难他，走的时候将回扣塞进他的拎包，下回来装作这事没发生过。巧巧说，你们男人都是偷腥的猫，只不过是这人下手时没找对目标。张总说，你告诉我这人是谁，下次遇见了我告诉他，你是我的人。巧巧说，半个县城都传说，我是你的人。现在，总算听你亲口说出来了。当时俩人是在欢愉过后的床上。

自此以后，张总遇见县城的机关官员，都要问巧巧这一句，是不是他？弄得巧巧笑也不是，恼也不是。

放在二十多年前，别说县政府大楼里的官员，就是村里的村长，张大庆见了也装得恭恭敬敬。有一年冬天挑圩，全村的男劳力都住在湖滩上搭的工棚里，村长喜欢打牌，在工棚里点一盏马灯，在地铺上垒一块破木板，可以战斗到半夜。那时去省城打工，需要村里开介绍信。张大庆为了那张盖红印的纸，跟在村长后像条哈巴狗。夜深风紧，草帘子被寒风割出一条条裂缝，吹得头顶上的马灯东晃西悠。村长说，年轻人火气旺，我这老寒脚像是冰坨子了。说完，将两只臭烘烘的脚伸展开，张大庆坐在村长对面，一咬牙，将那两只脚搂进棉袄里。牌继续打，村长兴致更高，张大庆怀里揣着两只臭脚，窝着一肚子火，感觉不到透心的冰凉。想不到另外两人反倒羡慕他，私下说，张家老大比贼都精明，坐那位置就是为了等着捂热村长的脚。张大庆虽然如愿拿到了介绍信，但那双脚却留下一根刺，在他怀中戳痛了他几十年。该低头的时候他安慰自己，村长的那双臭脚都在你怀里捂过，还有什么事不能忍下？得意的时候他曾经这样想，什么时候老子也把自己的脚揣村长怀里一回。这当然做不到，他犯不着跟小小的村长计较，何况那位村长下台没几年，就患肝癌死了。张大庆从包工头做到建筑公司老总，又做到开发公司董事长，村长村支书、乡长乡书记、县长县委书记去省城都会想起他，有几位时常去他公司喝茶吃饭，把公司当成了老家驻省城的办事处。张大庆像阿庆嫂唱的那样笑迎八方客，说好听点都是“父母官”，看得起他张总人家才愿意来。说得功利点，他张总也需要老家的人脉关系，比如巧巧的茶叶生意，饭桌上不经意地提一句，人家就记下了。

张总说，晚上我想请子涵吃顿饭。

巧巧说，请谁请谁？再说一遍。

张总坚定地说，子涵。

巧巧说，子涵？你以为是县长乡长，你想请谁就请谁？我妈不答应，你想都别想。

张总的眼光软下来，乞求说，你帮我做工作，撒个谎也行，就说我今天见一面，不定多少年后才见得着了。

巧巧说，你这人，才几天没见，就什么胡话都敢说了，自己学会撒谎，还想教别人撒谎。看来得重新认识张总，走吧走吧，我店里要做生意了。

张总想不到这女子说翻脸就翻脸，不知搭错了哪根筋。

张大庆把车停在机关幼儿园门口，走下车，门卫拦住他，请问您是谁的家长？张大庆说，我找子涵。门卫说，你找哪一个子涵，有三个小朋友名字是子涵。张大庆犹豫了一下，姓杜，杜子涵。门卫说，对不起，我们这里没有杜子涵，请你走开。张大庆苦笑着回到车上，这个门卫是个警惕性高的好门卫，他一定是看自己这年纪不合，独生子女时代，做爷爷吧他还不到，做爸爸呢他早过了。张大庆隔着栅栏朝院子里张望，有一帮小朋友在做游戏，摇摇摆摆，像刚开步的毛绒绒的小黄鸭。张大庆下意识地掏出手机，手机微信上有子涵的照片，巧巧发在朋友圈，他悄悄收藏了。可是那只手机他没带，就是带了也难认出子涵，这些小朋友看上去都差不多模样，远看个个都像是子涵。

掏出的这只手机屏闪了一下又暗了，它提醒了主人什么。张总驾车离开了幼儿园。幼儿园放学还早，他得找个地方打发掉这五六个钟点。

这么多年，他的时间从来没有富裕过，他的手机从来没有如此安静过，项目多时他会添一部手机，项目完成再停机。而他二十年前的137开头的手机号从没停过机，生意圈里忌讳换手机号，这是不成文的规矩，手机可以更新换代，手机号如同男人的姓氏，随便改就失了尊严和信誉。这一次他没有停号，但是关了机，要解释也能解释过去。有洒脱的朋友关机十天半月，开机后说欧洲度假去了，耳不闻心不烦，干脆没开通漫游。回国后笑谈，十天半月不开机，天没有塌下来，地球照常运转，公司也照常运转，业务还更好。建议各位老板不妨试试。这两年，老总关机的多了，时间短的，是去反贪局“协助调查”，时间长的，可能进了看守所，开机怕是若干年月以后了。张总这次关机是自己手里还有关机权，关机是为了静下心，等候另一部手机的铃声响起。

张总开着车在县城转悠，这几年县城扩大了不止一倍，自然环境也整得好多了，放眼看去路两边都是花草林木。不是找不到地方小坐，张总漏个口风，请他吃饭的人得排长队。张总不愿把时间耗在饭桌上，何况张总现在心里揣着事，心不在焉。车窗外有个门匾一闪，“天下第一算”，是同村赵瞎子的店，说是天下第一姓倒也罢了，天下第一“算”，这牛吹得太大了。赵瞎子眼睛比谁都好使，张总锁了车门抬头看天时，赵瞎子就跨出了门槛，张总张总，您回来了，难怪今天这天上阳光灿烂风和日丽。张总说，赵哥，生意兴隆啊。赵瞎子撇下了一屋子的人，那些人都伸着脖子等赵瞎子回屋，张总看了一眼，按一下车钥匙，把车门又拉开了。赵瞎子说，张总见笑，瞎忙乎，这里乱哄哄，有空去我屋里坐坐。

张总有些倦意，找个店做足疗，居然睡了一觉，店里供应面条点心，他吃完一看手表，三点半，机关幼儿园快要放学了。他开车直接往湖滨别墅区奔，杜家住在这里。子涵住在外婆家，距幼儿园不远，巧巧母亲接送都是步行。张总对这里的地形了如指掌，前几年就踩过点，小区大门对面的湖滨公园小树林，地势高，视野开阔，隐蔽性强，缺点是距离稍远，当初是因为杜巧巧还没从家中搬出来，张总常在此等候。今天不同，他想近一点看到子涵。他将车停在小区大门的路边，子涵必然要在他车窗外经过，交警愿意贴罚单就贴呗。

蹲守是张总的长项。警察蹲守是为了抓罪犯，年轻小伙蹲守是为了爱情，张大庆当初的蹲守是为了行贿。张大庆刚进省城做泥瓦匠时是跟在师傅的后面，在电子厂做房屋的修补。时间长了他也看出了门道，师傅也就是逢年过节给后勤处长送点土特产。这个活儿张大庆也会，而且湖区的鱼虾是城里人最爱。师傅给处长送，张大庆决定给厂长送。他认识厂长，厂长不认识他。这没难倒张大庆。他骑着自行车跟着厂长小车，一回两回跟丢了，终于有一回跟上了。跟上了也闹不清住那个单元的几层。只有蹲守，厂长忙，回家往往天黑，楼道灯往上亮的最后楼面，就是厂长家的楼面。每个楼道口有三个门，左中右，单位统一装的木板门，有猫眼，里面的人看得清张大庆，张大庆看不到里面的人。这也难不倒他，蹲守，还使上小贩手上买来的望远镜。爬在宿舍区的大树上蹲守，高处树杈上站直，可以看清楚三个门里出来的每人的脸。大概有两年时间，张大庆用工钱的一半买鱼买虾送给厂长。还是蹲守，趁厂长和厂长夫人没下班前送去。不能说“送”，是“塞”，那时候的门框上面有一个气窗，气窗上的玻璃窗是开着的，喊一个小老乡做伴，骑在他肩上把湖产塞进去。张大庆既希望遇见厂长又害怕遇见厂长，他一直没想好遇见厂长怎么说话。那一年已经进了腊月，明明没到下班时间，刚刚塞进去一袋子湖虾，门突然开了，惊得肩上的人差点摔下，面对面的是一张看得熟悉的脸，原来厂长老婆在家。终于让我逮着了，进屋。厂长老婆说话很凶，好像逮住的是小偷。小子，你可把我害苦了，这么冷的天，我每次杀鱼剪虾，手上就得长出冻疮。张大庆听明白了，那婆娘是嫌他送的鱼虾给她添麻烦。张大庆说，对不起对不起，今天我弄好了再走。在厨房出来，厂长已回来了。厂长老婆眨眼间就把他变成了远房亲戚，并对厂长说，吃了那么多次表弟送的湖产，当姐夫的得帮帮表弟。

厂长对老婆突然冒出个表弟一点都不惊讶，也许他早就听说过一句名言，世上没有免费的午餐。午餐和湖产，道理都一样。他问了一下张大庆的情况，说，你有什么要求，可以提一个。张大庆说，能不能给我单独找点活干？厂长说，行，让后勤处把厂里修缮的活安排给你。张大庆慌了，别，千万别，是我师傅占了这一块，我不能在师傅嘴里夺食。

张大庆唯唯诺诺地告辞，能跨进这个门了现在就不必着急，张大庆听过渔夫和金鱼的故事，只准提一个要求，再提一个就有贪婪之嫌。再后来，张大庆拉起建筑队，在电子厂盖下了他开天辟地盖的第一幢房子，是个仓库。

一直等到天黑，张总也没看到子涵和他外婆的身影。街灯亮了，晚餐时间到了，湖滨区的街道上行人稀少。张总疑心是不是他走神的瞬间漏过了子涵，但他又自我否定了，子涵从身边走过，第六感觉也会告诉他。他摸了摸手机，硬硬的还在，和主人一样仿佛被世界遗忘了。从来没有过的孤单涌上心头，他启动汽车，在空挡上猛踩了一脚油门，汽车猛兽一般吼叫了一声，他精神一振，回。

第二夜

张大庆的老婆是他的中学同学，个子不高心高，购买城镇户口的时候让张大庆购买了母女的城镇户口，省城买房能落户口时母女当然变成了省城户口，女儿上大学前，她妈又吵着让张大庆买了旧金山的户口，人家那里不叫户口，叫国籍。张大庆干脆在旧金山给娘俩买了幢别墅，传说湾区是最贵的地段，换成人民币居然比张大庆开发的别墅便宜。这女人就有滋有味地享受美利坚合众国的资产阶级生活了，理由是陪女儿读书。朋友圈里很多当老板的都是如此，老婆孩子移民国外，自己继续在国内打拼。过日子是西方安逸，赚大钱则国内机不可失，做老板都明白这一点，当然，他们心里明白的还不止这一点，老婆不在身边，有钱有势的男人们彻底解放，可以由着性子撒野啦。

张大庆算是有分寸的，逢场作戏也不是没有，有的领导不爱钱就好女人，张大庆偶尔也陪着去欢场以示亲密，但是，张总没把这男女之事当主食，最多只能当点心，点心不能多吃，医生说，中老年人吃得饱了不利健康。

杜巧巧当时是在省城参加一个培训班，茶道或者花道之类，在一个老乡聚会的饭局上遇到，带她去的似乎是一位年长的朋友，张总开政协会议认识的，江湖规矩，别人带去的女人是不能瞎搭讪的，张大庆没用正眼看她。后来杜巧巧告诉他那是她爸，做水产生意，张总想起来，那位老兄是姓杜。那年头酒席上男人都拼酒量，喝高后胸脯一拍什么事都敢应下，酒醒后谁也不会把酒话当真。第二天上午，杜巧巧敲门进他的办公室时，他的脑袋还昏昏沉沉。杜巧巧把双肩包往沙发上一丢，说，张总，我来了。

你是谁？

我是杜巧巧。

杜巧巧是谁？

张总，您是真忘了，还是存心要耍赖，昨天酒席上您当着一桌子人的面答应的。

人看着面熟，答应了什么早忘记了。这个年龄的女孩，应该是来应聘的，当时正逢公司一个楼盘开盘，招售楼小姐。张总说，你把简历材料那些先送到人事部，我等会儿去跟部长商量。

看来这人是真糊涂，杜巧巧说，张总，我不是来找饭碗，我是来找住处。昨天您答应我爸，给我解决一个月的住宿问题。我昨天还说明，我不住集体宿舍，也不想跟人合租，您全应下了。张总点点头，有这事。张总为人不错，乡里人来省城看病，或者乡里的年轻人大学毕业待业，住不起旅馆，只要开口求助，张总都会答应。张总卖楼都会装修一套样板房，那是公司的广告，就像明星的脸，什么东西好就用什么东西往上抹，光鲜得要命。等别的房卖完了，样板房最后卖，张总后来觉得不卖算了，留着也是个纪念，留着公司可以备用，再说留着一不小心房价就翻倍。张总酒席上爽快应下，就是因为手里有几套这样的备用房。张总给后勤部打电话，后勤部的人说没空着的了，都让您做好人住人了。杜巧巧看着他的窘相，坚决不让步，说，本来我已跟我的同学合租了房，我爸不让，一早我将房退了，您这又没了。我上课的地方就在您这楼隔壁，要不这样，把你的休息房借我一个月，白天归您，晚上归我，行不?

张总的办公室是套房，当官的当老板的流行在办公室后面有个休息间，有洗漱浴室，有席梦思大床，说是休息间说得通，说是方便金屋藏娇也想得到。张总的休息间在隔壁，有两个门，一个通着办公室，一个通着走廊，这路数聪明人一看就竖大拇指。现在这丫头要住也方便，将通往办公室的门反锁，那房间就成了精装修独立公寓。

张总无奈地应下了，悻悻地看那丫头一眼，丫头正得意地朝他咧嘴，笑容俏皮又可爱，张总心里好受了一些。

杜巧巧早出晚归，张总上午跑工地，下午忙应酬，中午有空回办公室小憩，俩人基本上打不到照面。不过，张总在大床上午休的时候还是能觉察出变化。床上的棉被换了一条，印着几何图形，原来的被移到了沙发上。洗漱间添的东西更多，洗发水护发膏沐浴乳占领了浴室壁橱，各种写着洋文的小瓶子小盒子化妆品占满了梳妆台。张总洗脸时发现，这丫头还故意在镜子上留下了一个鲜红的唇印，张总不好意思细看，又忍不住不细看，那纹路那唇型让老男人也心旌飘荡。第二天，一进房间他忍不住直奔镜子，那唇印还在，只是颜色深了，有点紫。等到第三天，那颜色又变黑了。张总奇怪了，莫非这丫头抹的口红像血一样会变紫变黑?好在第四天，又变回了鲜红。还是打扫房间的阿姨替张总解了惑，阿姨说，张总，您能不能让那位姑娘别再与镜子亲嘴，我天天擦她天天亲，那口红太难擦干净了。原来她是每天留一个口红印，梳妆台上的口红什么颜色都有。张总明白了，笑着对阿姨说，年轻人爱搞笑，你就让它留着，莫非她想把那镜子填满?

那唇印在镜子上开始排列，粗一看，像是镜子上的艺术装饰。杜巧巧住这里的时间只有一个月，张总担心那唇印的延伸突然会停止。

那天晚上他酒没多喝，但也没少喝。喝多了脸皮厚，坏事；喝少了脸皮薄，耽误事。张总打开自己的办公室，隔壁很安静，人没回来，用钥匙试了试，果然里面反锁了。不是酒高，是人一旦心虚就慌张，其实张总白天都是用走廊上那门的钥匙开门。定了一下神，走到走廊上，打开自己的卧室门，开灯，这丫头真的还没回来。真香，这满屋子的香味说不清来源，张总贪婪地吸了几下鼻翼。还是忍不住先看镜子，镜子上的一只只唇印此刻像一只只眼睛一样看着他，眼神里满是嘲讽，一眼看穿了他，不，是许多眼看穿了他。借着酒胆，他索性装一次疯。他迎着镜子，用嘴巴对应着那些唇印一一覆盖一遍，还好，大部分已经干了，只有近几天的还没干透，张总用手指摸一摸自己的嘴巴，染上了一抹，张总对着镜子不由自主上下嘴唇抿了抿，抿完忽然害羞了，这是女人的动作，电视上做口红广告的女人才做这样动作，生活中他也没少见过，身边的女人出门前化妆都做这个动作。张总冲着镜子上嘲笑他的眼睛说，笑什么笑？有什么好笑的？你们也不动脑筋想一想，杜巧巧把你们留在镜子上是留给谁的？这镜子是我的，我是这镜子的主人，在这个镜子里出现最多的人是我，我把你们照单全收有什么错？张总关了镜面灯，不管它们，他反正把自己说信了，说服了。张总今天不盖自己的被子，就盖床上那条几何图形的。想过好多次了，睡在这床被子里是什么感觉。张总脱了外套和长裤，想了想，又重新穿上，按剧情应该连鞋子都不脱，才演得真。张总实在下不了脚，也担心戏刚开场就遭女主角嫌弃，还是把皮鞋脱了，故意丢得东倒西歪。被窝里有一种特别的香味，这香味不是来自于化妆品，那样的香味只需张张嘴，嘴里的酒味就能追上去把它们撕扯成碎片。这是年轻女人的体香，它唤醒了老男人多年前的记忆，是收割季镰刀割断茎秆时流淌的清香，是锯树时锯齿噬咬树干才流淌的清香，它们安静却隽永，是酒气烟味追不上压不住的味道，永远站在男人们嗅觉的云端之上。

杜巧巧进来时没有一丝惊慌，她挂了包换了鞋，说，是张总吧。张总全身一下子僵硬了，不知道是应声好还是不应声好，含糊地“哼”了一声。杜巧巧说，您先躺着，我给您打盆水洗把脸，会好受一些。张总的耳朵全神贯注，杜巧巧倒水，拧毛巾，走近床头，却突然笑起来，张总张总，您这戏演得太糙了。能不能不演了？一个小时后，巧巧告诉他，镜子上的唇印糊了，他嘴角抹不净的口红不打自招，实在让她没办法配合他往下演。有话就说，费那么大精神干吗。巧巧说这话时已经被他搂在怀里，风轻云淡。张总那会儿被揭穿后确实慌张了，说什么都是多余，动嘴不如动手，他一跃而起把她和热毛巾都塞进了被窝。

他觉得怀中的巧巧瘦弱得超乎想象，明明长着一张圆圆的脸。他想到小时候冬天捕到的水鸟，羽毛丰满，褪毛剥光后往往只有几两肉，令吃客们失望。巧巧不是让他失望，而是让他心疼。巧巧催他去冲澡，她重新换上床单，说弄脏了，掀开被子的一瞬间，张总看到了被单上桃子大小的血红，张总的头一下子大了。

她竟然还是处女？

在朋友圈里张总一直有着不错的口碑，在女人圈里，张总同样有着不错的口碑。在金钱世界，口碑说穿了就一个字，钱。一个乡巴佬，要在城里立足，你凭什么？文化你没城里人高，算计你没城里人精，你傻呀，这就是你的优势，不是真傻也得装傻。张总刚开始拉队伍的几年，赚的钱基本上给了甲方领导，自己只落一份工钱。傻人才有傻福，或者说舍不得孩子套不着狼。做大后张总也恪守规则，从不做出尔反尔、过河拆桥的背信之事。当领导的，要头脑有头脑，要眼界有眼界，看得起你，信任你，才借你这粒棋子用一用。何况，当官的在位也就一任两任，他张总吃这碗饭是一辈子，放别人的鸽子等于断自己的前程。对于女人，张总也有同样的想法，大到女明星，小到出台小姐，工作需要张总都见识过，能用钱解决的问题都只是生意，只是这样的生意没有谈的必要，对方开口就成，狮子大开口也成。做生意不容易，做这种生意的女人更不容易，与张总处过的女人都对他竖大拇指。

当然，张总也不是任人宰割的“肉猪头”，那些年头，有点权力的人都雁过拔毛，张总对贪婪之徒也是有利有理有节。要不，公司早就成了“食人鱼”池塘里的骨架子。张总冲过澡出来，心里早就有了谱，他不能让这女孩吃亏。在一个看不见的市场，处女是有价位的，皮条客宣称睡处女能给生意带来好运气，向老板们推销手下所谓的处女，价格不菲，有不少老板拎着钱包去撞大运。后来被公安部门证实，那些女人都是用鸽子血、长鱼血冒充的，成了老板圈内的笑柄。但张总相信杜巧巧对他不会使用这种心计。

你真的是第一次？

杜巧巧笑得身体弯成了弓，说，大叔，我还不至于那样不堪吧，我都奔三的人了，要是到现在还没有人要过，我该得忧郁症了。别怕，我这是大姨妈，到日子了。

张总意识到自己是老同志赶不上新形势了，尴尬之余对这个女孩子刮目相看，幸亏他刚才没掏钱。莫非遇上文艺女青年了，据说遇上这类型千万不能掏钱，她会将钱砸在男人头上，或者点把火烧成灰烬。

但杜巧巧也不像，杜巧巧说，大叔，看你色迷迷的眼神，我就知道你想睡我，正巧，我也想睡一个圩乡的男人。少女时候去圩乡走亲戚，是坐船，坐在船头，看船尾摇双桨的船夫宽肩窄腰，两块赤裸的胸肌随着双桨的舞动一收一放，迷上了，幻想有一天嫁一个圩乡男人。你送上门来，圆了我的少女梦，可惜老了点，我将就着收下了。

只有幽会时，她才不喊他张总，喊大叔。

一个月到期，杜巧巧回老家开茶叶店。张大庆像丢了魂一样隔三岔五往县城跑。杜巧巧带他来看门面房的时候，张总觉得出手的时机到了，他掏出了准备好的银行卡，里面存了一百万的整数。张总说，我一个半老头，没文化没学历，我们在一起这么久，我得对你有个表示。杜巧巧说，张总，收起来收起来，我知道你钱多，可老杜家钱也不少。杜总就我一个女儿，本小姐不缺钱。收了你的钱，我既不自在，又不自由。咱俩现在是绿豆对上王八眼，对上眼了，哪天瞅着不顺眼，一拍两散，清清爽爽多好。

有那么一阵子，杜巧巧在茶叶店失踪了，营业员也推说不知道，手机打得通，就是没人接电话。张总疑心是手机被小偷偷了，又怀疑是老杜软禁了巧巧，那段日子急得他茶饭不思，脾气大得公司的人噤若寒蝉。想不到有一天杜巧巧主动给他打电话，张总，祝贺我，我当妈了，我生儿子了。张总激动万分，说，这么说，我又当爸了？电话那头说，呸，你想得美，我说过是你的吗？

杜巧巧跑到美国生了一个儿子，子涵。子涵的爸爸到底是谁？张总百思不得其解。他在杜巧巧面前旁敲侧击，杜巧巧看穿了他的心思，说话滴水不漏。问急了，杜巧巧说，我儿子与你半毛钱关系也没有，他姓杜，是杜家产业的继承人。后面一句话他相信，他在湖滨小区蹲守，看到杜总把这个外孙抱在怀里驮在肩上，比什么都宝贝。巧巧说，自从有了子涵，老俩口与她的关系缓和了不少，他们眼中只有子涵，懒得管她，任她天高任鸟飞了。张总在巧巧微信里下载了子涵的照片，常常独自在办公室盯着照片发呆。说像他张大庆吧，那额头那鼻梁，还真是张家的种。说不像他张大庆呢，那眼睛那下巴，那肉嘟嘟的胖脸，老张家的孩子还真不是这样。

张总拎不起又放不下，这个难题只能一直搁置，存疑。

"笃笃"的敲门声打断了张总的回忆，张总想不出会有人在这样的时刻来敲门，难道这么快噩运就降临了？他连一点消息也没得到，他看一眼手机，死铁一块。现在反贪局的人太厉害了，不要说他这种小角色，就是省部级高官，就是大财团老总，说逮就逮了，根本就没有周旋的可能。该来的总要来，张总一咬牙，把门打开了，竟然是巧巧和子涵，子涵趴在巧巧肩头睡着了。

张总接过孩子放到沙发上，眼睛一直没离开过孩子，巧巧说，这孩子，一到点就要睡，刚出门时叽叽喳喳，只一会儿就在后座上睡着了。张总没听仔细，嘴上应着声，呵，好，好啊。巧巧说，张大庆，你能不能集中精力听我说话！上午我就看出来，你的心思不在我身上了。放心，我不在乎你又惦记上谁，我只是让你专注一点，那个，专注听我说话，这是起码的尊重。张总摆摆手，他把孩子抱到卧室床上，磨蹭了一会才出来。

张总说，子涵在幼儿园的姓名不是杜子涵。

巧巧说，这与你有关系吗？我爸说他姓杜，他就只能姓杜。

巧巧说，张总啊，你还算是个靠谱的人，不想脚踩几条船，怕耽误我，今天看样子是想专门来跟我交割清楚，行，这情我领了。咱俩到此为止，各走各路。

张总说，我对不起你，对不起子涵。

巧巧说，老张，别煽情，没有什么对不起。

巧巧坚决地抱着孩子走了。巧巧不知道，张总在子涵的口袋里放了一张银行卡，卡上的数字，应该够付子涵小学到大学的教育经费。银行卡实名制后，给张总这样的老板增加了诸多不方便，但这一张卡，持卡人姓名张大庆，光明正大，密码是子涵的生日，巧巧一猜就能猜中。如果巧巧默默收下，一切都用不着解释，说明张大庆确实对子涵有权利有义务。

张总回到老屋，一摸眼眶，居然流了泪。打拼这几十年，酸甜苦辣尝个够，以为不会流泪了，泪珠子却说来就来了。泪水流出来，人就轻松了。张总又开始做一个人的游戏，他将一个个套子剥下，有的套子花边走了线头，有的边缝里的松紧带已没了弹性，该换新的，张总觉得，这个夜晚他有事做了，心中竟然冒出喜悦。

找到母亲的针线篮子，什么都有，就是没有剪子。张总有一次去德国旅游，同团的人都抢着买德国人的刀具，张总也跟着买了，给母亲送了一套，其中就有大大小小五六把剪刀，老太太藏哪里去了？张总一拍脑门，想起来了，应该在窗台上。圩乡人迷信，剪刀放在窗口，刀尖朝外，据说可以阻挡不吉不祥的东西进来，张总在一个个窗台上真的发现了那些严阵以待的剪刀。

母亲怕什么呢？或者她是因为儿子在担惊受怕？

张总取了一把剪刀，将针线活干完，又将各种套子一一套上，抚顺溜了，觉得还有什么事遗漏了。是剪刀，它还躺在针线篮子里，他把剪刀放回原来的窗台，位置不变，刀尖朝着窗外的黑夜。

第三天

张三妹的日常生活都是在棋牌室，她是老板最受欢迎的客人，赢钱出手大方，输钱也不恼，一日三餐都在这里订餐，她基本上与棋牌室的员工同时上班下班，不了解的人以为她是老板娘。

张三妹有过家庭。男人原来是乡初中的老师，姓蔡，教地理，在中学里地理是小学科，这位地理老师郁郁不得志。其实这不是他一个人的痛苦，小学科的老师都遭遇同样的失落感，校长不正眼看你，家长请客不喊你，家教补课没你的份，大多数老师都忍一忍认了。可这位蔡老师不同于别人，他是帅哥。蔡老师长得吧，像一位姓蔡的歌星。明眸皓齿，从上幼儿园开始，他就招老师的喜欢，到了高中和大学，喜欢帅哥的当然还加上女生。但是命运弄人，大学毕业他被安排到圩区初中来教书，本来应聘的是县中，教育局统筹把他扔在乡中，毕竟是事业单位，将来还有调进县城的可能，他还是硬着头皮来了。蔡老师依然受到女性的喜欢，女同事的明枪，女学生的暗箭，蔡老师一概挡了。他是知青的后代，当年他当知青的父亲响应号召，和出身贫农家庭的母亲结合了，才导致他生下来是农村户口。历史的教训值得总结，蔡老师决不想重蹈覆辙，在乡中成了家，他这辈子就得在这里生根发芽，开花结果。蔡老师即使如长夜里的男生一样，只能用手解决问题，也保持守身如玉。

但是，张三妹喜欢上他了。

上面有两个哥哥，做妹妹的一般比较霸道。张三妹有两个哥哥，并且都不是一般的哥哥。小的时候，三妹喜欢做二哥的尾巴，张小庆打架是把好手，是一帮毛小子的头，三妹跟着他好吃好喝都有一份。读初中了，他才知道大哥的厉害，大哥不当官，可当官的敬着大哥。就是乡中“教师节”开会，校长也把大哥请来，和乡长一起坐主席台上。校长说乡中缺电脑，大哥说我捐吧，一捐就捐二十台。校长说，教室里夏天太热冬天太冷，城里学生教室都有空调，大哥说我们也装上，教室里要有，教师办公室也要有。三妹走在校园里，校长见了她主动跟她打招呼，老师们课前课后围着她转，可惜她不是块学习的料，或者说心思不在学习上，在哪里？在蔡老师那里。张三妹没有考上县中，但是上了县中，当然这都是大哥的能耐。张三妹在班上常考倒数前几名，心里恨死了大哥。学生都盼星期天，盼节假日，张三妹尤其心切。张三妹找各种理由回母校看蔡老师，老天保佑，蔡老师一直窝在乡中没能飞走。蔡老师对这位女生的小心思心知肚明，但他练成了刀枪不入的功夫，对她要么装傻，要么爱理不理。张三妹不在乎，你蔡老师只要还在乡中，只要还单身，就是养在我家池塘里的鱼，就是我张三妹盆里的菜。高中三年熬下来，张三妹的高考成绩连大专录取线都差一大截。张三妹没脸见大哥，但张三妹主动进城找了大哥。张三妹说，求大哥一件事，你要不帮我，我活着也没什么意思。张大庆慌了，帮帮帮，就你一个妹妹，不帮你帮谁？不就上个大学吗？分数不够大哥花钱买，那年头高考录取有指标生，捐个校董就能弄个指标。张三妹说，三年高中，我读书读怕了，打死我我也不读书了。我到你工地上做小工，也绝不去上什么大学。不读书就不能活人了？那我不活算了。话说得决绝，大哥说，不想上大学，想来公司上班？张三妹摇头，不，我求你的事，是你帮我回县里活动活动，把乡中的一个老师调进县中。

话说白了，张三妹脸皮也厚了，反正是亲哥，不怕老大笑话她。

这事在老大那里不是难事。搬进县中的那天，三妹借了大哥的车，借了二哥的人手，搬完了还放了冲天响和盘鞭，县中的单身宿舍区从没有这样热闹过。三妹成绩拿不出手，人长得还是能拿得出手，从地理老师的眼光看，山高水低，土地肥沃，植被丰茂，蔡老师矜持了一阵把握不住，还是乖乖被三妹收了。张三妹说话算数，没到大哥公司里谋个一职半差。她跟老大借了一笔启动资金，自己跑起了生意，做建材。大到钢筋水泥，小到螺钉螺帽，一年四季在工地上推销，就是不跟大哥开口。朋友圈中知道是张总妹妹的，不看僧面看佛面，多少都会给点业务。遇上陌生的老板，张三妹反倒放开了，死搅蛮缠也能谈成一些生意。不过三四年，三妹就把老大的钱还上了。顺风顺水，张三妹生意做得风生水起，还抽空回县城生了个儿子，她一股劲投在自己的公司里，想不到自己的家被别人暗地里撬了，蔡老师耐不得寂寞，和别人好上了。张三妹倒也大度，地理老师本来就应该跋山涉水阅尽人间春色，何况蔡老师是一个长得招蜂惹蝶的大帅哥。男人心野了，你把他关在笼子里也守不住。离。按习俗，男孩归蔡家，张三妹净身出了门，街上的流言蜚语还猜疑是三妹犯了错。没了家的张三妹像是变了个人，做生意没了狠劲钻劲，从前顾不上想儿子，现在顾不上谈生意，突然间想儿子了，她就开车往老家赶，弄得从前的婆婆很不高兴，弄得公司的生意一天不如一天。当娘的心疼女儿，当哥的心疼妹妹，主张打官司替她把儿子争回来，张三妹不愿，说儿子姓蔡，是蔡家的根，我要抢走了，蔡家会说我仗势欺人，抹黑大哥的口碑。老大没办法，让她把公司交给职业经理管理。公司的业务，有老大这个客户撑腰，维持正常运转没问题。她呢，干脆当了甩手掌柜，搬回县城住，既能时常见儿子，也顺便照顾老娘。老娘免不了念叨她，她受不了，就把棋牌室当了自己的家，照顾老娘成了空话。张大庆偶尔想起这个妹妹，也是一肚子心事，若没有他这个做老总的大哥，三妹安安心心找一份工作，嫁一个过日子的男人，倒比现在幸福。倘若自己这次踩了空脚，自己坠了不说，那三妹和三妹的公司也没了着落。

张大庆躺在睡袋里，浑身上下裹得像粽子，他一点没觉得难受，每一寸皮肉都有依靠，不必担心一脚蹬出去，会蹬散被窝，有皮肉暴露在寒冷中的不安。被窝有被窝的好，睡袋有睡袋的妙。张大庆眼睛盯着天花板，脑子在想东想西。才早上七点多钟，陡然想起了急促的敲门声，不是司机，小张有钥匙，小张也懂规矩，总是先敲门后用钥匙，但敲门声不像这般乱槌击鼓。张大庆沉住气，这睡袋也有不妥之处，起身麻烦。等他穿好衣服，小张已经进了房间，显然不止小张一个人，张大庆松了一口气，这次是真的狼来了，该来的总是会来。

谁?

三妹总。

喊张总已经分不清谁谁了，他一家人中就有仨张总，碰面了张总就专门指老大，公司内不成文的规矩。张总在床沿上坐下，三妹说，哥，我进来了。三妹说，你关手机干嘛呢，我怎么也找不到你，幸亏小张的手机我一直存着号码。妈昨天摔跤了，白天说没事，夜里说胸口痛得厉害。怎么回事，当哥的不由瞪了她一眼，三妹心虚，这是责怪她没照顾好老妈。

张总的老妈是个在当下受了惊吓的农村老太太，你想想，吃不饱饭的日子才过去几天，分田到户了，客来能吃肉，过年能给仨小孩扯新衣服，心思都满足了。她最担心的是闹洪灾，别把好日子冲走了。洪水没来，另一股大潮席卷了乡村，年轻人纷纷奔城里打工了。老大先带走老二，接着老三又撒开脚丫去找俩哥。一家冒出来三个张总，村里人都说她有福气，说三个老总赚的钱兑成钞票，怕是张家祖屋都放不下了。老太太不敢相信，城里莫非是黄金铺地，随手拣？看别人家的孩子，还是挣份苦钱。老太那时不算老，心里不糊涂，钱多如水，只怕来得快也去得快。日子该怎么过还怎么过，一分一厘她都抠门儿，儿女给她钱，她存着，各有各的账，打算将来一一归还他们。不能怪她，她没有大富大贵的心理准备，这三个孩子，一个都没能考上大学，连个村干部都不是，突然红遍全县半个天，老太太心里不踏实。老三离婚，老二腿残，老太觉得她的担心不是多余，关键是老大，老大不能有什么偏差，是张家的顶梁柱。虽说老大也让当妈的心烦，居然撒手让老婆儿子去了外国，弄得家不像家，日子不像日子，但老大毕竟是老大，比那两个稳妥精明。

老太太在县城闲得发慌，打算搬回村里，一位邻居老太太让她改变了主意。邻居是个教徒，信上帝，她带着张家老妈平时诵经受教，周六做礼拜，很快就把张家老妈拉进了信众的队伍。讲实话，张家老妈对教义似懂非懂，但这并不影响她的虔诚。上帝保佑信众和信众的家人，老太太祈求的是上帝保佑她的儿女们。

昨天老太太去参加教会活动，路过一家新店开张，是家粮油店，除了横幅和花篮，门口还挤满了人。老太太凭感觉，知道大家在等着捡便宜。一打听，果然，八点八分一到，每人可领一袋五斤的大米。老太太毫不犹豫地加入了人群，哪知道，八点一过，人群就骚动起来，本来就没队形，人潮涌动，老太太就被挤倒了。好在她在侧边，有人把她拉了起来。当时觉得人还行，但夜里胸口隐隐作痛，忍不住，还是喊醒了女儿。老三平时咋呼，家里真要遇点什么事，还得及时报告老大。

张大庆说，赶紧送县医院，还等什么。

三妹说，今天一早，我去找那家粮店算账，要他家承担责任。没想到老板根本不买账，说，是你妈自己找来的，我可没有请她来。在县城这块地盘上，居然有人敢骑在张家头上拉屎，哥，你得出面，让警察扣了那家伙。

老大最反感三妹这种做派，说，你以为警察是你哥私人雇的？先替老妈看病要紧。警察当然不是张总私家的，但县医院有点名气的医生，张总还是能使唤得动。每年春节，张总都回县城宴一次宾客，其中就有县城的名医名师，除了家人，乡里乡亲或者公司员工少不得要有求于他们，吃个饭，发个红包，笼络一下感情，省得临时烧香，国外花钱请家庭医生，也是这个理吧。张总与医生通了电话，立即往县城赶。

老妈躺在床上，抬头看见是老大，眼睛一亮，猛然想到自己是病人，又耷下眼皮，嘴里哼出声来，老太太越活越像个小孩了。医生先是听了听诊器，接着，让她掀开上衣，老太太扭捏了一下，听话地裸露出干巴的胸口，张大庆看了一眼，老妈的两只乳房已经像踩扁了的猪脲泡。在张大庆的记忆中，它们曾经饱满活泼，弟弟妹妹哭闹时，这是哄他们安静下来的神器。这个老太太，有福不会享，有福不敢享，老都老了还在为儿女担惊受怕，他这做儿子的不孝呵。还好，医生说没有伤到骨头，只是轻微的皮外伤，只是心理上受了惊吓。

小张送医生走时，张总给医生塞了一个红包。张总这样的老板，皮包里时刻备着大小不一的红包。红包里有的是装购物卡，有的直接是百元大钞。办事时疏的给卡，熟的给钱。数目不大，两千三千之类，也就表示个礼节。三妹说，妈，您看看，您五斤大米没领到，哥倒赔了几千块钱。老大说，妈，没事就好，没摔伤就是好运气。

三妹说，哥，您怕出面，我找二哥去，我就不信治不了那粮店的老板。

张总说，你敢，你还嫌咱家的事不多?

张大庆被自己的声音吓了一跳，他已经好多年不对别人发脾气了。这都是他在打交道的官员们身上学到的，老叶说过，你不是个包工头了，在工地上不喊叫不行，现在你是张总，集团公司老总，身份就是扩音器，哪怕是蚊子样哼哼，别人听了也应该是电闪雷鸣。张总觉得自己有些失态，即使是对着自己的家人也不应该。遇大事不慌张，遇急事不急躁，这是张总近年对自己的要求，今天是怎么了?当然不是因为这点小事，张大庆啊张大庆，你这是沉不住气了。

张大庆说，三妹，你给我泡杯茶，哥跟你说道说道。

老大说，凭什么你哥要把人家抓起来，你哥就是比他多几个钱，与县里的头头脑脑熟悉，假如你哥现在钱没了，走在大街上还有还谁多看我一眼?

三妹说，您吓唬谁呢，您赚下的钱能把那小老板吓死，怎么能说没就没了。

老妈插嘴说，三呀，你是没见过，闹土改的时候，多少大户眨眼间变成了穷光蛋，村村都有。

老大喝了一口茶水，说，三妹，妈都比你明白。和气生财，不只是做生意，做人也不能赌气斗狠。即使有人为我出头，扣下了那粮油店老板，那他心里能服气吗，出来后注定要和老张家为敌，我们在这世上就多了一个冤家对头。哪天你哥倒霉的时候，他就会墙倒众人推，踏上一只脚。

三妹忍不住笑了，哥，您怎么老板越做越大，胆子越来越小？您也跟着妈学佛算了，天天眼睛盯着脚下，别踩死一只蚂蚁。

老大无奈地叹了口气，说，祝老板你知道吧，照顾过你的生意，比你哥家大业大，进去了，老婆也进去了，在美国留学的女儿自杀了，真正家破人亡。问题就出在一个保姆身上，没有答应她加工资的要求，她就实名举报了，把她在这家知道的大事小事都捅了出来，祝总进去后，就像渔网撕豁了口子，越扯越多，毁了。

内幕当然比这复杂得多。

老大说，做事之前我要先分析一下利弊，比如说这事，弄大了不是一件好听的事，张家老太太为了抢领一袋免费大米，把老骨头摔坏了。想做文章的人就有文章可做，她的三个子女都当老板，却让老人无米下锅，不孝之子这个帽子我们戴定了。其二，张家看上去牛大马大，说不定是窗口吹喇叭，公司怕是揭不开锅了，儿女自顾不暇，老太太只能出门捡小便宜。其实，换一种角度分析，如果我们跟粮油店计较，反而是帮了那老板，本身妈就没摔坏，他不用赔什么钱，反倒提醒了他，以后组织促销活动必须注意安全问题。我们得到的教训是，以后公司所有活动安全第一，尽可能谢绝老人参与。其二，妈，您千万别出去贪小便宜了，儿女的脸丢不起。

老妈难为情地笑了，这种事她不是第一次干，以前拧小水龙头滴水，据说那样水表不转可以省钱，就被他们开过批斗会。

老大说，哥今天有重要的事跟你谈，老实告诉我，你现在这种日子厌倦了没有？你打算一辈子这样浑浑噩噩地过下去吗？哥做你的靠山做不了一辈子，你的公司还得你去做。女光棍更不能做一辈子，后半辈子得有个打算。

这话说到了三妹的痛处，三妹的眼眶湿了，她咬咬嘴唇，想阻止住泪水。

老大说，人这一辈子，没必要跟别人赌气，也没必要跟自己赌气，眼睛里揉不得沙子的人，也不能保证自己的眼睛不患沙眼。你既然离不开孩子，最好的办法就是复婚。

三妹说，哥，您不是不知道，他……

老大当然知道，三妹当年捉奸，可闹得县城满城风雨，那女的也是蔡老师的学生，后来回县城做了教师，师生搞到了一起，学生上晚自习的时间段，三妹带人押着奸夫淫妇直奔校长值班室，衣衫不整的俩人民教师，在学生们的张望中恨不得钻进地缝。学校给蔡老师纪律处分，取消了他班主任资格，剔出了教育局培养对象梯队，那女教师羞愤之下辞职南下，去了海南一所民办中学。蔡老师坚决离了婚，在县中从此一蹶不振。

老大当然知道，老大说，男人有点风花雪月的事，在这世道不稀奇，何况小蔡一表人才。男人找个漂亮女人，自己先掂量掂量能不能一辈子搞定她，同样，女人找男人也得掂量男人，不是说不让他犯一点错，而是像风筝一样放出去了，还能收得回来。风筝注定是要飞上天，有点能力的男人总有女人打主意，我们身边这种事这种人见得不算少。

老大突然想到了自己和巧巧的事，真要举例子，一不小心可就把自己出卖了。老大话锋一转，说，这就像小孩子种痘苗，有过一次才有免疫力。小蔡这些年也没有再成家，你要是听哥的话，就复婚，我将他调进省城一所重点中学，你们把家安在省城。

三妹不吭声。

老大说，两年前我就有这算盘，留心了教育系统的人脉关系，你觉得哥的说法没错，就去找小蔡低个头，把疙瘩解开，调动的事，将来去找这几位，他们即使为难都会给我面子。

老大从拎包中掏出一个信封，说，怕没时间跟你当面说，我把想说的话都写下了，你留着将来用得着。

三妹接过信封，手上捏着有几分奇怪，老大拿出的信封从来是塞钱，这次真的是塞了几张写满字的信纸，感觉怪怪的。

老大说，我是为了你和外甥子。

和老妈告别的时候，张大庆忍不住拥抱了一下老妈，老妈被儿子的洋礼节吓得一动不动，但很快，她就在儿子的胸怀里感觉到了奇特的温暖和依赖，她不知道，儿子的眼睛里已经涌出泪水。

第三夜

那只手机始终没有响起，连骚扰的电话都不来造访。张总告别老妈和妹妹，直接赶回张村。他想和老二再在一起吃顿饭，今天还想喝顿酒。老二不在，连他拴在门口的大狗也不见踪影。隔壁的店家说，今天一早就没见他开门。老大估计，老二昨天肯定是去县城会他的狐朋狗友去了，老二人塌了，但朋友圈中的台面一点没坍塌，喊上小兄弟喝大酒或者蹲夜场，他乐此不疲。这一点老大没反对过，他需要朋友，有时公司也少不了他这帮兄弟出力，老二的花费，老大历来是让财务部直报直销。现在这状态，只要老二开心，老大都愿意花钱去买，老二活得苦，老大心里有愧。

张总回到老屋，进厨房洗了把脸，驱驱身上的疲乏。他下意识看了柴草堆一眼，似乎矮下去了。他用脚踢开草把，没有，没有那个纸箱子，看样子是遭贼了，有人趁他不在拿走了那三十万。张总居然心里松了口气，所谓眼不见为净，他将草堆翻个遍，证实那纸箱子真的不翼而飞，心中窃喜，仿佛真的是把他这些日子的烦恼也带走了。

这当然是不可能的。

三十万说多不多，说少不少。谈项目做决算时，这数字是零头的零头。倘若是贪污受贿，三十万也能把当官的送进去蹲个三年五年。在张总的脑海里，这三十万不是数字，是个事。这钱去哪里了？张总也听说了，现在乡间好吃懒做的人多了，尤其赌徒输红了眼，根本顾不得廉耻，村庄里偷盗之事时有发生。看门锁，也不像有撬过的痕迹，有钥匙的除了自己，另两位是司机小张和南瓜嫂子。小张不可能，在张总身边见过大钱，并且今天一直跟着他。南瓜嫂子？一个乡下女人，未必有这么大的胆子，她倒是来送过几回蔬菜，张总在，她人站在门槛外，从不肯进屋坐一坐。张总希望是那人派了人来，悄悄地把钱取走了，正如那天悄悄地送来。这当然是不可能真的发生。

张总灵机一动，他现在有理由进赵瞎子的家门了。

张总来得巧，赵瞎子今天回来得早。赵瞎子见是张总，喜滋滋地迎上来握住他的手，张总大驾光临，蓬荜生辉呀。张总说，在您这里还有什么总不总，打小您看我光屁股长大，喊我名字大庆才是。哪里是什么蓬荜，堂屋里布置成了气派的香堂，正面墙上高悬一张黑白阴阳卦图，中间是一位戴帽蓄须的瘦老头，老头的面前摆着三只香炉，有红色的枝香袅袅升烟。两侧的墙上挂着一排排的旌旗和奖状，看上去不伦不类，但内容一致，都是歌颂赵瞎子的神算。据说吃这碗饭的听上去都称“仙”，但分工各自不同，有的看阴阳风水，有的穿越阴阳两界客串死者，还有的包治百病，专门接手医生治不了的绝症病人。赵瞎子不属这三类，他管替人寻找失物，管人的前世和今生，也就是相面和祛灾。记得小时候家里丢了鸡鸭，老妈都来求他卜卦，老赵掐指一算，说朝东或者朝西方向找，居然大多能找回来。现在赵瞎子仙名大盛，主要靠的是替人看凶吉，求财运。张总对赵瞎子的算命术半信半疑，据说省里的领导都悄悄来过他这里，张总还真的在墙上看到了他与省里领导的照片，除了当官的，还有企业家和影视明星与他的合影。泡茶递烟之后，赵瞎子说，张总大忙人，找赵某人不会是为叙旧吧。张总说，无事不登三宝殿。正要把话说出来，赵瞎子却抢先一步拦住他的话，说，张总且慢，我知道张总肯跨进我的门槛，是看得起我，但是行有行规，家有家法，我这一行有个规矩，不给熟人看凶吉，原谅我不能破例。张大庆想不到还有这一条规矩，估计赵瞎子不是糊弄他，心里不由地感谢赵瞎子把话说在前面。张总也是有备而来，说，先生放心，我是丢了东西求一卦，看能不能找回。老赵看着他点点头，张总说，刚带回家的一些现金不见了。赵瞎子说，张总丢别的会在乎，丢钱我看就算了，破财消灾。赵瞎子硬是不接他的这单业务。

张总出了赵家的门，突然想明白，老赵嘴上说不能替他算卦，其实刚才已把话说白了，破财消灾，那三十万失窃莫非是件好事？

张大庆回到屋里，小张坐在堂屋看电视。这小子在村里东家蹭一顿西家蹭一顿，今天看来想蹭一顿老板的饭了。张大庆看了一眼四下，桌椅都抹过，地面也打扫得干干净净，斜眼看卧室，早上匆忙走时的乱象已经整理了。睡袋的拉链已经拉上，像一条独木舟泊在床上。睡袋的中间有折痕，看样子做过努力，想把它折叠得规整，失败了，这不是小张干的。

张总说，你怎么这么笨，你看我叠过多少遍，这睡袋还是不会归拢。

小张当然不服，说，老板小瞧人了，上次我们参加公司户外拉练，谁不夸我手脚麻利？收拾个睡袋不是分分钟，是秒秒钟的事。你这睡袋，估计是南瓜嫂的手艺，也够难为她了，人家没见过。狗咬刺猬，没处下嘴，南瓜嫂是没处下手。

张总“噢”了一声，明白了。

小张朝厨房歪歪嘴，说，纸箱子您存起来了吧。

张总说，送来的人又把它拿走了。

张总心里说，那个小偷可千万不要送回来，送来了我张大庆也决不承认是我的。忽然又觉察自己可笑，这是哪出戏呀，被偷了钱反倒庆幸，以前笑话别人迷信糊涂，现在轮到他张大庆可笑可悲了。人不到落难时，不知道天大地大。

哑巴手机就在这时发声了，就只“滴”了一声，是条短信：

张总，我听说你在老家酿了好酒，等你回来，讨你一杯酒喝。

是他期待的那个电话号码，是他日夜盼望的消息。这个赵瞎子，可真是位神仙呀。张总看完短信，接过小张递来的拖鞋，这是老妈亲手缝的棉拖鞋，宽大而暖和，张总的脚忽左忽右，好不容易才套上去。老张内心里骂了自己一句，还是沉不住气，没出息的家伙。

张总对小张说，今天到老二店里喝顿酒，什么酒好咱们就喝什么酒。明天一早，回公司。

小张不是傻子，早看出老大的脸上阳光灿烂，应该是他这几天纠结的心事烟消云散了，小张从沙发上一跃而起，快活地打了一个响指。

张总这才想起，他还有另外一只手机，关机这几天，怕是电话和短信微信把手机塞爆了。不过也未必，回老家之前，他选聘的职业经理人已经到岗，业务上的事都已交接完。以前老总们在一起聚会，谁的手机响的次数多，谁的脸上挂不住，活得不洒脱。有的老板扬言，他把手机扔了半个月，公司的天没塌下，比他天天盯着时运行得更好。张总开了机，眼睛一目十行扫过去，还真没什么重要的人和事。张总看第二遍时，发现了张小庆有个短信，这小子，以前懒得写字，短信微信懒得玩，找谁都是直接通电话，居然给他哥发短信了，张总觉得稀奇，打开，屏上有几行字。

哥，我知道你遇到难跨的那道坎了，瞒不过我。有我呢，踩线的事都是我干的，当初不让你冲在前面，就是为了今天你有退路。我先去了，有事让他们来找我。你替我照顾好老妈和三妹，照顾好咱家公司。

短信是昨天晚上发出的，张总慌了，抬腿就跑，小张不知道出了什么事，急忙跟上他。老二的店还是关着门，这店门有两道，外面是磨砂钢玻门，里面是条形状的钢筋卷闸门，老大捡了块路边的石头，几下砸破了玻璃，卷闸门开着，老大一眼就看见了老二在空中晃悠的两条腿，可是这次他不是坐在桌子上，而是将自己吊在闸门的侧边，手中居然还紧紧地攥着那个卷闸门的遥控器。

老二被小张带着人弄走了，老二是凶死，按规矩不能弄回家，遗体装进棺材直接运到了殡仪馆。张家老大瘫坐在椅子上，他的眼睛盯着地面，地面上躺着老二养的那条大狼狗。老二让他的狗先他一步走，这狗一定以为主人还是跟它玩游戏，用卷闸门的遥控器把它吊上又放下，想不到这次主人是真要了它的命，等他死了才放下它。老二吊死狼狗时脑子里在想什么，他不想让这条狗孤苦伶仃地活在世上，还是想带走它，他在那个世界不至于没有一个伴。

老二早就在他面前说过，他这样活着生不如死。

老话说，上阵亲兄弟，打仗父子兵。公司发展到今天，光环都戴在老大头上，其实，冲锋陷阵的一直是老二。拉队伍最初的几年，老二对内演黑脸，对外将生死置之度外。几乎每次进新工地，都得和当地的地痞混混斗狠赌恶，否则免不了敲诈勒索，老二该喝酒喝，该打架打，为工地筑了一道防火墙。那一年，另一家建筑公司的甲方头儿被双规，交代了受贿数目，都以为乙方老板逃不脱了，结果具体送钱的项目经理全包揽下，丢卒保帅，这件事在老板圈震动很大，老二这身份符合人选条件，是老板的亲兄弟，又挂着公司副总的头衔，台前是老大出面，台后是老二出手。现在仔细一想，分明就是他做哥的拉老二做了替罪羊。

老二出事是出在交通厅大楼那个项目上，前期工作很顺利，施工队伍已经进场，临时设施都已搭建成，突然传来消息，工程必须让给苏北某家公司，进场损失费对方可以承担。否则，要重新招标。张总明白，遇上后台厉害的对手了，只要大人物一句话，招标方找个理由毁标不是难事。内线传来信息，对方的后台是省里一位主要领导，出面打招呼的是领导夫人。到嘴的肥肉飞了，张总实在舍不得放手，跟老叶讨主意，老叶说，胳膊拗不过大腿，撤是肯定的事，但是，不能撤得太容易，要有说法。什么说法，让那些相关官员把吃进去的再吐出来？这当然不可能，做生意得留后路，老叶的意思是，拖一拖，给甲方施加压力，为争取下一个项目加码。老二带人守在工地，老大不下令撤，他们寸步不离，有一天，老二突然在睡梦中被绑走了，绑他的人戴着头罩，他们给老二也戴了一个头罩，天亮前，老二被送回了工棚，嘴里塞着毛巾，两条腿再也站不起来。

张总当然知道是谁干的，下手也太狠了，是可忍，孰不可忍？张总想到了高中语文课本上这句文言文，张总把老二送进了医院，决心和这家公司拼个鱼死网破。老叶赶到了医院，张总以为他是来看望张小庆，不是，他说他是甲方和对方的全权代表，代表他们来谈判的。还有什么好谈？张总说，走红道，我马上报警；走黑道，我马上雇人，我要卸了那老板自己的两条腿。老叶说，你看不明白吗，你报警也不会有结果，你卸人家两条腿，人家再雇人来卸你两条胳膊，有意思吗？老叶说，这事是对方手下的人鲁莽，对方的老总求我出面，是想认下错，向你赔罪。甲方的那位刚才也来了电话，当官的最怕事情闹大，电话里就差给我跪下了。

老叶说，你如果坚持这事没商量的余地，我马上给他们回话。你如果愿意抓住这个机会，那你就尽快考虑提什么条件。

张总作为一个乡下人，看城里人总是往高处抬，给人家打满分，几个回合下来，他在心里就会给一些人扣分，张总就能够平视他们，处得时间长，有些人的分扣到了及格线下，张总心理上居高临下，敢鄙视他们。当然，这张分数表张总不会张榜，藏在内心里。老叶这腔调，在张总的表格里，分数减成负数了。

张总说，医生刚才告诉我，我家老二的腿就是能留住，留着也只是个摆设了。

老叶冷笑一声，凭什么你张大庆一个打工仔，今天能成为大老板？因为你比别人有长远的眼光，有大局观念。以前毛泽东有句名言，要奋斗就会有牺牲。这是成大事者必须付出的代价。

张总坐到了谈判桌前，工地得撤出，领导夫人既然出面说话了，不敢驳她的面子，但设施费用对方翻了几倍。关键是甲方表态，下一个项目一定支持张总的公司。

老二知道这一切后，愤怒至极，出院那天，他坚持回了老家，心里埋下了对老大的怨恨，久久不能消解。

他一生中给老大发的这条唯一的短信，终于表达了对老大的原谅，但是，当哥的这个人再也无法原谅自己了，老二说走就走了，可他是张家老大，再长的路他都得继续往下走，日久夜长。

那个哑巴手机突然响了，是老叶的号码，风平浪静，他一定惦记那个纸箱子了。张大庆没有接电话，将手机用力砸在地上，碎片散落在地砖上，好像黑色的花瓣。

《大家》2018 年第 2 期

出 品 人：许　永
责任编辑：许宗华
特邀编辑：雷　彬
助理编辑：何青泓
装帧设计：海　云
印制总监：蒋　波
发行总监：田峰峥

投稿信箱：cmsdbj@163.com
发　　行：北京创美汇品图书有限公司
发行热线：010-59799930

创美工厂
官方微博

创美工厂
微信公众号